Kalendergeschichten

Das Buch

Oskar Maria Graf, der große Volksschriftsteller, schaut den Leuten in diesen 24 Geschichten liebevoll, aber ganz genau »auf's Maul«. Mit Witz und Einfühlungsvermögen schildert er die Menschen mit all ihren Tugenden und Fehlern, ihren Wünschen und Sehnsüchten. Seine *Kalendergeschichten* sind kräftige und deftige Momentaufnahmen, die das Leben mit seinen Freuden und Schattenseiten in seiner ganzen Spannweite einfangen: Arbeit, Geburt und Tod und alles, was dazwischen liegt – »das bißerl Leben«, wie es die Bauern selbst nannten.
Diese Erzählungen sind nicht am Schreibtisch erdacht, sondern Frucht der Erfahrung eines bewegten Lebens und Werk eines passionierten Beobachters: »Alles, was ich niederschreibe, habe ich dem Stoff nach aus Gerichtssälen, von Begebnissen, die ganz kurz und lakonisch in der Zeitung standen, viel haben mir Freunde erzählt, und viel habe ich selber erlebt. (...) Es ist schon so – man muß das Gewöhnliche, das Alltägliche nehmen, sonst wird alles verlogen und untypisch.«
Die Geschichte von der schiefen Matratze wurde 1994 unter dem Titel *Hölleisengretl* von Jo Baier mit Martina Gedeck und Hubert von Goisern verfilmt.

Der Autor

Oskar Maria Graf wurde 1894 in Berg am Starnberger See geboren. Von 1911 an lebte er als Schriftsteller in München. Bereits in Wien im Exil, protestierte er 1933 mit seinem berühmten *Verbrennt mich!*-Aufruf gegen die Bücherverbrennung und gegen die Regierung der Nationalsozialisten. Ab 1938 lebte er in New York, wo er am 28. Juni 1967 starb.

In unserem Hause sind von Oskar Maria Graf bereits erschienen:

Das bayrische Dekameron • Bolwieser • Das Leben meiner Mutter • Unruhe um einen Friedfertigen • Die Weihnachtsgans und andere Wintergeschichten • Wir sind Gefangene

Oskar Maria Graf

Kalendergeschichten

Ausgewählt von Ingrid Simson

Mit einem Vorwort von Konstantin Wecker

List Taschenbuch

Besuchen Sie uns im Internet:
www.ullstein.de

Die vorliegende Fassung folgt der Erstausgabe von 1929, die im Drei Masken Verlag A. G., München/Berlin, erschien.

MIX
Papier aus verantwortungsvollen Quellen
FSC
www.fsc.org
FSC® C083411

Neuausgabe im List Taschenbuch
List ist ein Verlag der Ullstein Buchverlage GmbH, Berlin.
1. Auflage Juli 2009
4. Auflage 2020

Konzeption: semper smile Werbeagentur GmbH, München
Umschlaggestaltung: bürosüd° GmbH, München
Titelabbildung: © mauritius images/j-curve
Druck und Bindearbeiten: CPI books GmbH, Leck
ISBN 978-3-548-60881-5

Inhalt

Vorwort

Oskar Maria Graf dem drohenden Vergessen zu entreißen und ihm schließlich den Spitzenplatz in der deutschen Literaturgeschichte zu verschaffen, der ihm gebührt, dafür haben sich mehrere Generationen seiner begeisterten Leserinnen und Leser eingesetzt. Sein Name ist heute mehr Leuten ein Begriff als in den Jahrzehnten direkt nach Krieg und Faschismus. Seine Texte haben in Schulbücher Eingang gefunden, seine oftmals packenden Darstellungen zentraler Ereignisse und Vorgänge der jüngeren deutschen Geschichte werden zunehmend in historischen Werken zitiert. Es gibt eine aktive Oskar-Maria-Graf-Gesellschaft, eine Oskar-Maria-Graf-Homepage und einen kleinen Boom an Oskar-Maria-Graf-Straßen. Zu diesen Erfolgen gehören zweifellos auch die prominent besetzten Verfilmungen seiner Romane *Bolwieser* durch Rainer Werner Fassbinder 1976, *Anton Sittinger* durch Rainer Wolffhardt 1979 und der Kalendergeschichte von der *Hölleisengretl* durch Jo Baier 1994. Kurzum, das Werk dieses großen Schriftstellers wird auch im 21. Jahrhundert präsent sein und bleibt kommenden Generationen als urbares Feld erhalten.
Vor allem der autobiographische und der zeithistorische Graf ist es, der mit seinen Werken wie *Wir sind Gefangene*, *Das Leben meiner Mutter*, *Unruhe um einen Friedfertigen* oder *Gelächter von außen* die heutigen Leser anzieht. Werke also, die den dramatischen Beginn des 20. Jahrhunderts in Deutschland aus sehr persönlicher Sicht beschreiben, und da kann man froh sein, einen erzählerisch so großartigen, aber auch zuverlässigen Berichterstatter wie eben Oskar Maria Graf zu haben.
Jetzt also die *Kalendergeschichten*: »Herr bin i auf mein Hof, aus!« Aber auch in dieses bäuerliche Leben schwappt die große Geschichte hinein, Revolution oder Nazi-Machtergreifung, wirtschaftlicher Niederbruch und staatliche Neuregelungen. Eingriffe von außen, die überfallartig und keineswegs bestellt in das selbst-

genügsame Leben der Bauern eindringen. Und die Art und Weise dieses jeweiligen Eindringens nimmt der großen Geschichte schon wieder alles Große und Historische, drückt es ab ins Anekdotische und Lachhafte. »Der Staat«, das ist entweder eine Ansammlung von Wichtigtuern, die bald wieder verschwindet, oder ein Bezirksamtmann auf seinem Radl oder ein Brief aus der Landeshauptstadt, wo man kein Wort versteht. »Die Geschichte«, das sind irgendwelche Spinner, die ins Dorf kommen, Nachrichten aus der Stadt, über die alle miteinander nur die Köpfe schütteln können oder mal wieder ein vermaledeiter Krieg, den man doch genauso gut auch nach der Erntezeit hätte anfangen können.

In der Stadt wiederum irrt ein arbeitsloser Kriegsinvalider bei Eiseskälte durch die Nacht, sucht Unterschlupf und Wärme im Theater, aus dem gerade die feine Gesellschaft kichernd und Pläne für neue Vergnügungen schmiedend strömt, und landet auf dem Polizeirevier. Eindringlich zeigt Graf die Einsamkeit und die fröhliche Ausgelassenheit, die in der Stadt herrschen, die bittere Armut und den unglaublichen Luxus. Der vom Pech Verfolgte, das bettelarme Dienstmädchen und die im Überfluß schwelgende Geliebte eines steinreichen dubiosen Geschäftsmannes leben hier dicht beieinander.

Was haben uns Heutigen diese Geschichten vom Land und aus der Stadt mitzuteilen? Was sollen, was können wir mit einem Oskar Maria Graf anfangen, der uns von den Sorgen und Nöten und Alltagsbegebenheiten der Leute aus Tuffing und Leitelfing und Mettenwang und aus München berichtet?

Dieses Vorwort zum Anlaß erneuter Lektüre nehmend, war ich überrascht, diese Frage sehr eindeutig beantworten zu können, und zwar dahingehend, daß in diesen vielen kleinen Geschichten ein unermesslicher Schatz an Lebenswissen, ja, Lebensweisheit liegt. Das kommt alles so ganz nebensächlich daher, so ganz aufgehoben im scheinbar Lapidaren. Aber gerade wenn man diese Kalendergeschichten als Heutiger liest, längst abgetrennt von Natur

und Vieh, ohne allzu intensiven Bezug zu Jahreszeiten und Wetter, weitestgehend befreit von den Zwängen brutaler körperlicher Arbeit, kurz, als jemand, der nur um 4 oder 5 in der Früh wach ist, wenn er die Nacht davor durchgemacht hat ... dann fällt einen die über Jahrhunderte erworbene Weisheit in diesen Geschichten direkt an, dann sind diese Kalendergeschichten ein Tor zur Demut.
Schlimmer und besser noch: diese kleinen Geschichten sind zum Teil die reinste Beschämung, wenn man zum Beispiel feststellen muß, wie so mancher vermeintliche Dorftrottel mit einer Würde durchs Leben und im Besonderen in den Tod geht, die heute selbst den größten Weisen kaum gelingt. Dann aber werden wieder Schicksale berichtet, die in ihrer schlichten Wucht jedes scheinkluge Analysieren zum Schweigen bringen. Graf zeigt Menschen, die mit Witz und Hartnäckigkeit auch schwierigste Situationen meistern – aber auch solche, die an einem dummen Zufall jämmerlich zugrunde gehen.
Doch, doch: diese Kalendergeschichten vermögen zu uns zu sprechen. Sie sind, wie man neudeutsch sagen würde, bestens geeignet, uns zu »erden«, uns also mit beiden Füßen wieder auf den Erdboden zu bringen. In dieser Zeit der ständigen Ablenkung, im eisernen Griff der Zerstreuungsindustrie, ist so eine Erdung von unschätzbarem Wert. Sie erst mobilisiert im Menschlichen den Menschen, das aber konnte nie einer virtuoser als Oskar Maria Graf – zum Beispiel in diesen wunderbaren Kalendergeschichten.

Konstantin Wecker

Vom Land

Das Katzerl

Seinerzeit, als meine Mutter im elften Kindbett lag, hatten wir eine Dirn im Haus, die hieß Liesl. Die war mordsgroß und stark und sah mit ihren neunzehn Jahren schon aus wie eine gute Fünfundzwanzigerin. Sie hatte einen langen, derben Kopf, strohblonde, krause Haare und blaue Augen. Ihr gesundes, rotes, sommersprossiges Gesicht hatte etwas leicht Tölpelhaftes, besonders dann, wenn sie beim Lachen ihre großen, gelblichen, mandelförmigen Zähne zeigte. Ihr Gang war ungeschlacht, der massige Oberkörper hing ein wenig nach vorne, und ihre runden Schultern waren durch die dicken, fleischigen Arme so beschwert, daß sie sich wie zwei mächtige, harte Ballen über die gewölbte Brust bogen.

Die Liesl schlief oben auf dem Juchhee, das heißt in einer erst kürzlich ausgebauten, einfenstrigen Kammer direkt unter dem Hausgiebel. Rechts und links von der schmalen Stiege, die dort hinaufführte, dehnte sich der sogenannte Getreideboden aus, lief nach beiden Seiten unter das Gebälk des schief abfallenden Daches, wurde vorne von der Innenseite der Hausmauer abgegrenzt und hinten zur Hälfte von den festeingedrückten Heustöcken der Tenne, die bis zu den Ziegeln des Dachinneren reichten. Die andere Hälfte war frei, und wenn man am scharfen Bodenrand stand, konnte man zirka drei Meter tief unten die Häckselmaschine auf dem Pflaster stehen sehen, daneben das Loch des Häckselschachtes, der in den Stall hinunterging, und weiter vorne, noch tiefer, war die lange, breite Einfahrt, in welcher die verschiedenen Wagen nachts standen.

Von hier aus gelangte man durch eine Tür in den Stall, das mächtige, zweiflügelige Tennentor vorne schloß wiederum diesen Gang ab.

Oft schon hatte mein Vater die Liesl geschimpft, weil sie stets mit einer brennenden Kerze über ihre Stiege hinaufging. Weiß Gott, eine zufällige Ungeschicklichkeit, irgend ein wegfliegender Funke,

und das dürre Heu konnte Feuer fangen, der schädlichste Brand hätte entstehen können. Die Liesl aber folgte nicht.
Eines Nachts, als sie wieder so die Stiege hinauftrappte, hörte sie ein verdächtiges Geräusch auf dem Getreideboden. Sie rumpelte schnell bis zu letzten Stufe empor, hob ihr flackerndes Licht in die Höhe und spähte umher. Grade noch sah sie so etwas wie eine männliche Gestalt, die auf den Heustock zuhuschte und auf einmal wie verschwunden war. Vielleicht war es Dummheit, Neugier oder auch ein lahmer Schreck – die Liesl schrie nicht, lief nicht in ihre Kammer und schloß ab, jagte auch nicht über die Stiege hinunter. Sie blieb fest stehen und leuchtete genau nach der Richtung, wo die Gestalt verschwunden war. Sie hörte Rascheln im Heu, schärfte ihre Augen noch mehr und bemerkte einen wuschelhaarigen, schwarzen Kopf, der aus dem Heustock herausragte und auf dem Boden auflag.
Nun kam aber etwas ganz Unerwartetes. Die Liesl lief immer noch nicht schreiend auf und davon, sondern trat auf den Getreideboden, stellte vorsichtig die brennende Kerze hin und ging auf den Kopf zu. Kaltblütig, überlegt und doch wieder behutsam tappte sie hin, tastete das Heu ab, bückte sich, fühlte das Haar und fing an, es fast zärtlich zu streicheln. »Mei Katzerl, jaja, mein Miemerl, mei Katzerl! Miemerl, Miemerl, Katzerl!« brümmelte sie arglos schmeichelnd, streichelte nochmal und nochmal und umklammerte plötzlich mit aller Kraft den heißen Hals des Mannsbildes, drückte ihm fest die Kehle zu und schrie, was sie konnte: »Ei'brecha! Helft's, Ei'brecha san do! Beck, Beck!! Ei'brecha! Helft's! Helft's!«
Der Mann unter ihr drückte schnaubend nach vorne, stieß mit seinen Fäusten auf sie, wollte aus dem Heu, aber die Dirn ließ nicht locker und schrie immer ärger, bis die Bäckergesellen in der Kammer unter der ihrigen daherkamen.
»Do! Doher! Do is er! I hob'n scho! Do-do!!« plärrte sie und rang mit dem halb herausgeschlüpften Mann wie eine Wilde: »Do! Doher! Helfts!« Unser Schießer, der rote Kaspar, sprang herbei und warf

sich wie ein plumper Bär auf den Kerl. Der Mischer Aufeder war auch schon da und half ihm, mein Vater kam, mein älterer Bruder, und das ganze Haus wurde rebellisch. Die zwei Gesellen packten den um sich schlagenden Einbrecher an Armen und Füßen und schleppten ihn in die helle Backstube hinunter. Dort erkannte man ihn als einen ehemaligen Knecht von unserem Nachbarn Windl. Die zwei Gesellen hatten ihn ziemlich wüst zugerichtet. Das Blut rann ihm aus Maul und Ohren, Kratzer hatte er im Gesicht, die Fetzen hingen ihm vom Leib. Er schlotterte wie Espenlaub und weinte gar noch. Es waren in der letzten Zeit mehrere unaufgedeckte Einbrüche in der Gegend geschehen, und es läßt sich denken, daß wir ihn allesamt für den Täter hielten. »Wos host du woll'n?« fragte ihn mein Vater scharf: »Bazi, schlechter, red'!«

»Gor-gornix! Ganz gwiß net, na, na gornix, Beck, gor nix!« wimmerte der zottelhaarige Bursch, und schon wieder schlug ihm der rote Kaspar eine ins Gesicht, daß es ihn drehte. Er fing zu schreien an und fiel buchstäblich aufs Knie: »Gornix, ganz gwiß nix, gornix Beck!« Bittend hob er die zitternden Hände.

»Lüag' net, Hundling, misrabliga!« knurrte der Kaspar und schwang schon wieder seinen Arm.

»I-i-i-i hob ja bloß zu der Liesl einiwoll'n, Beck!« schrie da der Kerl schnell, und das rettete ihn. Mein Vater wollte schon die Starnberger Polizei antelefonieren lassen, aber jetzt fingen wir auf einmal alle zu lachen an.

»Zu da Liesl?« fragte mein Vater erheitert und schielte auf die kühne Dirn, die in einem fort abwehrend rief: »Wos, zu mir? ... I-i-i woaß nix vo' ünserer Bekanntschaft! Na-nana, it wohr is's! G'log'n is's!«

»Ja, ja ganz gwiß, ganz gwiß! I mog di ja sovui gern, sovui gern, Liesl! ... I hob mir bloß nia wos z' sogn traun!« wimmerte der Kerl abermals und stand auf. Wir lachten noch mehr.

»Mach daß d' weiterkimmst, dappiger Kerl, dappiger!« sagte mein Vater schließlich, uns eins, zwei, drei war der Bursch schon davon.

Die Liesl mußte an diesem Abend allerhand Gespött hören, und grad weil sie sich gar so dumm dagegen wehrte, hänselte man sie immer mehr. Ganz zornig wurde sie zuletzt.
Etliche Tage später aber wurde der ehemalige Windlknecht doch von der Polizei verhaftet, und es stellte sich heraus, daß er wirklich alle Einbrüche verübt hatte.
»Liesl«, sagte daraufhin mein Vater lustig: »Meintwegen konnst jetz scho 's Liacht oiwai nehma, wennst ins Bett gehst ... Dös Katzlfanga host guat gmacht.« – »Ja«, meinte darauf die Liesl halb beleidigt: »Und do sogt ma' nachha, i waar so schlecht und hätt' Kerl ...«

Wer stiehlt, hat auch das Gespött

I.

Beim Hammerschuster draußen – hinterhalb Würling, kurz bevor der Eberswangener Torfstich angeht, steht das niedere Gütlerhäusl – beim Hammerschuster lag der Alte schon seit etlichen Wochen zwischen Leben und Sterben. Erst vor einem knappen Jahr hatte er das Sach seinem Jakl übergeben. Nach hartnäckigem Streiten, wohlgemerkt. Alsdann, bei der Hochzeit vom Jakl, der eine Gfellersbergertochter von Straßlach geheiratet hat und mit dieser Partie zufrieden sein konnte – dreitausend Mark und eine Kuh sind damit ins Haus gekommen – alsdann also, bei der Hochzeit, tanzte der Alte noch wie ein Junger.
»Host d' dir nachha aa ois's richti ausdunga, Hammaschuasta? Host ös ois schwarz auf weiß beim Notar ausgmacht, wos dir zuasteh muaß?« fragte ihn bei dieser Gelegenheit der Steim von Rieding, weil ihm die Lustigkeit des Alten auffiel.
»Feit si' nix! I hob mi scho g'sichert!« gab ihm der zurück. »Wenn er do net nochgebn hätt', der Jakl, nachha hätt' i iahm ewig no net übergebn ...« Und dann erzählte er, listig mit seinen kleinen Augen zwinkernd, was er sich für seine alten Tage alles ausbedungen habe. Offenbar war's zufriedenstellend, denn der Steim sagte beruhigt mit seiner bassigen Stimme: »Sowos konn ma si gfoin lossn. Do is koa unrechta Hakn dabei ...«
Überdies aber – notarielle Abmachungen hin und notarielle Abmachungen her – wenn der junge Bauer ein schlechter Kerl ist, hilft alles nichts. Der Jakl hingegen war kein unrechter Mensch. Sein Vater konnte sich nicht beklagen und fühlte sich sauwohl als Austragler. Er wünschte sich nichts anderes als ein langes Leben. Aber Gottes Wege sind wunderbar, steht im Katechismus, hingegen im Würling-Eberswangener-Riedinger Revier heißt es ganz anders. Da sagt man: »Der Herrgott macht's allmal mit Fleiß so, wie's uns nicht paßt.«

Ein alter Bauer, der seiner Lebtag von früh bis spät gearbeitet hat, fängt das Saufen an. Er sauft wie ein Loch. Das trifft man hundertmal. Gut, der alte Hammerschuster hatte jeden Sonn- und Feiertag seinen vollen Rausch, und das vertrug er nicht. Nach einem halben Jahr fing er zu kränkeln an und samtdem, daß er zu der Kohlhäuslertraudl nach Walchstadt etliche Male mit seinem Urin hinüberging, samt der Traudl ihrem »Gsundwasser« wurde es nicht mehr besser mit ihm. Er war, wie man sagt, »zusammengesoffen«. Auch der Bezirksarzt Meisinger von Eglhofen, den der Jakl eines Tages herüberholte, konnte nichts mehr ausrichten.
Seltsam war bloß eines: nämlich warum der alte Hammerschuster jedesmal, wenn der Pfarrer zu ihm kam und von den Sterbsakramenten anfing, so hartnäckig ablehnte. Es stellte sich dabei auch heraus, daß er überhaupt schon das zweite Jahr nicht mehr gebeichtet und kommuniziert hatte. Das war recht dumm – hm, warum denn? Hm, wie denn jetzt das? fragte sich der hochwürdige Herr Pfarrer, fragten sich die jungen Hammerschusterleute. Ein unrechter Mensch war er doch nicht, der Alte. Weswegen also war er *so* lang der Beicht' und Speisung aus dem Wege gegangen?
Indessen weder der Geistliche noch die jungen Leute brachten's heraus und, was viel ärger war, der Alte konnte doch heut' oder morgen die Augen auf ewig zumachen, aber stets sagte er zum Pfarrer: »Nana, na-nana, Hochwürdn, nana ... Soweit is's no lang net mit mir! Na-na, a so a oita Baur ist zach wia Juchtnleda ... Mit dö Sterbsakramente do is's noch Zeit gnua, Hochwürdn.« Und ständig, wenn er sich so weigerte, richtete er sich im Bett auf und plagte sich zu einem »gesunden Gesicht«.
Es war auffällig, wie gesagt, es war höchst sonderbar.
Die junge Hammerschusterin pflegte den Alten. Sie hatte ein recht einschmeichelndes Wesen. Sie machte die ekelhaftesten Sachen mit einem freundlichen Gesicht, sie war immer grundgut heiter, wenn der Kranke von ihr etwas verlangte, was ihn selber genierte. »Ja-ja, Vata, gell, Vata!« sagte sie zu allem, richtete ihn im Bett auf,

wusch ihn, gab ihm das Essen ein, schob ihm die Leibschüssel unter – kurzum, sie war die reinste barmherzige Schwester. Und zu ihr wurde der Hammerschuster denn auch zutraulicher. Ihr zeigte er's, wenn ihm was weh tat, ihr jammerte er auch hin und wieder vor, aber sie fing nie an von den Sterbsakramenten, sie sagte bloß immer: »Ja, ja, Vater, ös werd scho wieda ... A kranka Mensch muaß hoit oiahand ausssteh ...«

Nicht *ein* Wort vom Sterben ließ sie fallen. Aus ihrem Gesicht und aus ihren Augen konnte einer nichts anderes lesen als das: Hammerschuster, du stirbst nicht. Du wirst schon wieder.

Trotzdem aber – es liegt einer nicht umsonst hilflos da, es denkt einer dabei in einem fort nach – der Alte war voller Mißtrauen mitunter. Er spürte es doch selber am besten, wie es um ihn stand. Es ging aus dem Leben, jeden Tag mehr, jede Stunde sicherer. Es war ihm zeitweise, wie wenn's inwendig in ihm anfange zu bröckeln, wie wenn alles langsam faulig gärte.

Er schaute matt auf die Junge und ärgerte sich auf einmal über ihr zuversichtliches Gesicht.

»Du drahst mi net o ... I wer nimma! ... Mit mir geht's o'warts ...« stöhnte er einmal.

»Aba Vata! ... Mein Gott, dös moant ma oft«, wollte sie sich hinausreden, und diesmal schien's dem Kranken doch, als husche etwas wie ein Mitleid über ihr Gesicht. »Brauchst wos, Vata? ... Wo tuat's dir denn weh?« fragte sie wiederum. Und da sagte der Alte noch trübseliger: »Hoi an Löffla uma, aba schnell ... U-und zon Pfarra konnst aa aufischicka ... Aba b'sinn' di nett ... I glaab, ös geht dahi ...«

Die Marie war baff. Einen Augenblick war es ganz dumm in ihr.

»An Löffla, Vata?« fragte sie nochmal. Wie kam denn jetzt das? Mit *dem* war der Alte doch seit Jahr und Tag feind.

»Geh zua, hoi 'n! Geh zua!« hauchte der Kranke dringender, und da ging sie denn ohne Widerrede.

Als sie draußen war, knirschte der alte Hammerschuster und verzog sein Gesicht sehr schmerzhaft, er schaute zur Decke hinauf, hielt die Augen mit Gewalt weit offen, und da war was drinnen, in diesen Augen, wie hilflose Ohnmacht, wie mürrische Trübseligkeit ... Hinwiederum, jeder, der ihn so gesehen hätte, würde sich insgeheim gesagt haben: »Der wartet auf was! Dem brennt was im Innern, das er noch unbedingt vor dem Abmarsch in die Ewigkeit loswerden will.«

II.

Nach einer Zeit also standen der Nachbar Löffler und der Pfarrer in der Austragskammer vor dem Bett vom Hammerschuster. Der Löffler war fast verlegen, ärgerte sich offenbar darüber und fragte ziemlich kratzbürstig: »No, wos is's denn nachha, Jakl? ... Wos wuist mir denn?« Er hatte auch allen Grund zum Grantigsein, denn die Feindschaft hatte seinerzeit einzig und allein der Hammerschuster heraufbeschworen, nicht er. Und jetzt, jetzt auf einmal sollte schnell wieder alles eingerenkt werden. Richtig kindisch war das!
Vor zwei Jahren nämlich, in einer stockdunklen, nebelnassen Herbstnacht, stieß der Löffler, der beim Ferkelmarkt in Eglhofen gewesen war, auf dem Würlinger Wiesenfußweg mit einem Menschen zusammen, der ihn sofort grimmig anbellte, ob er keine Augen im Kopf habe. Der Stimme nach war's der Hammerschuster, sehen konnten die zwei einander nicht recht.
»No, jetzt werd's guat! ... Jakl? Bist ös du ... No, wos bist d' denn glei so kritisch?« lachte der Löffler gar nicht weiter beleidigt und blieb stehen. »Wos treibt denn jetz di no so spat bei der Nocht umanand?« Und er wollte ein Zündholz anzünden. Aber der andere gausterte fuchtelnd herum umd schimpfte bloß noch ärger: »An Dreck bin i! ... Siach, dappiga! Schaug an andermoi richti, bsuffers Wogscheitl! ... Dös geht di gor nix o, wos ander' Leit bei der Nocht teahna!«
Das trieb dem Löffler denn doch den Zorn in den Kopf. Erstens war er nicht besoffen und zweitens war das Zusammenrennen nicht so

arg gewesen. Er blieb baff stehen und vergaß ganz und gar, das Zündholz anzuzünden.
»Tjaaa, wos is denn jetzt dös? ... Ja-aa, bist d' denn du verruckt wordn, Jakl?« knurrte er. »Himmikreizdreiteifi, du spinnst ja direkt!«
Aber es war schon aus. Der Mensch fing auf einmal zu laufen an und plärrte bloß noch aus dem Dunkel: »Am Orsch leck mi, Hammi, saudumma!« Weg war er. Der Löffler spürte das leichte Zittern des moorigen Wiesenbodens unter seinen Füßen, wußte – da rennt einer wie der Teufel, hob den Kopf verwirrt, schüttelte ihn benommen, schrie schließlich noch einmal »Jakl«, und als niemand mehr angab, ging er verärgert weiter.
Dieses Erlebnis ließ natürlicherweise dem Löffler keine Ruhe. Er kam denn auch am andern Tag zu seinem Nachbarn und stellte ihn zur Rede.
Aber was passiert da? Der Hammerschuster leugnete alles hartnäkkig ab.
»Ah!« spöttelte er schier bissig: »Ah, do host ja doch direkt traamt! ... I bin gestern auf d' Nocht übahaaps net aus'n Haus g'wen ... Geh, jetzt sowos! Hm, wos du do ois in dein' Rausch gsehng hobn wuist! ... Hm-hm, jetzt werd's guat!«
Der Löffler wurde noch baffer. Er schaute seinem Nachbarn fest in die Augen. Die waren unsicher.
»Ja Herrgott, Jakl, i hob doch dei' Stimm' kennt ... Tja-ja, du werst doch it glaabn, daß i einfach so mir nix, dir nix wos daherverzoi ... Mir is's doch gleich, wos du auf d' Nacht machst, aba a so hättst mi net o'redn braucha! Dös is ja direkt schandmassi g'wen!« widersprach der Löffler, und weil er steif und fest dabei blieb, fing der Hammerschuster auf einmal das Streiten an. Hitzig und bösartig schimpfte er, und der Nachbar blieb ihm auch nichts schuldig. Es hätte vielleicht sogar eine Rauferei gegeben, wenn der Häusler nicht plötzlich mit den hämischen Worten: »Tha, do mog i übahaaps nix mehr redn ... Do geh i!« ins Haus geschlüpft wäre.

Seitdem also waren die zwei feind zueinander, und deswegen fragte der Löffler jetzt so ungut. Der Kranke richtete seine Augen bitthaft auf ihn und fand das Wort nicht gleich.
»No ... Jakl, i trog dir ja nix mehr noch ... Dö Gschicht is jetz vorbei ... Vielleicht hob i mi wirklich g'irrt«, sagte nunmehr der Löffler versöhnlicher, denn vor einem Sterbenden mag man nicht mehr hart sein.
Jetzt aber sagte der Hammerschuster auf einmal: »Na-na! Na, Hansgirgl!« Und das verwunderte jeden.
»Wo denn?« fragte der Löffler wiederum. »Wos –«
»Du hast di it g'irrt ... I-i bi's schon gwen sellmois«, stammelte der Kranke matt, und wiederum staunten ihn alle an. Er hüstelte hart und schnappte nach Luft.
»O-h-oh, o mein Gott«, seufzte er. Elendiglich schaute er drein, den Schweiß trieb es ihm auf die blasse Stirn. Auch der junge Hammerschuster kam jetzt in die Kammer.
»Vata?« fragte dessen Weib mitleidig: »Wos is's denn, Vata? ... Brauchst wos?«
Der Kranke schüttelte kraftlos seinen alten Kopf hin und her. »Na-na, e-e-s geht scho-o-o wieda ...«, und schneller hauchte er aus sich heraus: »I-i hob an Baron Kefél seine vier Stiefi gstoin ... Hoit's ös ... An Troadbodn, hinter der Truha san's!«
Alle, die da standen, waren stumm. Die junge Häuslerin wurde blaß und rot auf einmal und ging aus der Kammer, der Jakl bekam auch ein beschämtes Gesicht, der Löffler blickte seltsam ergriffen auf seinen einstigen Feind, und in der Miene des Pfarrers hellte sich etwas auf, das ungefähr heißen konnte: Also doch noch!
»I-i mächt beichtn und speisn«, wimmerte der Hammerschuster ganz müd, aber erleichtert. Der Löffler ging hin und drückte ihm die kalte Hand, nickte und tappte mit dem jungen Häusler aus der Kammer. Draußen, auf dem Gang, trafen sie die Marie mit den verstaubten vier Stiefeln.
»Do-do san's«, stotterte sie, und alle drei gingen über die Stiege

hinunter, in die schon leicht angedunkelte Kuchl. Schnell nahm die junge Häuslerin einen Putzhader und wischte die Stiefel ab. Der Löffler hob einen auf – ein pfennigguter, langschaftiger linker Reitstiefel war es. Der Jakl musterte einen anderen mit nicht so langem Schaft. Er war wiederum ein linker. Sie schauten alle vier an und alle, alle waren sie – linke. Sie stockten, glotzten sich gegenseitig an, stockten noch einmal und mußten plötzlich lachen.
»Tja, hm-hm, tja, host jetzt scho amoi sowos gsehng, tja-hmhmhm!« stieß der Löffler als erster heraus: »Lauta linke!«
Die zwei jungen Häuslersleute schüttelten fort und fort den Kopf.
»Dös werd'n freili g'ärgert hobn«, sagte der Nachbar abermals. Er konnte nicht anders, er schaute sich immer wieder die vier nutzlosen Stiefel an und lachte: »Hm-hm, wia no grod dös zuaganga is... hmhm, wia oana nu a so saudumm einisausn ko'!... Hm-hm!«
»Dös beicht' er ja jetz... Aba i trog's gleich umi zon Baron«, meinte die Marie resolut schmerzhaft. »A Schand' is's hoit doch, wenn's aufkimmt, daß er gstoin hot!« Und noch jammernder setzte sie dazu: »I sog ja, i sog ja! Auf wos a Mensch ois kimmt... Gell, Löffla, du sogst es it umanand, gell! ... Mir müaßt'n üns ja no ewi schaama!«
»Nana, Marie, nana, i bin scho stad«, bestätigte ihr der Nachbar. »Er is ja eigntli g'straft gnua...« Er lachte nicht mehr, aber ein gar trauriges Gesicht hatte er grad auch nicht. Er ging, und die Marie ging. Sie brachte dem Baron Kefél die Stiefel zurück.

*

Jetzt aber kommt das Allerkomischste.
Numero eins nämlich: Der Baron Kefél lebte seit ungefähr drei Jahren in einem sehr heruntergekommenen Haus, das er in der Inflationszeit gekauft hatte, tat eigentlich die ganze Zeit nichts als saufen und war ein höchst sonderbarer Mensch. Nur so, damit halt auch was getan war, richtete er eine Hühnerfarm ein, wenngleich er gar nichts verstand und sich auch nicht drum kümmerte. Er stellte

sich allerhand Leute aus der Eberswangener Torfstichgegend an, die sein Hauswesen besorgten und die Hühnerfarm nach ihrem Gutdünken leiteten. Das heißt, sie nahmen die Eier meistenteils mit, stahlen ihm die besten Hühner und ließen auch sonst allerhand Sachen mitgehen. Der Baron Kefél hingegen klagte nie einen an, stellte auch keinen dieser Diebe zur Rede. Er wurstelte eben so weiter. Er war der Spott der qanzen Umgegend. Er spazierte Tag für Tag in den feinsten Anzügen einher und trank. Freilich, einmal sagte er zum Bürgermeister von Würling schon: »Ich weiß gar nicht, die Leute verspotten mich sogar ... Sie stehlen mir weiß Gott was, und dann kommen sie wieder und sagen: ›Herr Baron, ich brauch Geld‹ ... Also, haben denn die Leute hier überhaupt keinen Charakter ... Ich würd' mich was schämen!« Indessen, er hauste weiter, wie er angefangen hatte.

Numero zwei: Er hatte eine besondere Manier. Er kaufte sich fast jede Woche in München Schuhe. Alle Sorten: halbe, ganze, Bergstiefel, Schaftstiefel, Reitstiefel. Und weil er die sehr schätzte, kam er eines Tages in der Angst, es würde ihm das eine oder andere Paar gestohlen, auf den ausgefallensten Gedanken. Herunten in seinem Wohnzimmer war eine Stellage, da stellte er die linken hinein und in seinem Schlafzimmer waren die rechten. Wenn jemand – und der Baron war sofort mit jedem vertraulichster Freund – wenn jemand zu ihm kam, zeigte er ihm mit Vorliebe sein prachtvolles Schuhzeug. Wie aber geht es, wenn so ein überflüssiger Mensch eine Lotterwirtschaft führt und selbst dazu beiträgt, daß die Leute, die nichts oder nur das Notwendigste haben, sich von ihm sagen: »Herrgott, bei dem geht's zugrund und wir könnten's brauchen!«

Ganz einfach geht's da: Er macht durch seinen Leichtsinn alle Leute schlecht, er züchtet – ob er will oder nicht – diese Schlechtigkeit geradezu. –

Numero drei: Dem alten Hammerschuster zeigte der Baron auch einmal so seine Stiefel. Der Häusler war seiner Lebtag ein ehrlicher Mensch. Nie wär' ihm der Gedanke gekommen, sich bei Fremden

was zu holen. Aber er dachte sicher wie alle Leute, als er einen solch sinnlosen Überfluß sah. Und – er brauchte notwendig Stiefel für den Winter. Kurzum, so wurde er zum Dieb.
Jetzt kommt Numero vier, und da will ich gleich alles erzählen: Wie also die junge Hammerschusterin dem Baron die Stiefel zurückbrachte, wie sie mit schamvollem Gesicht in dessen Wohnstube stand und zu beichten anfangen wollte, geschah etwas Unerwartetes. Der Herr Baron hüpfte springlebendig auf, machte das dümmste, witzloseste Offiziersgesicht von der Welt und schnarrte abgehackt: »Ah! ... Aeh, also hab ich's doch endlich fertiggebracht, daß die Leute Charakter zeigen! ... Aeh, äh, hm, Jeduld bringt Rosen! ... So-so, so, also das sind meine Stiefel! ... Ich-ich will gar nicht wissen, wer sie geklaut hat! ... Nein-nein, durchaus nicht ... E-entschuldijen Sie, Frau, Frau, Frau – äh, wie heißen Sie doch? Ach, jleichjültig! ... Hm-hm-äh, also doch, also doch! ... Na, ich danke schön, ich danke sehr! Sehr nett von Ihnen, sehr nett!« Er ging auf und ab, er lief fast und fuchtelte aufgeregt herum. Die Häuslerin kannte sich nicht mehr aus mit ihm und riß Maul und Augen auf. Er machte plötzlich eine ruckhafte Kehrtwendung, schaute hastig auf die zurückgebrachten Stiefel und rannte aus der Stube. Er rumpelte über die Stiege hinauf und kam mit den anderen vier dazupassenden rechten daher. »Da-da-da sind die rechten!« krächzte er schon wieder und stellte Paar um Paar zusammen. »Hm, äh, hm ... alle noch gut erhalten ... alles glänzend!« Er glotzte auf die vier Paare, hob blitzschnell den glattgeschorenen Kopf und schaute auf die junge Hammerschusterin, er richtete sich stramm auf und sagte eigentümlich weiberhell: »Na, hab ich's nicht jut jemacht? ... Nich?« Und ehe die Häuslerin ja sagen konnte, packte er das Paar Reitstiefel und drückte es ihr in die Hand: »Da! Da, die schenk' ich dem Dieb! ... Da, nehmen Sie's! ... Die soll er anziehn ... Ich zeig nichts an, jarnischt! ... Er soll sich bloß schä-ä-men! Da-da! ... Jutn Tach, adjö, adjö, Frauchen!« Es war wirklich außer aller Ordnung. Er nötigte der Hammerschusterin die Stiefel

geradezu auf, und die packte sie plötzlich fest und lief schnurstracks davon.
Sie kam wie deppert daheim an. »Ja-ja, wos is's denn?« fragte sie der Jakl, als er das schöne Paar Stiefel sah. »Tja, dös is ja wia verhext!« Und da erst gleimte sie wieder auf und erzählte alles. »Hm, und wega dem hot er si' a so grämt!« schloß sie. »Dös hot'n a so druckt, an Vata, hm-ha-hm ... Und jetz, wenn er gsund wererd, hätt er a Poor so schöne Stiefin!« Der Jakl sagte nichts mehr, er schüttelte bloß wiederum den Kopf. Sie wollten lachen, aber jetzt fiel ihnen der Kranke wieder ein. Der Pfarrer war schon eine Weile weg. Sie gingen hinauf zum Alten und fanden ihn ruhig schlafend auf.
»S-st, loßt ma'n! ... Gehng ma!« lispelte die junge Häuslerin, und sie verließen leise die Kammer. »Jetzt hot er hoit ois'zam beicht, jetz is er ruahi!« meinte der Jakl beim Stiegenhinuntergehen. – Und – man wird's mir nicht glauben, aber die Geschichte ist wahr, Wort für Wort wahr! Und – unser Herrgott muß ein lustiger Mensch sein, vielleicht ist er auch mitunter boshaft – und also kurz und gut, damit ich zum End' komm': Der alte Hammerschuster wurde wieder gesund. Fast zwei Monate zog es sich hin, alsdann stand er wieder auf. Es läßt sich denken, er wollte nichts wissen von seinem damaligen Diebstahl oder vielmehr, es ärgerte ihn nicht wenig, daß er aufgekommen war. Als ihm aber zu allem Unglück noch die Marie eines Tages die Paar Reitstiefel hinhielt und die ganze Geschichte erzählte, wurde er rot bis hinter die Ohren und knurrte bissig heraus: »Himmiherrgott, dös is ja do scho zon Teifihoin! ... Gib's wem'st ös gebn mogst ... I geh doch net mit meina eigna Schand' spaziern!« Er war höllisch kritisch. Die Marie schenkte die Stiefel viel später einmal einem Handwerksburschen.
Seit dieser Zeit waren der Löffler und der Hammerschuster wieder gut miteinander – vielleicht bloß deswegen, weil der Nachbar nie etwas von der Stiefelstehlerei verlauten ließ, am End' aber auch, weil der Hammerschuster Angst hatte, bei einer neuerlichen Feindschaft würde der Löffler doch zu reden anfangen.

Das Gelübde

I.

Ich erinnere mich an ein sonderbares Begebnis aus der Zeit, als ich noch in die letzte Klasse der Feiertagsschule ging, das in unserer Pfarrei und weit darüber hinaus größte Erregung hervorrief. Es hat etliche Jahre später – kurz vor dem Ausbruch des Krieges – einen noch viel merkwürdigeren Abschluß gefunden. – Der Häusler Stocker von Walpach war gestorben. Die Leute sagten, an Wassersucht. Der Bezirksarzt untersuchte die Leiche und stellte den Tod fest. Der Verstorbene wurde ins Leichenhaus nach Allkirchen gebracht und sollte am anderen Tag begraben werden. In Walpach herrschte überall Trauer, denn der Stocker war äußerst beliebt gewesen und hatte die Fünfzig kaum überschritten. Außerdem hinterließ er eine zwar grundgute und recht fleißige Bäuerin, die aber über die Kinder nicht regieren konnte. Von den Stockerschen nämlich sagte man, eigensinnig und hartköpfig seien sie zum Grausen. Die zwei älteren Söhne, der Sepp und der Alois, waren bereits »ins Amerika« hinüber, die zwei jüngeren, der Hans und der Peter, hockten noch daheim, einander bitter feind, und vergällten sich, der Mutter und der einzigen, zwei Jahre älteren Tochter Genovev das Leben. Da ging natürlich der Herr ab. Das sagte jeder in Walpach. Freilich jetzt – augenblicklich – beschäftigte man sich noch mit diesem raschen Hinsterben des Häuslers.

»Dös gibt a große Leich'«, meinten die Leute. »Do kimmt dö ganz' Pfarrei z'samm'.« Und tags darauf wanderten auch wirklich Trauernde aus allen Dörfern nach Allkirchen. Der Mesner und Totengräber Fendt hatte schon das Grab gegraben, die große Glocke läutete und alle scharten sich um die Leichenhaustüre, um den Verstorbenen mit Weihwasser zu besprenkeln und ein Vaterunser für sein Seelenheil zu beten. Neugierig war auch jeder und jede und wollte das in einem Berg von Kränzen ruhende Gesicht sehen.

Dabei hörte man öfter sagen: »Hm, schö liegt er drinn' ... Grod ois wia lebendi' ...«
Die Glocken fingen wiederum zu läuten an, eine breite Gasse bildete sich, der Pfarrer mit den Ministranten kam, dahinter der Lehrer und die vier Sargträger, der Müller, der Hofbauer, der Himsel und der Kurbel. Sie hoben den Sarg ein wenig, um ihre Traggurten durchzuziehen, und eben wollte der Müller den Deckel drauftun. Dabei aber ereignete es sich, daß der Stocker auf einmal seine Backen aufblähte, in der Art als wollte er rülpsen, und sich plötzlich erbrach. Die Sargträger fuhren erschreckt zurück, der Deckel fiel dem Kurbel aus den Händen und klapperte auf den Boden, dem Pfarrer und dem Lehrer blieben die Worte stecken, jäh war es still und ebenso jäh kam eine Unruhe unter die Anwesenden, Hälse reckten sich, ein Flüstern fing an.
»Um Gottswilln, Hans! Hans!! ... Der lebt ja!« schrie in diesem Augenblick die Stockerin und drängte sich an den Sarg heran, alles strömte ins Leichenhaus, Andacht und Feierlichkeit waren weg, Reden und Fragen gingen durcheinander. So verwirrt waren alle, daß dem Pfarrer auch nichts anderes einfiel, als zu schauen. Endlich ermannten sich Kurbel und Müller und halfen dem Scheintoten, der noch immer brach, aus dem Sarg, hoben ihn auf, und da machte der die Augen auf und lallte: »Bringt's mi hoam.«
»Hans! Hans, wia is dir denn, Hans?« fragte die Stockerin abermals und streichelte ihren wiedergewonnenen Mann in einem fort ungelenk. Die zwei Buben und die Genovev weinten und wußten nicht warum. Schließlich und endlich lief der Mesner zum Wirt hinüber und ließ einspannen, Pfarrer und Lehrer tappten benommen aus dem Leichenhaus, hinterdrein trugen die zwei Männer den Stocker, und der seltsame Zug bewegte sich aus dem Gottesacker, wo vor dem Eingang bereits die Wirts-Chaise stand. Die Stockerin, Müller, Kurbel und Stocker saßen bald drinnen, die Kinder liefen voraus, und der Postknecht Anderl fuhr davon.
Erregt, heftig diskutierend, mit halb erstaunten, halb angefreuten

Gesichtern standen die Leute auf dem Platz vor dem Wirtshaus und konnten es immer noch nicht recht fassen, was passiert war. Allmählich aber wurden sie lebendiger und lockerer.
Der Jani von Irschendorf sagte laut, eine solche »Leich'« hätte es noch nie gegeben. Der Bozenhart von Pfrieming schimpfte auf die Ärzte und auf den Bezirksarzt besonders, der vorlaute Ederer von Walpach lachte bereits und sagte ziemlich spöttisch zum Mesner: »Jetzt bischt sauba um dei Grobgeld kemma, Fendt«, – kurzum, die Sache fing bereits an, heiter zu werden. Alles ging in die Wirtsstube, Weißwürste gab es, und mit Recht konnte der Veteranenvereinshauptmann Irlinger über die Tische schreien: »Oes soit it hoaß'n, der Wirt hot umasunst herg'richt!« – »Jaja, noch a'ran solchern Vorfoi konn ma ruahi an bessern Appatit hobn – und jetz san ma scho amoi beinand!« zollte ihm der Ederer Beifall.
Indessen vergaß man doch nicht, des wiedererwachten Stocker zu gedenken. Allenthalben meinte man, krank sei er eben doch arg, und einem solchen »Rückschlag« sei nicht zu trauen, da komme vielleicht um so schneller ein neuer Tod und sicher ein viel ärgerer. »Zwoamoi sterbn, mei Liaba, dös hot an Teifi!« meinte der Galoth von Irschendorf und setzte trocken dazu: »Liaba oamoi und nachha richti'.«
»Jetz i sog amoi sovui, wenn der Stocka zon Wildseder auf Beilngrias umiganga waar und hätt' si von *den* kuriern lossn, nachha waar dö ganz' G'schicht it passiert ... Nachha laafert er heunt no g'sund umanand«, sagte der Jani wiederum und rühmte den ob seiner Wunderkuren weit und breit bekannten Schäfer Wildseder von Beilngries über den Schellenkönig. Und alsdann – selbstredend – ging es wieder über die studierten Ärzte her. –
So nahm also das sonderbare Ereignis einen gemütlichen Ausgang. Jeder Bauer hatte einen unfreiwilligen Feiertag gehabt, und die Weißwürste vom Postwirt blieben nicht übrig. Wider Erwarten wurde sogar mehr Bier ausgeschenkt, und mancher Leichgänger wankte bedenklich über den Allkirchner Berg hinunter ...

Damit ich aber nichts auslasse: Ein Dorfmensch ist kein Einschichtiger, er gehört zu einem natürlichen Ganzen, und sein Leben, seine Taten und Meinungen haben stets eine ziemliche Ähnlichkeit mit dem des Nachbarn.
Die Ansicht des Häuslers Stocker, als man ihn vom Gottesacker heim ins Bett gebracht hatte, unterschied sich von derjenigen der Bauern beim Postwirt nicht im mindesten. Auch er sagte zu den besorgten Männern und zu seinem Weib: »I wer ja doch nimma! ... I stirb ja doch! ... Oes waar gscheiter g'wen, ünsa Herrgott hätt' mi totsei lossn, nachha waar a Ruah' g'wen.«
Das gute Zureden der drei Leute half nicht viel, er machte zu allem ein recht zweifelndes Gesicht. Schließlich aber, als seine drei verstörten Kinder ans Bett traten und die Genovev »Vata« sagte, wachte er doch mehr und mehr aus seinem Mißtrauen auf. Alsdann lallte er schon mutiger: »Aba dös sell woaß i g'wiß – wenn i wirkli' wieda g'sund wer', nachha trog i a Kreiz bis auf Maria Himmelreich auffi, und do wo i steh' bleib, muaß's aufgstellt werd'n ...«
»Jaja-ja, Hans ... Jetz schlaf nu, schlaf nu, Hans«, sagte die Stockerin, und keiner nahm das Dahergerede des Bauern weiter ernst.
»Du werst scho wieda, Hans ... Und der Kurbl hoit jetz glei an Wildseder«, meinte die Häuslerin wiederum. Der Kranke nickte bloß noch. Alle gingen aus der Kammer. »Vergelt's Good, Mannerdn, vergelt's Good, gell«, dankte die Stockerin in einem fort während des Stiegenhinuntergehens. Mannhaft aber wehrten sie ab und der Kurbel erwiderte bloß darauf: »Braucht's it, Stockerin ... D' Hauptsach' is, daß er wieda lebt, da Stocka ...«

II.

Niemand würde mir die Mitteilung, daß der Stocker durch die Kur des Schäfers Wildseder überraschend schnell gesund wurde, mehr verübeln als der damalige Bezirksarzt Pinzl von Kergertshausen. Indessen, der gute Mann ist vor zirka sieben Jahren an Herzverfettung gestorben. Ich kann also ruhig reden. Er braucht sich nicht mehr zu ärgern. Verdruß hat er damaligerzeit sowieso genug gehabt. Das Vertrauen der Bauern zu ihm war wie weggeblasen, und geheißen hat es, er habe von höherer Stelle einen gehörigen Rüffler wegen der nachlässigen Todesfeststellung bekommen. Da schließt man am besten mit: »Selig hab ihn Gott.«

Mit dem Stocker nahm die Sache folgenden Lauf: Solange er bettlägerig war und gewissermaßen von Tag zu Tag wartete, was aus ihm werde, hatte er gar keinen Humor. Auch der Findigkeit Wildseders mißtraute er und befolgte dessen Anordnungen ziemlich gleichgültig. Widerwillig ließ er sich das bitterschlechte Gebräu von Medizin einlöffeln und sich jeden Tag den Bärentraubenumschlag machen. Stets machte er ein grantiges Gesicht, und wenn gar der Wildseder einmal selber kam, stand er ihm fast feindselig Rede und Antwort, drehte sich auf einmal um im heißen Bett, brummte irgendetwas und drückte mit Gewalt die Augen zu. Er wollte nichts sehen und hören, und es schien fast, als sei er dem Herrgott bös, weil er ihn nicht sterben hatte lassen.

Dem Schäfer Wildseder machte diese Brummigkeit gar nichts aus. Er war selber ein ziemlich kantiger Patron. Grob redete er daher und ab und zu, wenn der Stocker ihn anfuhr, lachte er kalt. Zum Schluß sagte er jedesmal: »Is' scho guat so . . . 's Gift kimmt scho langsam raus aus dein Kärpa . . . In a'ra fünf a sechs Wocha konnst 's Arbatn wieda o'fanga.«

»Jaja, mach nu deine Sprüch«, murrte alsdann der Stocker aus seinen Decken. Kein Wort glaubte er. Und der Schäfer sagte drauf: »Jaja, schimpf nu! Wer lang schimpft, lebt lang.« Dann ging er.

Der Kranke ärgerte sich bloß noch mehr. Das widerwärtige Schwitzen fing wieder an, er kochte schier vor Hitze, das Herz kam nicht mehr nach, das Schnaufen ging schwer, einfach daliegen mußte er und konnte sich nicht helfen. Eine dumpfe Wut bekam er und knirschte. Ganz gewiß dachte er: Herrgott, was für ein Unsinn das! Jetzt manipuliert man umeinander mit mir, und schließlich geh ich

bloß noch jämmerlicher zugrunde. Dummes Zeug, dummes! So wär' alles in Ordnung gewesen, der Sarg gekauft, das Grab gegraben und eine schöne Leich' hätt' es gegeben.
So ging das zwei Wochen, ein ganzer Monat verlief. Er brauchte jetzt keine Umschläge mehr zu machen. Der Wildseder kam und bog dem Kranken in einem fort alle Knochen ab. Die knackten wie verrostet.
»So, werd scho«, sagte der Schäfer. Der Häusler sagte überhaupt nichts mehr. Es verging wieder eine Woche, noch eine und schließlich – unfaßbar war's – spürte der Stocker Leben in seinem Körper. Kraft kam in alle seine Glieder, er wurde gesund und gesünder und – richtig – an einem Morgen streckte er sich, und das tat ihm auf einmal wohl. »Hm«, brummte er: »Hm, seltsam.« Er schüttelte den Kopf und traute sich selber nicht. Nein, das mußte er geträumt haben. Er reckte sich noch einmal und schob seine Füße fast vorsichtig aus der Bettdecke, bog sie ab, hob den Oberkörper und stand mit einem Ruck auf dem kalten Fußboden. Zwar war er noch ein wenig schwindlig und mußte sich wieder aufs Bett setzen, aber das verging. Er stand abermals auf und horchte komischerweise, ob niemand daherkomme. Es war still. Er stand jetzt schon fester und machte einen Schritt – einen zweiten, einen dritten, alles funktionierte wieder. Er mußte plötzlich leicht lachen, ging jetzt einmal die Kammer lang und einmal breit und legte sich wieder ins Bett. »Hm-hm, dö reinste Hexerei«, brümmelte er gemütlich. Als ihm seine Bäuerin das Essen brachte, griff er zum ersten Mal selber darnach und schlang alles mit dem richtigen Drescherappetit hinunter. Die Stockerin fragte zaghaft: »Is's besser, Hans?«
»Ja«, sagte er: »Do schaug!« und setzte wiederum den Fuß aus dem Bett: »Schaug!« Beinahe übermütig richtete er sich auf und marschierte possierlich hin und her. »Pfeilgrod! ... Der Bazi hot mir g'hoifa! Pfeilgrod! ... Hm, wo er's nu grod herhot ... Pfeilgrod bin i g'sund!« lachte er, und die Stockerin verzog auch ihr Gesicht lustiger.

In knappen vierzehn Tagen trottete der Häusler wieder hinter seinem Pflug her und schaute drein wie ein Junger. Die ganze Pfarrei beredete diesen Fall, und dem Wildseder schrieb man überirdische Kräfte zu. Die Selchsau, die ihm der Häusler für das »Gesundmachen« schenkte, habe er sich rechtschaffen verdient, hieß es überall. So ein Wundermensch sei jeden Tag Braten und Bier wert.
Im Stockerhaus fing sich's jetzt gewaltmäßig zu rühren an. Der Häusler regierte wieder. Die feindlichen Brüder trieb er zusammen und die zwei Weibsbilder schimpfte er zur rechten Zeit, aber die Ärgerlichkeiten rutschten nunmehr gleichsam von ihm ab. Jeden Tag war er gut aufgelegt, beinahe übermütig. Diese unentwegte Lustigkeit veränderte das ganze Familienleben. Es kam allgemach eine Art frischer Friede ins Haus, die Arbeit ging viel flinker vorwärts und, weiß Gott, grad war es, als spürten alle eine richtigere Zusammengehörigkeit. –
Kurz vor seinem vermeintlichen Tod hatte der Stocker die Idee gefaßt, sein Häusl aufzustocken. Damals wog er hin und her. Die Sparpfennige reichten nicht, und eine Hypothek wollte er nicht aufnehmen. Jetzt fing er schier über Nacht das Bauen an. Er hatte Bankgeld bekommen.
»Daß d' di' fei net übernimmst, Stocka«, warnten ihn gutmeinende Nachbarn und rechneten ihm vor, daß seine wenige Ökonomie und sein bißl Landwirtschaft den Zins kaum abwerfe. Aber der Häusler lachte sie allesamt aus.
»Hobt's nu koa Angst it ... I kimm net auf d' Gmoa – I woaß, wos i tua!« schnitt er alle Einwände ab.
Ja, er baute nicht nur mit Feuereifer, er *lebte* auch viel ausgiebiger. Jetzt, nachdem er den Tod einmal geschmeckt hatte und ihm auf so wunderbare Weise entronnen war, nachdem er gesund und glücklich in jeder Frühe aufstand, jetzt wollte er auch jede Viertelstunde richtig ausnützen. Insgeheim wird er sich wohl gesagt haben: Holla Stocker, dein Leben ist jämmerlich kurz und schnell liegst du

wieder im Sarg. Schau bloß, daß du von allem recht viel hast. So erginge es ja jedem von uns.
Beim Stocker gab es jetzt viel besseres Essen als früher. Man gönnte sich was. Ehedem kam der Häusler wohl sonntags in die Wirtschaften, aber er knauserte mit dem Trinken. Seit seiner »Wiederauferstehung« aber tauchte er nicht selten mit seiner Bäuerin beim Postwirt in Allkirchen, drüben beim Hammerwirt in Irschendorf oder sonstwo auf. Komisch das! Von alther ist's doch so auf dem Land: Sonntags gehn die Mannsbilder zum Wirt, die Weibsbilder bleiben daheim. Voller Fidelität hockte sich der Stocker zwischen die Bauern, bestellte was zu essen und trank weidlich. Seine Alte wollte immer nicht recht zugreifen, er aber nötigte sie fort und fort herzhaft: »Trink nu, Oite... Mir lebn bloß oamoi, Zenzl! Iß nu! Greif zua.« Die saftigsten Späße machte er, und wo er hinkam, wurde es unterhaltlich. Wenn dann zufälligweise seine zwei Buben daherkamen, war es ihm erst recht wohl.
»So«, sagte er alsdann, »jetzt san dö Stockerischen ziemli beinand. Jetz konn d' Gaudi o'geh ... Is grod schod, daß d' Genovev nia mitgeht.« Seine Tochter nämlich war eine Heimhockerin und hatte es mehr mit dem Kirchengehen. Weiß Gott, seinen Glauben hatte der Häusler wie jeder Mensch, aber dieses Bigotte konnte er nicht recht leiden. Viel lieber hätte er es gesehen, wenn die Genovev leblustiger gewesen wäre. War sie doch im heiratsfähigen Alter und schiech auch gerade nicht. »Wennst dö oi'wai a so versteckst, Vevei, do siehcht di ja koa Mannsbild«, riet er ihr mitunter gutmütig scherzend und setzte dazu: »In der Kirch laaft dir koa Hochzeiter zua.« Aber die Genovev wollte von all dem nichts wissen und wurde bei solchen Reden stets rot und verlegen. Es war nichts anzufangen mit ihr. Nun, ihre Arbeit tat sie, still war sie. Einmal wird sie schon zum Verstand kommen, dachte der Stocker.

III.

Derweil es also beim Häusler Stocker so in der richtigen Vollebigkeit weiterging, schauten die Walpacher geruhig zu. Vorderhand hatte noch jeder Mensch rundherum sein Staunen. Die große Neuigkeit war frisch. In jedem Haus, an jedem Wirtstisch wurde sie fort und fort beredet. Mit der sonderbaren »Auferstehung« Stockers fing es an, und mit der wunderbaren Heilung desselbigen durch die Kur des Schäfers Wildseder hörte es auf. Es läßt sich leicht denken, daß der Häusler von Walpach dadurch weit und breit bekannt wurde. Wo immer er auch auftauchte, schauten ihn die Leute wie etwas sehr Seltsames an.

Weil aber der Stocker das, was sich an ihm ereignet hatte, gar nicht so viel wichtig nahm und kaum einmal ein Wort darüber verlor, so schlief die Geschichte langsam wieder ein. Alles Interesse daran verebbte mehr und mehr, und der Häusler wurde in den Augen der Leute gleichsam wieder einer wie alle. Dem Häusler war das auch ganz recht. Ja, wer ganz scharf nachschnüffelte, gewann sogar den Eindruck, als habe er eine solche Wendung gewollt. Der Ausbau seines Häusls ging vorwärts. Schon standen die rohen Mauern, und die Zimmerleute fingen den neuen Dachstock an. Fast übereifrig half der Stocker selber mit.

»So«, trompetete er an einem Sonntag beim Postwirt in Allkirchen heraus: »Jetz wenn nachha ois schö do is, gib i's meine Kinder übri und i loß mir's guat geh' ... Jetz sollt hoit d' Genovev heiratn ... Um d' Buabn waar ma net angst ... Do derwischt a jeda a rechts Weiberts ... Der Stocka is it so dappi und rackert, bis er nimma konn!«

Er hatte schon die vierte Maß Bier und rülpste leicht. Er schaute leicht lachend auf sein Weib und meinte wiederum: »Gell, Oite! ... Jetzt loßt ma dö Junga für üns arbatn.« Die Häuslerin sagte nichts, sie kaute an ihrer Laugenbreze und nickte bloß.

»Da Mensch muaß wos hob'n vo sein'n Leb'n«, sagte der Stocker

wiederum kreuzlustig. Walpacher, Allkirchner und Irschendorfer hockten am Tisch. Jeder schaute halb fragend auf den Häusler. Blühend gesund sah er aus, ein Mordstrumm Mannsbild war er.
»Du fangst aba früah 's Privatisieren o«, murmelte der Galoth gutmütig und setzte schon ein wenig mißgünstiger dazu: »Wir Bauern kinna üns dös it derlaabn ... Bei üns geht dös it.«
»Dös is grod, wia ma si's ei'richt ... A jeda muaß ja net so dappi sei«, warf der Stocker fast übermütig hin, und das ärgerte manchen. Alle, die da herumsaßen, hatten mehr als dieser vorlaute Häusler, die meisten waren große Bauern, oft mit zwanzig Stück Vieh im Stall.
»Wer gor z'schnell auffisteigt, fliagt oft schnell wieder oba«, sagte der Mittereder von Allkirchen und schaute ziemlich hämisch auf den Stocker.
»I fliag it oba ... Ruacha kinna andere! ... Mir g'langt mei bißl Sach! ... I wui ja net auf'n Geldhaufa sterbn«, gab ihm der Häusler schlagfertig hinaus, denn es war allbekannt, der Mittereder konnte in seinem Geiz nie genug kriegen. Die Stimmung wurde auf einmal gereizt. Der Kurbel als Schwager vom Mittereder schaute den Stocker seltsam an. Witzlos, bigott und finster war seine Miene.
»Du hoscht aa ünsern Herrgott ganz vergessn«, sagte er mit stumpfer Stimme.
»Ünsern Herrgott?« spöttelte der kecke Stocker zurück: »Daß d' it glei 's Betn o'fangst ...!«
»Gehng ma, Hans, geh weita«, murmelte die Häuslerin, nichts Gutes ahnend, ihrem Mann zu. Aber der hörte nicht drauf und schien jetzt erst richtig zum Zug zu kommen. Er machte bloß eine leichte Abwehrbewegung mit dem Ellbogen.
»Wia ma di' von Gott'sacka hoamhobn, da host anderst g'red't!« sagte in diesem Augenblick der Kurbel wiederum: »Dös host ganz vergess'n, ha?«
»Wos denn ...?« fuhr der Stocker ernster auf und schaute den giftigen Konsorten feindlich an. »Hans, geh weita, gehng ma«, murmelte seine Alte wiederum und zupfte fast ängstlich an seinem

Ärmel, aber jetzt war der am Rand der ersten Wut. Sein Kopf wurde rot, er beugte sich vor in den Tisch und ließ den Angreifer nicht aus den Augen. Schier bedrohlich sah es aus, alles war gespannt.
»Streit's it!« sagte der umfängliche Postwirt hinter dem Stocker: »Gebt's a Ruah!« Niemand hörte auf ihn, am allerwenigsten der Häusler.
»Red' oder scheiß Buachstabn, nachha setz i ma's z'samm!« schrie er den Kurbel an: »Raus mit der Sprach', wennst wos woaßt.«
»A Kreiz, host g'sogt, trogst auf Maria Himmelreich auffi, wennst wieda g'sund werst ... Aba to host ös bis jetz it!« erinnerte ihn der Bauer, und da auf einmal fiel es dem Stocker auch ein. Er runzelte schnell die Stirn und wurde flughaft blaß. Das hatte ihn getroffen. Alle Augen richteten sich auf ihn. Er mußte etliche Male schnaufen, bis er die Fassung wieder hatte.
»T-ja, ja«, gab er noch ein wenig stockend zurück: »Jaja, dös g'schiehcht aa no! Do konnst Gift drauf nehma.« Es klang geschlagen.
»Ja, – wart'st g'wiß, bis dir ünsa Herrgott an nei'n Wink gibt!« sagte der Kurbel bösartig überlegen, wahrscheinlich weil er merkte, alle waren für ihn. Der Stocker wurde noch roter im Gesicht und versuchte vergeblich eine gleichgültige Miene zu machen, aber es gelang ihm nicht. Seine Schlagfertigkeit und sein ganzer Humor waren weg.
»Na, gor it aa! Gor it!« schrie er plötzlich überlaut: »Wos i g'sogt hob, dös hoit' i ... Auf d' Woch konnst mitgeh, wennst a Freid dazua host!« Und umdrehte er sich, suchte am anderen Tisch den Schreiner von Allkirchen und schrie ihm zu: »He, Waginga! Waginga! Do geh her, i hob wos z' macha für di!«
Der kleine, hurtige Mann erhob sich und kam herbei. »Ja, ja, Stocka, wos denn?« fragte er scheinheilig, denn er hatte alles sehr wohl gehört.
»Mach a Kreiz! A schön's, schwarz' Feldkreiz für mi ... Wos's kost, is gleich ... Wenn werd's denn firti?« erkundigte sich der Häusler.

»Ja-a, in a ra acht Tog kunnt'st ös scho hobn ... I fang gleich o, wenn's sei muaß«, meinte der Schreiner. »I mach dir scho was Schön's ...« Und: »Guat, mach ma's!« beschloß der Stocker den Handel.

Jetzt aber, durch die unumwundene Entschlossenheit des Häuslers, wendete sich das Blatt zu seinen Gunsten. Offenbar verspürte jeder am Tisch jene fade Unlust, die sich in Herz und Hirn einnistet, wenn jemand vor aller Augen unnötig beleidigt wird, der es eigentlich nicht verdient hat.

Der Wirt begann als erster mit dem Einlenken. »Dös is a dumma Gspaß«, brummte er leicht verärgert. »I glaab, a rechtschaffana Mensch woaß oiwai, wos er sein' Herrgott schuidi is ... A so a schwaar's Kreiz drei Stund auf Maria Himmlreich auffitrogn, dös derpackt ja der stürkst Mo' net ... Do, moan' i, taat's a anders guats Werk aa.«

»I verlang's ja it«, versuchte sich der Kurbel zu verteidigen. »Aba g'sogt hot er's.« Deutlich hörte man heraus, daß er sich ein wenig schämte.

»Ja, gsogt! ..., Wia er nu hoibert tod g'wen is!« kam nun auch der Moser von Irschendorf daher und maß den Kurbel verärgert: »Wennst du a so doliegst, nachha host aa koa Hirn it und redst an solchern Stiefi daher!«

Sicher würde jetzt ein langes mürrisches Hin- und Hergezänk angefangen haben, wenn der Stocker nicht aufgestanden wäre und bezahlt hätte.

»Wos i g'sogt hob, für dös steh i aa ei'!« schnitt er scharf alle Einlenkungen ab und ging mit seiner Alten. Betreten saßen die Zurückgebliebenen noch eine Weile da. Dann zahlte dieser und jener, und langsam wurde der große Tisch leer. Zuletzt tarockten bloß noch der Jäger Löffelberger, der Bäcker Wimblinger und der Schreiner vorne am Fenstertisch. Griesgrämig kam der Wirt zu ihnen.

»Worum sans denn jetz auf amoi so stadlusti furt?« erkundigte sich

der Wimblinger, denn er hatte die ganze Zeit auf nichts aufgepaßt als auf seine schönen Solos.
»Dö damischn Kerl, dö damischn!« knurrte der Wirt und erzählte. Besonders erbost war er auf den Kurbel und nannte ihn ein ums andere Mal einen »scheinheiligen, beterten Stier«, dessen Frommsein keinen Schuß Pulver wert sei.
»Jaa-jaa, dö Herrn Baurn!« sagte der Wimblinger in seiner gedehnten, spöttischen Aussprache: »Dö wenn sehng, daß si' a Kloana auffimacht, den tat'ns am liabern derdrucka.« Er hatte von jeher ein hartes Machen in dieser Gegend. Jeder Bauer buk sein Brot selber. Da bring dich rechtschaffen fort und bleib lustig!
»No«, wollte der Schreiner trösten: »So dappi werd der Stocker schon net sei und werd dös Kreiz auf Maria Himmelreich auffischleppn ... Er werd hoit mitn hochwürdn Herrn Pfarrer z'erst redn und nachha werd's in ünserner Gegend aufgstellt.«
Der Wirt machte ein ungläubiges Gesicht und schaute grantig durch die trüben Fensterscheiben ins anbrechende Dunkel hinaus. »Ja, hoff' ma's!« schloß er. –

IV.

In Walpach ging wieder ein hitziges Gerede herum, in Allkirchen war Aufregung und in Irschendorf erzählte man Tag für Tag das gleiche. Der Entschluß des Häuslers Stocker von Walpach, sein Gelübde zu erfüllen, stand fest, felsenfest. Der Pfarrer kam und versuchte ihn umzustimmen. Es half nichts. Der Müller redete zum Guten, die Häuslerin barmte: »Hans, Hans! Der hochwürdn Herr Pfarra hot's doch g'sogt! ... Wenn's Kreiz bei üns aufgstellt werd, gilt's grod a so!« Der Bürgermeister kam schließlich mit dem Müller, dem Kurbel und dem Hofbauer noch einmal zum Stocker, hielt eine förmliche Volksrede in der Stube, und der Kurbel gab dem Häusler die Hand und meinte kleinlaut: »I hob's it a so g'moant, Stocka ... Nana, i mog koa Feindschaft ... Beim Bier red't ma oiahand dumm's Zeig daher.« Draußen vor den Fenstern standen neugierige Kinder und Leute und schauten gespannt zu. Der Stokker schaute finster drein und sagte ewig mit der gleichen Bissigkeit: »Wos i g'sogt hob, dofür steh i aa ei, basta!« Die Häuslerin weinte, die Buben schauten mit dummen, bedrückten Mienen drein, die Genovev hatte ihre Hände gefaltet und lispelte in einem fort Gebete. Die Männer wußten nichts mehr und zogen unverrichteter Dinge ab. Vier Tage darauf fuhr der Simmerdingerknecht von Allkirchen auf einem Leiterwagen das schwere, fast zweieinhalb Meter hohe und ein Meter zwanzig breite Kreuz vor das Stockerhaus. Schwer aus Eichenholz war es. Er und der Stocker luden es vor den gaffenden Leuten ab.

Samstag war es. Zum Hochamt am anderen Tag war die Pfarrkirche in Allkirchen gepfropft voll. Als der Pfarrer auf den Predigtstuhl stieg, war rundherum eine beklommene Spannung, alles schaute auf die Stockerischen. Jeder erwartete, daß der Hochwürdige zu guter Letzt doch noch die rechten Worte finden würde, welche den Häusler von seinem Vorhaben abbrächten. Der zehnte Sonntag nach Pfingsten war der fünfte August. Jenes Gleichnis vom Pharisäer und vom Zöllner, im achtzehnten Kapitel des Lukas-Evangeliums, 9. bis 14. Vers, war die übliche Einleitung der Predigt. Ungeduldig warteten die Zuhörer auf das Ende des Vorgelesenen und – eigentümlich – als der Pfarrer endlich das Buch senkend dies vom armen Zöllner sagte: »Ich sage euch, dieser ging hinab gerechtfertigt in sein Haus vor jenem. Denn wer sich selbst erhöhet, der wird erniedrigt werden, und wer sich selbst erniedriget, der wird erhöhet werden«, da richteten sich unvermerkt ungute Blicke auf den Kurbel, denn *er* mit seinem dummen Geschwätz damals hatte doch den Stocker geradezu darauf gestoßen, ein solch unsinniges Vorhaben zu fassen. Er war in Wirklichkeit der Pharisäer, der sich selbstgefällig über den Kleineren erhob.

Indessen die Predigt befriedigte keinen, sie deutete bloß an, und es sah schon fast so aus, als stelle der Pfarrer den Stocker als einen Vermessenen hin, der durch seinen Trotz sich erhöhe und unseren

Herrgott herausfordere. Mit dumpf zurückgehaltenem Ärger gingen die Leute aus der Kirche, und als der Stocker vorüberging und beinahe höhnisch sagte: »So Leit', morgn in der Früah um achti kinnt's wallfahrten mitgeh!« riefen sie alle: »Ja-ja, Stocka, dös tean ma aa!«
Der andere Tag brach an, hell und prallsonnig, und wirklich – sogar der Pfarrer konnte nicht umhin, er war mit zwei Ministranten gekommen – wirklich standen schon in aller Früh die meisten Leute aus der Pfarrei vor dem Stockerhaus. Sonntäglich waren sie gekleidet, ernst schauten sie drein. Der Häusler kam daher, dahinter seine Alte, die Buben und die Genovev. An die Wand trat der verbissene Mann, bückte sich und schwang das dort lehnende Kreuz auf seine breite Schulter. Die ihm helfen wollten, kamen zu spät, schon ging er weit ausschreitend vor dem Zug her. Das Beten setzte ein, aus dem Dorf kam man, die staubige Landstraße entlang bewegten sich die Dahintrabenden, denn der Häusler ließ sie fast hinter sich, so eilsam marschierte er. Es war ein höchst merkwürdiger Bittgang, immer wieder stockte das Beten, kaum zum Schnaufen kamen die Leute noch, plapperten durcheinander, und zeitweilig geriet alles in Unordnung.
»Langsama!« schrie der Feiterlsbacher von Irschendorf keuchend, als man in den ansteigenden Feldweg einbog. »Langsama!« sagten Weiber und Männer, aber der Stocker hörte und sah nicht. Höher und höher stieg die Sonne, steiler wurde der Weg zum Wallfahrtsort. Jeder schwitzte bereits dampfend, und der Stocker rauchte förmlich am ganzen Körper. Den Kopf hatte er eingezogen, auf den Boden starrte er unentwegt, und das Wasser rann in dicken Strähnen aus seinem Gesicht. Die scharfe Kante des Kreuzes grub sich tief, immer tiefer in die Schulter und hatte bereits den Stoff der Joppe aufgescheuert. Man sah, wie der gekrümmte Körper des Trägers mitunter leicht zitterte, wie der Rücken sich immer wieder mehr bog. Jetzt machte der Weg abermals eine Biegung und lief in den kurzen Wald, der hier den ersten Buckel des Himmelreicher

Berges umlagert. Da geht es zirka eine Viertelstunde ziemlich flach dahin, dann steigt der Weg wieder bis zum letzten Vorsprung, auf dem die erste Kreuzwegstation steht. Nach soviel Sonnenhitze war jeder beinahe gierig auf einen kühlen Schatten, und man wollte auch ein wenig Rast machen hier. Die Schritte der Beter verlangsamten sich auch schon. »Hoitn! Wart's a bißl!« schrien die Weiber hinten. »Halt!« gab der Bürgermeister von Walpach weiter und der Pfarrer mit den Ministranten schauten auf den Stocker, der das Kreuz keuchend weiterzog.

»Stocker! Stocker! Rast, Stocker!« rief der Pfarrer und blieb stehen. Gespannt schauten alle auf den Menschen da vorne.

»Stocka!« schrie der Wirt von Allkirchen.

»Hans! Hans!« hörte man die Häuslerin schmerzlich rufen: »Hans, so hoit doch stad, du brichst ja um sunst, Hans!«

Jetzt – ja, jetzt – allen verschlug's den Atem, alle glotzten gradaus – ja, jetzt ließ er das Kreuz nieder, es rutschte hart über seinen zitternden Arm, er konnte nicht gleich den Rücken grad machen, er stemmte sich fest. So still war es, daß man das Knacken der Knochen hörte, ja, jetzt rastete der Stocker, ohne sich umzudrehen. Er stand da, die eine Hand am Kreuz und rieb sich mit dem anderen Ärmel den Schweiß aus dem Gesicht. Er versuchte tief zu schnaufen, aber es mußte ihm wehtun, denn die Leute sahen, wie ein stockendes Zittern über die obere Rückenhälfte lief.

»Dös geht nimma . . . Der werd ja hi dabei!« murrte der Wirt abermals und brach damit das benommene Schweigen der anderen.

»Es muaß a andra a Zeitlang trog'n«, meinte der Bürgermeister. Unschlüssig verharrte man etliche Sekunden.

»Dös, dös is sei Tod!« wimmerte die Stockerin unter die Leute, und die Tränen brachen ihr aus den Augen. Der Pfarrer ging festen Schrittes auf den Stocker zu, zögernd folgten der Müller und der Bürgermeister, dann noch, wie von einem plötzlichen Einfall getrieben, der Kurbel.

Fremdartig, beinahe kriegerisch sah sich das alles an. Vorne, auf

Wurfweite entfernt, ein bockbeiniger Mann, ganz für sich, ganz allein in seiner Verranntheit. Hinter ihm Menschen wie er, die aber doch zusammengehörten, die sein Tun nicht mehr fassen konnten, ja in denen nach und nach schon so etwas wie eine dumpfe, halb furchtsame Gegnerschaft heraufgekommen war.

»Stocker!« hörten die Leute den Pfarrer sagen und warteten gespannt. Der Angesprochene drehte sich nicht um. »Stocker?« wiederholte der Pfarrer noch einmal und trat mit seinen Begleitern vor den Kreuzträger. Jetzt standen sie sich von Angesicht zu Angesicht gegenüber.

»Es geht nimmer so weiter, Stocker«, versuchte der Geistliche sacht die Umstimmung einzuleiten: »So nimmer ... Jetzt soll ein andrer tragen. Das –.«

Er stockte, denn nun hob der Häusler sein feindseliges Gesicht und schaute ihn mit eigensinnig bohrenden Augen an.

»Ein andrer«, stotterte der Geistliche ein wenig.

»I trog's jetz!« machte sich der Müller flugs erbötig: »Oda mir helfa z'samm!«

Auch der Bürgermeister hatte jetzt seinen Mut wiedergefunden und wollte zu reden anfangen. Da aber passierten zwei höchst komische Dinge. Nämlich ein Hase sprang jäh über den Weg und schoß ins peitschende Gebüsch. Die vier Männer fuhren erschreckt zusammen und drehten sich mit einem Ruck um. Während sie jedoch so schauten, mußte der Häusler auf einmal gewaltig niesen, derart furchtbar laut niesen, daß die vier, wahrscheinlich weil ihnen das wie ein mordialischer Aufschrei in den Ohren klang, fassungslos eine Strecke Weges weiterrannten und erst einhielten, nachdem einige aus der rastenden Bitterschar sie zurückriefen. Sie standen eine Sekunde verwirrt nebeneinander und drehten sich endlich um, glotzten wie verwunderte Stare auf den Häusler, der inzwischen das Kreuz wieder aufgenommen hatte, und trotteten dumm und stumm an ihm vorüber, zurück zu ihrer Beterschar. Der Stocker schritt wieder mannhaft aus, viele schüttelten den Kopf, aber schließlich ordnete sich der Zug wieder einigermaßen, das Beten begann und weiter marschierte man.

»Der is narrisch wordn!« brummte der Müller dem Bürgermeister leise ins Ohr, und dieser nickte.

Der Wald ging zu Ende, die Hitze fing wieder an und noch steiler wurde der Weg. Wenn zufällig eine Pause eintrat, vernahm man deutlich das Knirschen des Kreuzendes auf den trockenen Kieselsteinen. Anfangs war alles halbwegs erträglich. Je länger man aber wanderte, desto schneller tappte und schleppte der Stocker, und zuletzt, kurz vor dem abermaligen Bergvorsprung, lief er buchstäblich. Das war so toll, so erschreckend, daß es keiner mehr aushielt.

»Herrgottsa-a-!« brüllte der Bürgermeister unmutig und entfachte damit ein allgemeines Murren. Keiner fuhr mehr fort im Gebet, ein richtiger Ärger war in alle gekommen, stehen blieb man und fing laut zu schimpfen an.

»Dös is ja doch koa Macha nimma!« schrie der Müller und schnaufte wie ein Roß.

»Der is ja verruckt word'n!« stimmte ihm der Galoth bei. Der Zug bröckelte ins Breite, der Pfarrer schüttelte in einem fort den Kopf und wußte sich nicht mehr zu helfen. Die Stockerin weinte laut auf. Alle schauten bergan. Jeder und jede stieß einen staunenden Schrei aus. Der Kreuzträger war hinter dem Vorsprung verschwunden und tauchte plötzlich viel weiter oben wieder auf, ganz zusammengedrückt, den Kopf fast auf dem Boden und wie rasend weiterlaufend.

»Ja-ja-ja, der is ja . . . Dös is ja – ja! Do schaugt's! . . . Ja, do mächtst ja glei –! . . . Dös is ja der reinste Höllteifi!« schrie es durcheinander, und wie von einem jähen Grauen gepackt, fingen auf einmal alle zu laufen an, völlig kopflos zu laufen. Keuchend, kreischend und brüllend wälzte sich die ungeordnete Schar den Vorsprung hinan, die Alten blieben hinten, die Jungen trampelten weiter, es war der reinste Sturmangriff. Das weiße Meßhemd des Pfarrers flatterte, der eine Ministrant gabelte mit seinem langen Bittkreuz ungeschickt herum und ließ es plötzlich fallen, der andere plärrte wie angestochen, weil er in gestreckter Länge drüber fiel. Etliche Leute, die auf den Hängen arbeiteten, rannten auf den Weg und sprangen in weiten Sätzen der Schar voran. Einer, der Barnbüchler von Schneidhamm, war schon nur noch meterlang hinter dem Kreuz und griff mit beiden Armen auf, schrie, schrie, was er konnte und erstarrte mit einem Male zur Säule. Das Kreuz fiel schief in den Straßengraben, der Stocker war einen Augenblick lang wie ein Knäuel, dann streckte sich sein dampfender Körper, warf sich einzweimal und blieb – das dickblutende Gesicht auf dem Boden geschlagen – steif liegen.

»Ho-o-«, konnte der Barnbüchler nur aus sich herausbringen. Gleich darauf erreichten ihn die anderen Leute und starrten schlotternd auf den zerschundenen, verschmierten, staubigen Menschen da, mitten im Weg.

»Hei-eiliga Herrgott!« schrie die Stockerin furchtbar auf und warf sich wie von Sinnen auf ihren toten Mann, heulte, jammerte, plärrte und riß an dem Körper.

»Ja! Ja, jetzt sowos! Ja-ja!« stotterten die erschütterten Weiber. Den Männern hatte es das Wort verschlagen. Wie lahm vom Schreck war jeder.

»Herr, gib ihm die ewige Ruah!« hub auf einmal der Pfarrer an, aber keiner sagte den Endspruch. Der Tag brannte rund um den Berg, die Luft war gleichsam atemlos geworden.

»Du host'n umbrocht, du Pharisäer!« brüllte auf einmal der Wirt von Allkirchen heiser und schlug mit aller Gewalt seinen Stock über Kurbels runden Kopf, daß es krachte: »Do, du Hund, du nackerter!« So schnell war es gegangen, daß ihn keiner dran hindern konnte. Der Kurbel drehte sich halb und sank vornüber. Zum Glück aber fing ihn der Galoth noch auf.

»Ja, um Gotteswilln!« jammerten die Weiber. Weiß Gott, was noch passiert wäre, wenn der Müller und der Wimblinger dem Wirt nicht in den Arm gefallen wären. Er hatte schon wieder den Stock geschwungen, außer Rand und Band war er und blaß wie eine Leiche.

»Der is schuid! Der hotn umbrocht!« wiederholte er ewig und ewig. Nur schwer war er zu überwältigen. Ein höllisches Bild war's: Auf dem Boden der Tote und sein verzweifeltes Weib und daneben raufende Männer.
Und hatte doch alles schier so angefangen wie »Unser Herr Jesus Christ trägt das schwere Kreuz nach Kalvari«.
»Der Herr gib ihm die ewige Ruah!« ermannte sich der Geistliche beherzt und siegte. Den verwundeten Kurbel hielten der Galoth und der Müller, der Wirt hatte sich losgerissen und lief über den Berg hinunter, alle standen wieder einigermaßen ruhig und schlossen mit Ergriffenheit: »Und das ewige Licht leuchte ihm.« So starb der Stocker von Walpach zum zweitenmal. Diesmal wirklich. Sein Herz hatte ausgelassen.
Das Kreuz steht seither an derselben Stelle, wo er umgefallen ist, hart am Wegrand. Ein blechernes Schild zeigt das unbeholfen gemalte Bild, und ein kurzer Text schildert die Geschichte. Die Leute in der Allkirchner Pfarrei reden nicht gern von dieser sonderbaren Wallfahrt. Die meisten, die dabei waren, sind ja auch schon gestorben. Weiß der Himmel, so starrsinnige Leute wie der Stocker, die es – ganz gleich auf welche Art – buchstäblich unserem Herrgott nachmachen wollen, sind von jeher auf der Welt nicht recht freundlich verstanden worden.

Der letzte Mensch will heiraten

I.

Dem Kramer von Trosting seine Alte ist vor vier Wochen beerdigt worden. Sie war erst achtundvierzig Jahr' alt, er ist fünfzig. Der Kramer schreibt sich Franz Xaver Demmler. Er hat ein wunderschönes, neu hergerichtetes Haus und übriges Geld auf der Sparkasse. Sein Geschäft ist ebenfalls schuldenfrei und geht ausgezeichnet. Er führt Kolonial- und Kurzwaren, Mehl und Stoffe.
Der Kramer Demmler von Trosting aber heißt gar nicht so, wie ich's jetzt hergeschrieben habe. Frage weit und breit nach ihm, keiner wird dir sagen können, wer das ist, der Demmler, wo er wohnt und so weiter.
Der Kramer Demmler nämlich – und Großvater und Vater vererbten das schon weiter – ist nur unter dem Namen »Der letzt' Mensch« bekannt. Wie und woher diese Bezeichnung kommt, habe ich nie erfragen können.
Damit ich es also recht sage, dem letzten Mensch seine Alte ist gestorben, und das war arg, den die zwei haben ihrer Lebtag lang gut miteinander gehaust und Kind ist keins da. Infolgedessen – Trauer ist schön und gut, aber ein alleiniges Mannsbild in so einem großen Hauswesen, das geht einfach nicht – infolgedessen hat der letzt' Mensch schon gleich gesagt: »Do bleibt mir nix anders übri, ois daß i mir wieda oani für mei Gschäft suach . . .«
Selbstredend ist ihm das von vielen Leuten sehr übel genommen worden, wo doch die Kathl, seine Selige, so eine tüchtige, ordentliche Person war. Aber der Kramer hat sich nichts drum geschert. Nicht als ob er etwa ein unreligiöser, moderner und halbwegs fortschrittlicher Hallodri gewesen wäre, der letzt' Mensch! Nein, nein, das gar nicht. Er folgte nur seinem gesunden Hausverstand.
Er ließ ungefähr ein halbes Jahr verstreichen, hauste aushilfsweise mit der alten Weberin weiter, so gut es ging, und beredete sich mit dem Reisenden der Münchener Kolonialwarengroßfirma Ab-

reiter & Co., dem Georg Aumüller, der schon jahrelang zu ihm ins Haus kam.

»I konn überlegn sovui ois i mog, es geht gor it anderscht – i muaß wieda oane hobn«, sagte er zu dem, und eine müsse es sein, die vom Geschäft was verstehe und auch hereinpasse, und natürlicherweise was Junges und Schönes wär' am besten. »In ünsern Gau is koane, dö wo mir gfoit ... Soweit oist umanand' spekalierst – nix ois wia schiache Teifin!« berichtete der muntere Kramer des weiteren, und auf das hin fixierte sein Freund Aumüller einmal *ihn* genauer.

»No also woaßt, Xaverl, *du* bist grod aa net der Schöner'!« konstatierte er nach dieser Musterung: »Gor a so mausi brauchst d' di' nachha do scho net macha...!« Das Dawiderreden half nichts, der Reisende zählte unerbittlich an seinen fünf Fingern alle Fehler herunter. Numero eins hatte der letzt' Mensch trotz seiner fünfzig Jahre schon eine ziemliche Platten, und sein struppiger Schnurbart war stachelwax; Numero zwei schnupfte er derart, daß man's – wie man so sagt – zehn Stunden gegen den Wind roch; Numero drei hatte er infolgedessen Rinnaugen; Numero vier war sein Hängebauch grad nicht appetitlich, und endlich Numero fünf nahm er's mit seiner Kleidung nie sonderlich genau. Tag für Tag trug er einen gestrickten, dreckglänzenden Janker und darunter ein kragenloses, blaukariertes Baumwollhemd, das stets offen stand und so die krausen, auch schon ein wenig angegrauten Brusthaare zeigte. Ganz enge, uralte, zerflickte Hosen strammten sich um seine Beine, der blaue Schurz verdeckte sie und war unterhalb des Bauches gebunden. Dicke Wollsocken hatte er Sommer und Winter an, und seine Füße steckten in ausgelargten, bockstarren, ledernen Pantoffeln.

»Is dös vielleicht a Buid für a Hochzeiterin?« fragte der Aumüller, und der Kramer machte ein verwundertes Gesicht. Ihm war das sicher noch nie aufgefallen.

»Tja, aba du derfst doch net vergessn: I hob bar's Geld und a schuidnfrei's Anwesn ... Schlecht kriagt's gwiß koane bei mir!«

führte er ins Treffen. Und überhaupt – auf dem Land heirate man nicht nach der Schönheit, sondern nach dem Sach'!
Die zwei redeten noch allerhand, überlegten hin und her, und schließlich kamen sie dahin überein, daß der Aumüller in den »Münchner Neuesten Nachrichten« ein entsprechendes Heiratsinserat für den Kramer aufgeben sollte.
»Guat!« sagte der Xaverl, und »Guat!« sagte auch der Reisende aufstehend. Er machte sich wieder auf den Weg.
»Und, gell, setz no glei mei ganze Adress' nei! ... I hob mir nix z' färchtn!« rief ihm der Kramer noch geschwind nach. »I konn aa it oiwai a d' Stodt einifahrn.« Auch damit war der Aumüller einverstanden. –
Schon am dritten Tag las der letzt' Mensch unter einem fettgedruckten »Einheirat« sein Angebot aus der Zeitung und schmunzelte stillvergnügt. »Hmhm! ... A so a Sautropf, a so a schlitzohriger!« brümmelte er zufrieden in bezug auf den Aumüller. »Hmhm, ja ... Do sogt er jetz nix vo meine Fehla!«
Nur von einem »gesunden, tüchtigen Witwer ohne Kind mit schuldenfreiem Haus und Geschäft und Barvermögen« war da die Rede, und wie frech der Schluß lautete: »Jüngere, hübsche Damen, die Lust und Liebe zum Geschäft haben, wollen Bild und Lebenslauf senden an« und so weiter. Er stieß fast einen Juchzer aus sich heraus und schlug kräftig mit beiden Händen auf seine Oberschenkel. Richtige Stielaugen bekam er, als er eine Zeitlang so nachdachte.
So – und alsdann kam die Wirkung. Der Postbote Lingerl brachte in den darauffolgenden Tagen gewiß an die hundert Briefe. Der Kramer kam ganz aus der Fassung über so einen Segen. Er konnte auch das Maul nicht halten. Breit lachend kam er jedesmal in den Laden und erzählte von all dem.
»Hm, ma' mächt's net glaabn, wia weit ois mir heunzutog scho vorn san! ... Ha-hm, wia praktisch ois heuntzutog ois's geht! Du brauchst bloß wos öffentli' bekanntmacha und konnst dir Weiba raussuachn, ganz noch dein' Gschmoch ... Hm-hm, dös is ja doch scho oiahand

Wunder!« rief er fidel. Jeden Brief las er sehr eingehend, jede Photographie prüfte er genau, und alsdann, wenn grade der rechte Nachbar im Laden war, zeigte er die Bildnisse her und fragte gemütlich: »Wos für oane tat jetz dir do am bessern gefoin? Wos tat'st jetz du do für oane nehma?«
Es gab da selbstredend allerhand Sachverständige. Der Lipp meinte so, der Hingerl so, der Postbote wieder anders, und so ging es weiter. Der Kramer brachte es bald heraus, diese ganzen Konsorten hatten bloß immer was auszusetzen und machten sich einen Jux aus der Sache. Er aber wollte doch endlich zu einem Ergebnis kommen. Darum sagte er auch endlich blankweg: »Tja-ja, wenn's noch enk gangat, do waar ja glei gor koane recht! ... I pack's jetz amoi, basta!« Er setzte sich hin und schrieb die Antworten. Er ließ, wie er sich ausdrückte, »die Persönlichkeiten einmal kommen.«
Dieser Schritt hatte noch eine viel lustigere Wirkung. Ganz Trosting lachte drüber. Beim Kramer gingen tagelang fremde Damen aus und ein. Einige blieben länger, einige kürzer, die machte schon vor dem Haus kehrt, die kam schimpfend und plärrend aus dem Laden, wieder welche gab es, die verdufteten still und beschämt, alle Arten von Bewerberinnen sahen die belustigten Nachbarn: aufgedonnerte Dreißigerinnen, ordinäre Beißzangen, geschämige oder scheinheilige Halbjungfrauen, etliche anständige Witwen, dann wieder blutjunge leichtsinnige Dinger. Dicke und Dünne, Lange und Kurze, sogar eine Hinkende und eine Tiefverschleierte passierten an den Fenstern vorüber. Es war – mit einem Wort – gewaltig.
Übrigens, damit ich es nicht vergesse, der letzt' Mensch hatte die Sache auch ein wenig dumm arrangiert. Auf einen solchen Ansturm war er vielleicht auch nicht gefaßt. Immer nämlich, wenn eine dieser Damen den Laden betrat, bat er sie in die Stube und wollte sich mit ihr unterhalten. Kaum aber war er drinnen, läutete schon wieder die Glocke, er mußte die eine warten lassen und die andere abfertigen. Mit aller Ernsthaftigkeit sagte er beispielsweise zu der

im Laden: »Soso, jaja, entschuidigen's Frailein... Jaja, der Demmler, jaja, der bin i selber... Jaja, gellns, sans so guat, warten's a weni ... Glei, glei Frailein...« Und so kam er überhaupt nicht recht in die Ordnung mit allem. Das Weibsbild im Laden machte böse Augen her und lief schnurstracks davon oder schlug einen Heidenlärm, kam er alsdann in die Stube, war's meist nicht anders. Er war in tausend Nöten, er fing schließlich auch zu schimpfen an. »Ja, Herrgott, i bin doch Gschäftsmann ... I muaß mir doch ois's z'erscht o'schaugn! ... Regn's eahna net auf, Frailein!« wollte er erklären, aber es war schon aus.
»Unverschämtheit!« hörte er belfern, und ob er vielleicht glaube – also kurz und gut, das sei einfach keine Art und Manier, eine Gemeinheit sowas, sich einfach so einen frechen Jux zu machen.
Dem letzten Mensch wurde es allmählich schwummelig. Er sagte sich insgeheim: Die, wo jetzt zum ersten mit sich reden läßt und paßt mir, wird einfach genommen. Und richtig – zwei oder drei mußte er noch wegschicken, als diese eine in der Stube stand – richtig, mochten auch die drei in und vor dem Laden wie Zigeunerweiber keifen und plärren – er hatte eine. Er schnaufte direkt auf. Kathi hieß sie, eine lustige, mollige Person, an die sechs- oder achtundzwanzig Jahr alt, war sie.
»Holla! Hoppla, jetz hot's gschnappt! ... Jetz hot er oane gfischt!« sagten die Nachbarn lachend und waren mordsmäßig gespannt darauf. –

II.

Also gut – die Kathi. Sie schrieb sich Katharina Reitmair, hatte, wie sie angab, keinen Vater und keine Mutter mehr, und war früher Kassiererin gewesen, was solid ausgedrückt Kellnerin sein konnte, hinwiederum, wenn man's nicht so reell meinte, konnte sie auch eine Animierdame in einem Weinlokal gewesen sein.
Der Lipp kam in den Laden, um sich ein Packl »Saarbrücker« zu holen, und sah schon gleich etwas sehr Einladendes. Nämlich zwei

stramme Wadl bis über die Knie hinauf und den Anfang von einem seidenen Schlupfhöschen, ein paar breite Hinterbacken, um die sich der blaue, enge Tuchrock fest spannte, von den ausladenden Hüften aufwärts einen kernigen, schöngestalteten Oberkörper und endlich einen schwarzen, strudligen Bubikopf. Die Kathi stand auf der kleinen Stellage, und der Kramer zeigte ihr sozusagen sein Lager.

»Ho-oppla!« machte der Lipp unter der offenen Tür und schaute bloß mehr auf das Weibsbild.

»Aha! Aha! Gell, do schaugst! Tja, jetz hob i dö Recht' ... Do! ... Kathi, geh, geh oba! ... Do, do is's!« sagte der letzt' Mensch. Seine Augen glänzten, sein ganzes Gesicht strahlte. Freundlich stellte sich die Kathi vor. Die einschmeichelndste Stimme von der Welt hatte sie. Der Lipp trug gewissermaßen die Kunde durchs Dorf, alle kamen und alle staunten. Der Kramer sowas Gräusliches und sie sowas Appetitliches, das war ja doch direkt nicht zum Glauben! – Und nochmal: Also gut, die Kathi! –

Der Aumüller kam, linste vielsagend auf den Kramer, musterte sie und schaute komisch drein. Er wurde im Lauf des Bestellens immer baffer.

»Was sagn's ... Stangenspargl? Ölsardinen? ... Ananas in Bixn? ... Soso, dös habn Sie aa? ... O-uh, Xaverl, dös iß' i soooo gern! ... Dös is ganz wos Feins, Xaverl!« sagte die Kathi, und was tat der letzt' Mensch drauf? Er fuhr mit der glatten Hand ein paarmal durch die Luft und patschte alsdann auf den eschernen Tisch. Kreuzgut sagte er: »Ja aiso, Kathi? ... Wennst ös mogst, wenn's wos Fein's is, nachha bstell's nu! Bstell dir, wos d' mogst!«

Der Aumüller notierte mit spöttisch verzogenen Mundwinkeln: Ein Dutzend Büchsen Stangenspargel, ein Dutzend Ananas, zwei Dutzend grätenlose Ölsardinen, sechs Flaschen Rotwein »Tiroler Spezial«, sechs »Malaga«.

Er fand die Kathi nicht zuwider. Geschäft ist Geschäft, und »Alter schützt vor Torheit nicht« wird ihm vielleicht durch den Kopf

gegangen sein, er lobte den Kramer, daß er sowas Nettes erwischt hatte, und das galt natürlich mehr der Kathi.
Beim letzten Mensch gab es jetzt alle Tag ein pikfeines Essen, die besten Delikatessen. Die Kathi entwickelte einen staunenswerten Appetit und war immer lustig.
»Iß nu, Kathi! ... Aiso, Kathi, wenn's dir schmeckt, iß nu! ... Loß dir nu nix obgeh'!« ermunterte sie der Xaverl stets.
Die Kathi fing so von ganz außen herum an, daß sie Kleider brauchen würde. Und Schuhe. Sie staffierte sich recht reichhaltig aus. Der Xaverl war splendid wie ein Lebemann. Oft und oft, wenn er seine Kathi so insgeheim musterte, schoß ihm die Hitze in das Gesicht. Er fing an, sich ein wenig sauberer zu halten. Komisch, mitunter, wenn er allein in der Stube stand, schaute er plötzlich in den Spiegel und drehte seinen Bart auf. Er strich über seine Platten, er knöpfte sein Hemd zu. Alsdann schnupfte er rasselnd. Die Kathi kam adrett angezogen aus der Kuchl und machte einen kleinen Bogen um ihn. Sie stellte die Suppenschüssel auf den Tisch. Er musterte sie fast gierig von hinten. Herrgott! Herrgott, gleich das Schnaufen verschlug es ihm.
»Ka-athi ...?« stammelte er etwas hastig und wurde schon wieder kleinlaut. Sie war eine zu feine Person. Herrgottsakrament aber, dachte er, ich muß doch jetzt einmal mit ihr ins Reine kommen.
Die Kathi hatte sich inzwischen umgedreht und lachte: »I woaß scho, Xaverl ... Jaja, du, jetzt is's Oktobafest scho o'ganga! ... Gell, Xaverl, do fahrst scho amoi nei mit mir, gell?«
Und, wie aufgezogen sagte der Kramer wiederum: »Aiso Kathi, mir sperrn einfach an Lodn und 's Haus zua ... Wennst mogst, wenn's dir gfoit, Kathi? ... Aiso glei heunt fahr'n mir eini auf Minka!« Er machte wieder die zwei Striche mit der Hand durch die Luft. Die Kathi hüpfte ein klein wenig in die Höhe, sprudelte: »Uh, dös is aba nett!« aus sich heraus, und pfeilgrad mitten am Tag fuhren die zwei zum Oktoberfest nach München.
Die Kathi hatte so eine Art, ihre Freude recht deutlich zu zeigen.

Sie lachte immerzu, und von Zeit zu Zeit sagte sie zum Xaverl: »Also siehgst, Xaverl, dös gfreit mich! ... Dös is sehr nett von dir!« Sie mischte so drollig Dialekt und Hochdeutsch ineinander. Munterkeit macht einen Mann stets freier und besonders einen, der schon über das Gröbste im Leben draus ist. Der Kramer war auch sehr fidel. Er saß im Coupè der Kathi gegenüber und gab auf ihre Ausbrüche stets das gleiche zur Antwort, er sagte glücklich und zufrieden: »Jaja, Kathi! Ja, also Kathi, wenn's di freit, nacha freit's mi aa ...« Sonntäglich war er beisammen, rasiert war er und kam sich beinahe vor wie ein Hochzeiter. Insgeheim beschäftigten ihn sicher die entschlossensten Gedanken. Er zog ein ums andere Mal seine Dose heraus und schnupfte. Dabei zitterten seine Hände, der Tabak fiel ihm hier und da auf die Oberschenkel, er staubte ihn weg. Die Kathi bog sich weg, und da fragte er einmal: »Mogst 'n it, an Schnupftawack, Kathi, ha?«
Sie aber verstellte sich glaubhaft und antwortete jedesmal: »Nana, Xaverl, dös macht mir gor nicht's aus ... Nana, Xaverl.«
Lustig stiegen sie in München aus. Die Kathi bestellte am Bahnhof telefonisch ihre Bekannten ins »Winzerer Fähndl« auf die Festwiese. Dort wurde es kreuzlustig.
»Jaa-ja, Kathi, ja Kathi! Also Kathi, dös host ganz recht gmacht«, lachte der letzt' Mensch in einem fort. »Dös mog i, wenn a lustige Gsellschaft beinand is! ... Iß nu Kathi, trink nu! Sauft's nu, Leutln!« Er zahlte alles. Die Musik schmetterte, der Lärm rauschte um seinen Kopf, er trank und trank. Auf einmal war die Polizeistunde da. »Xaverl? ... Jetz kriag'n mir fei koan Zug nimma ... Wos tean' ma jetz, Xaverl?« fragte die Kathi vorsichtig. »Mir kinna doch 's Gschäft it recht guat alloan's loss'n ... Mir müassertn hoit doch hoam, Xaverl ...?«
Der Kramer wankte schon ein wenig und rülpste ihr mitten ins Gesicht, seine Augen waren glasig, er roch nach Bier und Schnupftabak, seine Füße waren schwer. Einer aus der Gesellschaft schrie übermütig: »Ach was! ... Es gibt doch Autos!«

»Xaverl?« fragte die Kathi, und wiederum rülpste der Kramer: »I-i-iuppp-i-i-iupp! . . . Ja also, Kathi, aiso Kathi! . . . Dö-dö-i-i-iupp-dö-dös is schön vo dir, da-daßd du 's G-g-g-g'schäft it alloalossn wuist . . . M-m-m-mir nehma an A-a-auto, Kathi!«
»Mi-mi-mir nehman an Auto-o-o!« wiederholte er lallend, und wiederum war ein massiger Lärm um ihn, Lachen hörte er, Singen, Schreien – die Kathi schob ihn in ein Auto.
»Fahrn's üns auf Trosting! . . . Trrr-ro-osting!« stotterte er.
»Wos denn? . . . Wie? . . . Ah, Unsinn! Dös san ja siebzig Kilometer! Unsinn!« hörte der Kramer den Chauffeur schimpfen, der Kathi ihre Stimme zirpte auf, andere redeten dazwischen und »So, Xaverl, do bin i scho!« sagte die Kathi wiederum, ließ sich ins Polster nieder, der Wagen hob sich weg und sauste durch die laute, lichterflirrende Stadt, weiter, weiter, immer weiter, alsdann kam die dunkle Landstraße . . .
Zuerst rührte sich der Kramer kaum, er lag mit ausgestreckten Füßen im schaukelnden Sitz, er graunzte ab und zu, es stieß ihm auf, der Dunst füllte das schwarze Viereck und die Kathi zwickte mit zwei Fingern ihr Nase zu, es würgte sie fast vor Ekel. Jetzt sah es der Xaverl ja nicht. Sie raffte sich endlich wieder zusammen.
»Gell, schö is's gwen, Xaverl?« fragte sie einschmeichelnd.
»Hi-ia-hiupp-hia, sehr schö' . . . Wundaschö«, stolperte der Kramer über seine eigene Zunge. »Wu-wu-wundaschö –.« Es riß ab. Im frischen Steinaufwurf ratterte der Wagen und schüttelte die zwei näher aneinander. Im Xaverl seinen Bauch rumorten die vollen Därme, er rülpste und rülpste. Die Kathi schwang sich hastig zurück und – Gott sei Dank, es war ja stockfinster – sie machte ein grausiges Gesicht.
»Ka-ka-kathi . . .?« fragte nach einer Weile der letzt' Mensch: »Kathi . . .?«
»Ja, Xaverl, wos is's denn?« Die Kathi spürte, daß sich der Kramer heftig rührte, er zog seine Beine hoch, er richtete sich auf, er griff in der Hosentasche umeinander und suchte auf einmal ihre Hand.

»Do-do, Kathi! ... Der Ring g'härt dir ... Der gehärt dei ... Den-den schenk i dir!« sagte er und drückte ihr denselben in die Hand. »Dös is a schwaar's Stuck ... Er is no vo de-de-der Kathl selig ... Ho-hot sellmois a dö hundertfufzg Mark kost ... Do!« Die Kathi dankte freundlich und ließ das Schmuckstück in ihrer silbernen Handtasche, die ihr der Kramer in den ersten Tagen gekauft hatte, verschwinden. Etliche Minuten waren sie wieder stumm. Der Wagen schnaubte über die Halldorfer Anhöhe hinauf und machte einen Höllenspektakel. Der letzt' Mensch wurde nüchterner und wachte mehr und mehr auf. Er setzte sich gerade hin und schnupfte wie auf Vorrat. Seine volle Nase rasselte. Endlich war der Wagen überm Berg und sauste wieder freier dahin.
»Ja aba woaßt, Kathi ... I-i bin aa it aus Eisn«, sagte der Xaverl jetzt auf einmal viel bedachter und rückte mehr an sie heran. »Wia is'sn nachha Kathi? Mogst mi du?«
Er langte linkisch nach ihr: »Ka-kathi, geh weita, geh?« Sie spürte sein stinkendes Gesicht ganz nah, es half nichts, er legte den Arm um ihr Genick.
»A-aba Xaverl? ... Xaverl, heunt it ... Morgn nachha, morgn ... Dödös macht ma morgn aus, Xaverl!« wehrte die Kathi ab und machte sich von ihm frei.
»A-aba a Bussei muaß i heunt scho kriagn, Kathi ... A Bussei, geh weita!« drang der Xaverl wieder in sie, und sein Bart stach bereits ihre Backe. Sie tat das Gescheiteste, sie schwenkte ihren Kopf schnell herum und gab ihm einen Kuß. Ganz schnell, ganz unschuldig. Und da gab er nach. Er sah nicht, daß sie in einem fort das Gesicht mit dem Handrücken abrieb, fort und fort. »Guat, guat, Kathi, aiso morgn ... Morgn! ... Aba ganz gwiß!« beharrte er.
»Ja, Xaverl ... Morgn, morgn bein Mittogessen redn mir drüba«, beruhigte ihn die Kathi. Der Wagen surrte und surrte. Immer war es, als ginge es in eine noch größere Finsternis hinein, draußen war's dunkel und herinnen war's schwarz. Endlich stoppte der Chauffeur, ein Ruck, ein Zuck – sie waren in Trosting.

»Do! Do, no grod aus . . . Glei dös vierte Haus!« rief die Kathi durch das vordere Fenster. Noch einmal schutzte der Wagen los und hielt endlich. Die zwei stiegen aus und der Chauffeur mußte ins Haus kommen. Der Xaverl zahlte die Kosten und gab ihm noch eine Flasche Schnaps mit auf den Weg. Während sich die zwei Männer unterhielten, ging die Kathi ins Bett. Hurtig rumpelte sie über die Stiege hinauf und sperrte ihre Kammertür ab. Sie schnaufte richtig auf, zog sich rasch aus, horchte ab und zu herzklopfend und wusch sich. Sie hörte den Xaverl langsam über die Stiege herauf tappen, eine Tür klappte ins Schloß, still war es. Sie holte wiederum einen tiefen Schnaufer aus sich heraus. Lang noch war sie auf, sehr lang.

Am andern Tag – der Xaverl freute sich drüber – kam sie mit einem ganz neuen Kleid herunter. Sie vermied es geschickt, mit ihm zusammen zu kommen. Hurtig und fidel arbeitete sie. Die Stunden bis zum Mittagessen verliefen dem Kramer viel zu langsam. Er ging in die Holzhütte hinaus und spaltete die Buchenscheite. Immer wenn er einen Arm voll fertig hatte, trug er sie in die Kuchl. Als er zum dritten Mal so hereinkam, schrie die Lippin aus dem Laden: »He! Is denn do koana do? Wos is's denn mit enk?« Der Xaverl warf schnell die Scheite hin und fertigte die grantelnde Nachbarin ab. Er schrie der Kathi. Niemand gab an. Er ging in die Stube, in die Kuchl, in den Stall, in die oberen Kammern – nirgends fand er seine Kathi. Ihr Zimmer war leer, und der Schrank stand weit offen, Papierfetzen lagen herum, das dreckige Waschwasser stand noch da.

»Ka-kathi! Kathi?« schrie der letzt' Mensch nochmal und brach ab. Verwirrt schaute er eine Zeitlang grad aus. Er schüttelte den Kopf. Still war's im ganzen Haus, still und verlassen.

Die Kathi saß um diese Zeit schon im Eisenbahncoupé mit ihren vollen Koffern und fuhr München zu. Sie kam nicht mehr.

*

Die Trostinger lachten. Der Aumüller kam eines Tages. Der letzt' Mensch erzählte. Er stand wieder so da mit seinem dreckglänzenden Janker, dem offenen Hemd und in seinen bockstarren Pantoffeln.
»Ha! Host jetz scho amoi sowos gsehng!« brummte er. Er war grad nicht bedrückt, aber unbegreiflich schien's ihm doch, daß ein Weibsbild so einer Partie einfach davonlief.
»Ja, aiso woaßt, du host mir's ja it glaabt!« fing der Aumüller wieder an und wollte abermals alle Fehler vom Xaverl an den Fingern herunterzählen. Der aber scherte sich nichts drum und schnitt ihm das Wort ab.
»Geh, här auf mit deine Tänz!« sagte er schon wieder aufgemuntert: »No, wenn's it mog, nachha soit sie's bleibn lassn... Mi bringt dös it um! ... Geh weita, jetz sauft ma den Wei' z'samm, den's überlossn hat... Hock di her!«
Und das taten sie auch mit aller Gemütlichkeit. Sie lachten und waren lustig.
»Hm-hm, ma lernt it aus bei dö Weiba! ... Hmhm! ... Aba i *muaß* oane hobn! ... Ös muaß oane her für's Gschäft!« brümmelte der letzt' Mensch zwischenhinein einmal: »I glaab, es is gscheita, i suach mir a Schiache, dö bleibt eher!« Der Aumüller lachte. Der Kramer lachte.
»Prost! Auf dö neu' Kramerin!« spöttelte der Reisende.
»Prost!« gab der Kramer zurück: »Aba dösmoi brauch i di nimma, Hundsbazi, schlechta! Dösmoi pfeif i auf ois's! ... Dösmoi pack i's glei grob o ... Guatheit hot an Teifi bei dö Weiba ...«
Er sucht heute noch. Vielleicht aber – Geduld bringt schließlich sogar ein Weib ins Haus – vielleicht kriegt er bald eine, der letzt' Mensch, der Kramer Franz Xaver Demmler von Trosting.

Der arme Reiche

I.

Auf der weithin sichtbaren Anhöhe zwischen Lankendorf und Tiefenbrunn, mit der Längsseite direkt an der vielbefahrenen Staatsstraße, steht die großmächtige Wirtschaft vom Aushammer. Eigentlich heißt man's einfach Aushamm. Ein echtes, wunderbar breites, langhingestrecktes oberbayrisches Bauernwirtshaus ist das. Der große, musterhaft gewölbte Stall beherbergt gut an die dreißig Stück Vieh, die riesige Tenne mit der Auffahrt von der Lankendorfer Seite her nimmt über die Hälfte des ganzen Gebäudes ein. Dann kommt vorne das eigentliche, dreistöckige Wohn- und Wirtshaus ohne Altane, wo zu ebener Erde die geräumigen Gastlokalitäten sind.

Drüberhalb der Straße, auf dem Wiesendreieck, an dem der schmale Haglfinger Gemeindeweg vorbeiläuft, steht ein kleiner, hölzerner Eiskeller mit einem glatten Blechdach, das von einer ungefähr meterhohen, geschnitzten Planke umzäunt ist. Da droben spielen im Sommer bei Festlichkeiten die Blechmusikanten. Als Abschluß des Wirtsgartens, den dichtkronige Kastanienbäume beschatten, streckt sich weiter hinten eine lange, alte Kegelbahn gemütlich ins grüne Feld. – –

Prachtvoll wäre die Sicht auf das Anwesen von der Tiefenbrunner Straßenseite aus. Leider aber wird sie gerade da von einem ziemlich baufälligen, uralten einstöckigen Back-, Wasch- und Austragshäusl verstellt, das, wegbreit weg, quer davor im Obstgarten steht. Diese elendige Nothütte verschandelt alles. Aber einfach abreißen läßt sie sich auch wieder nicht.

Da drinnen, im ersten Stock, in zwei moderigen, feuchten Kammern, haust nämlich seit Jahr und Tag der Bruder vom alten Aushammer selig, der Georg Rechberger, oder, wie man ihn eben nach dem Hausnamen heißt, der Aushammer-Girgl. Der alte Aushammer hat sich Johann Rechberger geschrieben. Er hat damaligerzeit als Ältester das Anwesen gekriegt, drei Schwestern waren noch da, alle haben gute Partien gemacht, bloß der Girgl als Jüngster ist auf dem Haus geblieben und hat ewig den Knecht gemacht. Da ist ihm dann einmal – er war selbigerzeit schon ein Vierziger – bei der Holzarbeit im Winter was Arges passiert. Ein abgesägter Stamm fiel krachend um, der Girgl wollte wegspringen, rutschte aus und kam drunter hinein. Gott sei Dank war bloß der rechte Arm bis weit über den Ellbogen hinauf kaputt. Im Tiefenbrunner Krankenhaus hat man ihn abnehmen müssen, sonst wär' der Brand dazugekommen.

Die Kosten für Doktor, Operation und Krankenhausbehandlung hat der Aushammerhans seinerzeit übernommen, aber als der Girgl bresthaft heimgekommen ist, hat der Hans zu ihm gesagt: »Ja mei, Girgl, jetz muaß i di hoit deiner Lebtog hobn!... Vo 'ran Krippi is nix mehr zon Verlanga ... No ja, i tua's ja gern, aber gell, do unterschreibst mir, nacha san ma quitt.« Mit einem Wort, selbigerzeit ist der Girgl um sein hinausgemachtes Geld gekommen. Überall hat sich's herumgesprochen, daß das vom Hans nicht »reinlich gemacht« worden sei, und der Girgl hätte diese Machenschaft seines Bruders leicht anstreiten können, aber er war von jeher keiner von den Hellen und tat es nicht. Zufrieden gab er sich, basta. Ja, in gewisser Weise war er dem Hans sogar dankbar. »I muaß sterbn, Hans«, sagte er, »und du muaßt aa sterbn ... Do is's ja gleich, wer 's Geld hot ... I bin hoit amoi a Krippi, do loßt si' nix mehr macha ... D' Hauptsach' is, daß i meiner Lebtog versorgt bin und a Hoamat hob, solang ois i leb.«

Gerechtigkeit ist nicht immer die beste Sache. Der Frieden ist mehr wert. Der Girgl hat es bei seinem Bruder nicht schlecht gehabt. Es war ein gutes Auskommen.

Ein Jahr und viele Jahre vergingen. Der Hans war damals schon Vater von zwei strammen Buben – die Moderegger-Kreszenz von Tiefenbrunn, eine schwergeldige Wirtstochter, war sein Weib – und grad warteten die Wirtsleute auf das dritte Kind. Das aber kam tot

auf die Welt, ein Mädl war's. Und vier Tage drauf mußte auch die Rechbergerin in die Ewigkeit. Eine Leich' war's, wie selten eine. – –
Wiederum verlief Zeit und Jahr. Die Buben wurden groß und Mordstrümmer Mannsbilder. Der Aushammer ging mittlerweile schon ins Sechzigste. Er überlegte langsam, ob er das Sach' nicht dem Ältesten, dem Hans, übergeben sollt' – da brach der Weltkrieg aus. Alle zwei Aushammerbuben – der Hans und der Vestl – mußten fort. Einer war schon dreißig, der andere sechsundzwanzig Jahr' alt. Kein Wunder, daß der alte Aushammer über diesen Gang ärgerlich war.
»A so a schöns Macha hätt' er jetz g'habt, der Hans! ... Und der Vestl hätt' si' mit sein'n Heiratguat a schwaare Baurnstochta nehma kinne ... Ois's waar so guat ganga, und do auf amoi fanga dö mit iahnan Scheißkriag o!« brummte er oft und oft in der verlassenen Wirtsstube an den Girgl hin. Der wiederum schaute schläfrig auf, tat eine Zeitlang nicht Gick und nicht Gack, endlich aber murmelte er: »Ma konn nix macha, Hans ... Wia ma's macht, is's foisch ... Ös kimmt oiwai anderscht.«
Und, weiß der Teufel, er hatte recht. Es kam ganz unerwartet anders. Der Älteste von den Aushammerschen bekam bei der militärischen Ausbildung Lungenentzündung und starb nach wenigen Wochen im Militärlazarett in Neuburg an der Donau, der jüngere, der vorlaute Vestl, kam nach vier Jahren unversehrt vom Krieg heim, und das Anwesen fiel ihm zu. Die größten Bauerns- und Wirtstöchter in der ganzen, weiten Umgebung lauerten sozusagen auf ihn, aber er heiratete wie mit Fleiß eine Städtische. Das war auch dem alten Aushammer nicht recht. Was Fremdes kam ins Haus.
Ein Jahr drauf senkte man auch den Johann Rechberger, ehemaligen Aushammerwirt, im Tiefenbrunner Gottesacker in die Erde ...
Und der Girgl?
Jaso, der Aushammergirgl! Der war immer noch gesund und rüstig. Jetzt aber – auf einmal – paßte er nicht mehr ins Haus. Die nunmeh-

rige Aushammerin konnte sein Tabakrauchen nicht leiden. Und überhaupt – er hockte bloß den ganzen Tag in der Wirtsstube, hinten und vorn zu nichts nutz und noch dazu stets sternvoll Dreck. Kurzum, mit einem kleinen Benzen fing es an, allmählich wurde die adrette Wirtin immer aufsässiger, und schließlich mußte der Girgl in die Kammern, drüben im Back- und Waschhäusl.
An dem Tag, da er aus dem großen Haus ausziehen mußte, sagte er zum Vestl mit einer fast spöttischen Stimme: »Noja, an oitn Krippi konn ma leicht außiwerfa ... Dös is ja weiters koa Kunscht it ... Aba i trog dir weita nix noch, Vestl ... D' Weiba san oiwai no irga gwen wia der Teifi ... Do kann ma nix macha. Aba gell, dös sell woaßt scho, daß bei *den*, dös wo heunt ois's dir g'härt, aa hübsch wos vo mir dabei is? ... I mog it streitn, Vestl, aba sovui derf i nacha doch scho nu verlanga, daß i z' lebn hob ...«
Dem Vestl wird es bei diesen Worten vielleicht in den Sinn gekommen sein, daß er ein richtiger Pantoffelheld sei, am End' schämte er sich sogar ein wenig, aber um's nicht zu zeigen, fing er vorlaut zu poltern an. »Dei Essn und Trinka kriagst wia bei'n Vata selig, Girgl, und jede Woch' konnst zehn Mark hobn, daß a Ruah is! Aba du paßt ganz einfach nimma in mei Wirtschaft eini, aus!« sagte er kurzerhand und ging aus der Backhäuslkammer. Die schmale Holzstiege, die außen an der Hausmauer herunterlief, knackte, ächzte und bog sich buchstäblich unter seinen schweren Schritten, denn der jetzige Aushammer war ein ungeschlachter Riesenkerl und wog trotz seiner dreiunddreißig Jahre schon gutding zwei Zentner. Seit seiner Heirat ging's bei ihm städtisch her. Der Wirt und die Wirtin gaben zuviel auf Wohllebigkeit. Es war ja auch die Zeit danach. 1921 schrieb man, und mitten in der schönsten Inflation war es. Das Geld war nichts, der reale Besitz alles. Erst so um neun Uhr in der Frühe standen die Wirtsleute auf. In der Küche standen eine Köchin und einige Helferinnen, die Ökonomie und Landwirtschaft hielt ein Baumeister im Gang, dreifach soviel Knechte und Dirnen wie beim seligen Aushammer waren jetzt da. Der Wirt ging höchstens einmal

auf die Jagd, fuhr mit seiner gespreizten Frau spazieren und hockte jeden Abend zwischen den lauten Tarockern am Ofentisch. Mitunter kam's auch vor, daß die Aushammers gleich volle zwei Tage in der Stadt blieben und das unsinnigste Zeug zusammenkauften. Dann wieder machten sie mitten unter der Woche eine mehrtägige Gebirgspartie. Anfangs fuhr man noch mit der Bahn, eines Tages aber war ein viersitziges Auto in der Wagenremise.

»Herrschaftenwirt« hieß man den Aushammer in der Umgegend. Er lachte darüber. Er war reich und mächtig und lebte – wie man so sagt – drauflos wie Gott in Frankreich. Als dann die Inflation langsam dahinschwand und die Bauern überall lange Gesichter zogen, lachte er noch mehr. Er hatte sein Geld in Dollars angelegt, seine sämtlichen landwirtschaftlichen Maschinen waren neu, schuldenfrei war das riesige Anwesen, und schlauerweise hatte er für windiges Papiergeld die besten Gründe rundherum aufgekauft.

Eines Tages suchten ihn einmal zwei ehemalige Kriegskameraden aus der Simbacher Gegend auf. Der eine war ein Wachtmeister und der andere ein Viehhändler. Sie kamen in die geräumige Wirtsstube und rissen Maul und Augen auf, als sie den Aushammer sahen. »Wos? ... Ja-ja, du bischt ja da reinste Bierbanzn wordn!« sagte der Viehhändler erstaunt. Wirklich, er war kaum mehr zum Kennen, der ehemalige Unteroffizier Silvester Rechberger.

»Ja ... Jaja! Du bischt ja wia a Luftballon!« lachte der Wachtmeister fidel und musterte den aufgeschwemmten Wirt: »Du, moan i, tatst aa fressn vo der Frühah bis auf d' Nocht ...? Dir, moan i, gang's arg schlächt, wos?«

Der Aushammer lachte halbwegs und bewirtete sie aufs beste. Die Wirtin kam, und es wurde kreuzfidel.

»Bloß hoit – mit mein'n Mogn bin i nimma recht z'friedn ... Ganz gsund bin i nimma«, sagte der Aushammer während der Unterhaltung einmal. Er klagte über Magenbrennen und Kreuzschmerzen.

»Er geht mir ja zu kein' richtign Arzt!« meinte die Wirtin und schaute auf die zwei Kriegskameraden. Die lachten wiederum.

»Jetz – i wüssert do an ganz an guatn Dokta, Vestl«, spöttelte der Viehhändler und blinzelte mit dem linken Aug': »Oi Tog an Klofta Hoiz hacka oda Kornmah'n ... Dös waar der best' Dokta.«
»I konn's nimma macha ... Wer an Kriag mitg'macht hot, hot a Leidn hoambrocht«, gab ihm der Aushammer wehleidig zur Antwort: »Jetz zoagt si' dö Gschicht erscht schö langsam ...« Er schaute fast trübselig drein und rieb sich in einem fort mit der einen Hand die linke Buckelhälfte: »Do hintn sitzt der Wehdam ...« Dabei schnaufte er schwer.
»Dö Herrn mächtn gwiß aa was sehn von der schön'n Gegnd«, sagte die Wirtin wieder so halb hochdeutsch: »Fahr's a bißl spaziern, Vestl ...«
Und also fuhr sie der Aushammer in der Gegend herum. Immer wieder zeigte er dabei auf seine Felder, auf seine Waldungen, und von jedem Stück Grund wußte er was zu erzählen.
»Unheimli vui host, Vestl ... Herrgott, host du Sach' ...«, meinten alsdann die zwei Kameraden immer wieder. Als das Auto lang nach dem Haglfinger Gebetläuten wieder am Wirtshaus anhielt, schaute der alte Girgl aus seinem schwachbeleuchteten Fenster.
»Wer haust denn a dera Kaluppn drobn?« fragte der Wachtmeister beiläufig den Aushammer.
»Dös is a bresthafta Bruada von mein'n Vata selig ... Der hot do sein Austrog«, gab ihm der Auskunft. Wachtmeister und Viehhändler schauten ein wenig staunend auf das baufällige Häusl und alsdann zum gelben Girglfenster empor. Der Aushammer lenkte währenddessen den Wagen in die Remise.
»Hm-hm ... A Bruada vo sein'n Vata selig? ... Und *den* loßt er so armseli' wohna?« murmelte der Viehhändler: »Hm-hm.« Und die zwei Kriegskameraden schauten sich stockstumm an. Aus der Wirtsstube hörte man das Reden etlicher Gäste.
Rrr-r-r-rr machte das Auto, r-r-rr ratterte es wiederum und schwang sich unter das Gewölbe der Remise, etliche Male knatterte es noch und wurde still. »Dös is aa it grod schö, daß er den do drobn a so

armseli hausn loßt ... Aba no, üns geht's nix o«, murmelte der Wachtmeister seinem Kameraden in bezug auf den Girgl noch einmal schnell zu, dann gingen die zwei auf die hellerleuchtete Haustüre zu. »Geht's nu eini! I kimm glei noch!« schrie der Aushammer: »Und sogt's zu meina Frau, Hunga hobn mir!«
Lachend verschwanden die zwei im Haus.

II.

Eigentlich aber – wenn man's recht anschaute – der alte Girgl war weiter gar nicht unglücklich über sein Los. Im Gegenteil! Wenn er nach Tiefenbrunn oder nach Haglfing sonntags zum Hochamt ging und nachher etliche Halbe Bier beim Bruckenwirt oder beim Schmulinger trank, summten ihm die wohlmeinenden Leute oft die Ohren voll, was denn das für eine Art und Manier von den protzigen Aushammerleuten sei, ihn – den alten, bresthaften Mann – derartig in der Armseligkeit hausen und leben zu lassen.
»Hintn und vorn hat ma di' ausgschmierbt, Girgl! ... Scho dei Bruada selig hot dir dei Geld o'gstoin!« schimpfte der und der. Indessen der Girgl gab auf dieses hetzerische Gesurms gar nichts. »Dö Totn muaß ma in Ruah lossn!« sagte er alsdann gewöhnlich in bezug auf seinen seligen Bruder Hans, und vom jetzigen Aushammer meinte er bloß, es sei ihm wohl vergönnt, sein Reichsein, mit ins Grab nehmen könnt er doch auch nichts. Basta – der alte Girgl war schon in der ersten Achtzigerhälfte. Da will man nicht mehr recht viel von der Welt und denkt eigentlich bloß noch ans ruhige Sterben. Und überhaupt – es ist so eine Sache mit dem Reichsein und mit dem Armseligsein. Es kommt doch hauptsächlich darauf an, wie einer sich dabei kommod fühlt.
Der Girgl war pumperlgesund und zu klagen hatte er dann doch nichts. Sein Essen brachte ihm jeden Tag das Küchenmädl, im Winter konnte er sich seinen Ofen heizen wie er wollte, und kein Mensch redete ihm was ein. Im Sommer richtete er sein kleines

Pflanzgartl her, hie und da machte er Botengänge, besuchte dabei alte Bekannte und unterhielt sich gemütlich mit ihnen, oder er brockte Schwammerl und legte sich in eine schattige Wiese. Wenn es draußen kalt wurde, wenn's schneite, hockte er brühwarm in seiner molligen Stube, schaute sich die paar Bücher und Hefte an, die ihm der Baumeister und die Knechte brachten, oder las auch einmal an heiligen Zeiten im Goffine und wünschte sich gar nicht mehr. Bloß halt – das Backhäusl wurde immer baufälliger und der Aushammer ließ es nur ungern richten. Jedesmal, wenn das Gemäuer geflickt werden mußte, wurde er grantig.

Sein Haus, ja, das ging ihm ewig im Kopf herum. Er ließ es neu herunterweißen. Hinten draußen baute er einen großen, neuen Stadel, und weil der Autoverkehr auf der Staatsstraße immer mehr zunahm, weil die durchfahrenden Herrschaften in Aushamm meist anhielten, was zu sich nahmen oder auch übernachteten, drum überlegte der Wirt nicht lang und ließ eine umfängliche Fremdengarage bauen. Fünf Wagen konnten drinnen Platz finden. Alle diese Unternehmungen kosteten haufenweise Geld und machten viel Ärgerlichkeiten – aber schließlich und endlich, es war doch wieder schön auch, so nach Herzenslust bauen zu können und all den Notschnappern in der Umgegend zu zeigen, was eine richtige Großzügigkeit ist. Der Aushammer schaute die Gebäulichkeiten ringsherum an – sie freuten ihn. Er war voller Pläne. Der alte, nette Eiskeller gefiel ihm schon lang nicht mehr. Im Frühjahr kam der Baumeister Finsterwalder von Tiefenbrunn. Lang redete der Wirt mit ihm, dann gingen die zwei hinten, auf dem Platz neben der Garage, hin und her.

Der alte Girgl schaute ihnen vom Fenster aus zu. Der Finsterwalder zeigte dahin und dahin. »Tja, guat ... I überleg mir's nu a poor Täg«, sagte endlich der Aushammer: »I kimm nacha eini zu dir und sog dir's ...« Und damit war er sich so gut wie schlüssig. Ein neuer Eiskeller mußte her.

Wie sie um den Stadel herumgingen und auf die Wirtschaft zu

wollten, musterte der Finsterwalder das armselige Girglhaus. Er blieb stehen.
»Du, Aushamma«, sagte er: »Dö oit' Kaluppn verschandlt dös ganz' Anwesn . . .«
Der Aushammer bekam ein ärgerliches Gesicht. »Dös woaß i scho«, sagte er und dämpfte seine Stimme brummig. »Dö muaß weg, wia der Girgl an Grob liegt . . .«
Der Baumeister Finsterwalder hörte das Richtige schon heraus, drum lenkte er eilsam ab und meinte bloß noch: »Tjaja, für'n Girgl wos Neu's herz'baun, is nimma der Müah wert . . .«
Aushamm also, wie gesagt, vergrößerte sich direkt großartig. Himmelherrgott aber, der Wirt war schon seit einem guten Jahr nicht mehr gut beieinander. Er dokterte hinum und herum. Sein Magen war nicht mehr recht, das Zehnte durfte es nicht essen. In den besten Jahren stand er, und tausend Pläne hatte er, inwendig aber war bei ihm was nicht in der Ordnung. Er magerte sichtlich ab, faltig wurde sein Gesicht, ewig hatte er so ein malefizisches Sodbrennen und durfte bloß noch Mineralwasser trinken.
Der Doktor Mangst von Tiefenbrunn kam hin und wieder, in die Stadt fuhr der Wirt und suchte einen Spezialisten auf. Heim kam er mit einem Gesicht wie neun Tag Regenwetter. Es war ganz einfach nichts mehr mit ihm.
Die Arbeiter hoben die Grundmauern zum neuen Eiskeller aus. Ein Lastkraftwagen brachte Zementsäcke und Ziegelsteine. Schnell ging es vorwärts, denn jeder Tag war schön.
Der alte Girgl stand öfters, bevor er sich ans Spazierengehen machte, am Bauplatz und schaute zu. Der Aushammer kam einmal dazu.
»Bei mir brauchert's aa a bissel herrichtn . . . Auf der Wetterseitn hot' d' Wand scho wieda zwoa Riss'«, sagte der Girgl. »Jetz waarn grod d' Maura do . . . Do gang's an oan hi . . .«
Dies brachte den Wirt auf einmal in Harnisch. Mir nichts, dir nichts fing er laut zu schimpfen an, eine derartige Wut bekam er, daß er auf

kein Wort mehr aufpaßte. »Himmiherrgottsakrament!« schrie er giftig: »*Du* kimmst aa no oiwai daher mit deina Kaluppn! ... Wos mi dö scho Geld kost hot für nix und wieder nix, do bau i ja an ganzn Baurnhof ... Du freili! Di geht's ja nix o ... Himmikreizherrgottsakrament! ... I mächt bloß wissn, wia lang ois dös mit dir no a so furtgeht ...«
Der Girgl schaute ihn bloß stockstumm an und ging einfach weiter. Das aber giftete den Wirt noch mehr.
»Du host ös schöna wia jeda Mensch auf da Welt, du oita Fäulenza!« plärrte er noch ärger. »Und wennscht wos brauchst, na kimmst einfach ewi zu mir! ...«
Einen solchen Lärm machte er, daß die Arbeiter innehielten und verwundert gafften. Der Girgl tappte schon auf dem Fußweg, der durch die Wiese lief, auf das untere Holz zu. Er hatte den Kopf eingezogen, gradso, als wollt' er nichts hören und sehn. Jetzt, weil er merkte, dem Alten machte die Schimpferei nichts, wurde der Wirt auf einmal auf die Arbeiter wütig und plärrte auf die los, daß sie fast erschreckt wieder zu schaufeln anfingen.
Seit dieser Zeit gab der Aushammer dem Girgl die zehn Mark Wochengeld nicht mehr. Die ersten Monate rührte sich der Alte nicht drum. Er brauchte sie ja nicht. Von dem bereits erhaltenen Geld hatte er sich schier an die hundert Mark erspart, und das langte allemal noch zu etlichen Halben Bier. Einmal richteten ein paar Maurer alsdann doch ein kleines Gerüst am Backhäusl auf und verputzten die Risse. Der Girgl machte das Fenster auf und fragte gemütlich: »So, loßt er's jetz doch flicka ... Ja, ja, ös braucht's scho ...«
Die Maurer lachten ein wenig und meinten ebenso freundlich: »Ja, ja, Girgl, mir richtn dei Häusl scho auf'n Schwung her ... Feit si nix!«
»Tja-hja, mi dertrogt's no oiwai«, gab der Alte zurück und machte das Fenster wieder zu. Der dicke Nebel auf den Wiesen stieg langsam ins Hohe, die Sonne kam durch. Ein wunderschöner Tag

fing wieder an. Der Girgl hockte sich auf den Sessel am anderen Fenster und schaute hinüber auf das großmächtige Aushammeranwesen. Da rührte sich alles. Auf dem Gerüst des neuen Eiskellers hantierten die Maurer flink, zu ebener Erde rührten etliche Burschen in der Mörteltruhe hin und her. Hinten, beim Misthaufen, luden die zwei Dirnen Dung auf die Wagen, und ein Odlfuhrwerk stand unter der Gumpe, die ein Knecht hurtig hin und her riß.
»Hm-hm-hm, ois's is lebendi ... Ois's werd neu und schö ... Baun, nix wia baun tuat er, der Veschtl«, murmelte der alte Girgl, so wie eben alte Leute sich mit sich selber betrachterisch unterhalten. »Jaja, do hobn d' Leut an Arbat und verdeana was ...«
Der frische Tag strahlte jetzt schon goldhell. Auf den Wiesen lag der leichte Dampf des auftreibenden Keimens. Drüben, auf der Lende, ackerte der Straußhuber, dahinter riß der Muggenthaler seinen Mist vom Wagen. Das Backhäusl fing ein wenig zu zittern an, die Fensterscheiben klirrten leicht. Zwei schwerbeladene Lastautomobile fuhren Sand zum Bauplatz.
Jetzt kam der Aushammer vorne bei der Haustüre heraus. Er hatte einen Gehstecken und ging elendiglich matt daher. Ein Gesicht hatte er wie angegilbt. Er fuhr immer mit dem einen Arm auf seinen Rücken und rieb das schmerzende Kreuz. Er fing zu hüsteln an und blieb schwankend stehen. Es würgte ihn. Er spie gallig aus, aber das Würgen schien nur noch ärger zu werden. Er kehrte mißmutig um und wankte wieder ins Haus zurück.
Der Girgl schaute eine Zeitlang auf den Fleck, wo der Wirt gestanden hatte. Er furchte ein klein wenig seine Stirn und schüttelte alsdann den Kopf langsam. Die dralle Küchenmagd kam aus der Haustür und brachte dem Alten den dampfenden Kaffee und das Trumm Hausbrot. Sie stieß die wackelnde Kammertür heftig auf und verzog ihr gesundes, rotes Gesicht zu einem leichten Lachen: »Do, Girgl, da Kaffee ... Heunt hob i dir extra vui Haut aufg' hoitn ... Do schaug ...«
Sie stellte die große blecherne Tasse auf den schmierigen Tisch

und legte das Brot dazu. Der Girgl lachte auch und tappte auf das Weibsbild zu.
»Jaja, Marie! ... I sog ja, du bischt a guat's Leit...«, sagte er. »Uensa Herrgott moant mir's scho gor z' guat...« Er setzte sich an den Tisch und fing das Umrühren an.
»I woaß it ... Wos is denn mitn Aushamma los ... Der schaugt ja hundsmisrabi aus?« erkundigte er sich.
Und gleich erzählte das lustige Weibsbild: »Ja, denk dir's nu grod, Girgl... Der hot dö ganz' Nocht Mognkrämpf' ghabt und in oan furt bricht er Goi ... Heunt is er aufgstandn und jetz hot er si' scho wieda hi'glegt...«
»Mognkrämpf? ... Und Goibrecha?« fragte der Girgl interessierter. »Ja, wo hot er denn jetz dös her?«
»Ja mei... Er is schlächt beinand, ganz schlächt...«, gab die Magd Antwort. »Und grod jetz, wo wieda so baut werd, gunnt er si übahaaps koa Ruah...«
»Ja mei, wenn er krank is, muaß er si scho schona... Do huift ois's nix«, murmelte der alte Girgl wiederum, und wie für sich setzte er hinzu: »Hm-hm-hm ... Goibrecha und Mognkrämpf? ... Hmhm! ... Und a dö junga Johr...? ... Hmhm-hm, jetzt sowos...«
Er nahm das Trumm Brot und biß ein Stück herunter. Während er kaute, murmelte er kopfschüttelnd: »Hm-hm ... und mir fehlt's ganz Johr nix, hmhm ... I glaab, i wer vo ünsern Herrgott vergessn mit'n Sterbn...«
Aber als er sich umdrehte, war die Magd schon draußen. Auf der Stiege stand sie und machte Spassettln mit den Maurern. Hell plapperte sie daher, gurgelnd lachte sie mitunter auf.
Der alte Girgl hockte kauend und schlürfend in seiner Kammer und fiel hie und da ins Nachdenken. Die Sonnenstrahlen leuchteten breit durch das eine Fenster und füllten alles mit Licht...

III.

Es half alles nichts – von *dem* Tag an mußte sich der Aushammer hinlegen. Der Doktor Mangst von Tiefenbrunn kam jeden Tag mit seinem Auto angefahren und blieb oft über eine Stunde. Schließlich brachte er eine Krankenschwester mit. Dem Wirt ging es immer schlechter. Er hatte schreckliche Schmerzen auszustehen. Mitunter schrie er gottesjämmerlich auf, dann wieder schlug er fürchterlich um sich oder lag, nachdem ihm der Doktor oder die Schwester eine beruhigende Einspritzung gemacht hatten, stundenlang wimmernd und sich windend da, bis er endlich einschlief. Er lag am Fenster der großen Ehekammer im ersten Stock, grade gegenüber vom alten Girgl seinem Kammerfenster. Er ließ sich halb aufrichten untertags, um auf den Garagenbau schauen zu können. Der Kranke und der alte Girgl sahen sich jetzt jeden Tag auf die gleiche Weise: Der Wirt lag schmerzlahm in den weißen, weichen Kissen, und der einarmige Alte drüben hockte traurig da und schaute herüber. Hin und wieder bewegte er seine Lippen betend.
Wie es der Brauch ist, wollte auch der alte Girgl in der ersten Woche den Aushammer »heimsuchen«. Die Wirtin aber ließ es nicht dazu kommen. Sie stand gerade im weiten, gepflasterten Hausgang, machte ein griesgrämiges Gesicht, als der Girgl hereinkam, und musterte ihn unfreundlich von unten bis oben. »Wos? ... Bsuacha? ... Nana, der Vestl konn jetz koan Bsuach hobn«, sagte sie ungut, nachdem der Alte sein Begehren vorgebracht hatte. »Er muaß absalut sei Ruah hobn ... Geh nu wieda num in dei Kaluppn ...« Und weil der Girgl unschlüssig stehen blieb, wurde sie auf einmal ärgerlich und meinte bös, *so* lang hätt' er jetzt nicht herumgeschaut, und da auf einmal tät's pressieren, *er* könnt' ja doch nichts helfen und überhaupt – er sollt' sich schämen, so stinkdreckig daherzukommen! Ob das vielleicht eine Art und Manier sei? Er sollt' sich erst einmal richtig waschen, der alte Saubär! –
Das verdroß den Girgl. Seine Kinnladen zitterten ein wenig, er

brachte kein Wort heraus, schluckte etliche Male und ging wieder. Todtraurig setzte er sich drüben in seiner Kammer ans Fenster, und mit der Zeit wurden seine alten Augen naß. Beim Küchenmädel, das ihm das Essen brachte, beklagte er sich bitter über die gespreizte Wirtin. Das gutmütige Ding hatte Mitleid mit ihm, redete ihm gut zu, aber helfen konnte sie ihm auch nicht. Am Nachmittag ging der Girgl zum Pfarrer nach Haglfing hinein und beschwerte sich ebenfalls über die Aushammerin. Mein Gott aber, wahrscheinlich nimmt man das Daherplappern von einem Menschen, der schon wieder so alt ist, daß er bereits kindisch wird, nicht so ernst – der geistliche Herr sagte gar nichts gegen die Wirtin. Im Gegenteil, er mahnte den Girgl zum Frieden und meinte, die Aushammerin würd' jetzt halt auch den Kopf voller Sorgen haben und bei so einem großmächtigen Hauswesen manchmal kritisch sein. Wahrscheinlich aber wird der Herr Doktor Mangst die Anweisung gegeben haben, daß der Kranke keine Besuche haben dürfe.
Es blieb also dem alten Girgl nichts anderes übrig, als sich darein zu schicken. Trübselig kam er heim, und von jetzt ab hockte er sich trotz dem schönen Wetter jeden Tag an sein Kammerfenster und schaute ewig zum kranken Wirt hinüber.
Vier große Fenster, an denen rechts und links feine, gelbliche Mullvorhänge bis zum Boden herabhingen, hatte die geräumige Aushammerehekammer. An schönen Tagen floß das Sonnenlicht durch und durch und machte den Raum noch heller, glitzerte irritierend auf der großen Fläche des breiten Spiegelschrankes, der fast die ganze hintere Wand einnahm, und glänzte auf den glatten, unpassend modernen Mahagonimöbeln, die der Wirt in der Inflationszeit in der Stadt gekauft hatte. Dicke, echte Teppiche lagen auf dem Boden, Polsterstühle und ein breiter Diwan mit einem protzigen Tigerfell standen da, und die zwei breiten, seltsam luxuriösen Betten, flankiert von dunkel gehaltenen Nachttischchen, machten einen schlechten Eindruck.
Indessen der Girgl sah das alles gar nicht, er suchte mit seinen Au-

gen bloß immer den kranken Wirt, der, ungeachtet seines Zustandes, in besseren Stunden immer auf den Garagenneubau hinüberblickte, ab und zu seine Arme bewegte und zur danebensitzenden Schwester etwas sagte. Er bekam dabei manchmal ein kritisches Gesicht und schien zu schimpfen. Die Schwester mußte alsdann hinuntergehen zur Wirtin und allerhand ausrichten. Von ungefähr schaute er dann – wenn er so alleingelassen war – kurz in die Gegend des Girglfensters, erspähte den Alten, konnte nicht recht viel anders als ihm in die Augen sehen, wurde aber aus irgendeinem Grund plötzlich grantig darüber und wandte seinen Kopf nach der anderen Seite.

Vielleicht ärgerte er sich über die sinnlose Fügung unseres Herrgotts, der Aushammer. *Er* war doch schließlich ein junger, nützlicher Mensch und mußte so hundselendiglich daliegen – der einarmige, untaugliche Alte da drüben aber, zu was war der eigentlich noch auf der Welt? Wär's denn nicht richtiger, der Girgl, an dem kein Mensch und kein Haus hing, käm' so ins Kranksein – –

Nein, er sinnierte nicht mehr weiter, der Wirt, er schaute lieber wieder zum Neubau hinüber. Auch die Schwester war schon wieder da. Ihm war auch ein wenig wohler seit gestern.

Fast munter fragte er die Schwester: »Wos moant er denn, da Dokta Mangst? ... Wia lang wer i denn no liegn müassn?«

»Tja, hm ... Gfährli is's nimma, Aushamma ... Schona muaßt di hoit no«, gab ihm das gute Weibsbild zurück. Der Wirt spürte auf einmal was von Hunger in der Magengegend und sagte noch heiterer: »Jetz bring mir no glei mei Muas ... Jetz kimmt der Appatit, dös is dös best' Zoacha ...«

Und das freute auch die Schwester. Gleich brachte sie ihm das Mehlmus, und mit wahrem Heißhunger verzehrte er zwei ganze Teller voll. Er schnaufte immer mehr dabei, der Schweiß stieg ihm auf, dicke Perlen sammelten sich auf seiner Stirn. Er wurde matt, fing zu hüsteln an und fiel zurück in die Kissen.

»Herrgott, matt bin i ... Matt wia a auszuzlta Haaring ...« stam-

melte er und schloß die Augen. Schwer ging seine Brust auf und ab. Es war mitten am Nachmittag. Er schlief ruhig, und als er aufwachte, brannte das elektrische Licht. Draußen war es schon dunkel, aber schon wieder fiel ihm gewissermaßen das gelbe Fenster vom Girgl drüben in die Augen. *Das* und der krummhockende, stumme Alte, der ewig und ewig so glotzte.
Der Aushammer wurde direkt grimmig.
»Herrgottsakrament-sakrament!« knirschte er bissig. »Der geht ja übahaaps nimma weg vo sein Fensta ... Grod spekaliern tuat er, ois wia wenn er auf mein'n Tod wart! Dös leid' i nimma! ... Himmikreizsakra ...!« Die Schwester erschrak fast.
»Nono-no!« warnte sie gutmütig. »Aba Aushamma, wer werd denn glei a so wüati sei ...!« Sie ging ans Fenster und zog die Vorhänge übereinander.
Er wurde wieder ruhiger. Und er spürte eigentlich gar keine Schmerzen mehr.
»Hm, aba mei Garasch werd schö!« sagte er ein wenig lächelnd. »Übahaaps – do konn oana rumschaugn weit und broat, ob er wieda a so a schöns Sach' find't wia dös mei ...« Man sah es ihm an, er hing mit jeder Faser an seinem ererbten Anwesen, und sicher hatte er noch haufenweise Pläne im Kopf.
Die Schwester sagte auch munter: »Jaja, Aushamma, dei Sach' is prachtvoi ... Do is koana do, der wo sowos schöns hot ...«
Der Wirt schaute glücklich vor sich hin. Jetzt bewegte sich der Schatten vom Girgl drüben im verhängten Fenster. Der Wirt schaute unwillkürlich hin und bekam wiederum ein finsteres Gesicht. Der Girgl war aufgestanden, sein Schatten stand und stand unbeweglich im Aushammerfenster.
»Himmi-Kreizherrgott!« knurrte der Aushammer keuchend. »Jetz dös werd ma na doch scho z' bunt ...!« Und in derselbigen Nacht noch ließ er sein Bett umstellen. Der Verwalter, die Wirtin und die Schwester plagten sich ein paar Stunden lang, bis sie es ihm recht gemacht hatten.

So, jetzt lag er derart, daß er ins Zimmer schaute, grad in den großen Spiegel des Schranks an der Wand. Und wenn er den Kopf herumdrehte, konnte er immer noch schräg durchs Fenster auf den Neubau sehen.

Diese Manipulation aber hatte die schlechteste Wirkung. Eine harte Nacht folgte. Zeitweise phantasierte der Kranke sogar, und die Schmerzen kamen wieder. Er brüllte wild, er schlug so um sich, daß die festgewachsene Schwester samt der Wirtin keine Gewalt mehr über ihn hatten. Erst als der Verwalter und der Knecht ihn festgriffig hielten, konnte ihm die Schwester eine Spritze geben. Er fing eine Zeitlang zu schlottern an, stieß hie und da kurze Laute heraus und schlief endlich ein. Unruhig träumte er. Oft und oft zuckte er mit den Armen, einmal reckte er sogar die Faust und knirschte hörbar.

»De-de-der muaß weg! ... Teant's 'n weg! Weg! Weg do! ... Dös is der Teifi! Weg! Weg! De-d-e-der Tei-tei-teifi!« stammelte er öfters. Dann röchelte er wiederum, gradso, als wie wenn ihn einer drossle, und stöhnte grausig. Die Wirtin tat kein Auge zu und saß mit der besorgten Schwester am Bett. Sie weinte in einem fort leise.

Als der Doktor Mangst am anderen Tag so um elf Uhr kam, schlief der Aushammer immer noch.

»Heunt is gar a schwaare Nocht gwen, Herr Doktor«, berichtete die Schwester und erklärte, warum der Kranke auf einmal das Bett anders gestellt haben wollte. Der Doktor schaute durchs Fenster.

»Wer is dös eigentli, Schwesta?« fragte er, als er den hockenden Girgl erspähte.

»Dös? ... Dös is a Bruada von Aushamma sein' Vata selig ... Der oit Girgl is's ... Er hot bloß no oan Arm ... Er is invalid«, flüsterte die Schwester schier ängstlich. Sie wollte weiter erzählen, aber auf einmal schlug der Aushammer die Augen auf und röchelte tief, zuckte wie erschreckt zusammen, riß den Mund auf, wollte schreien und konnte nicht. Er hatte hilflos weite Augen und starrte gradaus.

»Aushamma! Aushamma, wos is's denn?« fragte die Schwester und beugte sich hastig über ihn. Auch der Doktor Mangst trat ans Bett. Der Kranke bewegte immerzu seine Lippen, auf und zu gingen seine Kiefer, ein Schlottern lief über seinen Körper, sein gelbes, zerfallenes Gesicht verzerrte sich, die matten Arme wollte er heben, sie sanken ewig wieder herab auf die Bettdecke, er schnappte hart nach Luft und verdrehte die Augen.

»Aushamma! Aushamma?« fragte die Schwester wiederum. Der Wirt verzerrte sein Gesicht noch ärger, schnaufte, straffte sich mit letzter Kraft und schrie auf einmal grauenhaft stockend: »Teant'sn weg! Weg, den Tei-eifi!« Und er glotzte dabei wie geblendet in die glitzernde Spiegelfläche des Schrankes: »W-eg! Weg damit!« Jetzt sahen's auch die Schwester und der Doktor, die hockende Gestalt des alten Girgl saß im Spiegel – ganz schwarz und umstrahlt vom flimmernden Licht – hockte da und schaute unentwegt auf den kranken Wirt.

»Teifi, nei! Do is er scho wieda!« hastete die Schwester heraus und wurde ganz blaß. Der Kranke war ins Kissen zurückgefallen, streckte die Arme erst steif aus und verkrampfte seine greifenden Hände in der weißen Daunendecke, schmiß sich hoch, wimmerte, schlug herum und knirschte mit schäumendem Mund. Die ganze Zeit standen seine starren Augen weit offen, als wär' schon kein Leben mehr in ihnen. Er riß derart an der Flaumdecke, daß sie in Fetzen ging. Die Federn wirbelten auf wie eine dichte Schneewolke. Der Arzt wollte die Arme des Umsichschlagenden fassen. Die Schwester lief aus der Kammer und holte die Wirtin. Der Wirt stieß seine weißen, haarigen Füße streckend aus dem Bett, ein Polsterstuhl krachte um. Der Doktor packte ihn endlich und preßte seinen Oberkörper fest auf das Bett nieder. Auf einmal gurgelte der Kranke und blieb, schräg aus der verwüsteten Bettstatt hängend, starr liegen.

»U-um Gottswilln, is er scho g-g-gstorbn?« schrie die Aushammerin, als sie mit der Schwester zur Kammertür hereinkam, und wollte aufs Bett zu. »Nein!« sagte der Arzt fast barsch und hob den starren

Aushammer in die Kissen. Er nahm sein Hörrohr und behorchte die Brust des Kranken. Ja, der schnaufte noch.
»Wo-os is's denn?« wimmerte die Aushammerin: »Wos denn, Herr Doktor?«
»Nichts weita! ... A Anfall! ... Es geht scho wieda rum.«
Die Schwester holte eine Decke und legte sie auf den starren Kranken. Sie fing an, ein wenig Ordnung zu machen. Die Wirtin stand ratlos da und wimmerte irgendetwas. Auf einmal brach ihr jedes Wort ab, sie streifte mit ihren verweinten Augen die Spiegelfläche und sah auch den hockenden Girgl vom drüberen Fenster da drinnen. Er rührte sich nicht, er hatte ein trauriges Gesicht und schaute sie ruhig an.
»Herrgott, de-de -«, wollte die Wirtin jammern, aber der Doktor Mangst machte »Bsst-bst!« und richtete sich wieder auf. Der Aushammer hatte die Augendeckel zugeklappt und schlief.
Als die Wirtin jetzt wiederum in den Spiegel schaute, war der Girgl nicht mehr drinnen. Auch der Doktor sah es, drehte sich um und schaute auf das Backhäusl hinüber. Nein, auch da war der Girgl nicht mehr.
Wirtin und Doktor gingen aus der Kammer. Drunten im gepflasterten Hausgang trafen sie den einarmigen Alten. Bitthaft blickte er auf die beiden. »Wos mächt'st denn?« fragte die Aushammerin.
»Is er scho gstorbn?« murmelte der Girgl trübselig und senkte den Kopf.
»Na! ... Geh nu wieda num! Jetz konn koana zu iahm«, meinte die Wirtin wiederum. »Aba a's Fensta brauchst di net oiwai hocka und rumschaugn ... Loss's bleibn, dös! ... Dös regt an Vestl oiwai so auf, daß er an O'foi kriagt ...«
Der alte Girgl bekam mit einemmal feuchte Augen und brümmelte noch trübseliger: »Ja no, wenn i it rumderf aa ...«
Er drehte sich um und tappte aus dem Haus.
»Du derfst nacha scho, wenn er wieda bessa is«, rief ihm die Wirtin weinerlich nach.

Der Doktor Mangst beredete noch allerhand mit der Aushammerin und fuhr endlich weg. –
Als die Schwester nach einiger Zeit von der Ehekammer in die Küche hinunterkam und erzählte, daß der Kranke sehr schön schlafe, wurde die Aushammerin ruhiger. Die zwei Weiber überlegten lange hin und her, wie man's denn nun mit dem großen Spiegelschrank machen sollte. Ihn einfach abzubrechen und herauszunehmen, hätte zu viel Lärm und Umstände gemacht und dem Kranken womöglich geschadet.
»I woaß wos«, sagte die Schwester auf einmal, und wirklich war sie auf einen gescheiten Gedanken gekommen: Sie verhängte einfach die Spiegelfläche mit einem großen, braunen Tischtuch.
Indessen Menschen, die sterben müssen, haben ein anderes Denken wie Gesunde. Nachdem der Aushammer spät am Nachmittag aufwachte und diese dunkle, leere Fläche vor sich sah, drehte er sich ohne ein Wort um und schaute schräg durch das Fenster zu den emsigen Bauleuten auf das Garagengerüst hinüber. Er bekam nach und nach ein wehmütiges Gesicht und schwieg und schwieg. Des öfteren schnaufte er hart, fast so, als wenn er schmerzhaft seufze. Die Schwester rührte sich nicht, sie betrachtete den absterbenden Mann nur immerzu sehr aufmerksam. Es schien ihr, als plage ihn eine bittere Angst, dann wieder kam es ihr vor, als sei er seltsam friedlich. Er lag reglos in den Kissen, schaute und schaute, blieb stumm die ganze Zeit.
Man sagt – und weiß Gott, vielleicht ist das wahr – daß einer, wenn er einmal so dran ist, nach einer schrecklichen Angst und allem Grauen, plötzlich eine Art bittere Leichtigkeit in sich spürt, die dann so lange dauert, bis er auf ewig die Augen zumacht.
Die Nacht verlief auffällig ruhig. Am andern Tag – es war wieder ein wunderbares Sonnenwetter – hauchte der Wirt mitten drinnen matt heraus: »Sie soin 's Baun aufhörn ... E-e-es is ois's dumm's Zeig's ...«
»Wos?« fragte die Schwester, aber er gab nicht mehr an und wollte

sich umdrehen. Es ging nicht mehr. Die Schwester half ihm. Er lag jetzt wieder gerade im Bett und hatte die braune Fläche vor sich. Die Sonne schien drauf, und durch die winzigen Poren des Tuches schimmerte das Silbrige des Spiegels. Wenn man lang hinschaute, war es fast wie braune, naßglänzende Erde.
Der Aushammer sagte nach langer Zeit ganz ruhig: »Wo is denn der Girgl? ... I-i-i siehch 'n gor nimma ...«
Der Schwester schlug's alles Blut aus dem Gesicht. Sie fand nicht gleich eine Antwort und schaute gespannt auf den Kranken.
»Der Girgl?« fragte sie endlich stockend.
»J-j-jo«, gab der Wirt noch müder zurück. Die Schwester überlegte herzklopfend, was sie tun sollte. Sie war aufgestanden und wollte den Alten holen, hinwiederum aber getraute sie sich nicht, den Kranken allein zu lassen.
»Wo-wo-so i-i-is –«, lallte der Wirt abgerissen, und in ihrer Verwirrung zog die Schwester das Tuch vom Spiegel. In der strahlenden, weißen Helligkeit ragte der Girgl auf und schaute mit den ewiggleichen, trauriggüten Augen auf den Wirt. Und der verzog ganz wenig sein Gesicht zu einem Lächeln. Seine Lippen waren aufeinander, sein abgemagertes Kinn zitterte schmerzlich, gar nichts mehr sagte er.
Von da ab lebte der Aushammer nur noch drei Tage. Er konnte nicht mehr reden, er rührte sich auch nicht mehr und schien keinen mehr zu kennen. Selbst als der alte Girgl leibhaftig vor ihm stand, wandte er keinen Blick vom Spiegel. Er war – wie man so sagt – schon im anderen Leben ...

*

Der Tiefenbrunner Gottesacker faßte kaum die vielen Leute, die zur Leich' vom Aushammer gekommen waren. Neben der städtisch aufgeputzten, verschleierten Wirtin stand der alte Girgl in seinem armseligen Gewand. Er schaute unentwegt in das frischgeschaufelte Grab hinunter. Alles an ihm war noch gesund, aber er machte ein ernstes, demütiges Gesicht her. Bald trifft's dich auch, wird er sich gedacht haben, und vielleicht ging ihm auch beiläufig durch den Kopf, was es denn schon sei um so ein bißl Menschenleben – der Aushammer zum Beispiel –, was war's jetzt mit all seinem Reichsein? Alles und doch nichts hat er gehabt zu guter Letzt, gar nichts, als wie dieses eine Loch in der Erde.

Der Malzzucker

Das war zutiefst im Winter, lang nach Weihnachten. Ich bin dazumal noch in die Schule gegangen und kann acht oder neun Jahre alt gewesen sein, als sich unsere Großmutter hat hinlegen müssen.

Ich kann mich noch gut erinnern. Der Kranken muß es vorgegangen sein, daß es jetzt in die Ewigkeit geht, denn sie wollte sich absolut nicht ins Bett legen. Kranke, wenn sie eigensinnig sind, denen gibt man gern nach. Also hat man sie in den großen Sorgenstuhl gesetzt, Kissen hinter ihren Rücken hineingestopft und vorne, von einem Lehnenvorsprung zum andern, ein breites Leintuch gebunden, damit sie nicht herausfallen hat können. – –

Ich hab' schon als Kind so mollig-warme Stuben lieber gehabt als das Freie. Und um diese Zeit natürlich, wo unsere Spielsachen von Weihnachten her noch nicht ganz demoliert waren, sind wir Geschwister meistens tagsüber in der »Großmutterkammer« gewesen. Anfangs wollten es Vater und Mutter nicht dulden. Sterbende aber mögen nicht gern allein sein. Unsere Großmutter war schon fast achtzig und ganz wie wir Kinder. Sie verlangte stets nach uns. Sie plapperte einfältig mit uns, sie lachte über dasselbe wie wir, ihre kleinen Freuden waren die unsrigen. Und da durften wir also in Gottesnamen jeden Tag zu ihr.

Das ging jetzt immer so: Wenn die Schule aus war, rannten wir wie um die Wette den verschneiten Hügelweg herunter, kamen schnaufend und dampfend zu Hause an, würgten das Essen hinunter und stürzten über die Stiege hinauf, in die Großmutterkammer.

Eigentlich erkundigten wir uns nicht einmal, wie es der Kranken gehe, und das schien ihr auch weiter nichts auszumachen. »Sososo-so, seid's jetz wieda do ... Soso ... Heunt hot's aba Schnee draußn ... Soso, koit is's, so-so, Kinderlen, ja-ja«, brümmelte sie, und wir sagten auch ein paar ähnliche, gleichgültige Worte. Dann fingen wir zu spielen an. Ich stellte meine Bleisoldaten auf dem

Zimmerboden auf, mein Bruder Lorenz legte sich flach hin und zeichnete in einem fort auf große, weiße Einwickelpapierbogen Landkarten, zog Schiffahrtslinien, entdeckte oder eroberte unbekannte Erdgebiete. Maurus, der älteste, las meistens in der »Guten Stunde« oder in der »Gartenlaube«, und meine Schwestern beschäftigten sich mit Puppen und Kinderwagen.
Es war wunderbar gemütlich. Schon in der Schule freuten wir uns auf diese Stunden und hatten alle durchaus den Wunsch, dieses Kranksein von der Großmutter möchte nur ja um Gotteswillen nicht aufhören. Sonst nämlich durften wir höchstens drunten in der geräumigen Wohnküche spielen, und da kamen alle Augenblicke lang Vater oder Mutter daher und verlangten dies und das von uns. Da heroben aber gab es das alles nicht, da waren wir völlig ungestört. »Kinderlen! Geh seid's a bißl ruahiga!« oder »Geh, Resei, gib mir's Wassa!« Das waren die wenigen Wünsche der Kranken. Unseretwegen also hätte das ewig so fortdauern dürfen.
Aber es war auch noch etwas, etwas ganz anderes, was uns zur Großmutter hinzog und was uns hinwiederum geradezu gierig wünschen ließ, sie möchte doch recht bald sterben. Nämlich – das Tütchen Malzzucker, das sie ständig hinter ihren Kissen stecken hatte. Sie lutschte den ganzen Tag an so einem Stück, und – sie hat uns wirklich sehr gern mögen, besonders meine Schwestern – mit diesem Malzzucker, da war sie der reinste Geizhals, unsere Großmutter. Bettelten wir sie einmal drum an, so wurde sie zuerst mürrisch, schließlich ganz traurig, und zum Schluß weinte sie gar darüber wie ein beleidigtes Kind. Sie verdarb uns damit oft und oft alle Stimmung. Nicht um alles in der Welt gab sie uns je ein Stück Malzzucker, absolut nicht.
Bei solchen Gelegenheiten fingen wir alsdann zu streiten an und beschuldigten uns gegenseitig. Heimlich aber ärgerten wir uns alle bloß, weil wir wieder einmal nichts erreicht hatten.
Wenn aber ein Mensch – und bei Kindern ist das alles noch viel stärker – nur einmal durch Zufall auf ein Verlangen gebracht wird,

ist's schon aus mit seiner Ruhe. Je mehr wir sozusagen der Verführung ins Netz gingen, desto mehr dachten wir darüber nach, wie wir den Malzzucker kriegen könnten.
Gott hab' sie selig, unsere Großmutter, aber im Wachen über ihren Malzzucker war sie der reinste Satan.
Und – vielleicht kam das gerade davon – wir natürlich wurden zu guter Letzt immer noch gieriger. In uns allen war nur noch *ein* Drang und *ein* Wunsch: Wie erwischen wir den Malzzucker.
Wir sagten's einander nicht, nein, nein, wir redeten nie davon, aber wir lasen's uns gegenseitig aus den Augen. – –
Endlich einmal wieder, als unsere Großmutter langsam einzunikken schien, griff Lorenz ganz sacht hinter die Kissen. Er tat's, und wir schauten alle wie gebannt auf ihn. Jetzt – jetzt mußte er die Tüte erreicht haben. Das Herz hörte uns allen zu schlagen auf. Lorenz grub seinen Arm noch tiefer in die Kissen.
Und was glaubt ihr, was in diesem Augenblick geschah? –
Die Kranke reckte sich plötzlich, es riß sie zurück und wieder vor, dann sank ihr alter Kopf auf die Brust. Lorenz zog schreckblaß die Hand zurück und blieb starr stehen. »Du! Du!« fuhr meine Schwester Emma ihn an und sah mit tiefster Verachtung auf ihn. Wir alle starrten und glotzten und konnten uns nicht mehr rühren. Mir saß etwas wie eine würgende Kugel auf der Gurgel, ich wollte schreien und konnte es nicht, denn jetzt zuckte der ganze Körper der Großmutter noch einmal, ihr Kopf ging in die Höhe und fiel wieder herab, wir sahen ihre weit offenen, verdrehten Augen, ihr Unterkiefer klappte herab. »Ö-ö-ö-öhchch-ch!« machte sie und rührte sich nicht mehr. –
Ich habe in meinem Leben schon allerhand Ängste durchlebt, aber *die* Angst, die wir dazumal alle zusammen gehabt haben, war die furchtbarste.
Unsere Großmutter hing steif herunter. Wir wußten es alle: Sie war tot. Keiner von uns sagte es, keiner tat irgendeinen Muckser, wir atmeten kaum, wir warteten bloß so, wie wir waren.

An diesem Tag habe ich zum erstenmal erfahren, daß der Mensch das Verlogenste und Scheinheiligste ist, was auf Gottes Erdboden herumläuft. Und wenn es von Kindern immer so schön heißt, bei ihnen liegt das Menschliche alles offen und natürlich da, dann stimmt das wohl. Besonders im Hinblick auf den vorhergehenden Satz.

Einige Minuten nachher nämlich hörten wir die Tritte meiner Mutter die Stiege heraufkommen und sofort – wie verabredet – belebten wir uns alle zugleich und spielten wieder mit einem so arglosen Eifer, als sei gar nichts geschehen. Mit Gewalt gaben wir uns heiter und – es gelang uns völlig. Unsere Mutter kam herein, sah die steife Großmutter und rief aufgeregt: »Ja! Jaja, um Gottswuin, ja! Ja worum sogt's denn nix? ... Ja-ja, dö is ja tot, dö is ja gstorbn!«

Und wir? Wir sagten nichts, schauten verlegen und verwundert auf unsere Mutter, schnitten betroffene Gesichter, falteten aber dann gewohnheitsmäßig die Hände und fingen zu weinen an ...

Es kann möglich sein, daß wir aus Schuldbewußtsein weinten, aber, wenn ich ganz ehrlich sein soll, ich, ich wenigstens dachte an nichts anderes als an den Malzzucker.

Als meine Mutter draußen war, haben wir ihn dann doch herausgezogen, zwar zögernd und gar nicht mehr gierig, wahrscheinlich, weil uns allen doch sehr unbehaglich zumut war. Und wir versteckten ihn, und später teilten wir untereinander vor dem Zubettgehen in aller Heimlichkeit. –

Oft, sehr oft in meinem späteren Leben hab' ich an die Geschichte denken müssen und immer, wenn ich so furchtbar weinend Trauernde um einen Toten sehe, muß ich mich ärgern über das Geflenne.

Denn im Grunde wird's sicher genau so sein wie damals bei uns Kindern. Ob es nun der Malzzucker oder etwas anderes ist, bleibt sich ziemlich gleich ...

Der Schmalzerhans

Seht, da kommt der Schmalzerhans! Ah, der Schmalzerhans, der Johann Baur, unser Gemeindediener und Nachtwächter! Das heißt – nein, nein! – er kommt nicht mehr so daher, er ist schon lang gestorben, aber mir geht er nicht aus dem Sinn. Ich sehe ihn ewig und ewig aus dem niederen Gemeindehaus am Bergrand herausgehen. Seine Holzschuhe klappern über die paar abgetretenen Ziegelstufen herab, er bleibt hüstelnd stehen, schaut über den See nach Starnberg hinüber, prüft das Wetter am Himmel, stößt seinen knorpeligen Gehstecken fester auf den Boden und trottet gemütlich das schmale Fußweglein entlang auf die Straße hinunter. Da hält er wiederum inne und schnauft rasselnd. Wie immer fängt er mit sich zu reden an.

»Da Hans geht jetz zon Beck auffi! ... Da Hans geht jetz auffi zon Beck und kaaft si' a poor Glasl Schnaps ... Jajaaa, da Hans kaaft si' a poor Glasl Schnaps bei'n Beck drobn«, sagt er brümmelig: »Da Hans werd jetz auffigeh zon Beck und werd si' a poor Glasl Schnaps kaafa ...«

Die Straße nach Oberberg hinauf steigt ziemlich steil an. Bei jeder Wasserrinne rastet der Schmalzerhans, stützt sich auf seinen Stekken, und alles wiederholt sich: Das Schnaufen, das Reden, das Hinüberschauen nach Starnberg und das Wetterprüfen am Himmel. – –

Es hat eine Zeit gegeben – ich weiß es nicht mehr, aber mein Vater selig und meine Mutter haben es oft erzählt –, da war der Schmalzerhans sehr gut gestellt. Seine Vatersleute, wie gestorben sind, haben ihm das Anwesen neben unserer Bäckerei hinterlassen, das jetzige Windlhaus. Er ist der Älteste gewesen, seine Brüder haben hinausgeheiratet, der Schmalzerhans aber verwirtschaftete langsam das schöne Sach'. Mein Vater schimpfte ihn, das Dorf schimpfte ihn, der Hans regte sich absolut nicht auf.

»Da Hans hot's nu nia net mit den vuin Zeig g'habt ... Da Hans

hot's net g'habt damit, nana, da Hans mog net sovui! ... Da Hans kimmt scho weita«, sagte er auch damals schon, wenngleich er erst fünfundzwanzig Jahr' alt war.
Dazumal ist gerade der König nach Berg gekommen, der so beliebte König Ludwig der Zweite, welcher durch sein Hiersein und hauptsächlich dadurch, daß er sich bei uns ertränkt hat, unser Dorf zu einem vielbesuchten, erfolgreichen Fremdenort gemacht hat. Und – wie es schon heißt: »Die dümmsten Bauern haben die größten Kartoffeln« – dieses Ereignis zog ein anderes Ereignis im Leben des Schmalzerhans mit sich. Nämlich unser unvergeßlicher König hat schmucke, junge Mannsbilder für sein Leben gern gehabt. Einmal geht er durch das Dorf Oberberg, alles grüßt ihn devot, macht Kniefälle und küßt ihm die Hand. Er sieht den Schmalzerhans, geht schnurstracks auf ihn zu und – was ist's?
Der Hans ist daraufhin Hilfskammerdiener im königlichen Schloß geworden. Von dieser schönen Zeit her hat er noch die vielgeflickte, blaue Litewka, die er Tag für Tag trägt. Lang war er nämlich nicht Hilfskammerdiener, gar nicht lang. An einem Tag, als der König mit seiner engeren Leibdienerschaft nach Hohenschwangau fuhr, hat sich der Schmalzerhans ins Bett Seiner Majestät gelegt. Bloß so aus Neugier, wie sich's da liegt. Wie aber der Teufel sein wollte, bald hat er rasselnd geschnarcht, und plötzlich wurde die breite Schiebtür aufgestoßen – der König war zurück. Es läßt sich denken, wie alles endete. Mein Großonkel, der Kastenjakl, hat selbiger Zeit eine lustige Zeichnung gemacht, die insgeheim im Dorf von Hand zu Hand ging: Der Schmalzerhans fliegt im großen Bogen aus dem Schloß heraus. So ungefähr wird es schon gewesen sein.
Indessen, der Hans ist seltsamerweise nicht bestraft worden und ging durch diesen Vorfall auch nicht unter. Er logierte wieder in seinem verkauften Haus, auf dem Juchhee droben, in einer elendig kleinen Kammer, kam als Taglöhner in die Hofgärtnerei und mußte bloß aufpassen, daß er dem König nie zu Gesicht kam.
Mit der Zeit wurde er alt und älter, zum Schluß bekam er die

Invalidenrente, und die Gemeinde mußte ihn erhalten. Soviel mir erinnerlich ist, hat er halb in dem, dann wieder in jenem Haus das Mittagessen bekommen, und weil sich's grad so traf, so gab man ihm im Gemeindehaus freies Logis, wofür er Nachtwächter und Gemeindediener wurde. Dieser Beruf war wie für ihn geschaffen. Hin und wieder etwas einsagen, während der Nacht mit dem verrosteten Spieß herumgehen und sonntags, zur Hochamtszeit, aufpassen, daß kein Strolch in die verlassenen Häuser einbrach – das besorgte er mit der unwandelbaren Gleichgültigkeit, die ihm angeboren war. Einbrüche und Brandlegungen ereigneten sich oft, der Hans aber hat nie so etwas gesehen oder gar verhindert. Selbstredend schimpfte ihn der Bürgermeister alsdann, aber das rutschte alles an ihm ab. Er hörte bloß das und sah bloß das, was ihm recht war. »Da Hans tuat sei Pflicht und Schuidigkeit ... Da Hans loßt si' net o'schaugn ... Da Hans tuat oiwai sei Pflicht und Schuidikeit«, erwiderte er auf die wütenden Ausfälle des Bürgermeisters und der Leute. Keine Falte in seinem Gesicht änderte sich.
Johann Baur, der Schmalzerhans, kümmerte sich um nichts und niemanden. Für ihn lief die Welt allein und er allein, basta.
Auch für Guttaten war er nicht sonderlich eingenommen. Ja, er ließ sich schließlich von meiner Mutter schon die Litewka, den davor gebundenen blauen Leinschurz oder die Hose flicken, wär's aber nicht geschehen, hätte er auch nichts dagegen gehabt. Alljährlich zu Weihnachten stiftete ihm die Gemeinde neue Holzschuhe, ein Hemd und einen frischen Schurz. Er legte all diese Geschenke in seine verstaubte Kommode. Dort vermoderten sie.
Es gab auch Leute, die ihn sozusagen »richten« wollten, ihm gut zuredeten. Die konnte er gar nicht leiden. Er ließ sie ruhig reden, stimmte ihnen sogar zu, indem er allerhand übliche Redensarten machte. All das aber half nichts bei ihm. Er blieb wie er war. Er war sich selbst vollauf genug. Er ging herum, er hockte herum, er unterhielt sich am liebsten mit sich selbst.
»Jeder Mensch hat eine Seele«, haben wir alle gelernt. Wenn man

all die Menschen anschaut und so etwas glaubt, kann man erschrecken. Infolgedessen aber muß auch der Schmalzerhans eine Seele gehabt haben, sicher, ganz sicher.
»In der Seele wohnen all unsere Wünsche und Hoffnungen«, pflegte unser Lehrer zu sagen.
Inwendig im Schmalzerhans wohnten auch zwei Wünsche und Hoffnungen: Erstens, daß er nur ja jeden Tag seine zehn bis fünfzehn Gläser Kornschnaps und stets eine volle Schnupftabaksdose haben möchte. Und zweitens, daß, wenn sein bißchen Geld zu Ende war, die »Beckin« – meine Mutter – ihm doch ewig borgen möchte.
Mit dieser »Seele« wurde der Schmalzerhans ungewöhnlich alt. So alt, daß man ihn auch nicht mehr als Nachtwächter und Gemeindediener brauchen konnte. Er trank jetzt überhaupt nur mehr Schnaps und schnupfte.
Bauern im schönsten Leben, junge, hoffnungsvolle Menschen, gut verheiratete Bäuerinnen, geachtete, wertvolle Leute mußten sterben. Hätte es da nicht besser den Schmalzerhans treffen können? Keiner wär' darob in Trauer versetzt worden, niemandem hätte das geschadet, und die alte Pauligen mußte auch schon von der Gemeinde erhalten werden, das Kammerl im Gemeindehaus drunten wäre dann frei geworden für sie.
Ärgerlich sowas: Ewig so ein Mensch da, zu nichts nutz und jeden Tag mit einem halben oder ganzen Rausch.
Der Schmalzerhans spürte dies wohl. Jeden Tag in der Frühe ist er zu uns in die Stube gekommen.
»Guat Morg'n, Beckin! Guat'n Morg'n, Beck!« sagte er. Er hat sich hingesetzt auf den Stuhl am kleinen Tisch in der Ecke, über das Wetter hat er geredet, und seinen Kornschnaps hat er getrunken. Für und für, Jahre und Jahre.
»Jaja, da Hans soit hoit jetzt boi verrecka ... Da Hans soit verrecka«, murmelte er oft und oft. »Aber da Hans verreckt it ... Da Hans verreckt it ... Nana, verrecka tuat der Hans absalut it ... Da Hans verreckt hoit ganz einfach it ...«

Pudelwohl war ihm, sein vielzerfaltetes, stubenfarbiges Mopsgesicht hatte etwas Grundzufriedenes.
»Da Hans mog it verrecka ... Nana, grod it! ... Da Hans verreckt hoit it, wenn sie's glei gor so gern sehng tatn ... Da Hans verreckt it«, wiederholte er ohne jeden Groll auf die Leute, die so sehr seinen Tod herbeiwünschten, es war bloß so, als sage er sich's immer und immer wieder ein, daß er nicht sterben müßte.
Die Leute warteten und warteten, ärgerten und ärgerten sich, aber der Schmalzerhans lebte ewig weiter. Mein Vater mochte ihn gern, wir alle konnten ihn gut leiden. Er gehörte schon fast zu unserem Haus. Der Bürgermeister kam einmal daher und verbat sich, daß dem Schmalzerhans weiterhin Schnaps gegeben werde. Mein Vater schimpfte wie ein Rohrspatz.
»I bin i!« schrie er zuletzt fluchend: »Und wen i mein' Schnaps gib, dös geht enk an Dreck o! Kreizkruzifix-kruzifix-Herrgottsakramentsakrament!«
»Wenn er wirkli in sei'm Rausch amoi tot umfoit, da Hans, nachha foit auf *di* d' Verantwortung!« rief der Bürgermeister, und das brachte meinen Vater ganz außer Rand und Band.
»O, du scheinheiliga Tropf, du! ... Ös seid's ja froh, wenn er stirbt!« schrie er bissig und fing derart zu fluchen an, daß der Gemeindevorstand einfach davonging. Meine Mutter war sehr betrübt über die Verfeindung. Sie mochte das Streiten nie.
Und – grad als wie wenn sich Warnung und Unheil urplötzlich die Hand gereicht hätten – wirklich kam der Hans etliche Tage darauf nicht mehr zu uns. Schwerkrank lag er in seinem dreckigen Bett, fieberte und phantasierte. Die Reindlin kam zum Bürgermeister. Der fuhr den Hans ins Krankenhaus nach Starnberg hinüber. »Schwere Influenza und Altersschwäche« war der Befund und – die Gemeinde mußte die Kosten für die Behandlung aufbringen.
So, in Gottesnamen, dachte man getröstet und hoffte: Jetzt wird er schon einmal in die Ewigkeit hinüber müssen, der überflüssige Schnapssäufer.

Im ganzen Dorf hieß es, schuld sei bloß der Bäcker Graf, weil er dem Hans ewig Schnaps gegeben habe. Mein Vater machte ein ärgerliches Gesicht. – –
Aber – warte auf nichts, es wird immer anders!
Volle dreiviertel Jahr verbrachte der Schmalzerhans im Krankenhaus Starnberg und gesund wurde er wieder, gesund wie ehedem. Alle Dorfgesichter wurden lang und trübselig. Mein Vater freute sich. Der Hans kam heim, und sein erster Gang war zu uns. »Hans! ... Schmoiza! ... Dös-dös host guat gmacht!« empfing ihn mein Vater und wollte ihm gleich zur Feier des Tages ein Doppelglas Korn schenken. Aber – wunderbar ist nichts dagegen – der Hans lehnte zum ersten Male ab.
»Wo-wos, du mogst koan Schnaps nimma? Du?« fragte mein Vater bestürzt.
»Da Hans hot si' dö Gschicht an Krankahaus o'gwöhnt... Da Hans mog bloß no a Milli ... Da Hans sauft jetz Milli ... Milli sauft da Hans!« sagte der Schmalzer und – auch zum ersten Male – sein Gesicht faltete sich zu einem unhörbaren, leichten Lächeln: »Milli sauft er, der Hans, nix ois wia Milli ... Grod mit Fleiß verreckt er it, da Hans, weil sie's gor so gern sehng tatn ... Da Hans sauft Milli ... Da Hans verreckt no lang it! ... Nana, da Hans tuat dös it ... Weitalebn tuat er, der Hans! ... Da Hans lebt weita!«
Mein Vater begriff nicht, vermutete einen Witz. Meine Mutter brachte eine Halbe Milch, und der Schmalzerhans trank sie mit vollstem Behagen. Jetzt lachten wir allesamt aus vollem Halse.
Etliche Tage darauf schickte der Bürgermeister durch uns Schulkinder ein Schreiben an meinen Vater, das besagte, daß »laut bezirksärztlicher Anordnung und gemeindlicher Befürwortung dem derzeitig aus dem Krankenhaus als geheilt entlassenen Gemeindearmen Johann Baur, Schmalzerhans in Berg, weder Schnaps noch sonstige alkoholische Getränke verabreicht werden dürften«.
»Do schaug, Schmoiza, do schaug«, sagte mein Vater zum Hans, der jetzt täglich statt vor dem Schnapsglas vor seiner Halben Milch

am Ecktisch hockte: »Do schaug, wos dö hoch' Obrigkeit üba di' beschloss'n hot.« Er las ihm das Schreiben vor, und beide lachten.
»Woaßt wia iahna dös schwaar o'kimmt«, sagte mein Vater boshaft. »Am lieabern tatn s' dir doch glei wieda Schnaps saufa lossn, sovui, daß d' morgn scho verreckerst ... Hahaha, sowos Scheinheiligs, haha!«
»Nana, dö braucha koa Angst it hobn, nana ... Da Hans mog bloß no a Milli ... Da Hans verreckt absolut it!« brümmelte der Hans wieder.
Zwei volle Jahre hielt er sich dran. Keinen Tropfen Schnaps trank er mehr. Pumperlgesund ging er jeden Tag aus dem Gemeindehaus zu uns herauf. Einige Wochen, nachdem er aus dem Krankenhaus herausgekommen war, war er rundherum sauber, dann fing seine alte Schlampigkeit wieder an.
Und die Dorfleute kochten insgeheim vor Wut. Himmelherrgott, nicht starb er!
Die bezirksärztliche und von der Gemeinde befürwortete Verordnung wurde langsam vergessen. Wenn schließlich einer sich zwei Jahre dran hält, weicht er so leicht nicht mehr davon ab.
Der Schmalzerhans hatte an einem Tag wieder einen Schnapsrausch, am zweiten abermals, er soff wieder, soff wie ehedem. Die Leute sahen es wohl, aber sie sagten gar nichts, sie hofften nur noch.
»Jetz tuat er mir wieda woi, der Kornschnaps ... Da Hans mog jetzt koa Milli nimma ... jetz tuat an Hans da Schnaps wieda guat«, sagte er. Auch zu uns kam keine Beschwerde.
Erst sieben Jahre darauf starb der Schmalzerhans ganz plötzlich, aber eines natürlichen Todes. Er legte sich ins Bett und schlief ein für immer. Er lag drinnen in den muffigen Decken und Kissen mit einem friedlichen Gesicht. Eine einsame Fliege saß auf seiner blassen Nase und summte.
Arm wurde er begraben. Wenig Leute gingen mit im Leichenzug. Im Gottesacker zu Aufkirchen liegt sein Grab. Es ist verwachsen, und

die umliegenden Grabstätten der Vermöglichen verdrängen es. Stünde nicht immer noch das schiefe, ganz und gar verrostete eiserne Kreuz, niemand würde es erkennen. Alle Jahre vor dem Allerseelentag pflanzt meine Mutter übrige Tag- und Nachtschattensträucher drauf, besprenkelt das kleine Stück Erde mit Weihwasser und betet ein stilles Vaterunser.

Der Einbruch

I.

In der schlimmsten Inflationszeit ging das mitten in unserem Dorf gelegene herrliche Schloß Elsholz in andere Hände über. Der Besitzer, ein etwas sonderlicher Baron R., verkaufte es aus nicht recht ersichtlichem Grund an eine ausländische Gräfin, zu deren Gefolgschaft auch ein tschechischer Baron gehörte. Sang- und klanglos verschwand der alte, menschenscheue Baron, und die wenigen Leute, von denen er Abschied nahm, waren kaum gerührt darüber. Er galt zeitlebens als Geizhals, hatte mit niemandem näher verkehrt und war nicht sehr beliebt gewesen. Die neuen Besitzer suchten von Anfang an mehr Fühlung mit den Dorfleuten, waren sozusagen öffentlicher und legerer und, kaum zogen sie ein, da fingen sie auch schon heftig zu bauen an. Das schöne, zweitürmige, ruhigstrenge Schloß bekam in kürzester Zeit eine häßliche, protzenhafte Gestalt. Auch innen wurde alles von Grund auf anders, und jeder Mensch konnte es an seinen fünf Fingern abzählen, was das für Unsummen verschlungen haben mochte.
Selbigerzeit kam ich einmal wieder nach Hause. Es war im Winter, und es schneite tagelang. Wir hockten in der mollig geheizten Stube, erzählten dies und das und kamen auch auf die neuen Elsholzleute zu reden. Voll Bewunderung schilderten mein Bruder und meine ältere Schwester die jetzige, prachtvolle Inneneinrichtung des Schlosses. Beide lieferten dorthin, der eine die Konditoreiware, meine Schwester schneiderte für die Gräfin, und diese hatte ihnen die Räume gezeigt. Meine Mutter saß am Ofeneck, hatte das Augenglas aufgesetzt und strickte. Sie schüttelte bloß hin und wieder den Kopf, machte ab und zu: »Hm – hm!« und dann sagte sie: »Ha, daß's jetz' auf der Welt Leit' gibt, dö wo ois's hobn! ... Und anderne wiss'n it, wia's jedn Tog z' essn kriagn ... Hmhm – hm!«
»Ja mei, Muatta, dös verstehst hoit du it«, meinte meine Schwester

ein wenig ironisch: »Dö reichn Leit san scho rächt! ... Durch dö kimmt wenigst'ns a Geld unter d' Leit ... Schaug no, wos jetz do wieder vui a Arbat kriagt hobn.« Meine Mutter blickte ungläubig auf sie. Nachdenklich strich sie ihren halbfertigen Strumpf ein paarmal über ihr abgebogenes Knie und meinte, es wär' kein Wunder, wenn derjenige, der gar nichts habe, durch so einen unsinnigen Überfluß auf Schlechtigkeiten komme. Ich kann mich ihrer Worte nicht mehr genau erinnern, aber wenn ich repliziere, hatten sie ungefähr diesen Sinn: Am Schlechtwerden des Armen sei allemal der Reiche schuld. Reichtum verderbe nicht nur seinen Besitzer, er mache dadurch, daß er überhaupt da sei, auch den Armen gierig und gottvergessen.
»Loß dir sog'n ... Ös wißt's es gwiß no, dös sell mit ünserner Dirn, der rot'n Resl vo drenter der Isa'«, sagte sie, und wir erinnerten uns alle wieder daran. In dieser langen Winternacht wärmten wir die Geschichte wieder auf, bei der es mir bloß immer weh tut, daß ich sie nicht *so* wiedergeben kann, wie meine Mutter sie damals erzählt hat. – –

*

Als mein Bruder Maurus noch in die Feiertagsschule ging, mußte er jeden Tag nach Unterberg in die verschiedenen Häuser das Brot tragen. Meist ging er so um sechs Uhr früh von daheim weg. Unterberg ist jene vornehme Hälfte unseres vielbesuchten Dorfes, die sich direkt am Seeufer entlang zieht. Das königliche Schloß mit Park, mit den Verwaltungsgebäuden und der Hofgärtnerei macht den Anfang. Dann sind da noch die ehemalige Wiesmaier-Wirtschaft, daneben jetzt das neue »König Ludwigs-Café«, das schöne Anwesen vom Müller März, das Haus vom Stegwart gleichen Namens, das vom Fischer Liedl und endlich das Seehotel mit dem Dampfschiffsteg davor. Sonst gibt es in Unterberg nur Herrschaftsvillen. Eine neben der andern, die meisten mit großen, heckenumfriedeten Waldgärten, und alle fast durchwegs nur im Sommer bewohnt. Die Straße von Oberberg fällt über einen ziemlich steilen

Berg herab, läuft geruhsam zwischen den Villen und deren Schiff- oder Badehütten hindurch und mündet weit außerhalb des Dorfes, leicht ansteigend, in die Distriktsstraße Starnberg-Wolfratshausen. Damals hatte sich eben ein steinreicher Münchner Verleger für seine Mätresse eine auffallend luxuriöse Villa direkt neben dem Dampfschiffsteg hinbauen lassen. Zwei oder drei Sommer verlebten die Herrschaften hier, und der ungeheure Aufwand, den sie trieben, wurde viel im Dorf besprochen. Die unglaublichsten Dinge erfanden klatschsüchtige Mäuler. Man erzählte von tollen Gelagen in der Villa, von phantastisch teuren Möbeln und Teppichen, von nur schwergoldenem Besteck, von einem eigenen Zimmer für die Schoßhunde der »Gnädigen« - versenkbare Tische gäbe es in den Gesellschafts- und Speiseräumen, ein raffiniert ausgestattetes Hausbad aus wunderbarstem Marmor, und sogar samtgepolsterte Aborte seien da. Den Herrschaften selber begegnete jeder Dorfbewohner mit größter Unterwürfigkeit, heimlich aber raunte man sich ins Ohr, das sei schon so eine verderbte Hurensippschaft, die nicht wisse, wie sie das Geld und den Übermut verpulvern sollte. Weiß der Teufel, was so eine Mätressenwirtschaft für geheime Laster betreibe.

Wieder einmal wurde es Winter. Die Verlegers gaben ihre Schlüssel dem Seehotelwirt Gerhacker und bezogen ihre Stadtwohnung. Einmal in einer dunklen Januarfrühe war's meinem Bruder, als er an der Verlegervilla vorüberging, wie wenn die hölzernen *Rouleaux* eines Schmalfensters an der Straßenseite verschoben seien. Er blieb stehen, schaute genauer hin, horchte angestrengt und schärfte seine Augen noch mehr. Komisch - durch die schmalen Ritzen schien ja Licht.

Es kam plötzlich eine Spannung über ihn, sein Herz klopfte, die abenteuerlichsten Dinge schossen durch sein Hirn. Er schlich vorsichtig in die finstere Nische des hohen Gittertors und spähte abermals hinauf zu diesem verdächtigen Schmalfenster. Ja, ja, er hatte sich nicht geirrt, ganz deutlich sah er es jetzt, da drinnen,

hinter den verschobenen Rouleaux brannte Licht. Er überlegte. Ein wohliges Gruseln verspürte er, schnaufte behutsam und tappte lautlos weiter. Die Straße war eisglatt. Einige Tage hatte es geregnet, alsdann war frische Kälte gekommen und alles gefroren. Vom Dampfschiffsteg herauf pfiff ein scharfer Wind und trug das Rauschen der Wellen herauf. Sonst war es um und um still. Den Gerhacker mußte mein Bruder erst aufwecken. Der brummige, zuckerkranke, sehr fette Schwabe kam erst nach längerer Zeit in Hose und Hemd daher und schimpfte ärgerlich: »Was ist denn das! ... Dunnakeil! Dunnakeil no' mal, ha' i it gsagt, du sollscht 's Brotnetz beim Gangfenster rei'lassn! Was mu-uscht du mittn drinn wecka!«
»Na, Herr Gerhacker, na ... Stad! Beim Verlega drent muaß ei'brocha wordn sei ... Do brennt a Liacht!« hastete Maurus schnell heraus: »Ganz gwiß! ... I hob's gsehng! ... Do müaßn Leit drinn sei! Ganz gwiß!«
Der Gerhacker besann sich und schaute mürrisch und ungläubig auf meinen Bruder.
»Ah – ah, wascht du wieda all's gsehn hascht!« grantelte er, denn von der mutigen Seite war er keiner, und sicher wollte er so früh bei dieser Saukälte nicht hinaus. »Gibt's ja gar it! ... Müscht i do aa was g'hört habn! Ah-ah-ah!« Sein Gesicht wurde noch mißvergnügter, außerdem fror es ihn, daß er schlotterte. Aber Maurus gab nicht nach, bis der Mann endlich ernst wurde.
»Ja, wart a weni – oda, wart! Geh vor zum Liedl und zum Mülla nauf ... I alloi loß mi it übern Haufn schlagn ... Hol's – aba mach' koin' Lärm it!« sagte der Wirt und versprach, sich derweil anzuziehen. Mein Bruder holte außer den zwei Männern auch noch den Stegwart. Jeder brachte was mit, der Fischer einen riesigen Armeerevolver, der Müller einen Vorderlader, der Stegwart ein Mordstrumm Beil, und als sie an der Villa vorbeischlichen, überzeugten sie sich vorsichtig von Maurus' Angaben. Keiner sagte etwas, beim Seehotel stellten sie sich zusammen, berieten hastig im Flüsterton, der

Wirt trug eine große Lampe und einen krummen Türkensäbel, vorwärts ging es, mannhaft in die Verlegervilla hinein.
»Angst müssen die mehr gehabt haben wie Verstand«, erzählte mir Maurus. »Der Gerhacker hat den Schlüssel hineingesteckt, geschnauft und gelärmt hat er wie ein Mordbrenner, und wie die Tür offen war, hat er sich nicht hineinzugehen getraut ... Seinen Riesensäbel hat er fuchtelnd geschwungen, und geplärrt hat er, der Stegwart hat das Beil schlagbereit gehabt, der Müller den Revolver vor sich hergehalten ... Wenn da wirklich wer drinnen gewesen wäre, leicht hätt' er durchbrennen können!«
Aber sie fanden keinen Menschen. Im unteren Stockwerk war es dunkel, und als man das elektrische Licht anknipste, sauste eine Maus hurtig über die glänzenden Steinfliesen, was einen nicht geringen Schrecken hervorrief. In der geräumigen Küche sah es nicht gar arg aus. Das Salzfaß stand offen auf dem Herd, der Geschirrkasten stand sperrangelweit offen, das Wurstbrett und einige angeschmierte Teller waren auf dem wachstuchüberzogenen Tisch, daneben stand der dreiflammige lange Spirituskocher, auf dem gekocht worden sein mußte. Eierschalen und etliche zerschlagene Weinflaschen lagen am Boden. Die Tür zum Keller war aufgesprengt, das Schloß hing zerschlagen und schief dran, und in den weiten Gewölben drunten war so ziemlich alles demoliert. Die schmalen, hohen Holzstellagen waren völlig ausgeräumt, der aus starkem Drahtgitter bestehende Behälter für die Sektflaschen war aufgesprengt, das Schloß lag zerhauen am Boden. Wohin der Gerhacker auch leuchtete, überall war es das gleiche Bild. Aufgerissene, halbausgegessene Herings- und Sardinenbüchsen, zerstampfte Marmeladengläser und eine Unmenge mutwillig geköpfter Wein-, Sekt- und Schnapsflaschen. Sogar das Essigfaß hatten die Einbrecher einfach auslaufen lassen, und die vielen Ölflaschen waren ebenfalls alle zerschlagen. Auf dem Steinboden rann das flüssige Gemisch von Wein, Schnaps, Sekt und Essig und Öl herum und stank moderig. Die Männer standen benommen da und schüttel-

ten in einem fort den Kopf. »Sowas g'hört gevierteilt!« polterte der Gerhacker in bezug auf die zerstörungswütigen Einbrecher, und endlich ging man nach oben. Da sah es genau so aus. Die Parterreräume – Empfangssalon, Speisezimmer, Musik- und Bibliothekzimmer – waren von unten bis oben umgekrempelt. Alle Schubläden waren aufgerissen, und die Tapeten hingen von der Wand, die vielen Bücher lagen herabgeworfen in einem großen Haufen auf dem besudelten Teppich. »Wie Sodom und Gomorra«, brummte der Gerhacker. Am furchtbarsten aber hatte sich die Vernichtungswut in den Zimmern des oberen Stockwerks ausgetobt. Schrecklich zerfetzt sah das riesenbreite, gold- und silberbestickte Himmelbett der Mätresse aus, die schwere blutrote, seidene Steppdecke war zerschnitten, alle Gardinen an den Fenstern angezündet, alle Schränke und Kommoden durchwühlt, jeder Polsterstuhl zersägt oder zerschnitten, kein ganzes Stück gab es mehr. Boudoir und Bad, Lese-, Ankleide-, Spiel- und Hundezimmer machten buchstäblich den Eindruck, als hätte ein Erdbeben alles ineinander geworfen, die schweren Glaslüster zeigten kaum noch ein Zierat, und sogar die reichen Stukkaturplafonds hatten Sprünge, Beil- und Hammerhiebe. Auf allen Teppichen, wo ihnen gerade die Lust angekommen war, hatten die Einbrecher ihre Notdurft verrichtet oder gespien, die großen Ölgemälde waren teils beschmiert, teils zerschnitten oder einfach herabgeworfen und zerstampft. Im Bad, wo das Licht, das mein Bruder durch die verschobenen Rouleaux gesehen hatte, noch brannte, lief noch immer das Wasser, und als die Männer erschreckt, schon gewärtig, daß hier noch jemand drinnen sei, die Tür aufrissen, floß ihnen eine wahre Gischt stinkigen Wassers entgegen, strömte weiter über die Teppiche und in alle Ecken und Enden. –

»Do kinna mir aa nix macha ... Glei auf Minka eini Botschaft toa und ois o'zoagn, werd dös gscheiter' sei!« sagte der Liedl nach langem vergeblichen Suchen, denn von den Einbrechern fehlte jede Spur, das heißt, jaja, ein offenes Fenster auf der Seeseite der Villa

ließ vermuten, daß sie dort ausgestiegen und wahrscheinlich in dunkler Nacht mit einem Boot über den See gefahren waren. Noch am gleichen Tag kam der verständigte Verleger aus München mit der Starnberger Polizeikommission daher, gab an, was alles gestohlen worden war, die Räume wurden alle photographiert, mein Bruder und die vier Männer mußten über ihre Wahrnehmungen aussagen, und ein großes Untersuchen fing an. Alle die vagen Mutmaßungen ergaben nichts, kein Boot fehlte in der Schiffhütte des Verlegers, und auch ein Fischer rund um den See herum hatte keines ausgeliehen an dem Tag, kurzum, weg waren sie, die erbärmlichen Diebe, alles an Wertsachen – die goldenen Bestecke, das viele Silber, die teuren Nippes – hatten sie geraubt.
Das Dorf war in Aufregung, jeder kam sich vor wie ein höchst findiger Kriminaler, aber gefunden hat man nichts.
Im Frühjahr fand der Wegwart beim Straßenaufsanden einen diamantenbesetzten Briefbeschwerer in Form einer Eidechse. Zur Brotzeit kam er zum Hotelwirt hinein und zeigte gleichgültig das Ding her. Der Gerhacker bekam große Augen, zog die Brauen hoch und spitzte einen Zeigefinger.
»Holla!« sagte er bedeutungsvoll: »Holla, dös is vo der Verlegervilla ... Da haba mir oin großes Alibi in der Hand!«
Der Wegwart wollte nicht glauben, daß diese dreckige Eidechse einen solchen Wert habe, man redete lang herum, und alsdann telefonierte der Gerhacker die Polizei an. Die kam und fragte und fragte herum. Der Wegwart konnte auch nichts weiter sagen, als daß er den Briefbeschwerer auf der Distriksstraße, da, wo sie aus dem Holz herausläuft, gefunden hatte.

II.

Wir hatten zu Hause allerhand Dirnen gehabt. Gute und schlechte, langweilige und flinke. Alle waren sie gerne bei uns, und wenn sie weggingen, kamen sie immer einmal wieder zu Besuch. Die eine hatte geheiratet und war Bäuerin geworden, etliche gingen von uns weg ins Kloster, wieder welche in die Stadt und betrieben dort ein kleines Milchgeschäft oder hatten eine Krämerei, dann aber gab es auch solche, die ein lediges Kind bekommen hatten und noch immer Mägde waren. Wie es eben geht auf der Welt. Der eine errät es gut, dem anderen glückt gar nichts.

Die Theresia Hirn, an die uns unsere Mutter erinnerte, war eine Kleinhäuslerstochter von drüberhalb der Isar, und weil sie brandrotes Haar hatte, hießen wir sie kurzweg die »rote Resl«. Sie war ein halbgroßes, festgewachsenes Weibsbild mit sehnigen Armen, runden Schultern und hurtigen blauen Augen. Sie hatte, wie man sich bei uns ausdrückt, »Haar auf den Zähnen«, das heißt, wenn sie zornig wurde, kam keiner mehr gegen sie auf. Da konnte sie direkt furienhaft werden. Bei so einer Gelegenheit warf sie auch alles hin und ging – was außer allem Brauch lag – mitten im Jahr fort. Dienstboten standen damals stets nur zu Maria Lichtmeß ein und aus. Bei der Resl ihrem Weggang mag vielleicht auch noch etwas anderes mitgespielt haben. Der Ampletzer-Wiggl nämlich setzte ihr weiß Gott wie zu und wollte sie absolut heiraten. Einmal griff er sie sogar tätlich an, aber sie mochte ihn ums Sterben nicht.

Wir hatten alle angenommen, die rote Resl wäre heimgegangen, nach zirka einer Woche aber schrieb sie aus München, wir sollten so gut sein und ihren hölzernen Koffer schicken. Auf ihre Kosten selbstredend. Der Brief war nicht danach, als ob sie uns etwas nachtrage. Das konnten wir übrigens auch daran feststellen, daß sie uns einmal im Winter, nach dem Einbruch in der Verlegervilla, aufsuchte. Kein Mensch redete mehr davon.

Die rote Resl war hübsch modisch angezogen. Man sah es ihr an, gut mußte sie es erraten haben in der Stadt drinnen. Ein gutgehendes Zigarrengeschäft hätte sie, erfuhren wir von ihr, und ihr Mann sei bei der Straßenbahn. Sie war lustig aufgelegt, und man hörte aus ihren Worten heraus, wie stolz sie auf ihr Wohlergehen war.

»Soso, no, dös is aba schö ... Do host ös aba guat derrotn, Resl«, belobigte sie meine Mutter und sagte, auf ihre Hand blickend: »Trogst du gor koan' Eh'ring?«
»Jessaß - de-den hob i ganz vergessn«, sagte die Resl und bedeckte unwillkürlich ihre eine Hand mit der anderen, lachte allereinnehmendst und erzählte schon wieder weiter: »Mir hobn nämli a Wohnung mit a'ran Bod und - siehchst ös, so geht's, wenn's pressiert - i hob mi vor'n Rausfahrn bod't und vergiß mein' Ehring.«
»Soso ... Jaja, Luada«, meinte mein Vater spöttisch. »Der Ampletzer-Wiggl, moan' i, geht dir hoit no oiwai an Kopf umanand.« Er lachte gutmütig, alle lachten wir, und die Resl erst recht.
»Ah mei, der Tölpi, der dappi!« sagte sie lustig: »Is er denn no oiwai versess'n auf mi?«
»Und wia!« sagte mein Vater. »Der, wenn di siehcht, der laaft dir noch wia a bremsiga Hund ... Den bringst nimma o.« Und weil er immer große Freude daran hatte, mit anderen Leuten seinen Spaß zu treiben, rief er heiter: »Soit is iahm eppa sogn lossn? ... Soit er kemma?«
Die Resl war eigentümlicherweise plötzlich ein wenig verwirrt. Ihre hurtigen Augen gingen unruhiger, alsdann lachte sie wieder laut auf: »Nana, nana, Beck! Loß 'n nu, wo er is! Der damisch' Kerl wererd am End nu zuadringli aa.«
»Dös Zuadringli'sei hobn aba dö Weibsbilda oft recht gern«, hänselte mein Vater weiter, aber die Resl wehrte immer wieder fidel ab: »Nana, nix Tawack, nana! ... I hob mit mein' Mo' Sach gmua!« Sie sah dabei durch das Fenster, hinaus in den weißen Winter. Es war schon nach der Brotzeit und dunkelte bereits leicht.
»Ja - Herrgott, i sitz und sitz do - i muaß ja heunt wieda nei in d' Stodt«, sagte sie: »Wos tat denn do mei Mo' sogn, wenn i heunt net hoamkaam.« Sie stand auf, drückte jedem von uns die Hand und machte sich auf den Weg nach Starnberg.
»Nocht werd's, bis d' umikimmst ... Fürcht'st dir it?« fragte meine Mutter.

»I . . . Nana! Mi stiehlt koana!« lachte sie schallend zurück und grad pressant hatte sie es.
Als sie außerhalb des Dorfes in die Distriktsstraße einbog, hörte sie auf einmal »Resl!« hinter sich rufen. Sie drehte sich rasch und erschrocken um. Ein Mannsbild kam daher, winkte ihr und ging hurtiger.
»Resl! Resl! I bin's, der Wiggl! Wart a weni!« schrie der Ampletzer-Wiggl. Schon auf zehn Schritt Entfernung war er herangekommen und keuchte fliegend. Die Resl stieß einen kurzen Schrei aus und fing zu laufen an, lief, was sie konnte. Aber der Wiggl hatte längere Füße und holte sie bald ein. Er griff nach ihr mit beiden Armen.
»Resl! Resl! . . . Wart doch! Laaf doch it davo! . . . I tua dir doch nix!« hastete er aus sich heraus: »I hob di ja bloß no oiwai sovui gern! . . . Resl!«
»It! . . . Geh hoam! Mei Ruah loß mir! Geh hoam, geh!« wehrte sich die Resl und stieß mit beiden Armen. Ihr ganzer Körper schlotterte, ihre Augen waren schreckhaft unruhig.
»Resl! Mei Resei!« fing der Wiggl zu bitten an: »Resei, mogst mi den gar it? . . . Gor nimma?« Er versuchte seinen Arm um ihre Schultern zu legen, sie wurde ganz und gar wild und raufte schier mit ihm. Er aber wich nicht von ihrer Seite, er lief neben ihr her wie ein geprügelter Hund und wimmerte immer das gleiche, versuchte immer wieder, sich an ihren Arm zu hängen. Es war jetzt schon so verschwommen dunkel, daß man die Augen anstrengen mußte, um alles richtig zu sehen. Mitten im Holz waren die zwei angelangt.
»Wiggl, um Gott'swilln, so geh doch hoam . . . I bin verheirat't! Loß mir mei Ruah, Wiggl! I bitt' di um der Gott'swilln, geh hoam, geh!« flehte die Resl und weinte fast.
»Aba, aba i mächt ja bloß no oamoi mit dir geh! . . . I tua dir doch nix Unrecht's, gar it aa, Resl!« wimmerte der Wiggl genau so und blieb stehen.
»Geh!« gellte es ihm ins Ohr und – was war denn das – ssst, auf

einmal war die Resl weg. Er hob den Kopf, glotzte, horchte und hörte seitwärts im Holz ein dumpfes Laufen. »Resl! Resei!!« schrie er. Niemand gab an. Er sah scharf auf den Boden und lief der aufgewühlten Spur nach, kreuz und quer, waldeinwärts, stolperte, fiel lang hin, sprang auf, rannte wieder weiter in einem fort schreiend, warf sich in ein dunkles Dickicht und tappte plötzlich in ein frisch aufgerissenes Erdloch, flog wie abbrechend nach vorne mit dem Gesicht in den kalten, schwarzen Kot und spürte unter seinen Füßen ein merkwürdig metallisches Klirren. »Resl!!« plärrte er ins Dunkel. Still blieb es. Ganz fern vernahm er Knacken von zertretenen, morschen Ästen, hob den Kopf, stemmte mit beiden Armen seinen Oberkörper empor und stampfte mit seinen harten Nagelschuhen schon wieder auf den klirrenden Grund der kleinen Grube. Er trat fester drauf, besann sich, schrie nicht mehr, richtete sich ganz auf und griff mit der einen Hand vorsichtig in die frische Tiefe. Etwas wie ein grobes Barchenttuch fühlte er, packte fest an und zog dran. Es gab nach, und er hielt einen unförmigen, scheppernden Packen in der Hand, betastete ihn rundum, wieder, immer wieder und schnaufte fast verängstigt stockend. Schwer war der Packen, ein richtiger kleiner Sack. Er legte ihn auf den schneeigen Boden, zündete ein Zündholz an und besah ihn abermals genau, leuchtete in die Grube, griff hinein und stieß nur noch auf Wurzelwerk. Das Zündholz zappelte aus seinen zitterigen Fingern, schnell zündete er ein neues an, zog ein Stilett und schnitt ein kleines Loch in den Sack.

»Hm ... Holla, holla!« brummte er. »Holla, deswegn!« wiederholte er wie plötzlich erleuchtet, nahm hastig den Sack unter seinen Mantel und ging eilsam zurück ins Dorf. Beim Bürgermeister gab er seinen Fund ab und erzählte. Wie ein Lauffeuer lief es im Dorf herum: Die Resl hat beim Verleger eingebrochen, der Ampletzer-Wiggl hat einen Sack voll Silber und Goldsachen gefunden. Auf der Stelle rief man telefonisch bei der Polizei in Starnberg an. Noch in derselben Nacht, erfuhr man später, wurde die rote Resl in Mün-

chen festgenommen. Einen Koffer voll Tafelbesteck, teure Nippsachen und mehrere Uhren fand man bei ihr.
Bei der Verhandlung, die später stattfand, stellte sich folgendes heraus: Ein ehemaliger Diener beim Verleger hatte die Resl kennen gelernt. Er war sehr erbittert, weil ihn die Herrschaft seinerzeit wegen einer Kleinigkeit entlassen hatte. Schon lange war er arbeitslos, trieb allerhand dunkle Geschäfte, und eines Tages fuhr er mit der Resl und zwei Komplizen nach Starnberg. Von dort aus gingen sie nach Berg und machten den Einbruch. Volle vier Tage trieben sie ihr Unwesen in der Villa.
»Und dort haben Sie es sich gut gehen lassen, was?« fragte einmal während der Verhandlung der Vorsitzende ironisch: »Sehr gut, nicht wahr?«
»Jawohl, sehr gut!« sagte der Hauptangeklagte frech: »Die da«, und damit deutete er direkt aufreizend auf den anwesenden Verleger: »die lassen sich's aber Jahr und Tag so gehn ... Das soll dann eine Gerechtigkeit sein!«
Der Vorsitzende schrie ihn derb an. Der Verleger schaute verdattert drein und war blaß. Seine Stirn bekam peinliche Falten.

Die Geschichte von der schiefen Matratze

I.

Ostern, Pfingsten, Allerseelen und Weihnachten, das sind so die heiligen Zeiten, wo ein Mensch, dem 's nicht gelungen ist, Herkunft und Brauch in der Welt draußen abzuschütteln, heimfährt in sein Dorf. Da besuch' auch ich meine Mutter immer. Jedesmal aber muß ich in dem Bett mit der schiefen Matratze liegen, und das hat so seine Mucken. Im Sommer geht's ja, aber wenn ich in so einer eiskalten Winternacht im tiefsten Schlaf auf einmal aus diesem Bett falle, da vergeht mir der Humor. Oft und oft habe ich diese verdammte Matratze schon verwünscht, jedesmal aber, wenn ich mich bei meiner Mutter über sie beschwere, sagt sie das gleiche. Sie lacht ein wenig und antwortet statt jeder anderen Erklärung: »Hm, thja, jetz du bischt guat! ... I konn doch dö pfenningguat' Matratz'n it wegschmeißn! ... Dö is no vo der Höll-eisngretl!«
Jetz frag' ich schon gar nicht mehr weiter und geb' mich zufrieden, aber einmal hat mir meine Mutter die Geschichte erzählt. Das war also so:
In dem kleinen Bauerndorf P. steht heute noch der ansehnliche Hölleisenhof. Er gehört jetzt zum dortigen Kloster, und Verwaltersleute hausen drinnen. Einmal – nach dem Tod von Vater und Mutter – ist er der einzigen Tochter, der Hölleisengretl, zugefallen. Die war verwachsen und bucklig. Aber Geld und Sach' hat sie genug gehabt. An die zwölf Stück Vieh, zwei braune Rösser, fünfzig Tagwerk Wiesengrund und an die zwanzig Tagwerk schlagbares Holz. Die Gretl war resolut wie ein grades Mannsbild und hat sich selbigerzeit einen Knecht und die alte Pleenerin ins Haus genommen, und zur Ernte, im Sommer, hat sie jeweils einen oder zwei Taglöhner eingestellt.
Scharfe, fast stechende Augen hat sie gehabt, die Gretl, und anschaffen hat sie können wie ein Korporal. Wehe, wenn sie schimpfte.

»Ein Maul wie ein Schwert hat sie«, sagten die Leute von ihr. Keiner ist dagegen aufgekommen.
Aber die Gretl war mitunter auch ein recht lustiges Weibsbild, trotz ihrer körperlichen Mängel, und, komischerweise, sie hat es sehr gern gehabt, sich sonntags zum Kirchgang »reich« anzuziehen. Da war sie, wie man so sagt, ein »Luder« und verstand sehr gut, etwas aus sich zu machen. Wirklich wahr. Nach damaligem Brauch ging sie mit Geschnür und Mieder, trug die schweren, vergoldeten Ohrringe ihrer Mutter selig und den breitrandigen, goldumschnürten, fast zwiebelförmigen Filzhut. Um den rechten Arm hatte sie stets das breite, silbergearbeitete Band und an den Fingern etliche Ringe. Auf den ersten Blick schaute das fast grausig aus: Ein derartig elendiglich verstalteter Körper in so einer prunkvollen Aufmachung. Wenn man aber länger und genauer hinsah, gewann die ganze Erscheinung sonderbarerweise. Das adrette, herausgeputzte kleine Weiblein mit dem spitznasigen Gesicht und den bei solchen Gelegenheiten meist lustig glänzenden Augen, mit dem enganliegenden Mieder, dem von den etwas eckig heraustretenden Hüften herabwallenden langen schwarzen Rock und dem schwerseidenen blauen oder roten Fürter hatte gewissermaßen eine fremdartige Zierlichkeit.
Auch das Tanzen mochte die Gretl nicht ungern und war dabei – wie die Burschen sagten – »gering wie ein Federwisch«. Kurzum, unter ihrem Buckel hat die Hölleisengretl eigentlich nie zu leiden gehabt. – –
Ein alter Bauernspruch sagt vom Heiraten:

»Ob bucklt oda schelch,
's Weib schaugt ma net o;
Is ja a Kuah, dö wo i melch,
Auf d' Milli kimmt's o!«

Die Gretl konnte sich nicht beklagen, sie hatte allerhand Verehrer. Burschen waren darunter, kernfeste und saubere, freilich grad keine

schwergeldigen Bauernsöhne. Etliche darunter zeigten es ganz offen, daß sie es mit einer Heirat mit ihr schon aufnehmen würden. Die aber konnte die Gretl nicht verputzen. Die hatten allesamt kein Glück bei ihr.
Und im übrigen, sie war nicht aufs Hirn gefallen, sie spannte sehr genau, daß es jedem nur um den schönen Hof ging, nicht um sie. Dem Heingeiger-Silvan von Hutschenreuth beispielsweise sagte sie es glatt ins Gesicht, als er so süßmäulig vom Gernhaben daherredete. »Geh-gehgegeh!« fertigte sie ihn spöttisch ab: »I hör di scho geh mit dein' Schmusn! . . . Mei Hof waar dir scho recht und mit mir tat'st hoit an Aug' zuadrucka, Plaana, windiga . . . Geh zua! Geh zua! I wui dir nix!«
Mit den näheren und weiteren Einheimischen hatte sie es überhaupt nicht. Da hatten bloß die bösen Mäuler was zum Schnabeln und Ausrichten.
Im Sommer kam jedesmal der Bablochner-Wiggl zum Akkordmähen auf den Hölleisenhof. Das war ein armer, dritter Häuslerssohn von über der Isar drüben, ein gutmütiger, fleißiger und ruhiger Mensch. Den konnte die Gretl schon eher leiden.
In der Knechtkammer beim Hölleisen stand noch ein zweites Bett. Da drinnen schlief der Wiggl die ganze Woche. Nach Feierabend am Samstag oder in aller Frühe am Sonntag stieg er auf sein Radl und fuhr heim zu seinen Leuten. Beim Bablochner nämlich ging's hübsch knauserisch her, und die Kinder waren streng hergezogen. Von den drei Buben, die allesamt auf Taglohn arbeiteten, mußte jeder was von seinem Verdienst hergeben, und das übrige legte der Vater auf die Sparkasse. Das ist, wenn hinten und vorn die Not hockt, nicht das Schlechteste. Jeder Bub war damit zufrieden.
Am Montag in aller Herrgottsfrüh' ging beim Hölleisen die Arbeit wieder an. Drum fuhr der Wiggl auch stets in der Sonntagnacht zurück. Wenn er so nach elf Uhr mit der helleuchtenden Radllaterne in die Kammer kam, wachte der mürrische, ungute Knecht meist auf. Schläfrig hob er den buschigen Kopf und knurrte mür-

risch: »Du kunnt'st aa scho früahra hoamkemma, daß ma sein' Nochtschlof hot!« Er warf sich grantig auf die andere Seite und wollte weiterschnarchen, aber das Licht war widerwärtig störend. Er wurde noch ärgerlicher.

»Brauchertst it oiwai mit deiner Latern' rei'kemma! ... I geh aa oiwai a der Dunki a's Bett!« murrte er und wurde durch die Wut noch wacher. Der Wiggl gab nicht an. Er zog sich bloß hastig aus, aber hexen konnte er schließlich auch nicht. Und grad weil der Wiggl so ruhig dabei blieb, wurde der Knecht noch grimmiger.

»Mach daß d' ins Bett kimmst! ... Loß oan schlafa, Lakl, eklhafta!« schimpfte er und überlegte sicher, ob er nicht aus dem Bett springen und dem Kerl eine herunterhauen sollte. Aber der Wiggl löschte jetzt schon das Licht und schwang sich stockstumm ins Bett. Aus war's.

Der Knecht konnte den Wiggl überhaupt nicht leiden, weil er stets rackerte wie ein blinder Ochs. Das Heimkommen in den Sonntagnächten wurde deshalb ein immer gehässigeres Schimpfen. Der Wiggl sagte es schließlich einmal der Hölleisen-Gretl insgeheim. »I mog koan Streit it, Bäurin ... Nachha geh i liaba«, schloß er ein wenig trübselig und stand dabei grad nicht da wie ein handfestes Mannsbild. Die Gretl schaute ihn schier ein bißl spöttisch an, alsdann aber wurden ihre Augen viel einschmeichelnder. »No, Wiggl, du bist a ruahiga Mensch ... Der Knecht is a Hammi, dös woaß i scho lang ... Aba jetz mittn a der Aarnt mog i 'n aa net wegtoa ... Du konnst vo jetz o a der vordern Kamma liegn ... Mir teahna hoit dei Bett auffa«, sagte sie und setzte warm dazu: »I mächt it, daß d' mir du weggehst.« Das tat dem Wiggl wohl. Er runzelte aber doch für einen Augenblick die Stirn und sinnierte.

»Wenn er aba siehcht, daß i vo dir so guat behandelt wer', Bäurin, nachha werd er erst recht bissi'«, meinte er in bezug auf den Knecht. Auf das hin wurde die Gretl sofort ärgerlich, es traf ungewollt in ihr Herrsein. Gleich funkelten ihre Augen und gleich sagte sie blank und scharf: »Dös loß nu mei Sach' sei, Wiggl! ... Waar ja

do scho no schöna! ... Herr bin i auf mein' Hof, aus! Wenn er do 's Mäü aufreißt, nachha konn er einfach geh!«
Damit war alles beschlossen. Der Wiggl schleppte sein Bett selber in die obere vordere Kammer und schlug das gute, das drinnen stand, ab, trug die Bettlade herüber zur Dirn und lehnte sie an die Wand.
»Ha-hm-hm!« machte die Dirn, die sich grade ein Fürter umband: »Schlaafst jetz du eppa glei gor a der guat'n Kamma? ... Hot di' d' Bäurin so gern?« Sie lachte dabei ein bißl zerschlissen, und seltsamerweise wurde der Wiggl gleich rot um und um. Verlegen glotzte er auf das spöttische Weibsbild und brachte nicht gleich ein Wort heraus. Jetzt erst fiel's ihm auf, daß er ja wirklich in der »guten Kammer« liegen durfte, er, der windige Taglöhner! Und ganz so nebenbei kam es ihm auch in den Sinn – gegenüber von seiner Tür war die von der Bäuerin ihrer Kammer. Er stockte noch immer. Die Dirn schaute ihn viel kecker an und lachte noch zweideutiger. Da aber sagte der Wiggl denn doch, warum er überhaupt da heroben liege, und fast entschuldigend schloß er: »Mir waar's ja gleich – I liegert ja an Stoi aa, aba mit'n Knecht is ja koa Auskemma ... I bin ja bloß an Summa do ...«
»So«, meinte die Dirn noch etwas spitzig und änderte alsdann ihren Ton: »Es is ja wohr, der Knecht is scho a rechter grober Hammi aa ...« Dann ging sie.
Von da ab aber war mit dem Hans, dem Knecht, überhaupt kein Zusammenarbeiten mehr gut. Er wurde von Tag zu Tag aufsässiger und schließlich einmal – mitten auf dem Feld – fing er mit der Zenzl und dem Wiggl das Streiten an, schmiß einfach kurzerhand die Gabel hin und ging heim. Im Unterdorf, beim Schmuller, hockte er sich in die Wirtsstube, genierte sich nicht und soff sich einen Krachrausch an. Nach Feierabend kam er zum Hölleisen und schrie in einem fort: »Wo is' er denn, der sell duckmausert Dreckhund, der Wiggl! ... Loßt's 'n nu her, daß i 'n o'stich wia an Saubärn ... Soit nu kemma, der Hundling! I hob mei Messa scho g'wetzt!« Er war aber

bei der Gretl an die Falsche gekommen, die hatte alles längst gerichtet. Der Gemeindediener Bachl und der Hingerlpeter standen in der Kuchl und gingen, wie auf ein Zeichen, zum Angriff über. Der mordsbreite Peter packte den wankenden, fuchtelnden Knecht und riß ihm das Messer aus der Hand. Ein Ruck, ein Zucker und gutding zwei Meter weit weg, glatt auf der staubigen Straße lag das besoffene Mannsbild.
»So ... Und do host dei Sach'!« plärrte der Bachl und stellte ihm den hölzernen Koffer daneben: »Und wennst it glei machst, daß d' weitakimmst und a Ruah gibst, nachha werd ganz einfach der Schandar gholt ...«
»Wos! Wos! ... Mit enk hob i nix ... Der sell schleichert' Wiggl soit hergeh' ... Mit *den* hob i wos ausz'macha!« wollte der Knecht, sich aufrichtend, wieder anfangen, aber der Wiggl, den hatte die Gretl ins Bett geschickt, der lag schön ruhig in der dunklen guten Kammer und luste herzklopfend.
»Stad bist, Hundskrippi, windiga! ... Marsch, geh tuast, b'suffa's Wogscheitl!« schrie der Hingerlpeter und wollte schon wieder auf den Knecht: »Windlwoach schlog i di', wennst koa Ruah gibst!«
»I geh scho! ... I pfeif auf dö ganz' Sach'!« gab der Knecht nach: »Aba mein' Loh' mächt i no!«
»Den konnst scho hobn!« rief die Hölleisengretl aus der Stalltür: »Geht's nu eina ... I hob scho ois herg'richt – und nachha muaß a Ruah sei!« Der Hingerlpeter und der Bachl brachten den blutigen, brummenden Kerl in die Hölleisenkuchl, die Bäuerin gab ihm das Geld und ein Zeugnis, schob ihm alles resolut hin auf der Tischplatte und sagte barsch: »So, jetzt host in mein' Haus nix mehr z' suacha! Mach daß d' weiterkimmst!«
Dies ernüchterte den Knecht ein wenig. Er bereute am Ende auch schon wieder alles. »Do! Mach daß d' furtkimmst!« wiederholte die Gretl, als er sie so anschaute: »Herr bin i auf mein' Hof!«
Eine Weile schwieg der finstere Kerl, rülpste und brummte versöhnlicher: »Ja no, nacha geh i hoit ... Mei Kuffa hoi i nacha auf d'

Wocha ...« Er drehte sich störrisch um und tappte aus dem Haus, ging weiter auf der dunklen Dorfstraße, kehrte auf einmal wieder um und marschierte eilsam aus dem Dorf. Ernüchtert kam er nach vier Stunden bei seinen Leuten – armen Flickschustern – in Mertelfing an. Die machten ungute Gesichter, aber, Gottseidank, es war mitten im Sommer, da fand sich schnell wieder was. Zwei Wochen drauf stand der Bursch auf dem Baron Perchtholdschen Gut ein. Das war's nicht mehr wie beim Hölleisen. Dort war er eben doch das Mannsbild im Haus, hier aber bloß noch der dritte Knecht.

Die Hölleisengretl fand nicht gleich wieder einen Knecht. Das war arg. Sie nahm den alten pensionierten Postboten Melcher auf Taglohn. Der stand schon in den Siebzigern, und grad schnell ging ihm die Arbeit nicht von der Hand, aber er war wie ein ewig laufendes Rad. Am liebsten hätte er Tag und Nacht so fortgewerkelt, man mußte ihn direkt aufhalten, daß er stille stand. Zur Not also ging er schon.

Der Wiggl war jetzt ein begehrtes Mannsbild, und die Gretl tat ihm sehr schön. »Konnst scho drobn bleibn a da guatn Kamma, Wiggl«, sagte sie: »mir macht's nix aus ... Geh, frog deine Leit dahoam, obst mir net an Knecht macha kunntst?« Der Wiggl nickte und fragte am darauffolgenden Samstag daheim. Sein Vater schaute ihn an und sagte nüchtern: »Jaja, meinetwegn scho ... Nachha host hoit dös ganz' Johr an Arbat, aba ois Toglöhna kriagst hoit mehra Geld in d' Hand ...«

Der Wiggl kam wieder auf den Hölleisenhof zurück und sagte das gleiche brühwarm der Gretl. Die war noch zugänglicher und kam mit ihm überein, daß er dreiviertel Taglohn kriege, wenn er ihr einen Knecht mache. Wiederum redete der Wiggl mit seinem Vater und sagte endlich bei der Gretl zu. Er rackerte jetzt noch mehr als früher, er gönnte sich kaum mehr das Schnaufen. Und die Hölleisengretl war kreuzgut zu ihm. Es bürgerte sich allmählich ein, daß der Wiggl zum Hof gehörte wie seit ewig her. Er war sehr zufrieden über das alles.

Einmal – es war schon im Herbst, und die Arbeit war nicht mehr so arg – ging der Wiggl, kurz nachdem die Gretl ins Bett gegangen war, durch den dunklen oberen Gang auf seine Kammer zu. Er hatte schon die Türklinke in der Hand, als auf einmal ein breiter Lichtstreifen hinter ihm herfiel. Unwillkürlich drehte er sich um und schreckte fast zusammen. Die Gretl stand im starzend weißen Nachtjackerl im Rahmen ihrer offenen Tür und lachte ein wenig. Der Wiggl schaute auf sie wie einer, der die Hosen voll hat.
»Wos macht s' denn, d' Koibakuah ... Moanst, daß ma rausmüassn heunt bei der Nocht?« fragte die Gretl halblaut und ließ kein Aug' von ihm. Wer fein hinhörte, fand freilich, daß es ihr nicht um die Kälberkuh ging.
»Hm ... Umanand trippln tuat s' scho so gspassi«, murmelte der Wiggl endlich nach einigem Stocken.
»Wiggl ...?« flüsterte jetzt die Gretl fast, und ihre Augen fingen seltsam zu glänzen an. Sie konnte auch nicht mehr weiter.
»Ja ... Bäuerin, wos is's denn?« fragte der Wiggl dumm und benommen.
»Du bischt a guata Mensch, Wiggl –.« sagte die Gretl und lächelte wiederum einschmeichelnd. Sie brach ab, schnaufte und hastete auf einmal ganz leise heraus: »Geh a bissei eina zu mir, geh weita, aba schnell, daß neamd härt, schnell!« dabei flog ein leichtes Zittern über ihren ganzen Körper. Sie verschlang das stockstumme Mannsbild fast mit ihren Augen und machte eine leichte Bewegung mit dem einen Arm.
»Geh, geh Wiggl! ... Brauchst koa Angst it hobn, geh weita!« flüsterte sie noch schneller, fast schon fliegend, und da tappte der Wiggl wie traumwandlerisch durch ihre Tür, die sie schnell und geräuschlos zuzog.
Der Dirn war's, als wie wenn jemand in derselbigen Nacht durch die Wände hindurch gemurmelt habe, aber sie schlief gleich wieder. Am Ende war es bloß der Wind, der an den Fensterläden riß und das ganze Haus umwimmerte.

Die Kuh kalbte erst in der Frühe, kurz vordem die Dirn in den Stall herunterkam. Sie wunderte sich ein wenig, daß der Wiggl schon da stand und alles hergerichtet hatte.
»Hoho! ... Geht's scho los? ... Bischt du denn dö ganz' Nocht eppa dogstandn und hast aufpaßt?« fragte sie ihn.
Er sagte bloß: »Nana ... i hob mir bloß denkt, es is bessa, i schaug früahra oba und richt' glei ois's her ... Wia i gestern auf d' Nacht nochgeschaugt hob, is mir scho schier a so g'wen, ois wia wenn's heunt glei losgeh tat ...«
Die Dirn mußte lachen und warf lustig hin: »Haha, wia'st ös du schmeckst ... Du, moan' i, härst aa 's Gros wachsn ...« Grad kam der alte Melcher bei der Stalltür herein. Die Kuh fing das Drücken an und spreizte ihre Beine auseinander, schnaufte ächzend und fing zitternd und ängstlich zu strahlen an.
»Holla! Weita! O'geht's!« schrie der Wiggl und knüpfte die strohumwundenen Stricke.
»Ho! Ruck! Ho-ruck! Ho-o-ru-uck!« hörte die Hölleisengretl, als sie aus ihrer Kammer kam. Sie lief eilsam den Gang vor und über die Stiege hinab. Als sie im Stall stand, war schon alles vorbei. Im warmen Strohlager an der Wand lag ein nasses, ringelhaariges, schlotterndes Kalb.
»Oes seid's aba tüchti!« lobte die Bäuerin die drei und warnte zugleich: »Daß ma fei d' Kuah in koan Zug kimmt, gell! Paßt's fei auf ... Hm-haha, a so a schöns Kaibi! ... Haha-haha!« Und sie beugte sich nieder auf das zusammengerollte Kleinvieh da, fuhr ein ums andere Mal durch seinen nassen, schleimigen Balg und wiederholte: »Jaja-ja, ja-aa, mei Muckl, jajaja-jaaa, jetz bischt scho do, jajajaaa, Muckl ...«
Der Wiggl stand neben ihr und schaute die gebückte Bäuerin zeitweise fast gierig an. Die Dirn gab den Kühen vorn am Barren das Fressen ein. Der alte Melcher machte den Rössern die Krippen voll und gabelte den Mist aus den Stand.
Als die Gretl sich aufrichtete, zuckte der Wiggl ein wenig zusam-

men und beide – sie und er – schauten sich ganz kurz und stumm an.
»A schöns Kaibi is's! . . . A Mordstrumm!« sagte die Gretl und ging an den Kühen vorbei, aus dem Stall.

II.

Nach all dem, was mir meine Mutter über ihn erzählt hat, muß der Wiggl grad kein Mannsbild zum Verlieben gewesen sein. Alles eher als das! Ein Mordstrumm Kerl war er, viereckig, wie ein Kasten. Das Grobschlächtige der Bablochners hatte er, ihre struppigen, roten Haare, das dummgute, breitgedrückte Gesicht mit den dappigen Augen und ihre stumpfe Fleißigkeit. Solang er arbeitete, war sozusagen alles richtig an ihn, aber sonst so im Leben und unter den Leuten muß er arg linkisch, einsilbig und um und um schüchtern gewesen sein.
Ich denk mir, damals, wie ihn die Hölleisengretl in ihre Kammer lockte, wird er zu allererst überhaupt nicht gewußt haben, was er tut. Anfangs grauste ihm vielleicht vor diesem buckligen Weibsbild, schließlich und endlich aber – kein Mensch ist aus Eisen, und – reden wir nicht lang darüber – bei solchen Gelegenheiten passieren die unerwartetsten Dinge. In diesem Augenblick ist man so, im nächsten das grade Gegenteil davon, einmal möcht' man davonlaufen und einmal wieder ewig dableiben, frieren tut man, alsdann schießt wieder das Blut durch den ganzen Körper, als wie wenn's Feuer wäre. Hol's der Teufel!
Das Sonderbarste aber war, es blieb nicht bei dieser einen Nacht. Zwischen Wiggl und Gretl spann sich's weiter, immer weiter. Sie ist von Tag zu Tag lustiger geworden und er finsterer, fahriger und versteckter. Sein Geschau änderte sich, sein Gesicht wurde verstört, und in einem knappen Vierteljahr war er dürr wie eine Bohnenstange. Er wollt' die Gretl heiraten, er redete etliche Male mit ihr, aber sie lenkte stets davon ab, sie war nicht dafür, sie wollte

nichts wissen davon. Das machte ihn noch wirrer. Er hockte einmal in einer Nacht bei ihr in der Kammer auf dem Bett und machte ein elendigliches Gesicht her.

»No, nachha werd's gscheita sei, i geh wieda ... I suach mir wos anders, Gretl!« brummte er nach einer guten Weile. Leer schaute er drein. Aber die Hölleisengretl griff schon wieder nach ihm, streichelte ihn, redete süßmäulig auf ihn ein. Er fiel um und sagte nichts mehr. Er blieb auf dem Hof. Verschossen war er in dieses bucklige, listige Weibsbild. Rein verhext hatte es ihn.

Wenn sich wirklich einmal wieder ein Bursch in das Hölleisenhaus verirrte, sah er jedesmal den Wiggl in der Stube auf der Ofenbank hocken und wollte natürlicherweise gleich wieder gehen. Die Gretl aber wies ihm übermütig einen Platz an, und das ließ sich schwer abschlagen. Kaum aber war es soweit, da fing sie das Hänseln und Spötteln an und fragte schnippisch, was er denn wolle, der Konsort – »eppa an schöna Hölleisenhof oda sie, dö bucklt Gretl?« Da wurde jeder verlegen und drückte hinum und herum. Die Gretl hingegen wurde immer lustiger und ausfälliger und hatte dabei Augen, als wollt' sie sagen: »Ha, jetzt pfeif ich auf euch alle, ihr schlitzohrigen Werber! Jetzt hab ich einen Kerl, der *so* an mir hängt, daß er mir nimmer auskommt! Und kein Mensch spannt's, denn der Wiggl ist dicht wie Juchtenleder. Von dem glaubt's keiner und sagen tut er auch nichts!«

Hellauf lachte sie und warf meistens dem dasigen Werber einen derben Spaß in die Ohren, stichelte weiter, bis er aufstand und ging. Der Wiggl auf der Ofenbank verhielt sich dabei meist stumm, von Zeit zu Zeit aber flog ein Huscher Wut über sein Gesicht, und seltsam hohl glotzte er auf die Gretl.

»Dös brauchert's aa it ...«, knurrte er, wenn der Bursch draußen war, wurde aber zusehends weicher, wenn die Gretl ihn anlachte und fast zärtlich meinte: »Geh, Wiggl, du verstehst aa scho gor koan G'spaß ... I mach's ja bloß wega deina!« Er hob seinen schweren Kopf und schaute sie fast bitthaft an ...

An einem Sonntag, als die Dirn von der Vesper heimkam, warf ihr die Gretl plötzlich die verzinnten Milchkübel vor die Füße und schimpfte mordialisch. »Do!« plärrte sie schrill: »Do, Drecksau, mistige! Is'n dös übahaaps no a Zuastand! Dö pappn ja vor Dreck! Dö host übahaaps nimma gwaschn, Sau, dreckige!« Die Dirn war anfangs ganz baff und konnte gar nichts drauf sagen, nachdem aber die Bäuerin immer mehr und immer bissiger auf sie einschimpfte, machte sie endlich auch ihr Maul auf, und da war es ganz aus. Auf der Stelle sagte ihr die Gretl den Dienst auf.

»Sofffort! Soffort konnst geh! Glei! Sofffort!« bellte sie, und den Wiggl, der sich ins Mittel legen wollte, weil die Dirn fast weinte, fuhr sie barsch an: »Hoit nu du dei Mäu! Herr bin i an Haus!« Er drehte sich einfach um und tappte aus der Kuchl. Die Dirn mußte gehen. –

Bei der Nacht, in ihrer Kammer, sagte die Gretl zum Wiggl: »Dumma Teifi! ... I woaß doch, wos i wui ... A Weibsbuid siehcht zehnmoi mehra wia a Mannsbuid! ... Dö hätt üns g'fährli werdn kinna ... Und jetz gor, wo i schaugn muaß, daß ma üns nix nochsogn ko' ...« Sie warf dabei einen vielsagenden Blick auf ihren verfalteten Bauch und der Wiggl schwieg wiederum.

Das war außer allem Brauch, mitten im Jahr einen Dienstboten – und gar eine Dirn – davonzujagen. Und noch sonderbarer kam es den Leuten vor, daß die Gretl – es war kurz vor Allerseelen, wo man leicht wieder eine Dirn kriegte – faßt volle zwei Monate keine mehr einstellte.

Einmal selbiger Zeit spannte der Wiggl die zwei Rösser vor die frischgewichste Chaise und fuhr die Bäuerin fort. Spät in der Nacht kam er wieder. Von der Gretl sah und hörte man fast eine ganze Woche nichts mehr. Der alte Melcher erzählte, nach Altötting zu unserer lieben Frau wär' sie wallfahrten gegangen. Und wieder einmal holte sie der Wiggl alsdann von der Bahnstation ab. Das war auch spät in der Nacht. Das ganze Dorf schlief schon.

Am andern Tag stand die Hölleisin wieder vor dem Herd in der

Kuchl und hantierte lahm herum. Sie schaute schlecht aus und legte sich noch etliche Nachmittage nieder. Wenn sie mit dem Wiggl und dem alten Melcher mittags am Tisch saß, schmeckte ihr kein Essen.
»I woaß's net . . . I glaab, i hob mir z' Oitneding a Krankat g'hoit«, klagte sie und lugte dabei auf den Wiggl, der ihr mit dem Blick auswich.
»Ja-ja, dös hot's oft glei bei a'ran soichan Hirbst, wo's a so koit und noß is . . .« murmelte der alte Melcher gleichgültig und stopfte die aufgespießte halbe Dampfnudel ins Maul. –
Es war aber weiter nichts, der Doktor brauchte nicht zu kommen, die Gretl wurde schon wieder gesund. –
In der Weihnachtswoche ging der Wiggl heim zu seinen Leuten. Er brachte hübsch einen Batzen erspartes Geld mit, bloß wie er aussah, das gefiel den Bablochners gar nicht.
»Hot's denn no koan Knecht, d' Gretl?« fragte der Bablochner.
»Na . . . an oiten Togwercha hot's seitdem und d' Dirn hot's aa wegto'«, erzählte der Wiggl.
»Ja, nacha! . . . Nacha glaab i's freili, daßt du so schlecht aussiehchst! . . . Hja, dö is ja weita it dumm, wennst du ihra an Knecht und Dirn dersparst!« sagte die Bablochnerin und musterte den spindeldürren Sohn.
Der aber meinte, die Arbeit sei nicht gar arg jetzt, und jeden Dienstboten möcht' die Hölleisin auch nicht nehmen.
Der alte Bablochner hinwiederum sagte, jetzt gäb' es bei der Klosterbrauerei eine schöne Arbeit, eingeeist werde, er sollt' mitmachen, der Wiggl.
»Do konnst dir aa wieda a schön's Geld verdiana . . . Guat zoit werd«, fügte er hinzu.
Der Wiggl schaute ihn fast verlegen an.
»Dös werd aa it geh, daß i jetz einfach aussteh bei der Gretl«, sagte er nach einer kleinen Weile.
Das fuchste den Bablochner.

»Noja, nacha muaß sie si' hoit a Dirn nehma oda wieda an Knecht, beim Teifi nei!« grantelte er in bezug auf die Hölleisin, und weil der Wiggl die ganzen Tage so herumdrückte, ging er mit ihm mach P. herüber.
Die Gretl machte ein sonderbar gespanntes Gesicht, als die zwei daherkamen. Als aber der alte Bablochner alles erzählt hatte, wurde sie ganz freundlich und sträubte sich weiter nicht, den Wiggl für die nächsten vier Wochen zum Eineisen zu lassen. »I hob jetz scho an Knecht derfrogt ... Vo Flinsing oan«, sagte sie: »Nachha geht's ja ... Und auf Liachtmeß' nimm i mir aa wieda a Dirn ...«
Der Wiggl schaute sie die ganze Zeit unruhig an und redete wenig. Die Gretl stellte den zweien Bier hin und schnitt Brot herunter vom Laib. Sie war *eine* Herzlichkeit und lobte beim alten Bablochner die Fleißigkeit vom Wiggl. »Und wenn's nacha fei wieda is ... Gell, loßt's mir's fei wissn ... An Wiggl nimm' i oiwai wieda«, sagte sie, als sich die zwei verabschiedeten.
Der Schnee lag tief. Die zwei Mannsbilder wateten beschwerlich vorwärts. Der Wiggl war stumm und dumm die ganze Zeit. Der Bablochner fand's richtig, ihm ein wenig gut zuzureden.
»Noja«, sagte er öfters, »dös sell hob i scho gsehng, mit der Gretl is's koa schlecht's Arbatn ... I moanat, sie waar a ganza guat's Leit ... Aber no, du host ös ja g'härt, sie nimmt di ja glei wieda, wennst ös ihra z' wissen machst ...«
Der Wiggl schien gar nicht zuzuhören.
Einmal brummte er fast wie für sich: »Jaja, dös sell scho ... Jaja ...«
Sie stapften und wateten, daß ihnen der Schweiß herunterlief. Sie schnauften alle zwei, daß ihnen das Reden verging. Grad noch vor der Dunkelheit kamen sie daheim an.
»Herrgott, aba jetz hob i Hunga und Durscht!« sagte der Bablochner und aß wie ein Drescher, als die Häuslerin einen großen Weitling Milch und frischgekochte Kartoffeln hinstellte. Der Wiggl machte ein gleichgültiges Gesicht und hatte gar keinen rechten Appetit. –

III.

Ja, die Hölleisengretl nahm einen Knecht und eine neue Dirn. Sie regierte wieder wie ehedem. Der alte Melcher war traurig, weil er seine Arbeit verlor. Sie tröstete ihn und gab ihm zwei Laib Brot.

Mit dem neuen Knecht hatte es was Besonderes auf sich. Er war erst vom Militär freigekommen und hatte noch die Strammheit in den Knochen. Vom Scherfanger Mettl von Flinsing war er der zweite Sohn, also bettelarm von Haus aus, aber ein schmucker Kerl, der in seinem Sonntagsgewand allerhand gleichsah. Seine Arbeit machte er ordentlich. Fleißig, flink und umsichtig war er. Auch lustig konnte er sein, und mit der Bäuerin verstand er sich ausgezeichnet. In allem gab er ihr recht. »Ja, Bäurin! ... Is scho recht, Bäurin! Jawoi, Bäurin!« war seine stehende Redensart: »Wiast moanst, Bäurin, ja-jawoi, Bäurin ...« Man hätte meinen können, er ginge mit ganz wem Besonderem um, wenn er mit der Gretl redete, und – da sind alle Weiber gleich – die hatte das nicht ungern. Auch sie konnte schon nach wenigen Tagen den anstelligen Burschen gut leiden.

Die Dirn war ein strammes, sauberes Weibsbild und arbeitete auch nicht schlecht, aber der Knecht schenkte ihr wenig Aufmerksamkeit. Er war freundlich zu ihr und machte mitunter sogar einen harmlosen Scherz. Im großen ganzen hingegen ließ er sie – wie man so sagt – doch links liegen. Er redete nur das mit ihr, was jeder hören durfte.

Sonntags ging er in die Kirche und nur ganz selten ins Wirtshaus. Er hockte anfangs meist an solchen langen Nachmittagen in seiner Kammer und spielte Zieharmonika. Das war eine Art Leidenschaft von ihm. Die Hölleisengretl sagte alsdann, er sollt' lieber in die Stube kommen, sie hätt' so was auch ganz gern. Der schlaue Bruder stellte sich schüchtern und meinte kreuzfreundlich: »Ja, Bäurin ... Gern, Bäurin! ... Aba i mächt enk it an ganzn Nochmittag d' Ohren voi'spuin ...« Gut, und dann spielte er eben in der Stube.

Die Gretl saß gewöhnlich am Tisch und strickte, er wiederum nahm auf der Ofenbank Platz und musizierte munter drauflos. Ländler und Walzer konnte er eine ganze Masse, und zwischenhinein ließ er immer wieder den »Tölzer Schützenmarsch« oder den »Radetzki-Marsch« und den »Hohenfriedberger« schmettern. Oft nach so einem Stück schaute die Gretl nach ihm, schlug komischerweise gleich wieder die Augen nieder und sagte schmeichelhaft: »Dös gfoit mir schon gor guat ... Dös is scho arg schö ...«
»Dös ...?« fragte er zurück und wiederholte noch einmal die Melodie: »Jaja, Bäurin, du host a guat's Musikg'här ... Dös is aa wos Schön's ...« Draußen vor den eisblumenüberzogenen Fenstern sammelten sich neugierige Nachbarskinder und drückten ihre frischroten Gesichter platt auf die Scheiben. Die Gretl winkte ihnen, und sie kamen schüchtern in die Stube, stellten sich im Halbkreis um den Musikanten und wurden immer kecker und lustiger. Es war oft recht gemütlich in der Hölleisenstube.
Einmal an so einem schneeigen Nachmittag kam der Wiggl daher und blieb mit baffem Gesicht unter der Tür stehen. Die Gretl hob schnell den Kopf, bekam hastige Falten auf der Stirn und musterte ihn mit einer gewissen Abweisung. Gleich aber hatte sie wieder ihr gewöhnliches Gesicht.
»Grü-aß Go-good«, stammelte der Wiggl und schaute noch immer so dumm drein. Der Knecht hörte das Spielen auf, die Kinder schauten auf den Besucher.
»Grüaß Good, Wiggl«, sagte jetzt die Gretl und lächelte ein wenig: »Gell, do schaugst ... Dös is der neu' Knecht ... Der spuit wundaschö ... Do, hock di her ...« Und zum forschend dreinschauenden Knecht sagte sie: »Dös is ünsa Toglöhna ... Der maht an Summa oiwai auf'n Akkord bei üns ...«
Der Wiggl tappte endlich in die Stube.
»Bist jetzt du soweit umaganga bei den Sauwetta?« flocht die Gretl das Gespräch weiter! »Mächt'st amoi wieda nochschaugn, wia's üns geht ...«

»Ja-aa ... 's Eineisn is scho wieda gor«, erzählte der Wiggl und setzte sich fast schüchtern auf die Bank.
»So! ... Soso?« machte die Gretl und wurde flughaft rot, indem sie flüchtig auf den Wiggl schaute, der ihren Blick auffing.
»Mogst an Kaffee oda a Bier?« fragte sie und stand auf, um in die Kuchl zu gehen.
»I moan, wos Warm's waar dir liaba ... Ziag dein' Mantl aus.«
Das gleimte den Wiggl ein wenig auf. Trotzdem sagte er wohl mehr aus Gewohnheit: »Nana, i bi it kemma, daß i wos kriag ... I geh glei' wieda ...«
»Ah, an Kaffee zwingst scho!« rief die Gretl bloß noch und war schon in der Kuchl.
Der Knecht musterte die ganze Zeit den fremden Burschen da und fing jetzt wieder zu spielen an. Die Gretl kam mit einer Kachel Kaffee und etlichen ausgezogenen Nudeln herein.
»Do ... Do, dös druckt dir an Mogn net o«, sagte sie und stellte alles auf den großen eschernen Tisch. Ob er wollte oder nicht, der Wiggl mußte essen. Er saß dabei auf der Holzbank am Tisch und hatte dem Knecht den Rücken zugewendet. Unvermerkt lugte er während des Hineinschlürfens ewig auf die Gretl, aber die strickte fort und fort und hatte den Kopf gesenkt. Die Kinder lachten und schnabelten hinten am Ofen.
»Nacha konnst mi jetz net braucha, Gretl?« fragte der Wiggl halblaut während des schmetternden Spiels. Forschend suchte er ihre Augen, als sie den Kopf hob.
»Na, jetz is' d' Arbat weni ... Du woaßt ös ja selba«, sagte sie laut, damit es der Knecht hören konnte. Der Wiggl schwieg und schnitt eine trübselige Miene. Er nahm ein wenig zitternd die Kachel in die Hand und schüttete den Rest Kaffee hinunter in seine Gurgel, wischte sich mit dem Handrücken das bärtige Maul ab und stand auf.
»Hoho, pressiert's dir gar a so?« fragte die Gretl und blickte wieder flüchtig auf ihn.

»Ja – tja, sunst kimm i gor a so a d' Nocht eini«, murmelte der Wiggl und plagte sich zu einem gleichgültigen: »Ja, jetzt hob i enk scho wieda oisam gsehng ... Jetz geh i wieda ...« Er gab der Bäuerin die Hand. Der Knecht hinten spähte scharf nach ihr. »Grüaß di Good, Wiggl, kimm guat hoam und grüaß ma deine Leit recht schö von mir«, sagte die Gretl und verbesserte sich, auf einmal rot werdend: »Ah, pfüat di Good, hob i sogn wuin ...« Dieses kleine Verreden, dieser winzige Fehler, dieses hastige Rotwerden war verräterisch. Der Knecht schnappte alles auf mit seinen viven Augen und machte alsdann das harmloseste Gesicht von der Welt.
»Pfüat Goo-od beinand«, sagte der Wiggl und ging endlich. Er zog die Stubentür zu, tappte durch die Kuchl, kam ins Freie und schnaufte schwer, einen Augenblick blieb er stehen und schritt ziemlich eilsam an den Stubenfenstern vorüber. Er schaute nicht hinein und die Gretl nicht heraus. Die »Donauwellen« schollen ihm ins Ohr, als er auf die rutschige Straße kam. Hart stapfte er dahin. Immerfort sah er auf den weißen, glatten Boden.
»Dös is oana vo drenta da Isa ... A rechta brava Mensch ... Vo'ran Häuslmo der Dritt' ... Der maht scho seine fünf Johr bei mir an Summa«, sagte, als der Knecht wieder aussetzte, die Gretl und hatte ein nachdenkliches Geschau.
»So«, gab ihr der Angesprochene zurück und fragte nichts weiter.
»Kinda, macht's daß'z hoamkemmts's jetz«, befahl die Holleisin auf einmal, denn es fing schon ein wenig zu dunkeln an. Der Knecht legte seine Ziehharmonika hin auf die Ofenbank. Die Uhr an der Wand raspelte ihre metallischen Schläge herunter.
»Ja, jetz werd's boi Zeit zon Stoiarbatn«, meinte der Knecht wiederum.
Die Kinder gingen endlich. Als sie draußen waren, nach einer stockenden Weile, sagte die Gretl mit einer weicheren Stimme: »No, ös is erscht fünfi ... Do is's scho no a bissei Zeit ...«
Und scheinbar ganz beiläufig fragte sie: »Is'n eppa Dirn scho dahoam ... I glaab's it ... Sie is ja erscht um oans furt ...«

»Na, dö werd nu net do sei ... Heunt is's arg schlecht z' geh draußen«, gab der Knecht, der seine Harmonika in die Schachtel tat, zur Antwort. Und da meinte die Gretl auf einmal in einer ganz sonderbaren Tonart: »No aiso nacha ...!«
Das hieß schon bald soviel wie: Bleib noch ein bißl, geh weiter!
Der Knecht mußte es wohl verstanden haben, aber er ließ sich nichts anmerken. Er packte die Schachtel und sagte: »Noja, Bäurin, i konn ja no a bissei bleibn ... I mächt bloß nimma spuin jetza ...«
Es war jetzt schon ziemlich dunkel in der weiten Stube. Die Gretl hatte ihr Strickzeug hingelegt und lugte nach dem großen Schatten des Knechts am Ofen.
»Dös is wos Schöns jetz oiwai, wennst du an Sunnta a so spuist ... Meine früahran Knecht san oiwai a' s Wirtshaus glaafa ...« sagte sie langsam, und weil es ganz still war, hörte der Knecht sie stokkend schnaufen. Er stand etliche Augenblicke lang stumm da. Die Gretl konnte nicht mehr sehen, ob er sie anschaute, aber es war ihr so, als wenn er's täte. Auf einmal rührte er sich ein wenig, und sie schrak fast zusammen.
»An soichern Baurn wia di mächt i ...« sagte die Gretl abermals stockend in die Dunkelheit hinein. Der Knecht machte einen Schritt auf sie zu. Sie richtete ihren Kopf ganz in die Höhe, alles an ihr schien gespannt zu sein.
»Ja-ja, Bäurin ...«, sagte der Knecht und war schon am Tischrand. Jetzt bellte der Hund draußen und riß an der Kette. An den Fenstern kam die Dirn vorüber, die zwei in der Stube hörten sie mit dem Hund reden, hörten, wie sie ihre Schuhe vor der Kucheltür abkratzte.
»Herrgott! Saudumm!« knurrte der Knecht flüsternd. Die Gretl aber schwang sich schnell in die Höhe und ging auf die Stubentür zu. »Versteck di nu, bis's auf ihra Kamma geht und 's Stoig'wand oziagt ... Do kimmt's ja it rei«, lispelte sie hastig zurück und ging in die Kuchl.

»So, bischt jetz do scho da«, sagte sie laut zur Dirn, die jetzt bei der Haustür hereinkam, und zündete die Petroleumlampe über dem Herd an: »Heunt is's schlecht zon Geh', gell ...«
»Ja, und dös wia ... Aba i hob mi it weita aufg'hoitn, i bin glei wieda ganga«, erzählte die Dirn, die in Wolfratshausen bei ihrer verheirateten Schwester zu Besuch gewesen war. Gleich ging sie auf ihre Kammer und machte sich für die Stallarbeit zurecht.
Die Hölleisengretl riß schnell die Stubentür auf und flüsterte hinein: »Jetz! Geh weita ... Sie is scho nauf!« und als der Knecht durch die Kuchl lief, um sich hinten in seiner Kammer zu ebener Erde auch herzurichten, sagte sie genau in der gleichen fliegenden Hast: »Kimm hoit heunt bei da Nacht auffi zu mir ... An Gang füri! I wart' scho!«
»Ja-ja!!« hörte sie den Knecht heraushauchen, und weg war er.
Sie blieb stehen, schaute grad aus in die helle Luft des Lichtes, ihre verkümmerte Brust ging auf und ab, sie war fast hitzrot im Gesicht, und ihre Augen glänzten wild ...

IV.

Ich will's kurz sagen: Das Unglaublichste ereignete sich – im Frühjahr heirateten die Hölleisengretl und ihr Knecht, der Mathias Mettl.
Schon eine Zeitlang vorher tuschelten sich's die Leute ins Ohr, aber eigentlich zweifelte noch jeder dran. Da, auf einmal, wurde es echt und ernst mit der Sache. Jeder Mensch, der davon wußte, schaute seinem Nachbarn ins Aug' und sagte darüber: »Hm, mächt'st es net für menschnmögli hoitn ... Hmhmhm, a so a stramma Kerl nimmt a soicheres bucklt's, schiach's Weibsbuid ... hmhmhm!«
Einige freilich, die den Mettlhiasl genauer kannten, verzogen dabei siebengescheit ihr Maul und erzählten allerhand. Ihr Schlußrefrain war jedesmal: »Hm, da Hiasl! ... Der is it aufs Hirn g'foin! ... Der heirat't d' Sach', und bei der Gretl druckt er d' Augn zua ... Loßt's 'n

nu amoi Baur sei, nacha werd's glei sehng, was er für oana is.... Aba er hot ja schliaßli ganz recht...«

Das war auch richtig, absolut richtig. Kaum war der Hiasl Hölleisenbauer, da drehte sich der Wind. Die Gretl, zu der er voreh' windelweich war, mußte auf einmal tanzen wie er pfiff. Jetzt ging er jeden Sonntag bis zur letzten Stund' ins Wirtshaus und hatte ein Saumaul wie keiner im weiten Umkreis, jetzt spielte er wie ein ausgefeimter Viehhändler, jetzt kommandierte er und ließ andere arbeiten, und jetzt hatte er wahre Habichtsaugen für alle fremden Weiber, die ihm in den Weg liefen.

Der neue Knecht, die Dirn – jeder, der ein bißl schauen konnte, merkte es: Die Gretl verachtete er ärger wie ein Stück räudiges Vieh. Er war grob zu ihr, es hatte ganz das Ansehen, als wenn er sich vor ihr ekle.

»Dappige Kuah!... Saudumm's Weibert's!... Bucklta Fetzn!« das waren so seine mildesten Namen, die er ihr gab. Anfangs begehrte sie auf, sie schrie, bellte, aber er genierte sich gar nicht, er schlug sie vor den Dienstboten. Sie weinte, sie plärrte, sie lief in die Nachbarhäuser und wimmerte. Das kümmerte ihn gar nichts. Er holte sie nicht. Schließlich dann, wenn einer der Nachbarn mit ihr zurückkam und den sackgroben Kerl zur Rede stellen wollte, setzte er eine drohende Miene auf und griff pfeilgrad nach hinten, wo sein Stilett steckte. Nicht umsonst war er guter Soldat gewesen und wußte, was die Soldatenregel wert war: nicht verhandeln – Schlagen ist der gewisse Sieg.

»Geh zua, sog i!« knurrte er dumpf heraus und hatte Augen dabei, daß einem das kalte Grausen über den Rücken lief: »Mach, daß d' ma aus'n Gsicht kimmst, sünscht passiert wos!« Keiner nahm's auf mit ihm, jeder ging. Kein Wunder also, daß die Nachbarsleute der schreiend daherlaufenden Gretl jedesmal die Tür vor der Nase zuschlugen und mit diesen Streitigkeiten nichts mehr zu tun haben wollten. Der jetzigen Mettlin blieb also nichts anderes übrig, als sich zu fügen. In wenigen Monaten wurde die einst so schnippische, resolute Person eine zerdrückte, hündische Kreatur. Sie sagte nichts mehr, sie folgte aufs Wort, sie klagte nicht mehr, wenn er sie schlug, sie stritt nicht mehr und fraß alles stumm in sich hinein. Sie haßte ihn, und er haßte sie. Bei ihm war dieser Haß offen, bei ihr glomm er tief innen. – –

Der Sommer kam. Das Mähen ging an. Der Bablochner Wiggl kam nicht mehr zum Hölleisen wie früher. Er wußt's ja schon lang: Die Gretl hatte ihren Knecht geheiratet. Da blieb er besser weg. Seinen Leuten fiel das auf. Der alte Bablochner fragte ihn, warum er denn heuer nicht Akkord mähe beim Hölleisen? Was denn das sei auf einmal mit ihm? Der Wiggl machte sich also auf den Weg, ging aber nicht zum Hölleisen hinüber, trieb sich bloß so im Staatsforst herum und log, als er heimkam, die Mettl's hätten jetzt einen Knecht, und der Bauer sei ja auch da, man könnt' ihn nicht mehr brauchen. »Hm ... Schod um dö schö Arbat ... Do derfst schaugn jetz, obst wo anderst wos z' toan kriagst«, sagte der alte Bablochner und verfaltete seine Stirn. Der Wiggl schaute auch trübselig drein. Unerwarteterweise aber kam etliche Tage drauf der Postbote und brachte einen Brief von der Gretl, der jetzigen Mettlin, er sollte kommen zum Mähen, der Wiggl. »Der Baur braucht's nicht z' wissn, daß ich dir gschriem hape«, stand in dem Brief.

Am andern Tag in aller Frühe marschierte der Wiggl los und kam gegen Mittag an sein Ziel. Der Mettl war der erste, dem er in der Kuchl begegnete, kurz drauf kam auch die Gretl aus dem Stall herüber und wurde blaß und rot zugleich. Auch der Wiggl war verlegen, glotzte den Bauern an und fragte endlich: »I mächt' frogn, ob's mi heir aa braucht's zon Akkordmahn?«

»Di ...?« fragte der Bauer ein wenig hämisch zurück und besann sich kurz: »Ja, konnst scho mahn bei mir.« Kalt und listig schaute er dem Wiggl in die Augen. Das Wort »mir« betonte er. Die Gretl, die sich am Herd zu schaffen machte, schnaufte erleichtert und lugte schnell hinter dem Bauern auf den Wiggl. Der aber getraute sich nicht, den Blick zu erwidern, er glotzte immer noch grad aus. –

»A der Knechtskamma hintn steht ja a so no dei Bettstott«, sagte der Bauer jetzt: »Geh nu hintri und tua dei Sach' hintri . . .«
»Ja«, machte der Wiggl und ging aus der Kuchl.
Von da ab mähte er also wieder auf dem Hölleisenhof. Noch wortkarger war er, um keinen Menschen kümmerte er sich, und wenn er zufällig der Gretl allein in den Weg lief, schaute er flugs weg und ging weiter. Die aber suchte ihn gradzu, die wollte ihn allein erwischen. Das war das reinste Katz- und Mausspiel, freilich ganz insgeheim.
Einmal, an einem Mittwoch, tief in der Nacht, kam der Mettlbauer mit einem schweren Rausch vom Viehmarkt heim, und kurz nachdem er in die Ehkammer gekommen war, hörten Knecht und Wiggl ein heidenmäßiges Poltern und Lärmen.
»Herrgott . . . Schlogt er's scho wieda!« brummte der Knecht schläfrig und wollte sich eben wieder auf die andere Seite legen. Der Wiggl rührte sich bloß ein wenig und graunzte. Er sagte gar nichts.
Der Lärm und das Gepumper droben wurden immer ärger. Die Gretl schrie gellend, eine Tür schlug krachend zu, ein Gerumpel über die Stiege herunter folgte.
»Do! Do . . . Lus!« raunte der Knecht in die Finsternis der Kammer und richtete sich auf in seinem Bett. Auch der Wiggl wurde lebendiger. Die Stalltür quietschte und fiel zu, ein Roß stampfte erschrokken, etliche Kühe murrten, und auf einmal dampfte die warme Dungluft in die Knechtkammer – die Gretl humpelte schreiend herein.
»U-um Gottswilln, helft's ma! Er derschlogt mi!« jammerte sie laut. Der Knecht zündete die vertropfte Kerze an. Er und der Wiggl sprangen aus den Betten. Die schrecklich zugerichtete, blutüberströmte Bäuerin sackte auf den knarrenden Holzsessel und heulte gerade hinaus.
»Wig-Wiggl!« kam's plötzlich aus ihr: »Wi-Wiggl, hilf mir, Wi-Wiggl!« In Nachtjacke und grobem Hemd – alles blutbespritzt – mit dem strudligen Haar und den weißen, bloßen Füßen, schlotternd

und frierend, wimmernd und bittend, hockte sie da, und die verstörten Augen in ihrem zerschlagenen Gesicht schauten immerzu auf den stockstummen Wiggl.

»Wi-Wiggl!!« jammerte sie noch flehentlicher: »Wi-Wiggl!« Der aber sagte nichts. Er und der Knecht standen im Hemd um das zerschundene Weibsbild und glotzten es dumm und ratlos an. Droben in der Ehkammer war's still geworden. Der Bauer schlief wahrscheinlich.

»Wiggl! Wiggl, huiffst mir net? ... It!« bellte da auf einmal die Bäuerin auf und bohrte ihre Augen gradzu in das starre Mannsbild: »It ... Gor it?« Ihr Gesicht verzog sich, sie weinte nicht mehr, nur ab und zu schnaufte sie noch schnappend. Wie eine böse Furie keuchte sie den Wiggl an: »Du! Du! ... Du Feigling!« Sie war in die Höhe geschnellt. Eine kurze Pause entstand. Der Wiggl wußte nicht mehr, wo er hinschauen sollte.

»Du ...!«

»I konn dir it helfa! ... Mi geht's nix o, wos d-du mit dein' Moh host«, stotterte der Wiggl hastig heraus. »I geh' liaba! ... I-i-i geh'!!« Er war blaß wie die Wand und schlotterte auch. Der Knecht musterte ihn mit sonderbaren Augen, als wollt er sagen: »Hoha, zwischen enk zwoa is ja gor aa scho wos passiert.« Und weil ihn das kecker machte, sagte er: »No, Bäurin, wos kinna denn mir macha ... Jetzt schlaaft er ja scho, da Baur ... Jetz derfst di scho 'nauftraun ...«

Die Gretl verlor alles Hoffende in ihren Augen. Sie wußte nicht recht, was sie tun sollte, und stand geknickt da. Der Wiggl aber machte sich daran zu gehen. Er schlüpfte in seine Hosen und zog den Hosenträger um die Schultern. Es war auf einmal eine Stille zwischen den dreien, ganz sonderbar. Die Gretl fing nach einer Weile wieder zerstoßen zu weinen an und sagte trübselig: »Ja no, wenn ma gor koana huift, nacha muaß i mi hoit umbringa loss'n«, und tappte aus der Kammer. Die Stalltür ging wieder auf und zu. Still war's.

Der Wiggl war schon ganz angezogen.
»Wiggl, ... du?« redete ihn der Knecht jetzt an: »Geh, Wiggl, wos mächt'st denn eigntli?«
»Geh tua i! ... I bleib nimma!«
»Worum denn ... Uens zwoa geht dö G'schicht doch nix o!« brummte der Knecht.
Da stockte der Wiggl und schaute den Burschen ratlos an.
»I bleibert, Wiggl«, sagte dieser wiederum und setzte leiser dazu: »Sunst foit's auf ... I sog nix, do konnst Gift drauf nehma ...«
Das klang gutmütig und vertrauensselig. Die zwei blickten sich eine Zeitlang fragend in die Augen, und der Knecht fing wiederum an, dem Wiggl zuzureden, er sollt' bleiben. So geschickt, so arglos schnabelte er daher, daß der andere ihm alles nach und nach erzählte.
»I konn ja gor nix dafür ... I woaß's selba net, wia dös zuaganga is sellmois«, seufzte der Wiggl von Zeit zu Zeit und beichtete immer mehr. Und langsam zog er sich wieder aus und legte sich ins Bett, wie der Knecht.
Dunkel war's wieder in der Kammer. Still war's im Haus. Draußen standen Mond und Sterne am Himmel.
»Soso, hm-hm, haha, a so a Hex is dö Bäurin ... Soso, hmhm«, machte der Knecht. »Ja nachha gschiehcht's ihra ja grod recht, wenn's der Baur haut ... Ha, hm, sowas haha ...«
Er schwieg und schaute durch das Fenster in die Nacht hinaus, er machte sich wahrscheinlich allerhand Gedanken. Auch der Wiggl schwieg, und kurz darauf schnarchte er wieder.
Am andern Tag war alles wie immer. Die Bäuerin hatte ein zerschlagenes, blau angelaufenes Gesicht und sagte nichts. Der Bauer war grantig, die Dienstboten arbeiteten.
Der Wiggl war froh, daß er dem Knecht gefolgt hatte. Was hätte er denn daheim gesagt, wenn er so plötzlich dahergekommen wäre? So war es schon besser.

V.

Mit der Zeit gewöhnte sich jeder Mensch an das Krachmachen beim Mettl. Im Dorf die Leute und auf dem Hof die Dienstboten sagten bei solchen Gelegenheiten unangerührt: »Hm, heunt is er wieda windi, der Baur ... Heunt kriegt's wieda Schläg', d' Bäurin ...«

Seit jener Nacht verstanden sich Wiggl und Knecht recht gut. Sie redeten vor dem Einschlafen meist noch lang über das Elend auf dem Hölleisenhof.

»Herrgott, er is scho a rechta saugroba Siach aa, der Baur«, meinte der Knecht oft und oft und hatte allem Anschein nach ein aufrichtiges Mitleid mit der Bäuerin.

»Und waar doch a so a schön's Sach' ois's mitanand ... Kunntn doch guat z'samm'hausn, dö zwoa«, fuhr er fort, und der Wiggl mußte ihm zustimmen. Alsdann war der Knecht wieder eine Weile stumm. Auf einmal raunte er viel leiser zum Wiggl hinüber: »Soso, und di hot's einfach sellmois a d' Kamma einizogn? ... Und nacha, wia s' in d' Hoffnung kemma is, hot s' 's Kind o'triebn ... A so a Matz, ha.... Du, wennst 's Mäu auftat'st, Wiggl, do hockert's heunt an Zuchthaus ... Jetz hot's an bösn Moh, do is's aa gstraft, dös Luada ...«

Der Wiggl schnaufte schwer auf.

»Jaja, woaßt ... Wenn i dös aufbracht, kaam i a no a's Zuchthaus«, sagte er in stockendem Flüsterton.

»Jaja, dös sell is' aa wieda wohr ... Herrgott, mei Liaba, dö Weiba! Dös is a so a Bagaschi!« gab ihm der Knecht recht. – –

Es stellte sich mit der Zeit heraus – der Knecht und die Bäuerin wurden immer spezieller zueinander. Das fiel freilich keinem weiter auf wie dem Wiggl. Der kannte dieses Anschauen der Gretl. Argwöhnisch und verbittert verfolgte er die zwei. Er hätt' am liebsten von all diesen finsteren Sachen nichts gespannt, aber ihm, und grad ihm, fielen sie sozusagen in die Augen.

»Herrgott, mei Liaba, froh bin i, wenn d' Aarnt rum is, daß i außikimm aus dera Höll'hüttn«, klagte er einmal vorm Schlafengehen dem Knecht. Der aber war kreuzlustig und fragte fast verwundert: »Worum denn? ... Wega den ewign Krach? ... Jetzt siehchst, mir macht dös gor nix aus ... Meinatwegn derschlogn's si' dö zwoa ...«
»Tja, *du* ...!« brummte der Wiggl bloß, und das weckte auf einmal im Knecht die Spottlust auf.
»I? ... Wia dös?« fragte er keck. »O mei, Wiggl, i glaab glei, dir geht d' Bäurin oiwai no an Kopf um ... Du moanst gwiß, i hätt' an Aug' auf sie.« Er brach ab, weil der Wiggl gar so komisch dreinschaute, er stockte ein wenig und lachte. »Nana, mei Liaba, i hob scho an anderne hintn ... A Bucklte mog i nacha do net ...« Er machte gar keine Anstalten, ins Bett zu gehen. Ein lustiges Gesicht hatte er.
»Wiggl?« sagte er zu seinem Schlafbruder: »Kunntst mir net dei Radl leihcha heunt, i ... i mächt heunt gern wo einisteign ...«
Der Wiggl war schon im Hemd und drehte sich auf einmal ruckhaft herum. Ganz anders wie die Tage vorher schaute er drein, und gleich sagte er: »Mei Radl? ... Jaja, dös konnst scho hobn ... Nimm nu' ... I bin scho stad bei der Sach' ... Der Baur is ja aa it dahoam ...«
Der Mettl war schon seit heut in der Früh fort. In Neufahrn war ein Regimentskamerad von ihm gestorben, und da kam selbstredend nichts anderes als ein Mordsrausch heraus.
Der Knecht nahm das Radl und schob es durch den Stall. Ganz leise machte er die Tür auf, schlüpfte hinaus und fuhr davon. Der Wiggl schaute ihm forschend nach – ja, ja, er fuhr auf dem Wiesenfußweg weiter und kam auf die Straße, dann verschwand er im Staatsforst.
»Hm ... Hm, nacha is's doch nix mit der Gretl? ... Hm-hm«, brummte der Wiggl nachdenklich und stieg ins Bett. Er schlief bald ein und schreckte so um zwei Uhr in der Früh auf. Der Knecht stand schnaufend als Schatten da und zog sich hastig aus.

»Bischt jetz scho do? ... Is's guat ganga, Bazi?« fragte der Wiggl, und es fiel ihm auf, daß der Kerl da, vor ihm, zusammenfuhr und erst nach etlichen Augenblicken ein wenig gehetzt herausraunte: »Ja, aba gell, tua fei stad sei! ... Hoit fei 's Mäu!« Er schwang sich ins Bett, sagte: »Guat Nacht, i bin saumüd!« und fertig.

Am andern Tag war der Mettl noch nicht da. Gar arg fiel das nicht auf. Oft schon, wenn er so soff, blieb er irgendwo liegen und schlief ein. Sowas war keinem lieber wie der Gretl. Alsdann kam der Bauer wenigstens so halbwegs nüchtern heim und schlief bis zur Brotzeit am Nachmittag.

Diesmal aber – sonderbar – diesmals fragte die Bäuerin in einem fort bekümmert: »Ja, wo is er denn scho wieda? ... Wo bleibt er denn so lang! ... I woaß's it, daß er oan oiwai so in Ängstn loßt!«

Zum Mittagsessen war's schon Zeit. Alle hockten um den Tisch. Wieder fing die Gretl das Jammern an, wo denn der Bauer bleibe. Der Wiggl schaute sie einmal bohrend an. Sie stockte mitten im Wort, fing aber sofort noch mehr zu jammern und zu fragen an.

»Woaß's ob er net nu sauft«, sagte der Knecht trocken. Er schielte unvermerkt auf sie und schaute gleich wieder weg.

Man betete und ging wieder an die Arbeit. Kurz vor der Brotzeit – Dirn, Wiggl und Knecht luden grad ein Fuder Heu ab – schrie ihnen die Gretl. Sie kamen in die Kuchl. Da war der Gendarm, und die Bäuerin weinte in einem fort.

»Tot is er! ... Derstocha is er wordn ... An Spritznhaus z' Neufahrn liegt er!« schrie sie außer Rand und Band. Der Wiggl machte große Augen, der Knecht wurde flüchtig blaß und schüttelte den Kopf: »Hm, jetz sowos, hm ...« Die Dirn schaute dumm drein.

Der Gendarm drehte sich um und fragte alle drei Dienstboten zugleich: »Vo enk is koana furt gwen dö Nacht, oda?«

»Na!« bekam er dreimal zur Antwort.

Der Wiggl zuckte ein wenig, wie der Knecht »Na« sagte. Zuckte, schluckte, sah auf einmal, daß ihn die Gretl schier furchtsam anschaute und stotterte noch einmal: »Na – i bin dahoam gwen ...«

»Du?« sagte der Gendarm zweiflerisch. »Und du host aa it gsehng, daß wer aus 'n Haus ganga is ...«
»I woaß nix«, brachte der Wiggl stumpf heraus.
Der Gendarm schrieb allerhand auf und ging. Eine kurze, stockstumme Weile standen sich die ganzen Hölleisenleute gegenüber, bloß die Gretl weinte wieder.
»Ha-hm, der hot grod gfrogt, ois wia wenn er auf üns an Vodacht hot«, brummte endlich der Knecht und schnaufte auf.
Nach der Brotzeit ließ die Bäuerin einspannen, und der Knecht mußte sie nach Neufahrn fahren. Der Wiggl und die Dirn luden noch das andere Fuder Heu ab.
Mitten drinnen – er schwang eine volle Gabel auf den Heustock und ließ sie plötzlich sinken – mitten drinnen stieß er heraus: »I mog nimma! ... I konn nimma! I sog's! I sog's, und wenn s' mi auf ewi ei'sperrn!« Eins, zwei, drei sprang er vom halbabgeleerten Fuder hinab, weg war er, eh sich die erschrockene Dirn fassen konnte. So wie er war, lief er auf die Gendarmeriestation nach Wolfratshausen und sagte alles. Störrisch und wirr wiederholte er oft und oft: »K'ghoit's mi nu glei do! ... Mir is jetz ois's gleich!« Aber er durfte nach der Vernehmung wieder gehen. Der Knecht und die Gretl wurden noch am selben Tag in Haft genommen. Es stellte sich nach langen Kreuzverhören heraus: Die zwei hatten alles feinsäuberlich abgekartet. Der Knecht hatte den Mettl im Staatsforst angefallen und blindlings auf ihn eingestochen. Vierzehn Stiche versetzte er dem betrunkenen Bauern. Alsdann ließ er ihn einfach liegen, stieg aufs Radl und fuhr heim. Das also war sein »Einsteigen bei einer Liebsten«, wie er's dem Wiggl vorgemacht hatte. Wär' alles gut hinausgegangen, hätt' ihn die Gretl geheiratet. Er spielte bei allen Vernehmungen den Mitleidigen, ewig sagte er: »I hob's nimma o'schaugn kinna, wia der Baur zu da arma Bäurin g'wen is!«
Die Verhandlung beim Schwurgericht in München verlief sehr hitzig. Die Gretl plärrte mitunter wie eine Furie.
»Wos! *Du!«* schrie sie den Wiggl wild an, als er seine Aussagen

wiederholte: »Du Hund, du meineidiger! Sog nu dös aa, daß d' jede Nocht bei mir g'flackt bischt und daß ma mitanand 's Kind o'triebn hobn! ... Nu raus mit der Sprach', schei'heiliga Judas!«
Der Wiggl stand wie kreuzlahm da und konnte kaum mehr weiter. Die Gretl mußte aus dem Saal gebracht werden. Erst nachdem ihm der Richter eine Zeitlang gut zuredete, beichtete er weiter. »Sie-sie is' g'wen wia a Hex, Herr Richta! ... I-i-i bin ihr nimma auskemma!« stotterte er mitunter, wenn er von seiner Liebschaft mit der Gretl erzählte. Seine Augen wurden dabei leer, hilflos und ganz und gar verzagt. –
Der Knecht wurde zum Tode verurteilt, die Gretl bekam zehn Jahre Zuchthaus, und der Wiggl wurde freigesprochen. Er ist etliche Jahre darauf nach Amerika ausgewandert.
Der Hölleisenhof wurde versteigert. Niemand von der Verwandschaft wollte einstweilen darauf weiterhausen.
»Und dö hobn fei a schön's Sach' ghabt beim Hölleisn, a ganz a guat's Zeig!« schloß meine Mutter dazumal. »Aba da Vata is z' spat obikemma ... Er hot bloß no dö Matratzn derwischt ... Dö hot nu nia net richtn braucha ... Ganz wos guat's is's! Und dir waar's it guat gmua, hahm, hm ...«
Da sag einer was dagegen! –

Das alltägliche Wunder

Wissen möchte ich, wie die zwei Kammererleute von Aining zusammen leben und hausen würden, wenn der Kammerer *nicht* stumm wäre. Jaja, stumm. Er kann wirklich seit seinem sechsundzwanzigsten Jahr kein Wort mehr herausbringen, und heute ist er schon gleich sechzig.

Außer seinen zwei älteren Schwestern, die kurz nacheinander in schöne Anwesen einheirateten, ist der Kammerer-Sepp der einzige Sohn gewesen und hat den Hof bekommen. Nach seiner Militärzeit kam er heim und nahm das Regiment im Haus in die Hand. Der alte Kammerer kränkelte schon längere Zeit, mußte sich schließlich ganz hinlegen und verstarb bald darauf. Mit der alten Mutter weiterzuhausen, das ging auch nicht recht. Die sagte es selber. »Sepp«, sagte sie oft und oft: »Sepp, jetz werd's Zeit, daß d' a junge Bäurin herbringst . . . I paß' bloß no' unters oit' Eisn. Mit mir is's nix mehr.«

Der Sepp suchte und fand. Ein halbes Jahr später heiratete er die Gütlerstochter Kreszenz Gmeinwieser von Wimbling. Eine Heirat war das, eigentlich gar nicht nach Bauernbrauch. Ewig gilt die Regel: »Wo was ist, muß noch was dazu.« Die Kreszenz aber brachte bloß eine magere Kuh und eine arg notige Aussteuer mit. Beim Kammerer hingegen war viel da. Zwanzig Stück Vieh im Stall, vier Rösser, achtzig Tagwerk Wiesenland und sechzig an Waldung. Über ein solches Glück konnte die Kreszenz lachen. Und sie lachte auch – das heißt, alle zwei, sie und der Sepp lachten Tag für Tag. Kreuzfidel fing dieser Zusammenstand an, denn die zwei jungen Leute waren direkt höllisch vernarrt ineinander, und sowas kommt bei Bauern nur ganz, ganz selten vor. Man kann schon eher sagen, gar nie.

Die Aininger schüttelten den Kopf über eine solch kindische Verliebtheit. Sie waren einfach baff. Mitten in der Feldarbeit oft – ohne sich vor den Knechten und vor der Dirn zu schämen – umhalsten sich die jungen Bauersleute und küßten sich zärtlich. »Geh, geh, geh! ... Dös is doch nu nia do'gwen!« brummten die Nachbarn auf den anderen Feldern und Äckern: »Geh, jetz do schaugt's!« Sie glotzten wie nicht gescheit. »Jaja«, meinte alsdann irgendein spöttisches Maul: »Jetz brennt's hoit no guat, dös frisch Feir ... Aba wart's nur, wenn amoi Kinda daherkemma, nachha werd's gor schnell auslösch'n.«

Im Gegenteil aber, als nach einem knappen Jahr das erste Kind zur Welt kam, wurde das verliebte Feuer der zwei Kammererleute schier lodernd. Richtig wie ein Turteltaubenpaar neckten sich die zwei den ganzen Tag, gaben sich Kosenamen, und die Altbäuerin wunderte sich oft und oft: »Na-na, seid's dir ös zwoa komische Eh'leitln! ... Na, seid's ös übermüatig! ... Bei mir und mein' Sepp selig hot's dös gor nia net gebn.« Dennoch waren ihre Augen dabei mutterglücklich, denn die Kreszenz war nicht nur eine lustige Person, sie wußte auch, was Arbeit heißt, war flink, blitzsauber und grundgut. Sie verstand anzuschaffen, und die Dienstboten folgten ihr willig. Auf die Altbäuerin hielt sie was, auf sich erst recht und am allermeisten auf ihren Mann. Keiner konnte klagen über sie.

Das Allerdrolligste aber war – jeden Samstag nach der Arbeit rasierte die junge Bäuerin ihren Sepp selber. Hinten um den Ecktisch in der geräumigen Küche hockten die zwei Knechte und die Dirn und unterhielten sich. Die Altbäuerin saß unter dem Licht und strickte an einem Strumpf oder paßte auf das schlafende Kind auf, die Pendeluhr tickte gemächlich, und vorne am Herd, auf einem Holzschemel, saß der Bauer mit eingeseiftem, zurückgelehntem Kopf und lachte gurgelnd. Die Kreszenz wetzte unterdessen wie der geübteste Bader das blitzende Rasiermesser auf dem straffgezogenen Riemen, lachte genau so glücklich, und zuletzt lachten alle miteinander.

Allerhand Späße flogen hin und her, und weil der lustige Bauer nicht immer still hielt, gab es mitunter leichte Schnitte. Das trug natürlicherweise wiederum zur allgemeinen Belustigung bei. Alsdann fing die Kreszenz gutmütig zu schelten an, und einmal bei so einer Gelegenheit packte sie den Sepp fest am Haarschopf und drohte scherzhaft: »Herrgott Million! Mannsbild narrisch's! . . . Glei schneid' i dir d' Gurgel o, wennst jetz net glei stad hoit'st.« Sie wollte gerade noch die eine Halshälfte von unten herauf glatt rasieren, hatte das Messer schon angesetzt, aber der junge Kammerer riß auf einmal hell lachend seinen Kopf nach vorne und da sauste das scharfe Messer tief in seinen Kehlkopf. Der Schnitt war so unglückselig, daß der Bauer überhaupt keinen Laut herausbrachte und bloß stumm nach vorne fiel. Die Kreszenz schrie gräßlich auf und verlor alle Fassung, das Messer glitt auf den Steinboden und ein dicker Blutstrahl zischte in großem Bogen aus dem Hals des Bauern. Die Knechte sprangen jäh auf, die Dirn drückte mit beiden Händen ihre Augen zu und plärrte, die Altbäuerin starrte eine Zeitlang totenblaß.

»U-u-uh-oh! Sepp! Holt's schnell an Dokta!« brachte die Kreszenz gerade noch heraus, und schwarz wurde es ihr vor den Augen, sie brach zusammen. Die Knechte hoben den Bauern auf, die Alte band dicke Tücher um seinen Hals, das Blut rann und rann. Man legte den Verwundeten ins Bett. Ein Knecht radelte sofort nach Wazenhofen hinüber und kam mit dem Doktor im Auto zurück.

Die junge Bäuerin saß auf dem Bett und wimmerte in einem fort: »Sepp, Sepp. Heiliga Herrgott, Sepp, Sepp!« Sie schien den Verstand verloren zu haben. Mit Gewalt mußte man sie von ihrem Mann losreißen. Der Doktor verband den Bauern noch einmal notdürftig und nahm ihn gleich mit ins Krankenhaus nach Wazenhofen hinüber.

Jetzt war auf dem Kammererhof auf einmal alles anders. Zuvor war jeder Tag voller Lustigkeit, jetzt nur mehr eine *einzige* Traurigkeit. Der Kammerer konnte gerade noch vom Verbluten gerettet werden. Lange, lange lag er zwischen Tod und Leben da, und als er endlich gesund war, hatte er die Stimme verloren. Er war, wie man so sagt, nur mehr »ein halberter Mensch«.

»Bittet, so wird euch gegeben werden«, lautet ein Sprichwort aus unserem Katechismus. Von unserem Herrn Jesus Christus selber ist's uns überliefert.

Die junge Kammererin ließ Messen lesen, sie stiftete für das Kloster Ammenbach eine große Summe, sie bat unseren Herrgott soviel wie nur ein Mensch bitten kann. Man kannte sie nicht mehr. Ein trauriges, zermürbtes, zerstoßenes Geschöpf war aus ihr geworden. Einmal während des Hochamtes, kurz vor der Wandlung – unheimlich klang es durch die fromme Stille – hörten die Beter die Bäuerin plötzlich laut und einfältig jammern: »Lieber Herrgott im Himmel droben, gib meinem Sepp das Reden wieder! Heiliger Herrgott, hilf uns!« Die Leute sahen erschreckt auf, die heilige Handlung war gestört. Etliche Weiber brachten die Wimmernde vorsichtig aus der Kirche. Es hieß allgemein, sie sei nicht mehr recht im Hirn.

»Bittet, so wird euch gegeben werden«, heißt es doch. Der Kammerer blieb stumm. Der Herrgott war taub. Das Glück war weg auf dem Kammererhof, das Unglück hatte sich gewissermaßen für dauernd eingenistet. Die junge Bäuerin verkümmerte sichtlich. Ihre dralle, gesunde Figur magerte ab, schnell zeigten sich die ersten grauen Strähnen in ihrem Haar, faltig und alt wurde ihr Gesicht, trüb ihre ewig verweinten Augen. Sie ließ nicht nach. Sie machte große Wallfahrten mit ihrem Mann, bestrich mit dem heiligen Wunderwasser solcher Orte seinen Mund. Der Sepp trank dieses Wasser auch. Sie fuhr mit ihm zu allen möglichen Spezialärzten in die Stadt, sie versuchte es mit der Sympathieheilkunde, sie ließ Gesundbeterinnen für ihren unglücklichen Sepp beten, wieder und wieder mußten die Klosterschwestern von Ammenbach Andachten abhalten. Die Kreszenz betete, wo sie ging und stand. Sie vergaß vor lauter Frommsein fast die Arbeit und sogar ihren Mann selber. Die Leute sagten: »Zuvor is's narrisch g'wen in der Liab, jetz is's narrisch mit'n Betn! A so geht's aa net!« Die Bäuerin ließ nichts unversucht.

Am Herrgott läßt sich nicht herumdeuteln. Die Kammererin glaubte an ihn, wie man meistens bei uns auf dem Land an ihn glaubt. Er ist wirklich die letzte Zuflucht. Wenn keiner helfen kann, zu ihm schreit die Kreatur auf: »Hilf mir! Gib mir!«
Irgend einmal mußte dieses beharrliche Bitten doch erhört werden! Irgend einmal mußte Hilfe kommen. Wozu wäre denn sonst der Herrgott? Wozu seine Allmacht?
Die Zeit verging. – –
Die Bäuerin wird sicher oft insgeheim gedacht haben: »Was in Gottesnamen hab' ich denn für Schlechtigkeiten gemacht, daß mir, daß uns ein solches Unglück passieren mußte?« Und sicher, ganz sicher wird sie auch gefunden haben, daß weder sie noch ihr Sepp unrechte Menschen waren. Es läßt sich denken, daß sie manchmal ganz und gar irr, schier schon verbissen, nicht mehr recht an die himmlische Hilfe glaubte. Ihr Gesicht zeigte das mitunter. Etwas zweiflerisch Böses brannte vielleicht in ihr. Sowas wie eine regelrechte Wut auf den Allmächtigen.
Aber was half es? Nichts, gar nichts!
Und weil es so war – wie geht es doch einem Menschen, der auf irgend eine Weise in eine rettungslose Lage gerät und nach den ersten, wilden Anstrengungen sieht, es gibt wirklich gar keinen Ausweg mehr? Er wird matt. Er verliert die Kraft. Ja, er verliert die Kraft – aber er findet sich darein.
Die Bäuerin schaute ihren Sepp an. Der werkelte jeden Tag herum, denn außer seinem Stummsein fehlte ihm ja nichts weiter. Sie schaute ihn wieder an. Er stand vor ihr, stumm und ruhig. Sie bekam zitternde Kiefer, sie wollte reden, brach ab und weinte. Sie schüttelte so, als wenn unaufhörlich unsichtbare Peitschen auf sie einschlügen, den verwirrten Kopf und heulte. Sie wußte nicht mehr weiter.
Der Sepp machte ein gutes, ernstes Gesicht her. Dann strich er mit seiner schweren, derben Hand etliche Male über ihren zuckenden Kopf. Er tat's oft, wenn sie so daher wimmerte. Alsdann machte er

sich wieder an die Arbeit. Er hielt wie ehedem das Haus und den Hof, die Äcker und Felder, die Dienstboten und das Vieh zusammen.

Die Bäuerin arbeitete auch wieder. Was blieb denn anderes übrig. Langsam, ganz langsam ließ ihre verstörte, heftige Frömmigkeit nach. –

Schau du einmal hinein zum Kammerer, schau dir jetzt die zwei alten Leute an! Und die vier festen Bengel, die jetzt schon groß sind! Wundergemütlich lebt die Familie zusammen. Es hat also gar kein »Gegeben werden« gebraucht.

Oder will unser Herrgott vielleicht das »Gegeben werden« so aufgefaßt wissen, wie sich's beim Kammerer entwickelt hat? Gut also, wenn's einer glauben will, alsdann ist's auch recht ...

Der glückliche Brauch

Wie sittenstreng und rechtschaffen man in Egling ist, zeigt sich am besten daran, daß die Leute, als neulich die bereits vierzigjährige, unbefleckte Jungfrau Anna Maria Gretlsbacher, genannt Banzer-Annamarie, den noch um etliche Jahre älteren, ehrengeachteten Jüngling Franz Xaver Wimmer geheiratet hat, fast erstaunt zueinander sagten: »Herrgott, dö schaugt's o! Dö pressiert's aba mit'n Eh'stand!«
Solche späten Heiraten sind in Egling die Regel, denn dieses Pfarrdorf ist eine Welt für sich, und es muß gar keine so schlechte Welt sein, denn alle sind mit und in ihr zufrieden. Uralt hergebrachte Bräuche und eine Ordnung und Zucht herrschen dort wie von ewig her. Freilich, auch in das Leben und Treiben Eglings haben die Irrungen und Wirrungen unserer Zeit hineingewirkt – der Krieg, dann die Revolution, die Republik und die Inflation – aber geändert hat sich dort trotzdem sehr, sehr wenig.
Die Eglinger sperren sich nämlich gegen jede Neuerung, ganz gleich, ob sie nun zu ihrem Nutzen oder zu ihrem Schaden ist. Zwar, es ist schon so heutigen Tages, alles ist eingesargt in den Betrieb, alles muß irgendwie mitmachen, nichts ist mehr für sich, aber für die Eglinger *gibt* es ganz einfach sowas dann nicht. Da war beispielsweise die Inflation mit dem »unechten Geld«. Für die Eglinger ist das so: Sie beharren heute noch größtenteils darauf, daß dieses »unechte Geld« einstens wieder gelten muß. Sie alle haben noch haufenweise solche Scheine. »Trau, schau wem«, sagen sie sich und werfen die Fetzen nicht weg. »Am End' haben doch wir recht«, folgern sie listig. Da ist dann auf einmal die Reichspost dahergekommen und hat eine Autobuslinie München–Egling–Walpertshausen und zurück eingerichtet. Die Wagen rattern heran, warten vor dem Postwirt, aber ein Eglinger fährt nie damit – er geht heute noch, wie vor hundert Jahren. In der Luft fliegt ein Flugzeug. Ein rechter Eglinger hebt nur selten den Kopf und wenn schon, dann

sagt er: »Dös is von' Teifi.« Und es gibt nicht wenige in dem schönen Pfarrdorf, die auf die Frage, wer augenblicklich unser Vaterland regiert, antworten: »Papst Pius der Elfte.«
Allgemein ist's zur Gewohnheit geworden, daß man über derartig zurückgebliebene Dörfer überlegen lacht. Mag man's ruhig tun. Es tut keinem weh und am allerwenigsten den Eglingern. *Die* wissen genau, sehr genau sogar, daß so alte Bräuche und Ordnungen Sinn und Zweck haben und nicht einfach aus der Luft gegriffen sind. Jeder von ihnen spürt's, hinter all dem ist der rechte Nutzen, und sowas gibt den Ausschlag. Nicht umsonst heißt die goldene Regel in Egling: »Wos mir guat tuat, is recht – und wos mir net guat tuat, dös is schlecht.«
Hier aber – damit ihr's recht versteht – habt ihr das beste Beispiel. Der Häusler Hupfauer wird jetzt einundachtzig Jahr alt, seine Alte ist achtundsiebzig. Er hat zwei Kinder – die Wally mit neununddreißig und den Wastl mit vierundvierzig Jahren – und es wär' jetzt soweit, daß er mit gutem Gewissen dem Sohn das Sach übergeben und die Tochter heiraten lassen könnte.
»D' Wally is jetz koa schlechte Partie nimma und konn wos mitbringa in d' Eh'«, sagt der alte Häusler zufriedenerweise. »Sie hot a schön's Heiratguat, und der Wastl muaß koa Geld it aufnehma, daß er's aussizoin konn . . . Ois's is' g'regelt.« Er lobt seine Kinder, denn sie haben ihm ein Leben lang Knecht und Dirn erspart, da ist's nicht mehr wie recht und billig, daß ihnen auch zum Schluß was bleibt. Und er verschweigt nicht, daß die Wally bare 1500 Mark Heiratgut und eine schöne Aussteuer mitkriegt. Es wird infolgedessen auch nicht lang anstehen, bis die Wally einen Hochzeiter hat. Hingegen, wer die Verhältnisse einigermaßen kennt, interessiert sich doch dafür, wie denn der Hupfauer als kleinwinziger Häuslmann seiner Tochter so einen Batzen Geld und seinem Sohn ein schuldenfreies Anwesen überlassen kann. Von der ehrlichen Arbeit ist noch keiner reich geworden. Es ist, besonders bei einem Häusler, doch ewig so: Um geht es, hungern braucht's grad nicht, aber

bar Geld zurücklegen, das müßt' schon mit anderen Dingen zugehn. Na also, wie ist denn alsdann das mit dem Hupfauer hergegangen? Sehr einfach. Eglingerisch!
Vor sechs Wochen hat der alte Hupfauer seine »golderne Hochzeit« gefeiert. An einem Mittwoch in der Frühe ist er auffallend fidel aufgestanden und hat zu seiner Alten gesagt: »Huit, Oite, heunt brauch' i mei' Sunnta'gwand.«
Die Hupfauerin war etwas baff und fragte, wie das?
Aber der Häusler schlüpfte so ungewohnt schnell in seine Hosen, daß sie schier erschreckte.
»Ja, Herrgott, bein Teifi nei! ... Jakl!« schrie sie und vergaß ganz, sich anzuziehen. In der großgeblümelten, verwaschenen Nachtjacke und im roten Wollunterrock kam sie in die Küche hinunter. Da stand der Häusler und schaute den »Veteranen- und Kriegerkalender« durch. Er gab nicht obacht auf seine Alte und auf ihr Fragen. Ganz vertieft war er.
»Huit!« machte er auf einmal wieder mit dem heitersten Gesicht von der Welt und schnalzte mit der Zunge: »Holla! Jetz hob i's! Anno 78 hob'n mir gheirat, und jetz schreib'n mir 28 – san fufzg Johr ...«
Jetzt verstand seine Alte und – Weibsleute sind schon ewig so genau! – gleich verbesserte sie ihn: »Is ja it wohr, Jakl ... Erst aufs Johr werd' d' Zeit ... Neuna'sieberzg an März hobn mir g'heirat't ... I woaß nu guat: Der selige Herr Pfarra Hanslinger hot üns 'traut und der Eberlbacha is der Hochzeitsloda g'wen ... Dös is neuna'sieberzg g'wen ...«
Der alte Hupfauer war kein streiterischer Mensch, aber dieser Einwurf fuchste ihn massig.
»Neunasieberzg! Wos neunasieberzg!« plärrte er urplötzlich gereizt. »Dumme Kuah, dappige! ... Dös sell woaß i ja selm, aba bis i fürti bin mit'n Samm'ln geht guatding a Johr rum! ... Und übahaaps –«
Er stellte sich auf einmal bedrohlich hin und ballte die Faust: »Himmiherrgottsakrament-sakrament, überoi misch'st di scho ei'

aa! ... Herbringa muaß ja doch i ois ... Kreizdreiteifi, scho in da Früh' muaßt'd dir a Sünd' otoa ...«
Und damit rannte er aus der Küche, hinauf in die Ehekammer und zog sich sonntäglich an. Er war wirklich saugrantig.
Und die Hupfauerin?
Die blieb eine Weile verdutzt stehen, schüttelte ein paarmal den Kopf, rieb ihre zahnlosen Kiefer aufeinander und brummte: »Hm-hm! Hh-hm, sowos Wüatig's! Hmhm!« Sie kam endlich wieder in die Ehekammer und traf ihren Mann schon völlig angezogen, gerade im Begriff fortzugehen.
»Mir müass'n doch dazua tua!« sagte er brummig. »Herrgott! Sowos bringt ma doch net in a'ra poor Täg z'samm ...«
Die Hupfauerin meinte bloß noch: »Ja no, dös hätt'st a glei aa sog'n kinna!« und machte keine weitere Widerrede mehr. Der Alte ging.
Sehr früh war es noch, als er das Gartentürl hinter sich zuzog. Da und dort stachen erleuchtete Stallfenster durch den dunklen, nebligen Septembermorgen, eine Kuh brüllte oder ein Hund bellte kurz auf, sonst war es still. Der Hupfauer marschierte schneidig dahin. Es sah grad so aus, als wollte er heute eine hübsche Strecke Wegs zurücklegen. Ein aufgehelltes Gesicht hatte er, und von Zeit zu Zeit lachte er ganz kurz auf. Dabei stieß er seinen knorpeligen Gehstekken stets fester auf den Straßenboden. Langsam kam der Tag herauf. Wunderbar frisch war die Luft. Über den muldenähnlichen Tälern und braunen Waldstrichen hingen dichte Nebelschwaden, die gemächlich höher stiegen.
Kurz vor Schafflberg, an der Walpertshauser Wegkreuzung, steht eine kleine Sankt-Josefs-Kapelle. Da ging der Hupfauer hinein, kniete sich hin und betete sehr andächtig etliche Vaterunser, und jedesmal schloß er damit: »Und, lieber Herrgott, heiliger Josäf, ich bitt gar schön, daß i vui kriag.« Komisch, hochdeutsch fing er an, und zum Schluß fiel er stets in den landesüblichen Dialekt. Aber an der beharrlichen Eindringlichkeit, mit welcher er diese Bitte stets wiederholte, konnte man ungefähr ermessen, wieviel ihm daran lag,

daß sie auch richtig in Erfüllung gehe. Schließlich stand er wieder auf, ließ Schafflberg links liegen, wanderte durch die nun beginnende Lafflinger Klosterwaldung und kam nach zirka zwei Stunden im Bezirksort Walpertshausen an. Beim Unterbräu trank er eine Maß Bier und aß zwei kalte Dicke mit etlichen Semmeln. Der Wirt war noch gar nicht auf, bloß die umfängliche Unterbräuin hantierte bereits in der großen, sauberen Küche und regierte auf Hautsdrein. Als sie den alten Häusler sah, kam sie in die Stube, grüßte und erkundigte sich, was denn das bedeuten sollt' mit ihm, so in aller Früh' schon unterwegs.

»Tja-ha! ... Jetz muaß i dazua toa, daß i wos z'sammbring' ... Fufzg Johr san ma jetzt verheirat, mei Wally und i«, klärte der Häusler sie auf, und mit zwingender Bitthaftigkeit setzte er dazu: »Ma werd ja doch, moan' i, a Herz hobn für an arma Häuslmoh'.« Das wirkte auch sofort.

»Fufzg Johr?« fragte die Wirtin interessierter. »Soso ... Ha-hm, haha, wia schnell ois d' Zeit vergeht, haha ... I woaß's nu, wia'ds enker silberne Ho'zat ghabt hobt's ... Dös is selbiga Zeit an Anzeiga g'standn ... Hm-hm, jetzt is dös scho wieder *so* lang her, haha, wia d' Zeit vergeht, haha ...«

Sie konnte sich kaum beruhigen über dieses schnelle Zeitverlaufen, aber der Hupfauer fing immer wieder von dem an, ob ein armer Häuslmann vielleicht bei einer solchen Gelegenheit von herzlich gesinnten Menschen nicht eine gute Gabe erwarten dürfe. Himmelherrgott, die Wirtin verstand absolut nicht. Er machte von Mal zu Mal ein wehleidigeres Gesicht, zuletzt kaute er schon fast bissig an der trockenen Semmel.

»Der arm' Teifi hot nix ois' Verdruß und Plog auf da Welt«, murrte er die Wirtin an und die – die stimmte ihm sofort zu.

»Ja-ja, hm ... Und nacha gibt's wieda oa, dö wo übahaaps net wissn, wos's iahna Geld hi'toa solln«, meinte sie. Dabei schaute sie nachdenklich in die bier-riechende Luft und murmelte wiederum: »Haha, jetz san scho wieda fünfa'zwanzg Johr 'rum, h-hm-hm, dö Zeit

vergeht! Ha-ha-hm, fünfa'zwanzg Johr is dös scho wieda her, hm-hm-hm . . .«
»Und nix ois wia Plog und Verdruß«, brummte der Hupfauer schon ganz finster und gab sich noch einmal einen Schwung. »Wia waar denn nachha dös? . . . I tat hoit gor schö bitt'n um a kloane Gab' zu meina golderna Hochzeit.« Formell klang es fast. Er schaute fest auf die Wirtin, die einen Augenblick nach einer Ausrede suchte.
»Is' der Wirt nu it auf?« fragte der Häusler weiter.
»Na-na, der is z' Minka drinna«, fiel der Wirtin schnell ein, und jetzt hatte sie auch die rechte Antwort.
»Jaja«, sagte sie. »Jetz i konn do nix' sogn . . . Kimmst hoit a dö nächstn Täg amoi wieda, Hupfaua . . . Mei Anderl gibt dir g'wiß wos . . .«
Das erleichterte den Häusler denn doch etwas. Er trank sein Bier aus. »So«, sagte er, den Krug hinstellend. »Und wos bin i denn nacha schuidi.« Dabei aber schaute er die Wirtin schon derart an, daß sie keinen Zweifel haben konnte.
»Dös loßt geh, Hupfaua . . . Loß nu geh«, sagte die Unterbräuin drauf. Jetzt war der Häusler wieder ganz der Alte. »No, nacha sog i hoit ›Gelt's Good‹ und pfüad Good aa glei . . . Dös is a guata O'fang«, schloß er und ging. An der Tür nahm er frommerweise einen Spritzer Weihbrunnen und bekreuzigte sich. Draußen auf der nun schon sonnerhellten Straße knurrte er in bezug auf die harthörige Wirtin schnell noch halblaut in sich hinein: »Hungrige Matz, geizige!« – – –
Jetzt also fing der Hupfauer von Egling sein Tagwerk an. Er wird sich wohl einen guten Plan ausgetüftelt haben, denn er ging nicht einfach und plump von Haus zu Haus und hielt um eine kleine Gabe für seine bevorstehende goldene Hochzeit an, er hielt sich vielmehr an das: »Wenn die Großen einmal angefangen haben, laufen die Kleinen sowieso nach.«
Walpertshausen ist seit der Revolution Stadt und hat einen rechtskundigen Bürgermeister. Bei dem erschien der Hupfauer zu aller-

erst. Der gewichtig dreinschauende, dicke Mensch maß den Häusler ziemlich von oben herab und wollte ihn barsch abweisen. Indessen – siegreich bleibt letzten Endes immer die unnachsichtliche, biedere Unterwürfigkeit.
»I bin achtzg Johr oit wordn und hob mir nia wos z' schuiden kemma lossn, enkerne Gnadn«, fing der Hupfauer immer wieder an, und jedesmal hatte er einen dringlich-flehenderen Ton. Er blieb dabei, wenn's auch der Bürgermeister stets richtig stellte, daß er nicht mit »Euer Gnaden« anzureden sei, er sagte es erst recht.
»Ünsa Herrgott hot mi lebn lossn, enkerne Gnadn«, hub er abermals an. »Und ünsa Herrgott mog's aa net, daß dö oitn Bräuch einfach a so o'kemma ... Na-na, dös mog er net! ... I bittert hoit gor schö, um am kloane Gab' ...«
Er kämpfte gewissermaßen so unangefochten durch all die bramarbasierenden Nüchternheiten des rechtskundigen Bürgermeisters, daß er mit blanken zehn Mark gehen konnte.
Bei den Herrn Amtsrichtern, beim Bezirksamtmann, beim Tierarzt und beim Hauptlehrer ging es viel leichter. Das waren alles Menschen von jener Sorte, die sich bei der Berührung mit dem sogenannten »unverfälschten Volk« geschmeichelt fühlen und gar nicht merken, wie geschickt sich so ein kleiner Häusler zu ihnen hinauflassen kann. Beim hochwürdigen Monsignore und Pfarrherrn Joseph Bruggenbacher war es so. Der Häusler wurde vorgelassen, tappte wie befangen ins schöne Arbeitszimmer des Geistlichen und – kniete sich sofort auf den weichen Perserteppich, indem er ohne jede Einleitung einfach ein Vaterunser herunterleierte. Der Pfarrer war so verdutzt, daß er einfach die ganze Zeit dastand und ebenfalls die Hände faltete. Genau in derselben Tonart, wie er das Vaterunser gebetet hatte, fuhr alsdann der Hupfauer, seinen runden Kopf hebend, weiter: »Und meecht' an hochwürdn Herrn Pfarra an rechtn guatn Morng wünschn ... I bin da Häusla Hupfaua vo Egling und meecht' gor schö bittn, um a kloane Spend' für mei golderne Hochzeit ...«

Monsignore Bruggenbacher ging auf den frommen Mann zu und half ihm buchstäblich beim Aufstehen.
»Ge-elobt sei Jesus Christus!« plapperte der Häusler dabei und schnitt ein Gesicht wie ein reuiger Gottesräuber nach erhaltener Absolution.
»Soso, von Egling seid's? ... Der Hupfauer? ... Jaja, da hab' ich schon allerhand gehört«, versuchte ihn der Pfarrer legerer zu stimmen, aber der Häusler schaute immer noch bitthaft.
»Ja-j-ja, Hochwürdn – u-und gwiß nix Schlecht's, Hochwürdn«, stotterte er. »Mir san oiwai mit der chrischtkatholischen Religion ganga ... I und mei Oite san an drittn Ordn ...«
»So-so, das ist schön«, sagte der Geistliche zufrieden und erkundigte sich wiederum: »Soso, über achzgi seid's scho, Hupfauer? ... Soso? ... Und jetz könnt's dö golderne Hochzeit feiern? ... Hm-hm, das laßt sich hörn ...«
»Ja-tjaja, Hochwürdn, aba hoit bettlarm san ma und do mächt i bittn um a kloane Gab' ... Jeda hot mir wos zuakemma lossn, der Herr Bezirksamtmann und da Herr Bürgamoasta, oi'samm' – da Herr Hauptlehra und die Herrn Amtsrichta aa«, lenkte der Häusler behutsam das Gespräch wieder auf das eigentliche Thema zurück: »Und jeda vo dö guatn Herrn hot a guat's Herz ...«
»Ja, dös is aa recht, Hupfauer ... Dö oitn Bräuch' muaß ma aufrecht haltn«, sagte der Pfarrherr und ging an seinen Schreibtisch: »Dös is aa was Selten's – a golderne Hochzeit ...« Er holte fünf Mark und gab sie dem Häusler: »Da, Hupfauer ...«
»Ge-elobt sei Jesus Christus, – und der Herr Hochwürdn solln lang lebn und ewi' g'sund bleibn«, dankte der Häusler mit einem etwas leichteren Gesicht. Und als er aus der Tür ging, plapperte er noch einmal: »Und i wer an Herrn Hochwürdn ewi ei'schliaßn in mei Gebet ... Vergelt's Good ...«
Das ganze, weitläufige Bezirksamt Walpertshausen und die Pfarreien Egling und Hartlfing ging der Häusler ab. Gutding fünf Monate sammelte er. Beim Eglinger Pfarrherrn gab es einen Zwi-

schenfall. Der nämlich sagte glattweg: »Tja, Hupfauer, du host doch erscht aufs Johr dei golderne ... Anno Neunasieberzg hobt's g'heirat't?«
Der Hupfauer zwinkerte ein paarmal und wußte nicht gleich eine Antwort drauf. Verlegen drückte er hin und her.
»Ja scho, Hochwürdn, scho«, brachte er aber schließlich doch heraus: »Aba mei, ma muaß hoit dazuatoa – und mei Oite hebt nimma recht, Hochwürdn ... Bevor's a 's Grob nei'steigt, möcht i ihra doch no a Freid macha ...«
Er wackelte mit seinem alterschwachen Rundkopf hin und her, und – wie er so dreinschaute – man konnte ihm nicht feind sein. Er zählte auch wieder all die Besseren auf, die ihn mildtätigerweise beschenkt hatten. Infolgedessen ging er auch beim Eglinger Pfarrer nicht leer aus.
Im aufbrechenden Frühjahr gab es alsdann eine schöne »Goldene Hochzeitsfeier« in Egling. Essen und Trinken und Blechmusik wirkten wie üblich auf die Gemüter. Es wurden auch Reden gehalten. Vom Pfarrer, vom Veteranenvereinshauptmann und vom Bürgermeister von Egling. Alles ging streng nach altem Brauch. Sehr lustig war es.
Und bei dieser Gelegenheit erfuhren's *die*, die es wissen wollten, zum ersten Male, daß die Hupfauer-Wally fünfzehnhundert bare Mark Heiratgut mitbekommt.

Auffassung freibleibend

I.

In unseren Gau drang die Kunde von der Revolution anno 18 sehr schnell, denn wir sind kein gottverlassenes Hinterland. Unsere Ortschaften rundherum liegen alle nahe an der Bahnstation, und von da aus gelangt man in einer knappen Stunde nach München. Der Postbote bringt Tag für Tag in fast jedes Haus die Zeitung, und durch den regen Fremdenverkehr hat sozusagen die Stadt auf das Leben bei uns bereits sehr deutlich abgefärbt.

Dennoch wird mir jeder recht geben müssen, wenn ich sage, daß das Landvolk den damaligen Ereignissen kein Interesse entgegenbrachte. Was hatte sich denn durch sie geändert? Gar nichts. Alles ging bei uns wie immer.

Eins nur rechnete man der Revolution hoch an. Nämlich, daß sie mit dem Krieg ein Ende gemacht hatte und die Feldsoldaten heimbrachte. Das war ein greifbarer Nutzen. Mit schönem ländlichen Gepränge wurden nun in jedem Pfarrort vom Veteranenverein »Kriegerheimkehrfeiern« abgehalten, und lustig ging es dabei zu. Mannhafte Reden wurden geschwungen, und Freibier und Freiessen gab es.

Währenddem aber kamen immer wieder neue Botschaften aus der Stadt. Einige Leute, die hineinfuhren, erzählten nach ihrer Rückkunft allerhand ungewohnte Dinge. Beispielsweise, daß da drinnen in München kein Mensch mehr was arbeite. Jeden Tag sei's Feiertag, und ewig sähe man große Züge, die mit einem Heidenlärm durch die Straßen zögen. »Soso«, hieß es dann bei uns, »soso, privatisiern teana's, d' Stodterer, und mir soitn eahna 's Fressn liefern? ... *Mir* soitn arbatn, daß sie Gaudi macha kinna.«

Alsdann kam die Wahl zum Landtag und zur Nationalversammlung, und zum ersten Male tauchten in allen Ortschaften die geschäftigen Leute auf, schlugen grelle Plakate an und hielten Reden in den Wirtschaften. Das war sehr unterhaltlich. Die einen schimpf-

ten, die anderen hielten wahre Predigten, aber alle diese Herren lobten die Bauernschaft über alles. Sie hatten darum auch stets großen Beifall, und es braucht nicht weiter wunderzunehmen, wenn ihnen von den Anwesenden meistens zugerufen wurde: »Feit si' nix, dei Partei wähln mir oi!« Der Frimmelbacher von Leitelfing jedoch hatte sicher nicht unrecht, als er einmal sagte: »Hm, wennst ös a so härst, wos dö sogn, muaßt an jedn recht gebn, aba i glaab hoit, dö macha's überoi anderst. Dö san oisamm grod wia ma's braucht.« Das war bei uns die allgemeine Ansicht.
Dazumal verteilte noch jede Partei ihre Stimmzettel selber. Ein Stück weißes oder rotes oder grünes Papier war's, drauf stand der jeweilige Kandidatenname, das Kuvert bekam man auch dazu. Die Bauern ließen sich auf den Versammlungen die Dinger ruhig zustecken. Am Tag vor der Wahl brachten entweder die Schulkinder vom Lehrer, der seit ewiger Zeit Gemeindeschreiber war, Stimmzettel heim, oder der Mesner und Gemeindediener trug sie in jedes Haus. Die galten und wurden abgegeben. Meistens wenigstens. Freilich, einige Siebengescheite wählten nach ihrem eigenen Kopf. Gut also, die Wahl ging vorüber, jeder Tag hatte wieder das gleiche Gesicht. Urplötzlich aber wurde es anders. Die Zeitungen kamen ein paarmal nicht, endlich erfuhr man von der Ermordung des Ministerpräsidenten, und jetzt rasselten ab und zu vollbesetzte Lastautomobile durch die Dörfer. Wilde Gestalten standen droben, alle schwer bewaffnet, mit wehenden roten Fahnen. Sie warfen Flugblätter in die gaffenden Bauern und redeten stoßweise daher von »Revolution in Gefahr« und »Räterepublik« und weiß Gott was noch alles.
Selbigerzeit kamen einmal zwei ziemlich fremdartig angezogene Männer mit einem noch auffallender gekleideten Weibsbild nach Leitelfing, gingen ziemlich schüchtern durchs Dorf und machten Einkehr beim Konditor Dobler, der auch Kaffee ausschenkte. Dort erkundigten sie sich nach einem Herrn Hausmeister Joseph Wieseder. »Hausmeister Wieseder?« fragte der Dobler, der ziemlich gut

hochdeutsch konnte, beflissen und neugierig zugleich und betonte dabei das erste Wort frageartig: »Sie meinen vielleicht den Gärtner Wieseder, aber der ist kein Hausmeister ... Wenigstens ich – ich könnt's nicht sagen ... Aber der Wieseder ist gleich da drüben, sehn Sie, das zweite Haus da hinten im Garten drinnen.« Er deutete mit dem Finger in die Richtung. Der eine von den Männern stand vom Stuhl auf und schaute durch das Auslagenfenster auf das Wiesederhaus. Auf der Straße ging der Häusler Pointner vorbei und gaffte neugierig zum Konditor hinein. Ein wenig verwundert schüttelte er den Kopf über den seltsamen Fremden und trottete weiter.

»Wollen die Herrschaften gewiß wegen Sommerfrische beim Wieseder fragen?« meinte jetzt der Dobler wiederum und maß die drei unvermerkt flüchtig: »Der hat nämlich die Auskunft vom Verschönerungsverein.«

»So, jaja, dann ist's ja richtig«, fiel auf das hin schnell der zweite Mann ein, ein strohblonder, hagerer Mensch von höchstens zwanzig Jahren mit einem blassen, überheblichen Gesicht: »Sagen Sie, Herr Konditormeister, wie ist denn die Villa Stuberbühler zum wohnen ... Wir möchten uns nämlich dort einmieten.«

»Das Haus vom Oberapotheker Stuberbühler? ... Jaja, jetzt ist's was anderes ... Das hat der Wieseder in Aussicht, jaja, bei dem kriegen Sie Auskunft und die Schlüssel ... Ja, die Stuberbühlervilla ist sehr schön, sehr schön«, gab der Konditor Auskunft: »Und eine wunderschöne Aussicht haben Sie da ... Das wird so das schönstgelegene Haus sein weit und breit.«

»Und ruhig ist's auch, was?« fragte das junge Weibsbild und zog ihre merkwürdig verzierte hohe braune Lederkappe vom dichtbehaarten Kopf. Der Dobler wandte sich nach ihr, schnüffelte gleichsam mit seinen Blicken von den breiten Reformsandalen bis zum langgezogenen, geraden Haarscheitel der Fragenden und erwiderte: »Jaja, sehr ruhig ... Liegt ganz in einem Garten, kein Mensch kommt vorbei.«

Die zwei Männer hatten sich inzwischen erhoben und zahlten.

»Gute Kuchen haben Sie. Na, da werden wir ja dicke Kundschaft sein«, sagte der kecke Strohblonde. Alle drei bedankten sich freundlichst über die Auskunft und gingen zum Gärtner Wieseder hinüber. Dort zeigten sie einen Brief des Oberapothekers Stuberbühler aus München, und kurz darauf sah man sie mit dem Wieseder durch das Dorf gehen. Aus allen Fenstern lugten die Leute und verfolgten den Trupp mit halb neugierigen, halb mißtrauischen Blicken.
»Meechtn Sie gleich dobleibn?« erkundigte sich der Wieseder, als man die Villa besichtigt hatte. Und fragend schaute er auf die drei, die außer einer braunen Ledermappe gar kein Gepäck hatten.
»Ja natürlich ... Unser Gepäck kommt nach ... Wir müssen sowieso die nächsten Tage mal nach München«, erzählte der Strohblonde in etwas rascher preußischer Art, und weil der Wieseder immer noch mißtrauisch zu sein schien, sagte die kunstgewerblich zurechtgemachte Jungfer mit ihrer hellen Stimme: »Sollen wir *Sie* bezahlen, oder wollen Sie erst an Herrn Stuberbühler schreiben ...? Uns ist's gleich.« »Ja, i' weiß net, wie Sie's ausgmacht habn«, meinte der Gärtnermeister halbwegs hochdeutsch und fragte auf einmal plumpweg: »Sind's die Herrschaften verheirat' oda –.« Er brach ab, denn die drei quittierten das mit einem spöttischen Lächeln. »Verheiratet? ... Jaja, das ist mein Mann«, sagte die merkwürdige Madam' und deutete dabei auf den anderen Mann, der sie fast um gut einen Kopf überragte und in seinem dreckigbraunen Russenhemd, der langen Hose und den ausgetretenen, breiten Halbschuhen eher einem Strolch als einem Ehemann glich: »Und der Herr da, der ist ein Freund von uns, ein Kunstmaler.«
»So ... Jano, mit'm Zahln, dös is mir gleich, wie Sie's da machen wollen«, schloß der Wieseder und ging. –
Von da ab hausten die drei seltsamen Fremden in der Stuberbühlervilla auf ihre Art. Man sah sie sehr selten im Dorf. Nur nachts leuchteten unten in der Stube und im ersten Stock oft sehr lang die Fenster. Dicht verhängt waren sie allesamt. Kein Mensch konnte

durchsehen. Öfter kam's vor, daß einer oder alle drei beim Konditor Dobler Kaffee tranken oder Kuchen kauften. Meist blieben sie ziemlich lang im Laden. Nun ja, der Dobler war ja früher allerhand in der Welt herumgekommen und konnte mit so fremden Leuten ganz gut umspringen. Außerdem war er Junggeselle und Bücherleser, lebte mit seiner alten Mutter und mit einer noch ledigen Schwester zusammen, und hatte so seine Sonderbarkeiten. War er grad gut aufgelegt, so ging ihm der Schnabel wie geölt, und wenn jemand über Bücher mit ihm ins Gespräch kam, vergaß er schier die Arbeit.

II.

Mitte April war es schon geworden. Weiß der Teufel, jetzt kamen aus München jeden Tag sonderbarere Nachrichten. Kein Mensch kannte sich mehr aus. Aber damals zeigte sich deutlich, daß Stadt und Land eben doch mehr zusammenhängen, als der Bauer gemeinhin annehmen will. Ganz langsam wurde es nun auch bei uns heraußen unruhiger, und die Gleichgültigkeit den politischen Ereignissen gegenüber hatte sich aufgehört. Jetzt beredete man jede Neuigkeit viel interessierter, und in den Wirtschaften gab es manchmal ungewohnt heftige Dispute. Die Meinungen rannten mitunter wie raufende Stiere gegeneinander, derart, daß die Streitenden nicht selten zutiefst verfeindet auseinandergingen. Allerdings, wer genau hinhörte, konnte sich absolut kein Bild machen, für oder gegen wen die Leute waren. Sie schimpften vor allem gegen die Regierung, die nach Bamberg geflüchtet war und dort – wie man sagte – »in der Luft schwebte«. Sowas sei ganz einfach feig, und wenn der Herr im Staat keine Macht über das »Gschwerl« mehr habe, sollt' er keinen Herrn machen und sei nicht einmal das Davonjagen wert. Hinwiederum zeterte jeder über die landfremden Schlawiner, die jetzt in München alles durcheinander brächten. Kurzum, ausgeräumt müßte werden, hieß es, Ordnung brauche es machen.

Immer wieder fuhren Lastkraftwagen mit bewaffneten Arbeitern lärmend durch die Dörfer. Vorne, am Verdeck des Lenkers, war eine rote Fahne angebracht, die lustig im Wind wehte. Einmal bemerkte der Aulinger die Madam' von der Stuberbühlervilla auf der Straße vor dem Dorf, wie sie einem solchen Transport zuwinkte. Der Bauer riß gerade den Dünger vom vollbeladenen Wagen und war ziemlich weitab auf seinem Feld. Er lugte auf die Straße. Hm, auch die Arbeiter auf dem Lastkraftwagen winkten der Jungfer johlend zu. »Aha«, brummte der Aulinger für sich und arbeitete schnell wieder weiter, weil das Weibsbild jetzt scheu herumschaute und rasch weiterging.

In den nächsten Tagen hörte man droben auf der Bolzwanger Höhe heftiges Gewehrgeknatter, zwischenhinein auch etliche Kanonenschüsse, die weithin brummten. Auf den Feldern und Äckern hoben die Leute den Kopf, horchten und schauten forschend in die Gegend. »Jetz, moan' i, geht's gor hart auf hart!« schrie der Schlemmer zum Aulingeracker hinüber, und der Nachbar meinte: »Jaja, solang macha's scho umananda, bis recht wos Saudumms rauskimmt!«

Als die vom Feld abends ins Dorf kamen, standen der Bader Limml, der Dobler, der Wirt Muggenthaler, Weiber und Kinder und die drei von der Stuberbühlervilla vor einem Plakat, das an der Feuerwehrhauswand angeheftet worden war. »Sämtliche Bürger haben binnen 12 Stunden jede Art Waffen in der Stadtkommandantur abzuliefern. Wer innerhalb dieser Zeit die Waffen nicht abgegeben hat, wird erschossen. München, den 14. April 1919. – R. Egelhofer, Stadtkommandant« stand in fetten Lettern drauf zu lesen. Alles blieb stehen. Niemand wußte, wer das Plakat angemacht hatte. »Hm, dumms Zeig«, brach der Schlemmer nach einer Weile das Schweigen: »Waff'n? ... Mir kinna doch it a d' Stodt einifahrn und ünsa Arwat Arwat sei lossn!«

»Dös gilt für üns überhaaps it«, meinte der Aulinger: »Dös geht bloß d' Stodt o.«

»Noja, es werd hoit g'moant sei, ma soit sei Gwehr beim Bürgamoasta o'gebn«, erklärte da der Dobler.
»Jaja, sicher«, sagte da auf einmal der Strohblonde von der Stuberbühlervilla hinten und alle maßen ihn mißtrauisch.
»Mir teana, wos mir ming!« schnauzte plötzlich der Muggenthaler und hatte im Nu jeden Dörfler auf seiner Seite. Die drei Fremden stutzten schweigend, sagten nichts mehr und gingen weiter. Alles sah ihnen nach.
»Wos san dös jetz für oa ... Dö gfoi'n mir gor it!« brummte der Schlemmer. Keiner wußte was über sie, aber die meisten schauten auf den Dobler mit unguten Augen.
»Woaß der Teifi! ... Künschtla san s' ... Oi drei spinner's a bißl!« gab der Dobler Antwort und zuckte mit der Achsel.
»Dö, moan' i, tat'n scho richti spinna!« schloß der Aulinger und erzählte das von dem Winken der Madam' auf der Straße. Der Schlemmer ging auf einmal mannhaft auf die Wand und riß den Papierfetzen herunter. »So, aus is's, basta!« sagte er, zerknüllte ihn und warf ihn zum Ederer in den Garten.
In Leitelfing war man jetzt schon verärgert. Das wurde noch schlimmer, als in derselbigen Nacht das Schießen von Bolzwang her näher rückte. Keiner im Dorf fand mehr den rechten Schlaf, und als gar in der Frühe aus dieser Gegend her die Lastautos mit Verwundeten und Bewaffneten immer zahlreicher durchs Dunkel daherratterten, flammten in jedem Haus die Lichter auf, die Leute kamen vor die Türen und liefen auf die Straße. Brummig, mißtrauisch und feindlich standen Gruppen beieinander und redeten schimpfend durcheinander, glotzten wiederum, schwiegen und fingen alsdann, wenn die Straße leer war, erneut gehässig zu fluchen an. Der Morgen dämmerte vollends herauf, an die Stallarbeit machten sich einige, aber im allgemeinen war jeder etwas aus dem Geleise.
Um neun Uhr hielt auf einmal ein solches Lastauto vor dem sperrangelweit offenen Gartengatter vom Bürgermeister Reglinger. Die Rotarmisten sprangen in aller Eile herab und gingen auf die Haus-

türe zu. Zehn oder zwölf Mann mochten es sein, jeder hatte sein Gewehr lässig unterm Arm und schaute entschlossen drein. Der erste von ihnen griff an die Türklinke und merkte, daß von drinnen zugeriegelt war. Er rüttelte fest. Links vom Reglinger, auf einer kleinen, buckligen Erhöhung, liegt die Konditorei, rechter Hand vom Bauernhof ist der große, heckenumzäunte Obstgarten. Der Dobler, welcher durchs Fenster alles gesehen hatte, trat aus seiner Ladentüre und schrie laut: »He, Kameraden, wos is's denn?«

»Is do neamd dahoam?« fragte der an der Reglingertür in unverfälschtem Münchner Dialekt.

»Ja, scho!« sagte der Dobler.

»Ja, worum macht er nachha net auf, dö hobn doch Roß an Stoi ...?« fragte der Führer der Rotarmisten wiederum.

»Jaja, dös scho ... I woaß's aa net!« erwiderte der Dobler ruhig.

In diesem Augenblick aber krachte ein donnernder Schuß aus dem vorderen Fenster des Reglingerhauses, und erschrocken zuckten die Bewaffneten zusammen, faßten sich aber sofort wieder, wichen ungefähr zehn Schritte zurück und legten an. Beim Dobler standen jetzt Mutter, Tochter und Sohn aufgeregt da, beim Wieseder bellte der Hund wie angestochen, und der Gärtner lief samt seiner Alten auf den Zaun zu.

»Aufmachen!« schrie der Anführer der Armisten und starrte auf die Stelle, von wo der Schuß gekommen war. »I mog net ... Macht's daß'z weiterkemmt's!« plärrte es von irgendwoher: »Weita, oda i schiaß!« Da schlugen die Armisten ihre Gewehre an die Backen.

»Hoit's! Kam'radn, hoit's ... Loßt's mi einigeh!« brüllte da der Dobler und lief schnurstracks auf die Leute zu: »Hoit's! ... It schiaßn!«

Die Armisten stutzten und – richtig –, sie senkten die Gewehre. Der Dobler stand schon bei ihnen.

»Geh, Kam'radn, i bin do aa an Feld gwen ... Geh, der damische Kerl do drinna spinnt ja ... Wart's, loßt's mi einigeh, dö Sach' kriagn ma scho!« versuchte der mutige Konditor zu beruhigen und da,

grade, als er sich aufs Haus zuwendete, sah er den Reglinger in großen Sätzen durch den Obstgarten laufen.
»Pauli! Pauli!!« schrie der Dobler aus Leibeskräften: »Pauli! Hoit, loß redn mit dir!« Aber der Bauer war schon in der dichten Hecke, die Zweige bogen sich und schlugen wieder zusammen, weg sprang der Fliehende. Die Armisten wußten eine Sekunde lang nicht aus und ein und umzingelten mit einem Mal den Dobler feindlich.
»Was! ... Kurzen Prozeß! ... Quatsch!« hörte man einen Preußen schreien.
»U-uh! In Gottwilln, Jakl!« jammerte die Dobler-Resl, denn jetzt sah es gefährlich aus.
»Geh, Herrgottsakrament, Kam'radn, geh! ... I hob doch grod koa Unglik wolln ... Herrgott, i bin doch aa bloß a kloana Mo' ... Geh, härt's mi doch o!« hörten die zusammengelaufenen Leute den Dobler: »Mir denka doch oi gleich!«
»Verräter! Schuft!« knirschte der schrille Preuße: »Kein Pardon!« Aber der Dobler ließ sich nicht einschüchtern, laut, aber ruhig sagte er: »Mir liegt nix dro, wenn'ds mi derschiaßt's! I hob an Feld hundertmoi sowas mitgmacht ... Red's liaba gscheit! Sogt's, wos'z mächts! Wos i macha ko', tua i!« Und das änderte wirklich die Situation. Der Führer schrie befehlsgewaltig: »Ruhe! Gewehr bei Fuß!« Und, fast ein wenig komisch sah es aus, die anderen traten weiter auseinander und ließen ihre Kolben zur Erde sinken.
»Also Roß braucht's ... Noja, do gehng ma liaba zum Ederer umi, der fahrt enk scho eher ... Mit'n Reglinger konn ma net redn, geht's weita«, verhandelte nun der Dobler weiter, aber durch den glücklichen Umstand, daß jetzt zwei weitere Lastautos mit verwundeten und bewaffneten Rotarmisten in wildem Tempo daherrasselten, verlief alles sozusagen im Sande.
»Alles zurück! Kein Fuhrwerk mehr nötig! Die Weißen sind in der Übermacht!« schrie der Führer des ersten Autos und machte aufgeregte Armbewegungen. Die Armisten vor dem Reglingerhaus sprangen – eins, zwei, drei – auf ihren Wagen, und davon ging es in

größter Eile. Zuletzt standen nur noch der Dobler und die benachbarten Leute vor dem Bürgermeisteranwesen. Gottesfroh atmete jeder auf, und nicht ohne Bewunderung blickten alle auf den mutigen Konditor.
»Dös hätt' saudumm außigeh' kinna«, brummte der Wieseder nachdenklich, schüttelte den Kopf und schimpfte ungut über das unbesonnene Schießen des verschwundenen Bürgermeisters.
»Ah«, sagte der Dobler in bezug auf die Rotarmisten, »dös san doch aa bloß Mensch'n wia mir ... Es loßt si' doch redn mitananda! Do braucht doch net oiwai glei graaft und gstrittn werdn.« Jeder gab ihm recht und ging in sein Haus zurück.
Den ganzen Tag und die ganze Nacht wälzten sich Autos der Roten Armee durch das Dorf. Kein Mensch kümmerte sich um sie, jeder blieb hübsch geruhig hinter seinen vier Wänden.
Gegen neun Uhr in der Frühe sah der Dobler den Bürgermeister Reglinger die Dorfstraße heraufkommen, mit blassem, verstörtem Gesicht. Der Konditor trat aus seiner Tür und schrie ihn an, aber der Bauer blieb nicht stehen.
»Pauli!« rief der Dobler wiederum: »Pauli?«
»Ja!« knurrte der Bauer endlich und drehte sich mürrisch um: »Wos wuist denn?« Er wurde schamrot um und um.
»Herrgott, aba do host dir a so a Dummheit gmacht! Wia konnst d' denn bei sowas einfach schiaßn, wennst siehchst, daß dö andern in da Übamacht san!« hielt ihm der Dobler vor: »Wos is's nachha g'wen? ... Davolaafa host müassn!«
»Mei Ruah loß mir! ... I schiaß, wenn i mog!« plärrte der Bürgermeister bissig und ging in sein Haus. »A Rindviehch bist, a achtekkerts!« bellte ihm der Dobler geärgert nach. – –

III.

Vom Pfarrdorf Schiefelbach kam am übernächsten Tag der Mesner Gögginger in der größten Eile dahergefahren. Er warf sein Rad an den Gartenzaun vom Bürgermeister und lief ins Haus. Ungefähr zehn Minuten nachher marschierten er und der Reglinger stolz und mannhaft, mit umgehängtem Gewehr und weißblauen Armbinden durch den Vorgarten auf die Straße.

»Dobler!« plärrte der Reglinger laut durch die offene Ladentür: »'s Gwehr umghängt und raus do!« Inzwischen holte der Mesner alle wehrhaften Männer aus den Häusern. Zum Schluß stand der Haufe mitten auf dem Dorfplatz, und der Bürgermeister heftete jedem eine solche Armbinde an. Er war voller Eifer und kommandierte wie ein schwadronierender Feldwebel.

»Jetz werd' ausgraamt ... Keinen Pardon gibt's nimma!« brüllte er ein um das andere Mal und schimpfte alsdann wieder: »Herrgott, wo bleibn's denn, dö langweiliga Kerl! Marsch, Marsch, zuawa do!«

Er teilte mit, daß in einer Viertelstunde ein Bataillon Regierungstruppen ankomme und die »Parade« abnehme.

»I hob scho recht g'habt, daß i gschossn hob! Mit dö rotn Hund derf ma koane Umständ macha!« verteidigte er sich überheblich und schaute dabei auf den Dobler. Jetzt hörte man klingendes Spiel, und wie das schon ist, in alle Mannsbilder kam ein militärischer Geist. Der Mesner lief den heranziehenden Regierungstruppen entgegen, die wiederum beeilten sich und stießen bald auf den Dorfhaufen.

»Halt! Kehrt Euch! – Gewehr ab!« kommandierte der geschnürte Offizier mit krächzender Stimme und dann: »Rührt Euch.« Die Leitelfinger standen erwartungsvoll da. »'n Taach! Sind Sie der Bürgermeister?«

»Jawohl, Herr Hauptmann, jawohl!« antwortete der Reglinger eifrig und stand stramm.

»Ist was Verdächtiges im Dorf ... Ein Roter?« erkundigte sich der Hauptmann scharf.
»J-ja-jawohl, Herr Hauptmann ... Wir wolltn grad selbst eingreifn!« sagte der Bürgermeister beflissen laut, daß die Leitelfinger erstaunt auf ihn glotzten.
»Soso! Wo denn?« überstürzte sich der Offizier fast, zog eiligst seinen Revolver heraus und schrie: »Marsch! Vier Mann vor! Mir nach! Marsch!« Im nächsten Augenblick schon rannte er mit seiner Mannschaft und dem Bürgermeister auf die Stuberbühlervilla zu, hinterher trotteten halb erschreckt und halb neugierig die Leitelfinger Wehrmänner, fingen dann auch zu laufen an, durchs Gartentürl, bis zur verschlossenen Türe.
»Auf da!« schrie der Offizier und befahl schneidend: »Sofort Haus umstellen! Marsch, marsch!!« Die Dörfler taten, wie ihnen geheißen. Ein Soldat schlug, nachdem von innen keiner angab, mit dem Gewehrkolben die Türe ein, schußbereit hielt der antreibende Hauptmann seinen Revolver. »Wenn sie fliehen, sofort schießen!« brüllte er der Dorfwehr zu, einer gab's dem anderen weiter, jeder richtete schon sein Gewehr. Diejenigen, die noch bei den eindringenden Soldaten standen, machten es genau so, und nach wenigen Minuten drängte sich Mann um Mann ins Haus. Aber, sie hätten sich gar nicht so drohend anzustellen brauchen – die seltsamen Drei waren nirgends aufzufinden, totenstill lag jeder Raum da. Wütend riß der Hauptmann alle Schubladen heraus, warf die Stühle um, stieß mit dem Säbel in die Tapete und riß sie mutwillig herunter. Die Soldaten schnüffelten nicht weniger. Das einzige, was man fand, waren etliche Flugblätter des Zentralrates und ziemlich zerlesene Broschüren. Zuletzt stand der Herr Hauptmann, umgeben von den Soldaten und den Dörflern, in der durchwühlten Stube und knirschte, indem er sein Monokel fester ins Auge klemmte: »Bande, feige!«
»Äh-ä-ä, hat wer die Leute gekannt? ... Wer weiß was davon?« fragte er und nach einem ganz kurzen Stocken sagte der Reglinger:

»Jajawohl, Herr Hauptmann, beim Dobler waren sie fast jeden Tag.«
»Dobler? ... Wer ist das?« hob der Offizier das Gesicht und maß den vortretenden Konditor streng: »So! Bei Ihnen? ... Sie sind Konditor! Ja? ... Da war dieses Pack öfter ... Sie haben sich auch immer länger unterhalten mit der Bande, was?« Er trat sehr hart und überheblich vor den kleinen, ruhigen Mann: »Was ist denn da immer gesprochen worden, hä? ... Na, wie war's?«
Sonderbar, rundherum schauten jetzt die Leute auf den Konditor, dem und jenem verschlug es förmlich den Atem.
»Von Biichern is g'redt wordn, Herr Hauptmann ... I könnt eingtli sunst nix weita sogn drüba ... Sie hobn iahna Sach' zoit -«, antwortete der Dobler unmilitärisch: »I bin G'schäftsmann! ... Wos mei Kundschaft macht, kümmert mi nix.«
»Soso, soso - und bloß zu Ihnen sind die Leute immer gekommen?« forschte der Hauptmann aufdringlich weiter und maß den Dobler schon wieder so herausfordernd: »Und was waren denn das für Biiiicher, hm ...? ... Hm, Meister? ... Komisch, daß die Bande in sonst keinem Haus verkehrt hat! ... Da war doch auch so ein Frauenzimmer dabei, hä?«
Der Dobler wurde auf einmal flughaft rot vor unterdrücktem Zorn. Er war kein Mensch, dem man etwas Unrechtes nachsagen konnte, hatte den Krieg mitgemacht im härtesten Schützengraben. Er spürte die Beleidigung zu deutlich.
»Herr Hauptmann, mir is's gleich wia a Mensch is«, sagte er fester: »Wenn Sie a Gschäft hätt'n, machertn Sie's gnau so ...«
»Was!!« fuhr der Militär schroff auf: »Wasss? ... Sie scheinen mir ja schon der rechte Bruder zu sein!« Er wandte sich gezuckt an den Bürgermeister: »Wie konnten denn die Leute wissen, daß wir schon so nah waren ... Hat sie jemand drauf aufmerksam gemacht?«
Der Reglinger wurde jäh blaß und stockte. »Neamd, Herr Hauptmann ... Sie san ja sonst in koa Haus kemma«, brachte er erst nach einer Weile heraus. Es klang ziemlich tonlos.

»So! ... Herr Dobler? ... Haben vielleicht Sie was gesagt, hä! Antwort!« schrie der Offizier und wölbte sich auf wie gebläht.
»Nein! ... I net!« gab der Dobler stumpf an.
»Aba, daß'd mit dö Rotn guat umspringa host kinna, dös sell hot ma gsehng, wia i ausn Haus geschossn hob«, sagte jetzt mit einem leisen, hämischen Unterton der Bürgermeister zum Konditor, und sofort erkundigte sich der Hauptmann eifrig über den Vorfall. Alle Leitelfinger waren inzwischen in die Stube gekommen und schauten dumm und stumm drein.
»Er hot ja *dir* helfa woin, Bürgamoasta«, brachte der Wieseder endlich übers Herz, aber der Offizier fuhr ihn sofort scharf an: »Maul halten!«
Der Bürgermeister erzählte gewiß alles der Wahrheit gemäß, aber der Ton macht schließlich die Musik, und in solch gespannten Augenblicken kann ein Wort alles verderben.
Der Dobler war so voller Zorn, daß er kein Wort mehr herausbrachte. Weiß wie die Wand war sein Gesicht. Auch den meisten Dörflern gefiel dieses Berichten nicht, aber hol der Teufel das Militär, es regiert ohne Einsicht. Da ist man am besten still.
»Hm, also, er hat mit den Roten verhandelt, und sie haben nachgegeben ... Kameraden, hat er zu ihnen gesagt, soso«, meckerte der Hauptmann und wandte sich wiederum an den Dobler: »Kameraden, haben Sie gesagt, ja?«
»Ja«, quälte der Dobler aus sich heraus. »Wenn's gschossn hätt'n, waar dös größte Unglück rauskemma.«
»Jaja-ja«, brummten einige Leitelfinger. »Maul halten!« schrillte es ihnen schon wieder entgegen.
»Sie sind ein Roter!« plärrte der Hauptmann. »Einer von der Bande!«
»Nein, das bin ich nicht!«
»Jawohl!« brüllte der Offizier noch erregter und gab dem Dobler plötzlich einen wuchtigen Stoß, daß er zurücksank. »Lügen auch noch, feiger Schweinehund!«

»Ja-ja, jetz dös –«, murrten mehrere Dörfler stockend.
»Weg da … Hinaus da, marsch!« peitschte der Befehl, und wie verängstete Schafe drängten die Wehrmannen sich aus der Stube. Der Dobler wischte sich das Blut mit dem Ärmel aus dem Gesicht. Gerade in die Zähne hatte ihn der Hauptmann gestoßen.
»Herr Bürgermeister, Sie bleiben da … Und *Sie* auch!« sagte der Offizier und riß den Konditor zurück. Er drehte sich zu den Soldaten und befahl: »Der wird abgeführt.«
»Zu Befehl«, klang's dumpf zurück. Die Stube war sozusagen gesäubert. Nur der Hauptmann, die Soldaten, der Bürgermeister und der Dobler standen noch drinnen.
»Bürgamoaster, dös –«, wollte der Konditor endlich anfangen.
»Fresse halten, Kerl!« schnitt ihm der Hauptmann das Wort ab und hob schon wieder den drohenden Arm. Da auf einmal fing der kleine Mensch zerstoßen zu weinen an, so unbegreiflich schmerzhaft heulte er, daß sogar die Soldaten eine Sekunde lang wie gelähmt stehen blieben. Dem Bürgermeister schlotterte der Schreck alle Glieder und hastig, fast flehend sagte er: »Nana, na, Herr Hauptmann, da Dobla is oiwai a richtiga Mensch g'wen, na-na, dö-dös –.« Der Offizier schnitt mit einer kalten Handbewegung diese Einwürfe ab, und verbindlich lächelnd sagte er: »Schon gut! Gut, Herr Bürgermeister, gut, gut!« Ärgerlich über die Unschlüssigkeit der Soldaten kommandierte er scharf: »Dobler! … Marsch, vorausgehn!« Der Konditor hatte sich gefaßt, wandte sich hölzern um, machte ein, zwei, drei Schritte, einen furchtbaren Knall tat es, und der Getroffene brach mit einem abgerissenen Schrei wie abbrechend nach hinten, dann sackte seine Gestalt in gestreckter Länge nach vorne und fiel dumpf krachend auf den Boden des Hausganges.
»Ho! … In Gottwilln!« stieß der Bürgermeister fassungslos heraus und fiel fast um. Der Dobler warf sich noch etliche Male und blieb starr liegen. Das warme Blut rann kleinfingerdick aus seinem Hinterkopf über den Hals herab und bildete eine dunkle Lache auf dem

glatten Steinboden. An der offenen Haustüre drängten sich die verwirrten Leitelfinger und glotzten starr aus ihren käsweißen Gesichtern.

»Erledigt! Marsch!« rief der Offizier schneidend und steckte seinen Revolver in die Gurttasche. Die Soldaten stampften vor ihm her, ins Freie. Die Leitelfinger wichen zurück. »So geht's mit den roten Hunden!« sagte der Hauptmann kühn und marschierte mit seinem Trupp aus dem Garten. Gleich darauf zog das Bataillon mit klingendem Spiel ab.

Lange wußten die Dörfler nicht, was sie tun sollten. Sie standen einfach da und schauten. Drinnen in der Stube hockte der Reglinger und weinte zerstoßen. »We-e-henn i dös gwüßt hätt! ... Weehenn i dös gwüßt hätt!« plapperte er in einem fort und wurde immer wirrer.

»Hm ... Je-etz sowos! ... Hm, scheißli, scheißli, hm«, machte endlich der Wieseder. »Wega nix und wieda nix. Dös-dös san Metzga! ... Mit dö Rotn host redn kinna ... Hm, aba dö bringa an jedn um, hm-hm!« Und dann trugen er und der Ederer den toten Dobler zu seiner Mutter vor. Man kann sich denken, wie die verzweifelt war.

Lange Zeit ging das Grauen im Dorf herum. Wirklich, wenn ein Soldat auftauchte, zitterte jeder. Insgeheim hat es oft geheißen, der Reglinger habe sich bloß geärgert, weil damals bei den Roten der Dobler nicht so feig davongelaufen sei wie er, und habe dem armen Teufel eins auswischen wollen. So sei das ja immer auf der Welt: Zuerst ein Held sein und im nächsten Augenblick das Gegenteil davon werden müssen, besonders wenn alle Leute es sehen, das verwinde ein Mannsbild absolut nicht. Aber daß alles so – so furchtbar hinausgehe, das habe doch kein Mensch und der Reglinger sicher auch nicht gedacht. –

Kommt die alte, eisgraue Doblerin wirklich einmal auf die Sache zu sprechen, so schließt sie meistens mit den bitteren Worten: »So san d' Leit ... Um Gottswilln, hilf ja koan! ... Scho in der Stund drauf is er imstand und bringt di selba um!«

Aus der Stadt

Die Siedler

I.

Der stöhnende Aprilwind kreiste auf den verlassenen Plätzen, fegte durch Straßen und Gassen, drückte sich pressend an die hohen Hauswände und heulte wütend um jede Hemmung, die sich ihm entgegenstellte. Es war, als fahre er durch eine riesenhafte Ruine. Die Fensterläden quietschten, die kahlen Bäume bogen sich ächzend, gelockerte Dachziegel klapperten, fielen krachend hernieder auf den nassen, schmutzigen Asphalt und zerbrachen wie auseinandersplitternde Geschosse. Ab und zu warf der Wind eine dicke Regensäule schief über die Dächer. Sie glitt ab und ergoß sich wie ein klatschender Wasserfall in den tiefen Schacht der Straße. Da und dort sah man fortgezerrte Menschen mit fliegenden Röcken und Mänteln, den Kopf eingeduckt und Brust oder Rücken gegen die anstürmende Windwelle stemmend, mit umgekehrten, zerflatternden Regenschirmen raufend. Sonst war es leer und still, die Rolläden der meisten Auslagen waren herabgezogen, keine Elektrische fuhr, nur hin und wieder flitzte ein Auto vorüber, und die trüben Fenster der Häuser schauten gleich hohlen, viereckigen Augen ohnmächtig in den tristen Regentag hinein.
Es war um die Zeit der sogenannten »ersten Räterepublik«. Im Rathaus und im Landtag berieten die Parteien und Ausschüsse in einem fort. Ratlosigkeit und Unsicherheit gingen um. Der Bahnverkehr stockte, Streiks tobten, die Geschäftswelt war in tausend Ängsten, vor den Brotläden stauten sich lange Reihen und krakeelten mürrisch, die ganze Maschinerie des täglichen Getriebes schien aus den Fugen, und ein ungeheurer Druck lag über der Stadt. Selbst der Unbeteiligte spürte den Schrecken des herannahenden Hungers. Draußen auf den vielen Straßen und Sträßlein des flachen Landes trieb kein Viehtransport mehr dahin, holperten keine watschelnden Milchfuhrwerke mehr zur nächsten Bahnstation. Jäh, fast von einem Tag auf den andern gab es keine Milch, keine Butter,

kein Ei und kein Fleisch mehr. Auf dem Güterbahnhof standen die leeren Waggons zu Dutzenden auf den angerosteten Schienen, die weiten Hallen gähnten schaurig leer, der Schlacht- und Viehhof lag still, und verlassen dehnten sich die sonst stets belebten Marktplätze aus.
Die Bauern lieferten nichts mehr. Das unbeständige Hin und Her der Regierung, die verhetzende Agitation der Parteien hatten sie rebellisch gemacht, sie streikten aus reiner Ungeduld und Wut über dieses Durcheinander. Sie wußten eigentlich nicht einmal genau gegen wen und weshalb und dachten auch nicht weiter darüber nach. Die Stadt sah sich mit einem Male verlassen.
Damals trafen sich in einem unfreundlichen Nebenzimmer eines versteckten Gasthofes sechs junge Menschen – linke Leute sozusagen, aber keiner bestimmten Partei zugehörig – und redeten lebhaft ineinander. Alle waren nachlässig gekleidet, etliche trugen braune oder schwarze Russenkittel und jeder gab sich betont proletarisch. Auffallend männlich war das einzige weibliche Wesen dieser Gesellschaft aufgemacht, die tituskopfige Studentin der Chemie Agathe Liebentritt aus Breslau. Es war schwer, auf den ersten Blick ihr Alter herauszufinden, je nachdem, sie konnte ebensogut zweiundzwanzig oder dreißig alt sein. Man nannte sie hier »Bumerang«, und diese Bezeichnung paßte sehr gut zu ihr. Alles an ihr war strotzend gesund, ihr kugelrundes, braunes, munteres Gesicht mit den lebhaften stahlgrauen Augen und ihre derb geformte Figur schienen viel zu vertragen, und – wirklich – man gewann, wenn dieses Menschenkind nicht gerade zufällig eine etwas lehrerinnenhafte Miene machte, den Eindruck: »Wirf sie hin und her und wie immer, sie kullert stets wieder in die alte Haltung zurück.«
Dann waren zwei Studenten der Nationalökonomie da: Adalbert Heinersdorf, ein großer, starkknochiger, blonder Fabrikbesitzerssohn aus dem Rheinland und der bürgerlich gekleidete, etwas angefettete Rudi Felting aus Halle mit einem nüchternen, nicht unsympathischen Allerweltsgesicht. Außer ihnen saß der rothaa-

rige, magere, kribblige, hornbebrillte Philologe Kurt Karlsberg am Tisch, dessen Vater im Oldenburgischen Oberlandesgerichtsrat war, und endlich der etwas bucklige, strohblonde Berliner Friseur Peter Mudicke und der stellungslose Buchdrucker Heinrich Bestlbacher, ein schlampig-gutmütiger Bursche, vervollständigten den Kreis.

Die kleine Kameradschaft nannte sich »Die Siedler«, und heute war ihr großer Tag. Vor ungefähr einer Woche nämlich waren Heinersdorf, Bestlbacher und der Bumerang als Deputation im Landtag, beim Sozialministerium, gewesen und hatten mit bewegten Worten eine sorgfältig ausgearbeitete Denkschrift abgegeben, in welcher bereits auf die drohende Gefahr eines Lieferstreiks der Bauern hingewiesen wurde und dementsprechende Maßnahmen enthalten waren. Die hitzigen Politiker aber hatten die drei gönnerhaft wohlwollend abgewiesen.

»Und jetzt? Jetzt haben wir recht behalten!« konnte darum heute der Bumerang mit einigem Stolz sagen. Auf allen Gesichtern leuchtete ein flüchtiger Triumph auf.

»Und die Dussels mit ihrer politischen Oberlehrerweisheit sitzen in der Tinte«, vervollständigte Felting. Dann erhob sich Heinersdorf mit sichtlichem Ernst und es wurde ruhig.

»Genossen!« rief er, wurde aber sogleich von Karlsberg unterbrochen.

»Genossen ist auch bloß ein leeres Schlagwort!« meinte dieser eifrig und dozierte weiter: »Es ist notwendig, sehr notwendig, daß wir uns von derartig inhaltlosen Phrasen freimachen! Wir sind auch gar keine Genossen! Wir –«

»Hoho! Quatsch! Was denn sonst?« fuhren alle auf und schauten leicht verärgert auf den Störenfried, der in einem fort seine kleinen, entzündeten Augen hinter der Brille aufriß und wieder zudrückte.

»Wir sind Kameraden! Gerade wir als Intellektuelle unterscheiden uns –«, wollte er weiterreden. Die anderen jedoch litten es nicht mehr. »Reine Wortspaltereien! Echt Karlsberg! ... Was heißt hier

Intellektuelle? Wir sind alle Sozialisten, basta!« rügte Heinersdorf barsch, fand allenthalben Beifall, wollte weiter mit seinem Referat, indessen Karlsberg rechtfertigte sich schon wieder mit leisem Spott: »Jaja natürlich! Bloß keine Klarheit! Genau wie im Landtag!« Er wurde niedergeschimpft. Die Gereiztheit der anderen war nunmehr schon feindselig.

»Himmelherrgott, so halt doch endlich dein Maul! Andre möchten auch reden!« wütete ihn Bestlbacher fast bedrohlich an. Karlsberg schwieg, wiegte wie überlegen fort und fort seinen birnenförmigen Kopf hin und her und verzog seine Mundwinkel ironisch.

»Ich bin dafür, daß die Anrede ›Genosse‹ bleibt! Wir sind – ich denke doch – ohne Ausnahme proletarische Sozialisten, fertig!« sagte der Bumerang forsch und stellte damit die Ordnung wieder her. Heinersdorf öffnete bereits seine Lippen wieder, doch Mudicke fuhr noch schnell dazwischen und rief treuherzig: »Vazeihung! Det es nich wieda so unliebsame Zankereien jibt ... Ick meechte übahaupt vorschlajen, det Heinersdorf die Führung übanimmt!«

»Richtig! Sehr gut! Einverstanden! Akzeptiert!« zollten mit Ausnahme Karlsbergs alle Beifall, und Mudicke wurde rot. Hingegen –

»Führung? Die Führung?« erklärte Heinersdorf sanft, aber mit verhaltenem Stolz: »Nein, Genossen, in der sozialistischen Gemeinschaft darf es keinen Führer geben ... Ich kann nur ausführendes Organ eures Gesamtwillens sein ... Gut, wenn ihr mir das Vertrauen entgegenbringt, ich übernehme gern die notwendige Funktionärarbeit, aber –«

»Jetzt quatsch doch nicht! Jetzt bist du beinah wie Karlsberg!« ärgerte sich Felting und stand plötzlich ungeduldig auf: »Also Genossen, das Geld ist da! Wir haben es aufgetrieben! Wir können anfangen!« Er deutete auf Heinersdorf: »Bert und ich haben auch bereits einen Gutshof angesehen, der zu verkaufen ist und für unsere Zwecke taugt ... Nun sprich du weiter, Bert!«

Diese Nachricht entfesselte einen richtigen Jubel in der kleinen Schar, alle Augen leuchteten noch einmal so lebhaft, Bravorufe hörte man. »Glänzend! Famos! Wie habt ihr denn das nur angestellt?« fragte Karlsberg dazwischen und wurde überhört. »Mensch, schnieke! Dufte!« freute sich Mudicke herzlich, und endlich konnte Heinersdorf berichten.

Schon kurz nach dem Ausbruch der Novemberrevolution hatten sich die »Siedler« zusammengefunden und vertraten überall ihre Ideen. Sie erstrebten die gerechte Aufteilung von Grund und Boden und gingen dabei von der einsichtigen Erwägung aus, daß – um das Landvolk für den Sozialismus zu gewinnen – möglichst viele Sozialisten Bauern werden müßten. Dadurch, so sagten sie sich, könnte erstens einem großen Teil der Bevölkerung aus der Not geholfen werden, zweitens sei es, wenn eine derartige Siedlungswirtschaft nur großzügig genug betrieben würde, unmöglich, die Revolution in den Städten durch Lieferungsstreiks der Bauern aufzuhalten, und endlich drittens verspreche gerade eine solche Maßnahme die schnellste Gesundung unseres Volkes und eine unblutige Änderung unserer derzeitigen Gesellschaft. »Wir sagen nicht: Zurück zur Natur, wie etwa weltfremde Romantiker«, hieß es in dem ersten Flugblatt der Siedler: »Wir fordern: Vorwärts, dem Sozialismus entgegen, indem wir die Kräfte und Gegebenheiten der sogenannten Natur nutzbar machen.«

Die Zeit war günstig. Damals glaubte mancher Reiche wirklich an den nahen Untergang seiner Klasse und zitterte um seinen Besitz. In seiner Not suchte er nach einem Ausweg aus dem Schrecken, und da entdeckten viele ihr sozial empfindendes Herz. Urplötzlich verspürten all diese guten Leute den listigen Drang, auch etwas für die allgemeine Menschheitsbeglückung tun zu müssen und faßten dies als eine bequeme Art von Loskaufen auf. Heinersdorf und Felting als Söhne besserer Leute, als »unblutige Sozialisten«, fanden schnell Eingang in die besten Salons der Stadt, predigten mit größtem Eifer ihre Ideen und erhielten endlich große Summen zur Begründung einer Siedlung auf rein sozialistischer Grundlage. Das Geld hatten sie nun.

»Nun handelt es sich aber vor allem darum«, fuhr Heinersdorf fort: »Wer ist bereit, ohne Entlohnung, aber natürlich gegen Gewinnbeteiligung, landwirtschaftliche Arbeiten zu machen?« Er schaute in die erhitzten, begeisterten Gesichter rundum.
»Und vor allem – wer *kann* überhaupt solche Arbeiten? Zum Beispiel mähen, säen, melken, düngen, dreschen und Pferde pflegen und so weiter?« warf Felting ein. Offen setzte er dazu: »Ich hab keine Ahnung davon, aber wenn mich jemand anlernt –«
Die Gesellschaft schwieg eine kurze Weile.
»Ach was, das wird sich doch lernen lassen!« meinte der Bumerang zuversichtlich.
»Denk ick ebn ooch!« schloß sich Mudicke an. »Mit de Rösser meecht ich schon halbwegs fertig werden«, sagte Bestlbacher. So ging das ein bißchen benommen hin und her.
»Das Wichtigste, scheint mir, ist doch, daß wir von Anfang an eine erträglich menschliche Beziehung zu den Bauern bekommen«, rief Karlsberg superklug und wohlgesetzt.
»Das auch, das auch ... Natürlich«, bestätigte Heinersdorf nur ungern. Die anderen hörten nicht auf den mißliebigen Schwätzer. Man überlegte und besprach alle Möglichkeiten. Heinersdorf und Felting schlugen vor, für die erste Zeit Dienstboten zu nehmen, die jedem das Nötige beibringen sollten. Gleich war Karlsberg wieder auf dem Plan.
»Aha! Aha!« rief er spitz: »Also verschleiertes Unternehmertun! Nee, nee, da kann ich nicht mitmachen! Mich kriegt ihr zu so einer Kompromißwirtschaft nicht.«
»Na, denn nich!« knurrte Mudicke kalt: »Denn nich!« Man sah, er war ganz verärgert, weil der Krittler einem jeden die Freude verdarb. Auch Felting machte kurzen Prozeß und sagte grob: »Gut, du kannst ja wegbleiben ... Wir zwingen keinen!« Der Student phil. Karlsberg erhob sich und ging schnurstracks davon. Er glaubte wahrscheinlich, die Genossen seien durch diesen raschen Entschluß verblüfft, aber keiner hielt ihn zurück. Im Gegenteil, als er

draußen war, sagte der Bumerang wie erlöst: »Gott sei Dank, den Quengler haben wir los!«
Man kam jetzt viel schneller zu einer Einigung. Die Dienstboten seien einfach auch Genossen, meinte Heinersdorf, man müsse sie langsam »reif machen für den Sozialismus«. Alles wurde gut geheißen.
»Mensch, det wird ja fein! Schnieke! Du wirst unsre Jutsfrau!« klopfte Mudicke dem Bumerang auf die Schultern und lachte selig. Man beschloß, den Bauernhof zu kaufen und sofort zu beginnen. Heinersdorf und Felting erhielten – wie man es nannte – die Exekutive.
»Wo ein Wille ist, da ist auch ein Weg!« zitierte Heinersdorf ein wenig getragen, und mit schöner Geste schloß er: »Es wird und es muß gehen!« Man zahlte und erhob sich.
»Das Melken lern ich ... Das übernehme ich«, sagte der Bumerang, als man ging.

II.

Wenngleich es in den darauffolgenden Tagen in der Stadt wieder sehr heftig rumorte, die Siedler kümmerten sich nicht um die Ereignisse. Unabhängige und Sozialdemokraten hatten eine Räterepublik ausgerufen, aber das ganze Gebilde hing gewissermaßen nur in der Luft. Die Kommunisten versagten ihre Mitwirkung, kein Mensch richtete sich nach den Anordnungen der Ausschüsse, die Bevölkerung war verwirrt, ruhebedürftig und teilnahmslos. Ein heilloses Durcheinander herrschte. »Einigung, Sammlung zu sozialistischer Aufbauarbeit!« forderten die fettgedruckten Kundgebungen der augenblicklichen Machthaber. »Kampf gegen die Scheinräterepublik, Generalstreik!« wollten die Kommunisten. Hunger, Elend und Not gingen um, man war des Hin und Hers müde, die Betriebe arbeiteten teilweise, und sogar der Bahnverkehr wurde wieder halbwegs aufgenommen.
Diese günstige Gelegenheit benützten die Siedler, um ihren Plan in

die Tat umzusetzen. Eines Tages fuhren Felting, Heinersdorf, der Bumerang und Bestlbacher aufs Land, um den Bauernhof noch einmal anzuschauen und zu kaufen. Außer ihnen saßen nur noch ein Viehhändler, eine alte Bäuerin und ein Manufakturwarenreisender im verlassenen, schmutzigen Wagen. Nach dem vielen Regen hatte sich der Himmel etwas aufgeheitert und friedensfreundlich lagen draußen die Felder, Äcker, Wälder und Dörfer. Die vier Siedler waren munter und unterhielten sich laut und lebhaft.
»Du mußt reden ... Wir sagen dir schon alles«, sagte beispielsweise der Bumerang zu Bestlbacher: »Dich verstehen sie am ehesten ...«
Der Österreicher nickte und lächelte ein wenig: »Jaja, i wer scho ferti mit dö Rammin ...«
»Herrlich! Wunderbar! ... Seht doch mal die kleinen Häuser da, wie putzig! Und das niedliche Zwiebeltürmchen!« deutete Heinersdorf glücklich durch das Fenster und erzählte: »Das Haus ist übrigens sehr geräumig ... Jeder kann sein Zimmer für sich haben, die Stube wird Gemeinschaftsraum ... Der Ort ist nicht groß. Ziemlich weit weg liegt der Hof ... Der Besitzer heißt eigentlich Ignaz Lochner, aber man muß nach dem Mattelhauser fragen ... Das ist hier auch so eine komische Eigenart ... Das Haus heißt immer anders als der Besitzer ...«
Bei diesen Worten hob die Bäuerin nebenan ihren kleinen Kopf und murmelte freundlich: »Beim Mattlhauser? ... Ja, dös is a oit's Haus ... Der Lochna hot's aa erscht zwoa Johr ... Er möcht ja scho oiwai in d' Stadt eini ... Mehra Grund müassert hoit dabei sei, nachha waar's scho ehnder wos ...«
Die Siedler schauten fragend auf das Weiblein. Bumerang, Felting und Heinersdorf machten lächelnd überlegene Gesichter, wahrscheinlich weil sie den Dialekt so hübsch gefunden hatten. Der Bestlbacher verdeutschte ihnen alles und rückte näher an die Alte heran.
»So? ... Wenig Grund ist dabei?« fing er das Ausfragen an, wollte wissen, was der Lochner für ein Mensch sei und wieviel Kühe und

Rösser im Stall stünden, ob das Haus gut beisammen wäre und so weiter.
»Der Lochna? Jaja, dös is koa unrechta Mensch, na, na gor it... Aba hobn tuat er hoit nix ... Seine zwoa Küah ghörn an Juda Schlesinga«, gab die Alte bereitwillig Auskunft: »Er mächt oiwai scho gern a der Stodt drinn a Kramerei ... D' Baurnarbat gfält 'n gor it aa...« Und alsdann fing sie eine lange und breite Geschichte an, wem das Haus schon allen gehört habe und von jedem Besitzer erzählte sie wiederum eine Geschichte, auf das Dorf Tuffing kam sie zu sprechen und auf ihre Angelegenheiten, kurzum, bloß nichts vom Mattlhauserhof sagte sie. Der Bumerang und die zwei anderen Norddeutschen verstanden kein Wort, und dem Bestlbacher gefiel dieses Erzählen allem Anschein nach recht gut. Er unterhielt sich aufs beste mit der Alten. Hinten der Viehhändler hatte das Gesicht erhoben und schaute unvermerkt schnüffelnd auf die Siedler. Das Land draußen kreiste, dreckige Sträßlein und trübe Bäche zogen durchs leichte Grün, ab und zu tauchte ein Fuhrwerk auf und plötzlich gab es einen scharfen Ruck. »Tuffing!« schrie der Bahnmeister draußen und der Zug stand.
»Jajajaja, jetz san ma ja glei gor scho do ... Jajaja, is dös jetz schnell ganga!« plapperte die Alte, nahm umständlich ihren riesigen Schirm und die ramponierte Segeltuchtasche und stieg hinter den Siedlern aus.
Weit weg von den Bahnhofsgebäulichkeiten, zwischen flachen Feldern, lag das schläfrige, langhingestreckte Dorf. Der Perronbeamte und die wenigen Leute, die ausstiegen oder herumstanden, schauten halb neugierig und halb mißtrauisch auf die vier Stadtmenschen.
»No«, fragte der Melcherfranzl, der ein Kistchen für den Kramer Nitzl abholte, den Viehhändler: »Wos san denn jetz dös für oa? ... Da bringst ja aa sauberne Gratlerbandi mit, Peterlochner ...« Der also Angeredete aber lugte in einem fort interessiert auf die Siedler, die, nachdem ihnen das alte Weiblein Auskunft gegeben hatte,

nunmehr auf der holperigen, ausgefahrenen Straße eilsamer weitergingen.

»No!« mußte der Franzl noch einmal sagen: »Host scho wieda amoi an fremdn Weiberrock derspecht, Bazi, schlechter! ... Kennst ös it, dö Bagaschi?«

»Dö kaafa bein Mattlhauser ... Do muaß i glei noch!« gab endlich der Viehhändler Peterlochner Antwort, und – schwupp – war er weg. Eine Wurfweite vor dem Dorf holte er die Siedler ein und fing geschickt ein Gespräch mit ihnen an. Schon nach wenigen Minuten wußte er Bescheid und mit einer Kulanz, die einem firmen Ladenschwengel alle Ehre gemacht hätte, bot er sich als Mittelsmann an.

»Dö Herrschaftn braucha koa Angst nicht haben«, plagte er sich zu einem verständlicheren Hochdeutsch: »I kenn an jedn Baurn z' Tuffing wie mein Gilet-Tascherl ... Ich sag's grad raus, der Mattlhauser is froh, wenn er verkauft ... Wenn's derlaubt is, meine Herrschaftn? ... Wenn ich behülflich sein derfert, würd mir a Ehr sein ...«

Bumerang, Felting und Heinersdorf waren zwar, ihren Gesichtern nach, mit einer derart anbiedernden Vertrauensseligkeit gar nicht einverstanden, aber Bestlbacher kam sehr schnell mit Peterlochner überein und zerstreute durch sein rasches Anfreunden alle Bedenken seiner Genossen.

»Gut, meinetwegen«, sagte Felting, und viel entschlossener marschierten die fünf durch das Dorf. Wieder und wieder musterten die Leute sie, aber Peterlochner grüßte nach allen Seiten altbekannt und wurde wieder begrüßt. Das heimelte mehr und mehr an.

Der Mattlhauserhof war ein breitfrontiges Haus mit ziemlich flachem Dach. Alles machte einen verwahrlosten Eindruck. Die Fenster waren trüb, vielfach fehlten die Läden, da und dort hatte die Mauer Risse oder war stellenweise abgefallen, so daß die Ziegelsteine sichtbar wurden. Die Altane hing bedenklich schief, das Holz ihrer Planke war faulig, Zaun gab es keinen, vor dem Haus buckelte sich ein zerfressen grüner Wiesenplatz, drauf standen zwei große

Eschen. Vor der Haustüre war die Hundehütte. Eine halbgroße Dogge stürzte sofort daraus und riß wild bellend an der Kette, als die Fremden ansichtig wurden. Die Siedler blieben erschrocken stehen und bewunderten Peterlochner nicht wenig, der sofort munter auf das Vieh zuschritt, etliche befehlende Laute herausstieß und alsdann unangefochten an der verschlossenen Haustür rüttelte.

»So ein Hundevieh! Pfui!« murmelte der Bumerang noch immer ängstlich: »Hm, immer noch knurrt es.« Peterlochner bückte sich nach einigem vergeblichen Rütteln auf das erste niedere Fenster hin, sagte: »Scheint scho wieda dö ganz Blosn woaß Gott wo z' sei!« und schrie plötzlich: »He, Oite! Ja . . . Wo is er denn, der Bauer, ha?« Ein zerknittertes Altweibergesicht tauchte im Fensterrahmen auf, ein Flügel öffnete sich.

»Hintn is er, bei der Odlgruabn!« sagte die Alte und Peterlochner nickte etliche Male. Er richtete sich wieder hoch und drehte sich um. »Einen Moment!« rief er den vieren zu und verschwand hinter dem Haus.

Die Siedler, nun endlich ein wenig gefaßter, musterten unterdessen das Gehöft genauer. Ihre Blicke wanderten die Vorderfront auf und ab.

»Schön ist anders!« sagte Felting: »Aber – da läßt sich ja viel richten!«

»Groß ist's schon . . . Platz werden wir alle haben . . . Reichlich«, meinte der Bumerang.

»Noja, d' Bauern lossn ja eh nia wos richtn«, tröstete Bestlbacher, und Heinersdorf äußerte sich dahin, daß die herrliche Lage auch was wert sei. »Und übrigens – zweiundzwanzigtausend Mark mit allem Inventar, acht Tagwerk Grund und drei Wald? . . . Teuer ist das wirklich nicht . . . Mit dem anderen Geld können wir reichlich was ausbessern lassen«, schloß er, als eben Peterlochner mit dem Bauern auftauchte. Die beiden redeten heftig miteinander. Es klang teilweise wild und schimpfend, daß der Bumerang schnell murmelte: »Na, ein freundlicher Ton scheint hier üblich zu sein ... Ich danke schön.« Inzwischen waren Peterlochner und der Bauer herangekommen. Letzterer stank fürchterlich und war um und um mistbesudelt. Er verzog sein unrasiertes Schnurrbartgesicht freundlich und drückte jedem die Hand. Es gab keinen Ausweg, die Stadtmenschen mußten sich's gefallen lassen.

»Soso, jaja, grüaß Good ... Soso, jaja, i' kenn dö Herrn scho no«, sagte der Lochner leger: »Soso, nachha hobt's enk jetz dö Gschicht überlegt ... Ja, mei Hof is mir scho no feil ... Gehng ma nei und redn ma amoi drüba.« Und damit wollte er ins Haus.

»Ihr Hund, der Hund! Herr – Herr!« riefen Heinersdorf und der Bumerang zugleich und rührten sich nicht vom Fleck.

»Tja, ha! Der macht nix, gar nix ... Der buit bloß recht, aber wart's!« lachte der Bauer lustig und stellte sich vor die Hundehüttentür. Fluchtartig schier liefen die Siedler mit dem Viehhändler ins Haus. Dann kam auch der Bauer nach.

Schönheiten ließen sich da drinnen mit dem besten Willen nicht entdecken. In der niederen, düsteren, vollauf verrußten Kuchl hockte die Lochnergroßmutter und strickte umständlich an einem Socken, vor ihr auf dem Boden saß ein ungefähr einjähriges Kind mit verschmiertem Gesicht auf dem Topf und plärrte wie angestochen, unterm Tisch kroch ein älteres Kind und spielte mit der Katze, drehte sich, als die Fremden eintraten, schnell um und krabbelte unter das Kanapee, ein rissiger Kachelherd stand da, drauf krochen eine Unmenge Russen herum, in einer Ecke war ein Wassergrant, Milchkübel lehnten davor, das sonstige Mobiliar war sehr spärlich. Freundlicher mutete die geräumige, danebenliegende Wohnstube an. Vier Fenster hatte sie, rundherum lief eine Holzbank, ein heimeliger Kachelofen, auch wieder von einer Bank umsäumt, war da, und zerfranste, selbst gewebte Teppichstreifen lagen auf dem buckligen Boden. Freilich, man hatte den Eindruck, daß hier höchst selten ein Mensch saß, die Pendeluhr, die verschiedenen frommen Tafeln, die Todesanzeigen an einem rostigen Nagel und die Fen-

ster, alles war verstaubt und voller Fliegendreck. Wiederum neben der Stube war eine leere Kammer, in welcher etliches Saatgetreide auf dem Boden lag, in der Ecke lehnte ein Militärgewehr, an den Wänden an großen Haken hingen übereinandergestülpte Säcke. Die Speis neben der Küche roch nach Moder, der Keller darunter war feucht, ein Haufen Kartoffeln war da und ein fast geleertes Krautfaß. Oben waren vier Kammern mit Betten, lädierten Schränken, Heiligenbildern und sonstigem Mobiliar. Die Ehekammer enthielt auch noch einen wackeligen Glasschrank, in welchem allerhand uralte Nippessachen, patziges Porzellangeschirr und geweihte Wachsstücke, Rosenkränze und Meßbücher lagen. Dieser Raum war hell, wie überhaupt alle hier. Das ließ die Siedler etwas aufatmen, und im Geiste suchte sich sicher schon jeder sein Zimmer aus. Die Tenne gähnte leer, nur ein armseliger Stock Heu war noch da, aber »Noja, es geht ja scho a' Früahjohr«, meinte der Bauer. Eine verrostete Häckselmaschine, eine sogenannte »Windmühle« zum Reinigen des ausgedroschenen Getreides, ein ganz passabler Heuwender und zwei Wagen bildeten das landwirtschaftliche Inventar. Im Stall standen zwei magere Kühe und ein Kalb, den Ochsen hatte der Lochner draußen vorm Odlfuhrwerk, in der Hühnersteige waren augenblicklich nur zwei Hennen, die anderen gackerten vor der Tür, im Saustall war es leer und still. Wenn auch der Kuhstand für sechs Stück Vieh Platz hatte und wenngleich eine Roßplanke mit einer Heuraffe da war – der Stall war gut erhalten, aber merkwürdig leer. Hingegen da fing der Peterlochner wieder das erklären an: »Noja, er is ja a armer Notschnapper ... Er konn sich dös Vieh net hertoa, dös wo eigentlich dö herg'härert, aber dö Herrn werdn sich das schon eher einrichtn ... Der Stoi is ja pfenningguat ...«
»Das Vieh gehört Ihnen?« fragte auf einmal Felting den Bauern.
»J-ja-ja, freili«, antwortete der ein wenig unsicher.
»Host ös eppa an Schlesinger gor scho zoit? ... Red grod, Bazi!« fragte Peterlochner ihn. Der Bauer wurde verlegen und rot. Eine gespannte Pause entstand.

»Sie müssen das schon sagen ... Wir haben erfahren –«, wollte Heinersdorf mit sozialem Mitgefühl plädieren.
»Nana, meine Herrn ... Dö Sach is a so ... Er hot's von Judn Schlesinga auf Abzahlung ... Wenn Sie dös Viech übernehma, müassn halt Sie dö weiteren Verpflichtunga übernehma, oda – grod was Schöns is's ja net, dös Viech – oda der Schlesinga nimmts hoit wieda mit«, erläuterte Peterlochner den Käufern. Und gleich fing er fachgerecht das Hornabgreifen und das Euterbetasten an und minderte die Güte des Rindviehs arg.
»Meine Herrn, wann Sie mich do braucha ... Viech stell ich Eahna her, daß's a wahre Freud dran habn«, erbot er sich und setzte dazu: »An Viehhändla Peterlochner kennt ma als reell ...«
So, und alsdann endlich ging man wieder in die Stube zurück und fing das Handeln an.
»Meine Herrn!« sagte Peterlochner wiederum: »Sie hobn sich ja no gor net dö verschiedenen Grundstücke o'gschaugt ... Das tät ich Ihnen absalut noch rotn!« Also gut, man stolperte und streunte in der Gegend herum. Die Wiesen lagen weit auseinander. Auf einem Acker stand das Wasser. »Do kimmt a Woaz«, sagte der Lochner. Die Waldung war sehr stark gelichtet, viel Dickicht gab es und Birken, selten stand noch ein großer Baum. Auf dem letzten Feld stießen die Käufer auch auf die Lochnerin, die Mist breitete.
»So, Lochnerin ... Jetzt bringt's enker Sachi endli o! ... Dös san guate Leut, geh weita! ... Heunt werd nix mehr g'arbat, jetzt muaß der Handl echt g'macht werdn!« zog der Viehhändler die Bäuerin mit, und sie begannen den Heimmarsch.
Es gab noch ein heftiges Feilschen um den Preis. Eigentlich – wenn man es genau betrachtete – der Bestlbacher redete noch, aber im Grunde genommen handelten fast nur der Bauer und Peterlochner. Der Viehhändler machte seine Sache so geschickt wie ein gutbezahlter Advokat. Er fragte alle Augenblicke die Siedler, und schließlich war man einig.
»Zwanzigtausend Mark und dos Protakalliern zoin mir!« rief nun-

mehr Bestlbacher, als hätte er alles gemacht, und wiederum mußten die Siedler mit einem notgezwungenen Handschlag die Sache beschließen. Peterlochner ließ nicht locker. »Bleib'n S' do, meine Herrn!« redete er ewig und ewig auf die vier ein, als sie ins Dorf gingen: »Bleiben S' beim Wirt ... Dö Sach' is z' günstig herganga! ... Sie kenna dö Bauern net ... Bleib'n S' do und glei morgn muaß der Wirt einspanna und mir fahrn zum Protokolliern auf Langenberg umi ... Lassn S' Ihnen einen guatn Rat gebn, bleibn S' do!« Und er überzeugte. Die Siedler blieben beim Wirt Sterzinger über Nacht. Am andern Tag ging's zum Protokollieren nach Langenberg und - sowas hatten die Beamten, hatte der Peterlochner und Lochner noch nie erlebt - bare zwanzigtausend Mark zählte Heinersdorf, der als eigentlicher Käufer fungierte, auf den Tisch. Eine Stille war wie bei der Wandlung in der Kirche. Der Lochner unterschrieb zitternd die Quittung und griff schier behutsam nach den Scheinen. Er glaubte an dieses Wunder nicht und wachte erst recht auf, als der keckere Viehhändler sagte: »Nimm's nu! G'härn scho dei!«

Nachdem man auf dem Marktplatz stand, raunte der Bestlbacher dem Heinersdorf etwas ins Ohr. Der wiederum neigte sich seinem Kameraden Felting zu und zog den Bumerang heran. Der Lochner und der Viehhändler waren ein Stück weiter gegangen und sprachen lustig miteinander.

»Bestlbacher meint, wir sollten dem Herrn Peterlochner eine kleine Vergütung geben ... Der Mann war ja wirklich anständig«, sagte Heinersdorf halblaut und schaute auf seine Freunde.

»Ja, find ich ganz richtig! Zehn Prozent!« hastete der Bumerang forsch heraus. Felting war zwar auch der Meinung, machte aber eine rechnerische Miene und wurde sichtlich erleichtert, als Bestlbacher schnell hinsagte: »Nana, zehn Prozent, das ist naatirlich vüül z' vüül! So braucht ma mit 'n Göld grod net rumwerfa ... Paßt's aaf, i red mit dem Herrn ...« Und damit ging er vor zu den zwei anderen.

»Zehn Prozent find ich auch ein bißchen happig«, meinte Felting, mußte sich aber sofort einen Verweis vom Bumerang gefallen lassen, daß er eigentlich gar schnell wieder zum Kapitalisten werde, wenn es ums liebe Geld gehe. Froh waren alle drei, als Bestlbacher mit Peterlochner fidel und augenzwinkernd daherkam und arglos sagte: »Der Herr bringt uns zum Bahnhof ... Er ist so freindli ...«
»Sehr liebenswürdig!« sagten Heinersdorf, Felting und Bumerang begreifend.
»Geh no eini zon Untawirt, Lochna ... I bring dö Herrschaftn bloß auf d' Bahn ... I kimm nachha scho auf a'ra poor Maß!« wandte sich der Viehhändler zum Bauern. »Jaja ... Pfüad Good, dö Herrschaftn und an scheena Dank ... Pfüad Good beinand!« rief dieser den Davongehenden nach und trat in die Wirtschaft. Erst als sie völlig außer Sicht waren, wandte sich Heinersdorf beinahe herzlich an den Viehhändler und sagte vertrauensvoll: »Hör'n Sie, Herr Peterlochner, wir sind Sozialisten ... Wir möchten nicht, daß jemand für uns arbeitet und dafür nicht entlohnt wird ... Sagen Sie, wieviel dürfen wir Ihnen anbieten für Ihre liebenswürdige Vermittlerarbeit?« Peterlochner tat halbwegs verblüfft und spielte den Bescheidenen, aber das unentwegte Zuzwinkern Bestlbachers ermutigte ihn.
»Also, dö Herrschaftn san zu nett ... Nana, ich hob's gern to, weil i ja doch denk, daß Sie spaata 's Viech vo mir kaafa ... Nana, wos S' ma gebn ... Ich mog schier nix o'nehma, nana ... Aba, wia gsogt, wos S' ma gebn, mit dem bin i z'friedn ... I mächt net, daß Sie moana, i waar ausgschaamt ... I hob's ja gern to!« beteuerte Peterlochner in einem fort einnehmendst.
»Jeda Arwat sein Vadeanst ... Moch'n S' doch kaane Mais net!« ermunterte ihn Bestlbacher und lächelte. Heinersdorf hielt ein Bündel Banknoten. Peterlochner schaute zwar gierig drauf, aber er zögerte.
»Sind Sie mit zweihundert zufrieden? ... Sagen Sie's ruhig!« fragte Heinersdorf und wollte ihm das Geld geben, aber der Bumerang zog plötzlich noch drei Hunderter aus dem Bündel und fand keine

Gegenwehr. Mit geradezu zerplatzter Höflichkeit bedankte sich Peterlochner fort und fort und versprach, den Herrschaften in Zukunft in jeder Weise entgegenzukommen.
»Soozeaalistn sans?« sagte er so im Weitergehen: »Ja, wiss'ns, für sowos bin ja i oiwai scho g'wen ... Mit dö Großkopfertn muaß aufg'raamt werdn ...« Er ließ es sich nicht nehmen, er brachte die Siedler bis zum Zug und drückte jedem noch die Hand wie ein Kamerad. Heiter kam er zum Unterwirt, breit hockte er sich neben den Lochner. Der Bauer musterte ihn fort und fort listig, grad so als warte er auf etwas.
»So«, fing der Händler endlich an: »Jetz werst aba freindlichaweis außarucka mit meine tausad Mark Schmuh, Hundsbazi, schlechta! Her damit! ... Wenn i net gwesn waar, hätt'n s' dir koana zehntausad gebn für dei oite Kaluppn! ... Und bar hobn sie's dir aa no zoit ... Du konnst lacha! Aussa mit mein Geld!«
Der Lochner hob vielwisserlich sein Gesicht und lächelte kleinweis.
»Wos host d' denn nachha vo dö Schmuh kriagt, ha? ... Moanst, i hob's it g'spannt, Bazi? ... Mi drahst it o, Plaana, windiga!« murmelte er in seinen biertropfenden Schnurrbart. Das trieb den Peterlochner sofort in die Höhe.
»Wos? ... Du mächst zwicka? ... Tua di' fei ja net traun, gell! Mach mi fei ja net windi!« schrie er mordsmäßig, daß der dicke Unterwirt herbeikam und sich einmischte. »Hoho, hoho, nu langsam! Nu it glei so hitzi!« besänftigte der.
»Is ja wohr aa! ... A so a ausgschaamta Dreckhund!« polterte der Händler beleidigt und erzählte. Er war ein bärenstarkes Mannsbild und außerdem ein bekannter Messerstecher. Der Wirt fand es für richtig, zu vermitteln.
»Nana, ois's, wos rächt is, Lochna ... Wenn i bare zwanzgtausad Mark auf d' Hand kriagert, do tat i mi net o'schaugn lossn ... Handschlog bleibt Handschlog! ... Dös waar ja doch schiach, wenn bei üns heraußn aa scho d' Ehrlichkeit auslossert!« redete er dem zögernden Bauern zu.

»Gellja! Sogst ös aa? ... No aiso! ... A Schand und a Spott waar sowos!« bekräftete der Peterlochner und schrie den Lochner derb an: »An Dreck hob i kriagt vo dö feina Herrn! ... It wos Schwarz's untern Nogl is, hobn s' ma gebn ... Mi reut's scho lang, daß i so dappi gwen bin und hob's zu dir brocht! ... Himmikreizherrgott! Gib mein ausgmachtn Schmuh her, Hundling, nackerter!«
»Stad! Stad! ... Lochna, sei koa Schundniggl ... Zoi, sog i! Wos ausgmacht is, is ausgmacht!« rief der Unterwirt. Es stand wirklich auf Spitz und Knopf.
»Do! Daß a Ruah is! I mog it streitn!« lenkte endlich der Lochner ein und legte trübselig die tausend Mark hin.
»So! ... Und daß d' aa net sogn konnst, i bin schundi ... Jetz zoi i drei Humpn, daß a Ruah is!« beschloß der Peterlochner diese harte Fehde. Er beruhigte sich wieder, der Wirt schnaufte auf, und mit der Zeit wurde auch der Lochner wieder gleichmäßig.

III.

Es braucht nicht verschwiegen zu werden: Eigentlich hatten sich die vier Siedlerdeputierten alles ein wenig rosiger vorgestellt. Mit Begeisterung und frohem Mut waren sie aufs Land gefahren. Aber, wenn sie sich's genau überlegten, das Haus, das sie gekauft hatten, war nicht gerade einladend für stadtgewohnte Menschen. Und dann: schon nach diesen ersten Verhandlungen, nach dem Umgang mit dem Bauern, dem Peterlochner und dem Wirt merkten sie, wie hilflos sie allem gegenüber waren.
Gewiß, jeder war fest entschlossen, zu tun, was in seinen Kräften stand, indessen jeder ahnte jetzt schon die hundert Schwierigkeiten des Anfangs. Da draußen auf dem Flachland war eine andere, ihnen völlig fremde Welt. Man mußte alles kennen und können, sonst ging es schief.
Auch ihre sozialistische Überzeugung hatte sozusagen einen Stoß erlitten. Sie stritten auf der ganzen Heimfahrt wegen den fünfhun-

dert Mark, die Peterlochner erhalten hatte. Der Bumerang krittelte daran, daß diese niedrige Entlohnung im Verhältnis zur Kaufsumme ungerecht gewesen sei. »Unwürdig! Schofel!« sagte sie. Bestlbacher wurde verdrossen. Er verstand nicht, wieso man sein Einreden auf den Viehhändler nicht anerkannte. »Und übahaapts, wann dös a so fuartgeht, do kemma mia nia auf an greana Zweig ... Nana, ois, wos recht is, oba damisch braucht ma doch ois Sozialist aa net sei!« meinte er in bezug auf das Geld. Felting gab ihm, seinem Gesicht nach, ja recht, aber er wollte sich nicht mehr bloßstellen als schlechter Sozialist. Heinersdorf wiederum tröstete alle damit, daß man ja dem Viehhändler später »ausgleichend« entgegenkommen könne.

Nun aber kam das Schlimmste. In der Stadt herrschte der tollste Wirbel. Die Kommunisten hatten die Macht an sich gerissen und eine neue Räterepublik ausgerufen. Eine Rote Armee formierte sich. Jeder ehrliche Sozialist wurde angehalten, am Aufbau und an der Verteidigung dieses neuen Staates mitzuhelfen. Konnte man da einfach beiseite stehen, einfach auf das Land flüchten?

Die Siedler beriefen eine neue Sitzung ein. Auch Karlsberg erschien unerfreulicherweise mit noch einem Genossen und machte alles zunichte. Heinersdorf wollte Rechenschaft und Bericht erstatten, aber schon nach seinen ersten Sätzen erhob sich der fremde Genosse und schrie vorwurfsvoll: »Was? Ihr nennt euch Sozialisten? Was ihr macht, ist Konterrevolution! Kleinbürgerlicher Kohlrabi-Anarchismus ist das! ... Jetzt, wo endlich der reine Proletarierstaat steht, wo er umringt ist von seinen Feinden, jetzt lauft ihr weg und – tja, da ist jedes Wort zuviel! Ich lasse abstimmen! Wer *für* die Räterepublik ist, hebe die Hand, wer dagegen ist, ist ein Feind des Proletariats!«

»Das ist ein ganz gemeiner, demagogischer Überfall!« bellte Felting wutentbrannt: »Wir lassen uns nicht einfach diktieren!«

»So? Nicht! Pha! ... Die Herren Intellektuellen wollen gewiß eine Extrawurst!« fiel ihm der Kommunist entgegen: »Das ist typisch

... Jeder Intellektuelle muß an die Wand gestellt werden! Unerhört sowas!« Er forderte abermals den Handhub. Eine ganz kurze betretene Pause trat ein. Karlsberg als einziger hatte ein vergnügt bissiges Gesicht und schwang seine Hand.
»Also seid ihr alle Gegner der Diktatur des Proletariats? Gegner der Räterepublik?« fragte der Fremde kühn: »Ich stelle fest –«
»Nein, aber das ist eine Schweinerei!« schrie jetzt Heinersdorf blaß werdend.
»Allerhand!« brummte Karlsberg.
»I bin a Proletarier, oba wann eier Staat so aussehn meecht – do konn i net mitmochn!« wehrte sich auch Bestlbacher.
»Einfach Mache! Weiter nichts! ... Und sicher von Karlsberg inszeniert!« sagte der Bumerang, und nun wurde es auf einmal heftig. Karlsberg stand auf und belferte wie ein altes Weib, der Kommunist schrie immerfort »Konterrevolutionäre!« und »An die Wand!« und Felting, Heinersdorf, der Bumerang sprachen durcheinander.
»Det is ja bloß 'n Klamauk, aber 'ne Revolution im janzn Leben nich!« rief Mudicke trostlos und fand den einzigen vernünftigen Vorschlag. Nämlich er sagte zu seinen Kameraden plötzlich: »Da mach ick nich mehr mit! ... Los! Wia könn ohne die ooch fertich wern!« Die Siedler folgten ihm. Als sie hinausgingen, schrie der Kommunist triumphierend: »Es lebe die Diktatur des Proletariats! Es lebe die Weltrev –« Das andere hörten die Siedler nicht mehr. Sie gingen wütend und bedrückt auf der dunklen Straße weiter und schüttelten sich wie angeekelt.
»Widerwärtig!« knurrte der Bumerang einmal, aber keiner sagte etwas darauf. Alle waren verstört und unschlüssig. Vielleicht gestanden sich die meisten ein, daß der Kommunist doch nicht gar so unrecht gehabt hätte, aber dieses fade Gefühl wurde erdrückt von der Wut auf Karlsberg und auf den plärrenden Eindringling.
»Nun grade!« sagte der Bumerang endlich wieder und dieser mutvolle Zuspruch richtete besonders Mudicke und Bestlbacher auf.
»Sa' ick ooch!« rief der kleine Berliner entschlossen: »Jesiedelt

wird! Immer ran an die Rampe!« Und das gab sozusagen den Ausschlag. Zwar meinte der allzu gerechte Heinersdorf noch einmal schüchtern: »Thm, man kann es ja auslegen als Flucht, wenn wir jetzt ausreißen!«, aber Felting fuhr ihm ungeduldig ins Wort: »Jetzt quatsch schon nicht! Angefangen ist angefangen!«

»Also, was tun wir?« fragte der Bumerang ebenso und man beriet, wie man aus der Stadt hinauskomme. Die Regierung war geflüchtet, die nächsten Tage brachten sicher viele unerwartete Hemmnisse, es war keine Zeit zu verlieren. Bestlbacher und Mudicke schlugen vor, noch heute Nacht loszufahren.

»Der Bahnverkehr liegt still!« sagte Felting. Wieder schwiegen sie alle eine Weile und überlegten. Schließlich verabredete man für später eine Zusammenkunft in einer versteckten Straße. Mudicke und Bestlbacher, die sowieso nie eine feste Herberge hatten, versprachen einen Taxameter aufzutreiben. Die anderen gingen auf ihre Zimmer und holten ihre Siebensachen. Etliche Stunden hernach fuhren die fünf tatsächlich mit Sack und Pack aus der unruhigen Stadt ins schwarze Land hinaus. Unlustig und ängstlich hockten sie in den Wagen gepreßt, aber sie hatten Glück. Noch hinderte sie keine Patrouille an dieser Flucht. Bei Tagesanbruch erreichten sie Tuffing. Umgafft von den staunenden Dörflern stiegen sie vor der Tafernwirtschaft »Tuffinger Hof« aus. Aufgefrischter schauten sie drein. »Nu man rin ins Vajnijen!« jubelte Mudicke und das brachte alle zum Lachen. Der hilfreiche Chauffeur wurde reichlich entlohnt und mußte zum »Frühschoppen« bleiben. In kurzer Zeit war es in der leeren Wirtsstube laut und lebendig. Hunger hatten die Angekommenen, lustig redeten sie ineinander, der Wirt und die Wirtin liefen geschäftig herum, neugierige Dörfler kamen daher, schauten erst schüchtern drein und gleimten auf, als sie von Bestlbacher großzügig zur »Einstandfeier der neuen Mattlhauserleute« eingeladen wurden. Wirklich, sie brachten etwas beinahe Festliches ins Dorf, diese fremdartigen Leute. Die Tuffinger fanden sie nicht zuwider.

Um neun Uhr in der Frühe, als es gar noch Weißwürste und ein frisches Tellerfleisch – zu jener Zeit rare Delikatessen – gab, schrie der Wegwart Maunzinger dem Lochner über den Tisch weg zu: »Dös hoscht schö' gmacht, Mattlhausa ... Do kriagn ma schöne Leitln her auf Tussing! Guate Leitln! Respekt!« Man trank und trank und ließ die Siedler sogar hochleben.
Mudicke war begeistert. »Die Bauern!« rief er seinen Freunden zu: »*Die* sin' richtich!« Und der Bestlbacher erklärte: »Mit a'ran solchn Anfang kriagn mia olle rüba ... Ma' muaß sich do a bißl an die Sittn und Gebraiche hoitn ...«
Die Bauern schauten verschmitzt auf das Weibsbild inmitten dieser seltsamen Stadtburschen und raunten sich derbe Anzüglichkeiten zu. Dann lachten sie unterdrückt und zwinkerten. Der Bumerang fand das ulkig und lachte auch.
Am Nachmittag streiften die Siedler in der Gegend herum und orientierten sich ein wenig. Erst in drei Tagen – war ausgemacht – mußte der Lochner räumen. Er hielt Wort. Der Tropfer von Langenberg fuhr ihm das wenige Zeug, das sich der Bauer beim Verkauf ausbedungen hatte, weg. Auf der Distriktsstraße gings weiter, dem Marktflecken zu. Die ganze Lochnerfamilie hockte auf dem langen Leiterwagen. Die Siedler bezogen ihr Anwesen.

IV.

Was sehen und tun zuvilisierte Städter zuerst, wenn sie in so ein verwahrlostes Bauernhaus einziehen? Sie sehen Staub, Unreinlichkeit, Dreck und wittern überall Bazillen. Ihnen fallen vor allem auch nur die bewohnbaren Räumlichkeiten ins Auge. Sie erwägen deren Zweck und denken eigentlich nur an sich, nämlich daran, wie nun in diesen Kammern und Stuben am gemütlichsten zu hausen sei. Und dann, dann fangen sie wie wildgeworden zu putzen und zu waschen an.
Gut also. Für die Siedler kamen gleich, nachdem der Lochner

ausgezogen war, zwei Wagen voll neuer Möbel, fünf einfache, weiße Eisenbettstellen, Matratzen, Keilkissen und Decken, endlich Werkzeuge und nötiges Geschirr, das sie vorher im Marktflecken Langenberg gekauft hatten.
»Das kommt alles vorerst vors Haus!« befahl der Bumerang. Es geschah. Alsdann drangen diese neuartigen Mattlhauserleute sozusagen ins Haus und fingen zuerst an, die Zimmer für jeden auszusuchen. »Das möchte ich!« sagte der und: »Hier werde ich mein Domizil aufschlagen!« der andere, nur Mudicke und Bestlbacher wählten *ein* Zimmer für sich gemeinsam.
»So und jetzt mal radikal nichts wie geschrubbt!« rief der Bumerang abermals.
Ausgeräumt wurden die Kammern, zweckloses Gerümpel schmissen die Siedler einfach aus den Fenstern, um es später zu verbrennen. Die zusammengelaufenen Dorfkinder trugen dies und jenes weg. Nun endlich begannen die fünf buchstäblich wie rasend zu putzen. Wie in der Kaserne ging das. Der schüttete einfach einen Kübel Wasser in die Kammer, der Boden schwamm, und nun fing der andere mit dem seifenbeschmierten Schrubber zu putzen an. Ins Schwitzen kamen die Leute in ihrem Eifer, das Essen vergaßen sie, in der Küche, auf dem Herd kochte in einem fort Sodawasser, treppauf, treppab liefen die »Reiniger«, und der Bumerang gab Anleitungen, übte Kritik und regierte. Ein wildes Leben herrschte in allen Räumen. Plötzlich aber schrie der Bumerang in der düsteren, rußigen Küche wie angestochen, lief nach oben und bellte: »Einhalten! Um Gotteswillen, in der Stube ist der Plafond durch und durch naß ... Das Gemäuer fällt schon runter! Durch die Holzdecke in der Küche gießt's wie'n Wasserfall!« Mit schreckweiten Augen stand sie da, um und um tropfnaß war sie.
»Jesus! Jesus!« stieß Bestlbacher einhaltend heraus und mußte sogar ein wenig lachen: »Herrgott, nett schaugst aus!«
»Horcht doch mal! Wirklich! ... Wie 'n Wasserfall! Det is ja fürchterlich! Det hält ja nich mal dicht! Ich danke!« krittelte Mudicke

und horchte. Klatschend fiel das durchlaufende Wasser drunten auf den Küchenboden. Ratlos schauten die fünf einander an. Jeder dampfte vor Schweiß.

»Hm, wie haben denn bloß da die Bauern reinegemacht?« wollte Heinersdorf wissen und: »Wahrscheinlich überhaupt nie!« meinte Felting. Alle fünf rannten entsetzt nach unten. In der engen Speise war fast der halbe Plafond heruntergebröckelt, die Küche schwamm, die Decke in der Bauernstube sah bedrohlich aus und im Zimmer daneben stand das Wasser zentimeterhoch.

»Schrecklich! Schrecklich!« riefen alle jammernd. »Da können wir ja überhaupt heute gar nicht bleiben!« sagte Felting und wurde überhört. Sie liefen in den Stall. Da standen die unversorgten Kühe und der Ochs, schnupperten hungrig im leeren Barren, fingen zu murren an und glotzten dumm und stier auf die aufgeregten Neulinge. Die Hennen hockten teilweise auf der Stange in der Steige und gackerten heftig. »T-jaso, tja – das Vieh will doch futtern!« meinte Felting. Der Bumerang riß das Hühnersteigentürl auf, wild und verwirrt flog das Federvieh in den dumpfen Stall.

»Geh weita ... Schaugn ma amol, ob wos in der Tenn is!« sagte Bestlbacher und zog Mudicke mit. Da drüben gähnte alles hohl und leer von der Wagenremise bis hinauf zum nackten Dachstock. Kaum drei Arme voll Heu brachten die beiden nach einer Weile zusammen, schwangen es in den Barren und gierig fraß das Vieh. »Ja, do is jo üwahaaps net a Pfifferling mehr do!« erzählte Bestlbacher und räsonierte in bezug auf den Lochner: »Der Schlawiner hot radikal ois's verkaaft, und mir könna schaun wia mirs Fuatta herbringa!«

»So'n jemeines Aas, so'n jemeines!« knurrte Mudicke.

Felting, der Bumerang und Heinersdorf seufzten hörbar. »Schrecklich!« wiederholten sie abermals und machten etliche mitleidige Bemerkungen über das arme Vieh. »Do bleibt uns naatirlichaweis gornichts andernes iiibri, ols daaaß mir sofout bei an ran Bauan a Fuatta kaaf'n«, schlug Bestlbacher mit seinem langsamen Österreichisch vor.

»Ja! Jaja! Bitte besorg das sofort! Geh ins Dorf, bitte! Dich verstehn die Leute ... Kauf!« sagte der Bumerang dringlich und wandte sich an Heinersdorf: »Bert, gib ihm Geld ... Das muß gleich besorgt werden ... Wir können doch die armen Tiere nicht hungern lassen ...« Bestlbacher bekam einen Hundertmarkschein, ging eilsam aus dem Stall, und hinter ihm schwirrten die Hühner nach. »Saaviecha, mistiche!« murrte er in sich hinein und wandte sich dorfzu.
»Wie schmutzig das ganze Vieh auch schon ist!« sagte der Bumerang streng zu den zurückgebliebenen Genossen im Stall und musterte wie angeekelt die hartgewordenen, dicken Mistkrusten auf den hinteren Flanken der Rinder: »Alles starrt nur so! Pfui! ... Da muß das Vieh ja kaputt gehn und Ungeziefer kriegen ...«
»Muu-hu-Muuhu!« brüllten Ochs und Kühe immer noch hungrig, und der Stall erzitterte davon. Ihre Köpfe reckten sie vor, ihr lefziges Maul rissen sie weit auf. Fast erschreckt wichen die Siedler zurück. Mit fast verzweiflungsvollem Mitleid blickten sie das Vieh an. Mudicke kam auf den Einfall und schüttete Wasser in die Barren. Ochs und Kühe soffen kurz und brüllten abermals hungrig.
»Hoffentlich kommt Bestlbacher bald! ... Ich kann sowas gar nicht mit ansehen!« jammerte Heinersdorf und Bumerang stimmte bei: »Ich eben auch nicht! ... Gräßlich, sowas! Unverantwortlich von diesem ... diesem Lochner!«
»Ich hab übrigens auch einen kolossalen Hunger jetzt!« sagte Felting nüchtern. »Ick ooch!« drauf Mudicke.
»Ist denn überhaupt etwas besorgt?« fragte Heinersdorf schüchtern.
»Ach nein! ... Das auch noch nicht! ... Es muß einer beim Wirt was holen oder wir essen gleich dort!« rief der Bumerang. Mudicke erbot sich, Brot, Wurst und Bier zu holen.
»Und Käse, wenn du kriegst! Auch Butter!« riefen ihm die Zurückbleibenden nach.
In der Stube beim Wirt traf Mudicke seinen Kameraden Bestlbacher und war ein wenig erstaunt.

»Nanu, nanu?« fragte er: »Wat machst'n du hia?«
»Essn und trinka, nochdem i mei Pflücht und Schuidigkeit to hob«, erwiderte der Österreicher grundgemütlich und ließ sich das Tellerfleisch mit Kartoffelsalat gut schmecken. Für das Vieh habe er Futter besorgt, der Leitlfinger lade bereits ein Fuder Heu auf, berichtete er, und in der Zwischenzeit, habe er sich überlegt, da sei grad Zeit zum Essen. Er überzeugte seinen preußischen Freund vollauf. Auch der bestellte sich Bier und Tellerfleisch.
»Essen und trinka hoit Leib und Seel z'samm!« ermunterte der Wirt die beiden Esser und brachte Wurst, Käse, Bier und Brot für die anderen im Mattlhauserhof. Vollbepackt zogen Bestlbacher und Mudicke ab und kamen zum Leitlfinger. Der fuhr bereits mit einem riesigen Fuder Heu aus seiner Tenne.
»Sehr scheen ... Aiso aaausgezaichnet ... Wann ma dö Leitln a bißl a Trünkgöld gibt, gehngan'd für an duach das Faia«, sagte Bestlbacher befriedigt und ging mit seinem Genossen auf den Mattlhauserhof zu. Schon von weitem scholl ihnen Gekreisch und lautes Rindergebrüll entgegen. Sie verschnellerten ihre Schritte und rannten durch die offene Stalltüre. Rannten und blieben plötzlich beinahe entsetzt stehen. Da nämlich ging es wild zu. Die Kühe und der Ochs sprangen in einem fort im nassen Mist hin und her und murrten erschreckt, schlugen aus und schmissen die Schwänze. Weit weg stand der Bumerang und schüttete aus einer Gießkanne immer wieder warmes Sodawasser über ihre Hintergestelle und Heinersdorf und Felting – beide mit langen Schrubbern bewehrt – fuhren jedesmal nach so einem Guß über die zitternden, dampfenden Flanken der rebellischen Tiere. Mudicke sagte gar nichts und glotzte bloß, Bestlbacher indessen wagte doch mit leichtem Zweifel zu sagen: »Eine sölchane Aot vo Rainigung, glaab ich, is dem Vühch net aangenehm!« Aber in der Heftigkeit des Kampfes hörte ihn niemand. »Das Vieh ist genau wie der Bauer!« schrie der gießende Bumerang: »Seht bloß mal an! ... Direkt wasserscheu ist's! Will absolut keine Reinlichkeit und gibt an wie verrückt ...«

»Hei hob ich scho ... Beim Oblodn müassn oba olle zammhölfn!« rief Bestlbacher: »Do! ... Do kummt er scho, da Baua! ... Dö Reinigung loßt sich ja nochha mochn ...« Dies erst gebot den »Viehwäschern« Einhalt. Der Bestlbacher riß das zweiflügelige Tennentor auf und herein ächzte das Fuder. Mit großen Eifer halfen alle beim Abladen. Für morgen wurden noch zwei Fuhren Heu beim Bauern bestellt. »Danke, danke! Sehr liebenswürdig!« verabschiedeten sich die Siedler und der Leitlfinger meinte leger: »Ja-hja, nix z'danka! ... Is gern gschehng ... I bin ja zoit wordn ...« Als die fünf wieder in den Stall zurückkamen, lagen Ochs und Kühe matt und müd im aufgeweichten Mist und waren noch dreckiger. »Nee!« sagte der Bumerang betrübt und erschöpft: »Nee, für heut lassen wir's, aber morgen wird ordentlich durchgegriffen ... Ist ja nicht zum glauben, was das für eine Schweinewirtschaft ist!« Alle schleppten armweise Heu aus der Tenne und fütterten das Vieh so lange, bis es nicht mehr fraß. Allseitig bewundert wurde Bestlbacher, weil er auf den Gedanken gekommen war, die Kühe und den Ochsen aus dem vollen Wasserkübel saufen zu lassen. Befriedigt verließen alle den Stall.
Die Räume waren inzwischen etwas abgetropft, wurden trocken ausgewischt und provisorisch eingerichtet. Endlich setzten sich die fünf in die Küche und verzehrten ihr Abendbrot. »Dos maacht sich noch olles!« tröstete Bestlbacher einmal, und Bumerang bereitete Tee. Man trank und rauchte und besprach die kommenden Pläne und Aufgaben. Bis lang nach Mitternacht dauerte die teils erregte Diskussion. Seit vier Tagen hatten die Siedler keine Nachricht mehr aus der Stadt; die wahrscheinlichen Vorgänge, die Revolution und ihre Aussichten beunruhigten sie. Im Stall murrten ab und zu die Kühe. Von Zeit zu Zeit ging einer der Hausinsassen hinüber, sah nach. Der Barren lag noch voll, Durst schien das Vieh auch nicht zu haben. Beruhigt kam der Nachschauende wieder in die Küche zurück.
So gegen zehn Uhr am andern Vormittag fuhr der Leitlfinger mit

seinem Fuder Heu vor das Mattlhauserhaus und fand alles tot und still. Er schnalzte ein paarmal mit der Geißel. Niemand gab an. Er ging um das Haus und schrie dann. Alles schlief in tiefster Ruhe.
»He! He! Wos is's denn?... Mit'n Hei bin i do!« plärrte er endlich zu den vorderen Fenstern empor, und weil jetzt das Vieh im Stall viel ärger brüllte und rumorte, wurde er ärgerlich und lärmte: »He! Auf do! 's Viech schreit an Stoi! He, wos is denn dös!?«
Endlich öffneten sich oben zu gleicher Zeit zwei Fenster. Der Bumerang und Heinersdorf fragten schlaftrunken und verwirrt: »Ja? ... Bitte! Was ist denn los?« – »T-jaa«, stockte der Bauer ein wenig baff: »Mit'n Hei bin i do ... Und-und's Viech schreit an Stoi ... Schlaaft's ös denn nu?«
»Einen Moment, bitte!« gaben die zwei droben an und weckten hastig die anderen Genossen. Verlegen kam die ganze Schar kurz darauf vor die Tür. Ochs und Kühe rebellierten immer wilder.
»Tja, do müaßt ja doch scho um fünfi gfuattert werdn ... Dö-dös geht doch it!« wagte der Leitlfinger die notdürftig bekleideten Siedler zu mahnen und: »Ach, Verzeihung, einen Moment!« riefen etliche hurtig. Kehrt machten sie und verschwanden im Haus. Bestlbacher tat das Tennentor auf, die anderen umstanden staunend das plärrende Vieh, schüttelten fort und fort die Köpfe und wußten nicht aus noch ein.
»Haben doch zu fressen!« stieß Felting beim Anblick der vollen Barren heraus. »Nanu ... Det is aba komisch!« wunderte sich auch Mudicke. Das Vieh schnupperte nicht einmal am Heu, das von gestern noch da lag.
»Vielleicht ist das Futter zu abgestanden seit gestern«, meinte Heinersdorf grüblerisch: »Geben wir frisches.« Und während Mudicke tränkte, leerten Felting und der Bumerang den Barren aus, Heinersdorf holte neues Heu, aber das Vieh fraß auch das nicht. Drüben in der Tenne schrien der Leitlfinger und Bestlbacher zum Abladen. »Kommt doch mal rüba! Kommt mal 'n Oognblickchen!« bat sie Mudicke. Die beiden folgten.

»Ja, sagen Sie, Herr-Herr Leitlfinger ... Wie ist denn das? Das Vieh hat ja gar keinen Hunger?« wandte sich der Bumerang hilflos an den Bauern: »Es scheint krank zu sein ...« Alle fünf hefteten ihre Blicke an den Leitlfinger wie an einen Retter. Atemlos und gespannt waren sie.
»Ja ... d' Küah müaßtn hoit g'moicha werdn«, sagte da endlich der Bauer kleinweis lächelnd und griff die angelaufenen Euter an: »Dö tuat hoit d' Milli weh.«
»Ach so! Natürlich! Natürlich ... Ganz vergessen!« stoben die Siedler wie von einer jähen Erleuchtung überfallen ineinander und der resolute Bumerang verlangte herrisch: »Wir sind eben keine Fachleute! ... Da muß unbedingt sofort eine Hilfskraft her!« Der Leitlfinger empfahl ihnen die alte Rindeiserin. Diese gemeindearme Witwe besorgte von jetzt ab alle Stallarbeit und half auch im Haus ein wenig mit. Ihre Dienstgeber bezahlten sie ungewöhnlich gut, schätzten sie wie ein wundertätiges Kleinod und freundeten sich sehr rasch mit ihr an. Dafür brachte die Alte den Leuten auch allerhand bei, zum Beispiel das Gsottschneiden, das Ausmisten und so weiter. Der Bumerang wollte absolut das Melken lernen. Die Rindeiserin stellte den Schemel dicht unter den Kuhbauch, furchtsam setzte sich das Stadtfräulein drauf, tölpisch griff es nach dem Euter, faßte die Zitzen und riß und zerrte hastig dran. Keine Milch kam, aber die Kuh zuckte schmerzhaft, wurde unruhig, schlug peitschend mit dem Schwanz und stieß schließlich die ungelenke Melkerin vom Schemel. Schreiend plumpste diese in den saftigen Mist, schnellte wie beschämt auf und lief in die Kuchl, um sich zu reinigen. Auch den Mannsbildern ging es nicht anders, und schließlich ließ man »diese Sucht«. Das war der Rindeiserin sehr recht. Sie kam in jeder Frühe. Alles war noch tot und still. Die Alte fütterte, fing das Ausmisten an, machte eine neue Einstreu und molk. Alsdann goß sie sich gutding drei Liter Milch in ihren mitgebrachten Blechkübel, suchte die Hühnersteige ab, behielt sich zwei oder drei Eier und schlich sich davon.

»Soviel Milch geben die zwei Kühe, und die wunderschönen Eier!« belobigten mittags die Siedler die Alte und waren vollauf zufrieden mit dem Wenigen. Mit verschmitzter Schläue meinte alsdann die Rindeiserin ab und zu: »Jaja, wenn's jetz erscht amoi warm werd, nachha legn d' Hennen aa mehra, und wenn ma amoi Gros mahn ko, nachha werd' d' Milli aa mehra ...«
Eines Tages erschien plötzlich Peterlochner wieder auf dem Mattlhauserhof und wurde von den Siedlern herzlich empfangen. Er schimpfte erst einmal mordialisch auf den weggezogenen Lochner und fragte, ob denn der Jud Schlesinger seine zwei Kühe noch nicht abgeholt habe.
»Seine zwei Kühe? ... Nein, wieso denn?« fragten die fünf gespannt und bekümmert. Der Peterlochner machte eine vielwisserische Miene, legte leger seinen dicken Weichselstock über den Tisch, sagte kaltblütig: »Der Ochs g'härt mir ... Den hot er aa nimma weitazoit, der Saubazi, aber d' Küah san von Schlesinga«, und erklärte folgendes: Er, Franz Xaver Peterlochner, habe, genötigt durch das ähnliche Geschäftsgebaren Schlesingers, dem Bauern den Ochsen seinerzeit auf Ratenzahlung überlassen, sei aber laut Vertrag bis zur restgültigen Abtragung der Schuld natürlicherweise der Besitzer.
»Und sovui i woaß, gnau so is's mit dö Küah aa«, schloß er, »mir hot der Lochna für mein Ochs bis jetz ganze hundert Mark o'zoit und vierhundert kriag i no ... Und den Saujudn hot er für dö zwoa Küah aa erscht zwoahundert Mark zoit ... Dös hot er alloa scho vo den Kaibi rei'brocht, der Mistschwanz, der elendi!«
Der Händler zeigte den verblüfften Leuten den Kaufvertrag. »Im Falle der nicht pünktlichen Begleichung der vereinbarten Ratenzahlungen ist der rechtskräftige Besitzer berechtigt, das gelieferte Stück Vieh anderweitig zu veräußern. Die geleistete Ratenzahlung gilt mithin als Entschädigung für die Nutznießung. Einen Anspruch auf diese Zahlung hat der Käufer nicht mehr.«
Die Siedler wurden allesamt zugleich blaß und sprachlos.

»Jetz, i wui net a so sei!« tröstete sie Peterlochner: »I verzicht auf ois's gern ... I nimm mein Ochsn wieda mit ... Den bring i scho o ... Aba i mächt Eahna bloß drauf aufmerksam macha, daß der sell Saujud aa no kimmt und hoit seine Küah, und do hob i hoit gemoant, wia waar's? ... I kunnt dö Herrschaften auf der Stell zwoa oder drei prima Koibaküah hertreibn lossn ... Beim Wirt drobn, an Stoi stehner s' ...«

Mit undurchdringlicher Abgefeimtheit überflog er die verdatterten Siedler. Die konnten nichts sagen. Eine kurze Pause entstand.

»Tja, eigentli ... Wos macha mir mit den Ochsn?« meinte endlich der Bestlbacher naiv und besonnen: »Der frißt für drei und aane Vawendung hobn ma absolut net dafür.«

Die fünf schnauften und gaben ihm recht. Man ging in den Stall. Der Peterlochner setzte die Kühe herab, derart, als seien sie überhaupt kaum mehr das Schlachten wert. Er fragte nach dem Milchertrag. Keiner wußte genau, wieviel Liter. Der Viehhändler griff die Euter an, prüfte die Hörner nach den Kälberringen und sagte: »Sechs Lita wenn's oi zwoa gebn, is's Sach gnua! ... Sovui gibt vo mir oane alloa! Do konn i Garantie übernehma!«

»Sechs Liter?« staunten die Siedler einander an und schüttelten die Köpfe: »Nee, soviel geben sie nicht mal ...« Sie erinnerten sich, dachten nach, und wahrscheinlich überlegte ein jeder: Wenn wir drei Kühe von Peterlochner nehmen, die unter Garantie je sechs Liter geben, also insgesamt vierundzwanzig Liter, das sei ja schon bereits das reinste Schlaraffis! Da könnte man eventuell schon – ach ja, auch dieser Gedanke kam ihnen wieder! – abgeben, eventuell für die bedrohte Stadt, für den Sozialismus?!

»Tja, aber – das arme Vieh! Es ist schon so gewöhnt an uns!« meinte der Bumerang mütterlich weich und fand Beifall bei Heinersdorf und Mudicke.

»No, also guat ... I mächt dö Herrschaften nix aufzwinga ... I bin koa Jud! Aba, i hob hoit gmoant, Sie mächtn aa wos rausschlogn aus Eahnana Ökonomie?« rief der Peterlochner und halfterte den Och-

sen an: »I nimm mein Ochsen mit und mir san quitt!« Langsam zog er den brummenden Ochsen aus dem Stall.
»Aba wenigstens o'schaugn kinna si' dö Herrschaftn mei Viech … Gehnger S' mit!« rief er an der Tür, und schweigend trotteten alle fünf hinter ihm her. Die Leute hinter den Fenstern lachten und spöttelten nicht wenig, als sie den seltsamen Zug durch das Dorf wandern sahen.
»Und ausgerächnat mit'n Peterlochna gehnger s'!« brümmelte der Leitlfinger seiner Alten zu: »Do sans in dö richtign Händ …« Dann erging er sich über die saudummen Stadtleute.
Wirt und Händler redeten den fünf immer wieder zu, die drei Kühe zu kaufen. Als diese sich aber immer noch besannen, sagte der Peterlochner: »Jetzt, wissen S' wos? … I loß dö drei Küah steh auf acht Täg … Sie kinna s' jederzeit hoin, wenn der Schlesinga sei Viech z'ruck wui … Ich kimm nachha scho!«

V.

Die Siedler kamen bedrückt ins Mattlhauserhaus zurück. Sie waren ergrimmt auf den betrügerischen Lochner, aber für den Peterlochner waren sie auch nicht mehr eingenommen. »Er scheint auch ein ganz gemeiner Reaktionär zu sein!« meinte Heinersdorf und erinnerte an den bösartigen Ausdruck »Saujud« des Händlers. Sie saßen um den Tisch, tranken Milch und aßen Brot.
»Eigentlich«, meinte der Bumerang nach einer Weile, »für den Sozialismus konnten wir noch nicht viel tun.« Es klang kindlich und betrübt. Jeder dachte nach. »Und dann – unser Geld ist beinahe ausgegeben«, sagte Felting ernüchtert: »Wie das eigentlich weitergehen soll, weiß ich wahrhaftig nicht …« Immer noch trübseliger wurden sie.
»Ja no, man muaß doch Geduid hobn … So schnöll konn dos doch net gehn!« versuchte der Bestlbacher aufzumuntern, aber es half nichts.

»Diese ganze Wirtschaft ernährt ja nicht mal uns alle«, rief der Bumerang kritisch und blickte auf den völlig hoffnungslosen Heinersdorf.
»Hm«, machte Mudicke und schwieg traurig. Dann sagte er etwas fester: »Nu Kinda! Nu macht euch man bloß nich in die Hosn ... 'n Dach übern Kopp ham wa ja und zum Verhungern is 's ooch nich ...«
»Na«, sagte auch Felting etwas galgenhumoristisch, »wenigstens haben wir ein paar Kapitalisten geschädigt.«
»Wenn das alles ist! ... Ich weiß nicht«, fuhr ihm der Bumerang streng über den Mund.
Aus der Stadt hatten sie keine Nachricht. Unruhig waren sie. Nach allem, was sie an den Bauern hörten und sahen – das war revolutionsfeindlich. Und nicht nur das. Diese Menschen waren unzugänglich, schadenfroh, hinterhältig und betrügerisch, pfiffig und nur auf den eigenen Vorteil bedacht.
»Im Grunde genommen«, sagte Heinersdorf nun melancholisch und schnaubte enttäuscht: »Im Grunde genommen hat Karlsberg recht gehabt – auch der widerwärtige Kommunist ... Hier können wir gar nichts tun! Nichts, radikal nichts ...«
»Nanu? ... Nu wird's recht!« stotterte Mudicke und Bestlbacher mahnte wieder zur Geduld. Aber das wirkte nicht. Die drei Intellektuellen – Felting, Heinersdorf und der Bumerang – gestanden sich's gerechterweise ein: *Das,* was sie bis jetzt getan hatten, war kindisch, sinnlos und ohne jede Wirkung.
»Und wenn ich ehrlich sein soll – auf die Dauer langweile ich mich hier«, sagte Felting plump.
Eine Zeitlang stritt man sich so herum. Vorschläge wurden erwogen. »Propaganda bei den Bauern ... Hinein ins Landvolk! Agitation von Haus zu Haus, von Mensch zu Mensch!« rief Heinersdorf! Aber sein Gesicht war ungläubig. Uneinig ging man spätnachts ins Bett.
Zwei Tage darauf brachte die alte Rindeiserin die Nachricht, daß jetzt in der Stadt drinnen aufgeräumt würde mit der »roten Sipp-

schaft«, und beim Wirt, wo die Siedler zu Mittag aßen, erfuhren sie, Regierungstruppen aus allen Gauen und Ländern seien im Anmarsch auf München.

»Lauta Lumpn und Schlawina sans', dö Rotn ... Und Menscher hobns' und stehlen teana s' ... Dös muaß aufhärn«, sagte der Tuffinger Wirt beflissen und setzte dazu: »Sehng S', wenn i net z' oit waar, i tat pfeilgrod no an Schiaßprügl nehma und gega dös Gsindl ziagn ...«

Den Siedlern blieben die Brocken im Munde stecken. Käsweiß wurden sie alle. Auf der Dorfstraße war es heute lebendiger. Da und dort standen aufgeregte Gruppen und disputierten.

Als die fünf aus der Wirtschaft traten, musterten die Dörfler sie mißtrauisch. Weit weg krachten Kanonenschüsse und ganz dünn hörte man Gewehrgeknatter.

»Jetzt werd si' si' glei aufghärt hobn mit dere Sauwirtschaft, mit dera rotn!« sagte der Leitlfinger zu den vorübergehenden Mattlhauserbesitzern und lachte fröhlich.

»Aber Blut gibt's! Blut und Elend, wie im Krieg!« konnte sich der Bumerang nicht enthalten, zu antworten.

»Bluat? ... Natürli!« rief der Bauer: »Dö Bandi do drinna, dö rotn Teifn verdeana's it anderscht, ois daß ma's oschlogt wia d' Hund!«

Der Bumerang sagte nichts mehr. Die fünf gingen eilsam weiter.

»Stellt euch vor – und da meinen wir, wir können revolutionieren«, raunte Felting.

Vor dem Stall trafen sie den Jud Schlesinger, der eben mit seinem Wägelchen anhielt und herabstieg. Der beleibte, graubärtige Händler schaute kurz auf die fünf und ging in den Stall.

»He? ... Was wollen Sie denn?« rief Felting fast abweisend.

»Iach?« wandte sich Schlesinger erstaunt um: »Dös ko doch Sia wenig schiniara, odr?«

»Sind Sie der Herr Schlesinger?« fragte der Bumerang und auf das Ja des Händlers stellten sich die Siedler als die neuen Mattlhauserleute vor.

»Soso ... Tja, wia geaht denn dias zua?« verwunderte sich der Schlesinger noch mehr und fing über den Lochner zu spektakeln an: »Oi söllerner Saubazi! V'rkoift oi'fach und sagt nit oi Wort ... Tja, meine Küah will i hola!« Weiterschwäbelnd wollte er erklären, aber die Siedler wußten ja schon alles.
»Hier ... Wir übernehmen die weiteren Zahlungen«, sagte Felting und gab dem Juden zwei Hunderter.
»Jaja, dann sin war ja güete Leitln«, sagte der Schlesinger kulant und man erneuerte den Vertrag.
»Da haba S' was Güets gmacht, daß aus d'r Stadt raus sind ... Iach glaab, da geht's jetz vialln schlecht«, sagte der Händler am Schluß der Debatte, und auf die aufgeregten Fragen der Siedler erzählte er von schaurigen Dingen. In Langenberg seien bereits Regierungstruppen, berichtete er, und vier Rote habe man bereits standrechtlich erschossen.
»Eas is a Kroiz und oi Äländ im heitiga Daitschland!« seufzte der alte Mann: »Eas hat a jädr z'rauffa und z'kratza, aba oina mag den andern it, und dias ischt ünsa ganza Ruin!«
Er hatte ein besorgtes Gesicht, als er ging.
Die Siedler waren noch bedrückter.
»Vielleicht aber können wir Flüchtige aufnehmen!« meinte Felting endlich nach langem Schweigen ein wenig aufgerichteter: »Je zurückhaltender wir uns hier benehmen, desto weniger fallen wir auf ... So könnten wir doch was für die Revolution tun.«
Und man einigte sich, daß der Bumerang, Felting und Heinersdorf in die Stadt fahren sollten, um vielleicht den einen oder anderen Revolutionär, der sich verstecken mußte, mitzubringen oder auf den Mattlhauserhof aufmerksam zu machen. Jetzt, nach diesem Vorschlag waren alle gefestigter. Am anderen Tag wanderten die drei Intellektuellen nach Langenberg, um von dort aus nach München zu kommen.
Mudicke und Bestlbacher ließen sich's von da ab herrlich wohl sein. Was sie brauchten, warf diese Wirtschaft schon halbwegs ab. Es

war ihnen nicht gar arg um das »Revolutionäre« zu tun. Ein Leben lang hatten sie Hunger, Elend und Not gelitten, da denkt man anders.
Die drei kamen nicht mehr zurück. Schon in Langenberg wurden sie festgenommen und hatten wenigstens das Glück, nach München gebracht zu werden. Die im Mattlhauserhof Zurückgebliebenen hörten nichts mehr und verwirtschafteten in den darauffolgenden Monaten so ziemlich das ganze Anwesen. Die Felder lagen brach, die Kühe holte der Schlesinger eines Tages.
»Wenn ma dös ganze Graffi verkaafn?« meinte einmal der Bestlbacher findig, aber Mudicke stieß heftig heraus: »Nee! Nee, det is jemeinste Verräterei. . .!«
Sie lagen in der verstaubten, vermufften Küche. Alle Hühner und den Gockel hatten sie aufgezehrt und der Hunger kroch langsam aus allen Ecken.
»Ick türme . . . Nu hab' ick's satt!« rief Mudicke wieder einmal und wanderte weiter. Als er über den Buckel hinabging, kam auch Bestlbacher nach.
Erst im Herbst fanden sich alle Siedler wieder zusammen. Der Mattlhauserhof wurde verkauft, das Geld verteilt, und alle seine einstigen Besitzer gingen auseinander. Der Bumerang ist heute Hilfsapothekerin, Heinersdorf hat die Fabrik seines Vaters übernommen, Felting soll Jurist geworden sein und Karriere gemacht haben, Mudicke und Bestlbacher werden wohl immer noch bald da, bald dort arbeiten und an die schöne Zeit ihres Siedlerlebens denken.

Das Glück hat samtene Schuhe an

Die schlanke, hübsche, adrett gekleidete Kammerzofe von Fräulein Evis Attermann klopfte sacht an die Schlafzimmertür des gnädigen Fräuleins. Klopfte, zupfte hastig ihr schneeweißes, winziges Spitzenschürzchen zurecht und horchte.

»Jaaa ... Bitteee!« gab drinnen die süßliche Stimme an. Das gnädige Fräulein richtete sich im breiten, seidig rauschenden Bett halb hoch, sah flüchtig in den elfenbeinumrahmten Stehspiegel, den sie vom Nachtkästchen nahm und fing dann sogleich mit dem heraufgesprungenen, graunzenden, langhaarigen Schoßhündchen zu spielen an. Die Zofe trat mit dem Tablett, auf welchem die tägliche Morgenpost lag, in den abgedunkelten, dumpfig duftenden Raum.

»Guten Morgen, gnädiges Fräulein! ... Wünsch wohl geruht zu haben«, sagte das Mädchen und machte einen kleinen Knicks.

»Sagen Sie, Erna ... Hat sich das Aushilfsmädchen vom Arbeitsamt schon gemeldet?« erkundigte sich Fräulein Evis nach einem kurzen Gruß und befahl die Jalousien hinaufzuziehen.

»Nein, gnädiges Fräulein ... Es war noch niemand da ...«, antwortete das Mädchen am Fenster, und das machte das Fräulein sogleich ärgerlich.

»Was? ... Noch nicht? Jetzt, um zehn Uhr? Zustand, das!« rief die Gnädige und riß den Hörer vom zierlichen Telefon auf dem Nachttischchen. Als die Zofe nach getaner Arbeit wieder ans Bett zurückkam, war das Schimpfen schon im Gange.

»Was? ... Keine da? ... Wie? ... Na hören Sie, ich hab doch gestern schon angemeldet! ... Wie? ... Spärlich? ... Bei dieser Arbeitslosigkeit! ... Was soll denn das? ... Aushilfe will keine ... Unerhört sowas! ... Wie ... Die Högl hat sich gestern verheiratet? Kann nicht? ... Verheiratet, na, ich ... Wie? ... Kommt nicht? ... Na, hat sie denn ... Wie? Ja, aber keine so dumme Kuh wie neulich! Ja, für heut und morgen ... Aushilfe, ja, ja! Aber bestimmt! Sie muß sofort

kommen, bestimmt! Sofort! Hört man immer Klagen und Klagen, und wenn Arbeit da ist – « Plötzlich stockte Fräulein Evis, schnellte ganz wütend auf, starrte, schrie noch ein paarmal erregt in den Sprechtrichter und warf ihn schließlich wütend in die vernickelten Halter: »Eine solche Unverschämtheit, einfach abzuhängen! Sowas heißt sich Beamtin! Unerhört! Einfach bodenlos! So eine eingebildete Ziege!« Noch eine Weile ging das so.
»Bitte, gnädiges Fräulein, darf ich das Bad richten?« fragte die Zofe untertänig und wurde mit einem klanglos harten »Ja« abgefertigt. Fräulein Evis gab sich nicht zufrieden, klingelte noch einmal beim Arbeitsamt und schimpfte mit aller Ausfälligkeit in den Trichter, bis eben die Beamtin abermals einhängte. Als die Zofe wiederum durch das verhängte, zart erhellte Zimmer wippte, rief ihr das gnädige Fräulein noch erzürnter zu: »Wenn die vom Arbeitsamt kommen sollte, sagen Sie, ich verzichte ... Sie kann wieder gehn, ich brauch sie nicht!« Dann spielte das Fräulein wieder mit ihrem Schoßhund.
Währenddessen durchfluteten die stumpfen, murmelnden, mürrischen Erwerbslosenmassen das riesige Gebäude des Arbeitsamtes und drängten sich an den Schaltern. »Beschissen!« sagte ein grauhaariger Mann mit ausgemergeltem Gesicht. Ein anderer warf einem vorbeigehenden Mädchen eine derbe Zote nach. Jemand seufzte: »Daherinn bist du verraten und verkauft!« Wieder einer meinte, jetzt sei das schönste Wetter zum Türmen und schloß mit einem kecken: »Ich pfeif auf die paar Bettelgroschen! Verhungern kann ich woanders auch! Ich hau ab!« So ging das hin und her, Stunden und Stunden.
»Sie! ... Da, Sie müssen sofort zur Holbeinstraße 8 zu Fräulein Attermann!« sagte die rundgesichtige, etwas überheblich dreinschauende Beamtin am Schalter der Abteilung für weibliche Hausangestellte zu einem schüchternen, zerzupften Mädchen und schrieb eine Karte aus: »Wollen Sie? ... Es ist nur aushilfsweise für heut und morgen ... Ja?«

»Ja, jajaja!« stotterte die Befragte und erhielt die gestempelte Karte. »Ewig die jungen! ... Unsereins kommt nie dran!« murrte eine alte Frau, und viele maßen das davongehende Mädchen bös. Als Fräulein Evis Attermann im lichtblauen, seidenen Pyjama durch die geöffnete Badetür ging und der bereitstehenden Zofe ihr Schoßhündchen gab, sagte es verächtlich: »Hm ... Und sowas heiratet noch auch ... Eigentümliche Vergnügungen haben diese Leute. ... Sie wissen doch Erna, die Högl, die schon ein paarmal bei uns ausgeholfen hat – ein ganz miekriges Ding – hat geheiratet! ... Hm, wer *die* bloß genommen hat! Unbegreiflich! ... Ich möchte bloß wissen, wie das zugegangen ist!« Die Zofe gab ab und zu eine kurze, gefällige Antwort, nickte beflissen und zog endlich die Türe zu. Sie ging rasch durch das Schlafzimmer und erzählte in der blitzblanken, geräumigen Küche drunten die Neuigkeit.
»Na, da schlag einer lang hin!« prustete die dicke Berliner Köchin aus sich heraus: »Hat man Worte! Sowat kriecht 'n Mann! Da muß man die Liebe schon sehr groß jewesn sind, oda es war'n Blinda mit'm Krickstock, der *die* jenommen hat!« Sogar das Hausmädchen sprach abfällig über die Högl. Ebenso natürlich die Zofe. Nur der Chauffeur, der eben seine Vormittagsvesper-Ration verzehrte, war anderer Meinung. »So zuwider war die gar nicht«, sagte er gemütlich, »sie war auch weiter ganz umgänglich, bloß gemacht hat sie nichts aus sich ... Ich muß sagen, mir hat sie gar nicht so schlecht gefallen!« Das hinwiederum brachte die drei Weiber sofort in Harnisch. »Na, meinen Sejen hat se!« fing die Köchin abfällig an und, wenn so eine schön sei, was *sie* denn dann sei, meinte die Zofe kokett, kurzum – durchs Telefon hatte eine Beamtin ganz beiläufig die Nachricht ins Schlafzimmer des Fräuleins gesagt, dann erfuhr die Zofe davon, durch diese wurde selbige in der Küche verbreitet. Jemand hatte geheiratet – ein ganz dummes, alltägliches Geschehnis also in so einer Riesenstadt – trotzdem, die sorglosen Leute in der Villa an der Holbeinstraße 8 alterierten sich heftigst darüber.

»So eine wirft sich an jeden hin!« sagte die Zofe hochnäsig.
»Na, von wejen Liebe ... Ick meene, det is doch bloß man Berechnung von so Frauenzimmern!« meinte die Köchin.
»Meine Mutter hat immer gesagt, die Liebe ist wie der Tau, fällt bald auf die Rose, bald auf die Sau!« rief das vorlaute Küchenmädchen mit ihrer blechernen Stimme und fand Beifall bei ihren Genossinnen.
»Freilich solche Leute wie unsere Gnädige, die einen steinreichen Freund haben – na, ich will lieber nichts sagen!« brummte der Chauffeur und schloß mit den Worten: »Mit dem Stolz macht man sein Glück auch nicht.«
Draußen vor den Fenstern strahlte ein herrlicher Tag, die Sommersonne stieg langsam in die lichtblaue Himmelsmitte, im ummauerten Garten der Villa prangten die gepflegten, fülligen Blumenbeete und Schmetterlinge flogen sanft von Kelch zu Kelch. Die Hausglocke schrillte, der Chauffeur drückte auf den Knopf und die kunstvoll geschmiedete Pforte in der Gartenmauer flog auf. Auf dem Kiesweg kam das schüchterne, schafgesichtige Mädchen vom Arbeitsamt und wagte kaum auf das Haus zu schauen. An der Türe erwartete die Zofe die Besucherin und fertigte sie mit schnippischen Worten ab. Noch geduckter ging das Mädchen von dannen. An der Gartenpforte begegnete es der hochgewachsenen, eleganten und sehr auf Männlichkeit herausgeputzten Masseurin von Fräulein Evis Attermann, die selbstbewußt und majestätisch auf das Haus zuging und darinnen verschwand. Ruhig und in sich versonnen lag der Garten wieder da, die hohen, rauh beworfenen Mauern, an denen sich knorpelig verkrüppelte Spalier-Obstbäume hochreckten, schlossen all diese friedliche Sorglosigkeit ein, und draußen, drüberhalb dieser Mauern, weit weg brauste, rasselte und strömte die werktägliche Stadt. Straßen auf und Straßen ab bewegten sich unzählige Menschen und sausende Gefährte aller Art, schrillte der ewig gleichmäßige Lärm und das gehetzte Jagen der ruhelosen Emsigkeit ...

»Was? ... Wie? ... Ja-ja! ... Wie, Holitsch-Werke notieren 123? ... Kaufen Sie! Kaufen Sie egal!« rief Kurt Loblinski, der Papierwarenfabrikant ins Telefon, hing ab, warf sich befriedigt in seinen Ledersessel zurück. Einige Sekunden schaute er in die durchsonnte, staubige Büroluft, dann zog er sein krokodilledernes Taschennecessaire, schlug es auf, betrachtete sich im kleinen, viereckigen Spiegel und kämmte seinen dünnhaarigen Poposcheitel. Schließlich rief er seine Freundin, Fräulein Attermann, an.

Im Personalbüro, Abteilung Buchbinderei, stand um dieselbe Zeit Afra Högl, jetzige Frau Stromeder, und der gewichtig stirnrunzelnde Personalchef Ebbing maß sie kurz. Dann sagte er: »Was, verheiratet sind Sie! ... Nein, nein, verheiratete Personen werden nicht angestellt«, gab ihr die Papiere zurück und entließ sie. Kurz darauf schritt die Stromeder durch das weite, rachenähnliche Tor der dumpf-surrenden, mächtigen Papierfabrik Loblinski und trat auf die hitzig bewegte, scheppernde Straße.

Da hatte sie es jetzt! Weswegen mußte sie auch heiraten mit ihren zweiundzwanzig Jahren! War es vielleicht aus Liebe, aus Berechnung oder – ja, weswegen eigentlich? So fragte sich die ehemalige Afra Högl jetzt selber, denn:

Eines Tages, als sie im Warteraum für weibliche Hausangestellte stand, telephonierte es an: »Schicken Sie bitte sofort ein jüngeres Hausmädchen ... Nein, im Kochen braucht sie nicht firm zu sein! Ja, sauber, zuverlässig und nicht über fünfundzwanzig Jahre, aber sofort bitte!«

Die Beamtin mit dem runden Gesicht rief nach der Högl. »Aushilfsweise auf einen oder auf zwei Tage ... Und wenn Sie sich bewähren, für dauernd ... Westenriederstraße 11 zu Petermann!« sagte sie, und Afra Högl ging mit ihrer Karte. Sie kam nach kurzer Zeit vor das Haus in der genannten Straße, und da stand bereits ein ungefähr dreißigjähriger, elegant gekleideter Herr, der sie kurzerhand fragte, ob sie vom Arbeitsamt zu Petermann geschickt sei. Auf ihr etwas verdutztes »Ja« tat er sehr eilig und sagte wiederum: »Kommen Sie nur gleich mit ... Wir müssen sofort zu meiner kranken Mutter nach Grünwald hinausfahren.« Auf das war Afra Högl nicht gefaßt. Sie bat schüchtern, ob sie nicht vorher noch ihre Leute benachrichtigen dürfte, auch habe sie gar keine Arbeitskleider dabei. Aber der Herr wollte erst gar nichts wissen davon, schließlich ließ er sie gehen, bestellte sie an die Straßenbahnhaltestelle am Sendlingertorplatz und fuhr mit ihr nach Grünwald. Während der ganzen Fahrt sprach er sehr wenig, musterte sie nur ab und zu flüchtig von der Seite, und als sie an der Endstation ausstiegen, fragte er kurz, aber freundlich: »Haben Sie eigentlich schon was gegessen?« Afra Högl schaute ihn sonderbar an, zögerte ein wenig und brachte endlich ihr »Nein« heraus.

»Na, gut, kommen Sie, wir werden erst essen ... Wollen Sie gleich hier wo essen oder gehn wir zur Kugleralm?« sagte der Herr arglos. Afra Högl wurde noch erstaunter. »Kugleralm? ... Ja, das ist ja doch so weit weg! Es pressiert doch?« forschte sie und dabei fiel ihr Blick auf den fixen, netten Herrn, der so gar nichts von seiner Haltung verlor. Vielleicht gefiel er ihr, womöglich dachte sie auch an den Ausspruch der Beamtin: »Wenn Sie sich bewähren, ist's dauernd«, jedenfalls, als ihr Begleiter mit gleicher Sicherheit sagte: »Das Haus von meiner Mutter ist zwischen der Kugleralm und Grünwald. Wir müssen sowieso da gehen und außerdem – jetzt schläft meine Mutter bis vier, halb fünf Uhr«, ging sie mit ihm. Es kam schattiger Laubwald, es kamen dunkle, kühle Tannen, dann wieder öffnete sich da und dort ein moosiger Platz mit Himbeer- und Brombeerstauden, die sich wirr ineinanderschlangen, es kamen Lichtungen mit weiten Aussichten und blumige, stille Wiesen. Es war eine große Ruhe in der trägheißen Luft, selten tauchte ein Mensch auf, Bienen summten und Grillen zirpten.

»Heute ist ein so schönes Wetter«, sagte Afra einmal linkisch und benommen. Sie war schon lange nicht mehr aus der Stadt herausgekommen. Auf ihrem blassen, kargen Gesicht zeigten sich leichte Schweißperlen. Ab und zu holte sie tief Atem. »Wir brauchen ja

nicht so zu laufen ... Wollen wir uns nicht dahersetzen?« fragte sie ihr Begleiter und blieb stehen. Sie fand das alles sehr sonderbar, aber sie fragte bloß, wieviel Uhr es denn schon sei.
»Es ist jetzt gleich ein Uhr«, antwortete er. Er stockte ein wenig und meinte wiederum: »Wenn wir jetzt schnell zur Kugleralm gehen und essen, können wir uns ja nachher ein wenig Zeit lassen.«
»Ja, aber ich muß doch bald arbeiten - ich - das geht doch nicht«, stotterte nun Afra und wollte weitergehen, indessen der Mann neben ihr sagte wieder fast herrisch: »Keine Angst! Das lassen Sie nur meine Sache sein!« Sie wanderten weiter. Der Afra Högl wurde es mitunter ganz leicht und frei, eine eigentümliche Gleichgültigkeit bemächtigte sich ihrer. Schon möglich, daß sie ab und zu harte Gedanken beunruhigten, etwa: Was denn der sonderbare »Dienstherr« eigentlich wolle, wie sie denn dazukomme, mit diesem Fremden einfach so ganz allein zu lustwandeln, wie denn das alles auslaufe und ob alles auch stimme mit der kranken Mutter - Gott, und wenn nicht, was denn ihr lieber Andres sage, ihre Eltern oder die Beamtin?
Aber ein Mensch, der jahrelang im tristen Gewühl, im elenden Einerlei der Stadt und der Not dahintreibt und auf einmal so - gewissermaßen von Amts wegen einem anderen überantwortet - in der freien, wunderbaren Sommerluft sorglos spazieren gehen darf, ein solcher Mensch läßt sich aus, er denkt nicht mehr, er atmet gleichsam nur noch mit dem Herzen.
Die zwei kamen zur Kugleralm, aßen gut und wurden heiterer. Auch Kaffee bestellte der Herr noch, Kuchen durfte Afra essen. Als sie weitergingen, war sie viel ruhiger und zwangloser. Sie setzten sich schließlich an ein sonniges, leicht abschüssiges Moosplätzchen und redeten harmlos und gleichgültig über dies und das.
Mittendrinnen aber sagte der Herr: »Ich hab' nämlich gar keine kranke Mutter!« Und das trieb der Afra die Angst ins Hirn. Sie wollte auf und davon, aber er hielt sie am Arm und lächelte überlegen.

»Lassen Sie mich doch … Ich bin verlobt, ich habe alte Eltern … Ich will Ihnen gar nichts!« sagte sie furchtsam bittend.

»Ich tu Ihnen gar nichts«, meinte er wiederum: »Sie gefallen mir bloß.« Unerregt schaute er sie an und ließ ihren Arm nicht aus. Afra wurde hilflos und fing zu bitten an. Er redete ihr gut zu. Sie sagte plötzlich hart: »Aber wenn ich jetzt schrei!?«

»Ich hab Ihnen doch gar nichts getan, oder?« fragte er keck. Das entwaffnete sie. Eine Weile blieb sie ruhig, doch ihr Herz unter der dünnen Waschbluse schlug heftig.

»Ich muß doch wieder heim! Bitte, lassen Sie mich doch gehen. … Das-das geht doch nicht … Ich hab doch Eltern, was sagt denn da mein Verlobter!« flehte sie wiederum.

»Ich hab Sie doch angestellt!« meinte der Herr frech. Er lächelte aber dabei unaufdringlich freundlich.

»Das-das ist doch nicht wahr!« rief sie noch verängstigter: »Geh, um Gotteswillen, Herr, lassen Sie mich doch gehen, ich bitte Sie!« Er wurde noch liebenswürdiger. Ganz einnehmend rückte er näher an sie heran und hauchte: »Sag doch du zu mir … Ich tu dir gar nichts! Ich bring dich –« Das Wort brach ab, Afra riß und riß, aber er schlang plötzlich seinen einen Arm um ihren Nacken, sie wollte schreien und spürte auf einmal sein warmes, ein wenig nach Kölnischem Wasser duftendes, glattrasiertes Gesicht auf ihrer fiebernden Backe, dann seine weichen, wohltuenden Lippen und wie seine eine Hand sanft über ihr Haar strich. Es schoß ihr alles Blut jagend ins Herz, aufwärts ins Hirn, sie bekam kaum mehr Luft, dann rieselte eine ungeheure Wärme über ihre wehrlosen Glieder, sie atmete, rang und gab plötzlich nach. Sie sank zurück ins Moos und schaute hoch in den blassen ruhigen Himmel, sie warf ihre Arme um den Körper des Mannes und es war ihr, als öffne sich mit einem Male ihr ganzer, gespannter Leib. »Du! Du-u! Du!!!« hauchte sie gebrochen und doch wieder wie jauchzend. Sommer und Sonne und Wiese und Wald und Bienensummen und Grillenzirpen, alles, alles fiel nieder auf sie, sie spürte eine unsagbare Freiheit. –

Die heiße Stadt verdunkelte sich langsam. Aus den Fabriken und Betrieben trotteten die müdegerackerten Arbeitertrupps und zerteilten sich auf den Straßen. Kurze Schreie gingen hin und her, da und dort lachte jemand gurgelnd, alles ertrank im Lärm der wirbelnden Straßen. Die Elektrischen surrten und ratterten, Leute sprangen auf und ab und drängten sich in ihnen.

Der Andres Lochner stapfte ungefähr gegen halb sieben Uhr die ächzenden, schmalen Holztreppen der muffigen Hinterhausstiege hinan und suchte wie gewöhnlich die Högls auf.

»Wo ist denn Afra?« fragte er.

Die zwei Alten erzählten. Er bekam einen roten Kopf.

»Was? Ein Herr? ... Mit dem ist sie nach Grünwald? ... Das ist Schwindel!« rief er finster und lief weg. Er telefonierte an das Arbeitsamt. Da war niemand mehr da. Er ging heim in sein kleines Zimmerchen und nahm sein Fahrrad. Auf der Stelle fuhr er nach Grünwald. Eine Zeitlang suchte er vergebens, dann kam er zur Polizeistation und berichtete.

»Petermann? ... Nein, Petermann ist im ganzen Umkreis keiner!« sagte der Oberwachtmeister gleichgültig, und als der Andres immer mehr in ihn drang, meinte er: »Ja, mein Gott, das kommt da heraußen öfters vor!« und ordnete schließlich eine Streife durch die Gegend an. Man suchte und fragte und forschte. Andres ging den Schutzleuten nicht von der Seite. Vergeblich. Der Wald schwieg, die Felder lagen still da, im wolkenlosen Himmel erglänzten die Sterne, und der Mond übergoß diesen Frieden mit silbernem Licht.

Als Andres tief in der Nacht ganz verstört zu den Högls kam, war Afra schon zurück. Sie saß in der engen, schmutzigen Küche am Tisch und löffelte ihren Kaffee heraus.

»Um Gotteswillen, was ist's denn?« fragte sie erschrocken, als sie ihren Zukünftigen anschaute.

»Du bist mir untreu gewesen! Du bist mit einem andern –« fing er finster zu poltern an. Sie erzählte den ganzen Hergang und beschwor ihre Treue. Sie weinte, sie log, sie wurde zärtlich; sie drohte,

wenn er ihr nicht glaube, ginge sie ins Wasser, denn sie liebte ihren Andres wirklich.
»Was kann denn ich dafür, wenn mich das Arbeitsamt schickt!« beteuerte sie. Die Eltern und die zwei Verlobten hockten zum Schluß in der kleinen Küche.
»Tja, Andres, du mußt ihr schon glauben ... Nein, so ist unsre Afra nicht ... Sie kann doch nichts dafür!« sagte die alte Höglin warm und mütterlich. Und ihr Mann brümmelte: »Ja, mein Gott, wär ja kein Wunder wieder nicht auch, wenn bei so einem Elend eins unter die Räder kommt! ... Aber, Andres, geh, vertragt euch wieder! ... Die Afra ist ein ordentliches Mädl.«
Der Andres schwankte immer noch hin und her. Erst am anderen Tag renkte sich bei den zweien sozusagen wieder alles ein. Die Afra war nämlich zum Arbeitsamt gegangen und hatte der Beamtin alles erzählt, bis auf das natürlich – nun ja, um es kurz zu machen, die Beamtin mußte schließlich sogar ein wenig lachen und schrieb tatsächlich einen kurzen Zettel des Inhalts, daß die Afra Högl wirklich zu einem Herrn Petermann geschickt worden sei, es habe sich freilich herausgestellt, einen solchen gebe es gar nicht, die Adresse sei fingiert gewesen und Afra Högl habe korrekt und pflichtschuldigst gehandelt, sie bürge dafür.
Sechs Wochen darauf heirateten Andres und Afra. Aber, wie gesagt, in jener Nacht nach Grünwald sah es gefährlich aus. Trotzdem – Afra schlief gut.
Zweimal wachte sie flüchtig auf, schaute durch das spärlich verhängte, kleine Fenster himmelhoch, atmete ruhig und schloß die Augen wieder.
Bei Fräulein Attermann gab es um dieselbige Zeit ein sehr lustiges, ausgelassenes Sommernachtsfest. Damen und Herren der besten Gesellschaft waren zugegen. Bis gegen acht Uhr in der Frühe dauerte die Fidelität.
Die Dienstboten – Zofe, Hausmädchen und Köchin – stöhnten mitunter überanstrengt. Diesmal mußten sie ohne Aushilfe alles

allein bewältigen. Der Chauffeur mußte den Wein ausgeben und war morgens stockbesoffen.

Als die Herrschaften die Villa verließen und ihre bereitstehenden Autos bestiegen, brauste die Stadt wie immer. Schon in dieser hohen Frühe schien sie in der Sommerhitze zu kochen und je tiefer die Autos der angeheiterten Herrschaften in das Innere des Häusermeeres kamen, desto verwirrender wurde das Gewühl.

Afra Högl ging unbefangener durch die Straßen und schaute mitunter offen in die vorüberfliehenden Männergesichter...

Herr Kurt Loblinski hatte richtig getippt. Als er, weingerötet und noch schwummelig, in das Börsenblatt schaute, lachte er kurz auf und schnalzte mit der Zunge. Holitzsch-Werke notierten heute bereits 130.

Das Glück hat samtene Schuhe an und wandert immerzu von einem zum andern. Der Alltag gähnte wieder – das Leben der Stadt strömte weiter. –

Nur ein Stückchen Schokolade

I.

»Ißt du wirklich nichts mehr, Arthur? ... Wirklich? ... Du kannst doch noch gar nicht satt sein! Du hast ja kaum was gegessen!« sagte die umfängliche, betuliche Frau Doktor Rochus mit ihrer leicht säuselnden, altmütterlichen Stimme zu ihrem hageren Mann und machte ein ungläubiges Gesicht. Man wußte nicht recht, war sie nur besorgt oder beleidigt. Sie sah flüchtig auf die blattdünn geschnittenen, etwas auseinandergezogenen Bratenstücke, die fast die Hälfte der porzellanenen Platte ausfüllten, sah auf die Glasschale mit dem appetitlichen grünen Salat und auf die noch reichlich vorhandenen flockigen Kartoffeln; sie warf einen schnellen Blick auf ihre gegenübersitzende zwanzigjährige Tochter und musterte deren Verlobten, und dann blieb ihr Blick im Gesicht ihres Sohnes Walter stehen, welcher ebenfalls noch immer auf die übrigen Speisen schaute. Der Doktor Rochus hatte sich nach hinten gelehnt und kaute am letzten Brocken. Unvermittelt krächzte er: »Wieso? ... Andere Leute haben nicht ein Zehntel von dem und müssen auch satt werden! Das wird nicht schlecht und kann abends gegessen werden!« Sie maß ihn vorwurfsvoll, atmete seufzend und schüttelte ihren dicken, fast halslosen Kopf: »Aber Arthur! ... Ich weiß gar nicht – so wenig Appetit, das kann doch nicht richtig sein! Ist doch alles so gut! Nimm doch noch, bitte!« Sie wollte die Bratengabel ergreifen.

»Nein! Nein! Danke-danke! Ich bin vollauf satt!« wehrte der Doktor kurz ab und erhob sich hastig: »Mahlzeit!«

Mutter, Sohn, Tochter und Verlobter schauten ein wenig bestürzt auf ihn, stockten unschlüssig und standen endlich auch auf: »Mahlzeit!«

»Hm-hmhmhm!« machte Frau Doktor enttäuscht und läutete dem Dienstmädchen.

Erst als völlig abgetragen war, ging Rochus in sein Sprechzimmer.

Das wiederholte sich täglich. Der Doktor konnte es nicht leiden, daß viel gegessen wurde und ging stets mit dem besten Beispiel voran. »Gefräßigkeit ist bloß eine üble Angewohnheit und außerdem höchst schädlich und unsozial!« pflegte er zu sagen und verstand es ausgezeichnet, jedesmal nach seinem Gutdünken die Tafel aufzuheben.
All denen nämlich gesagt, die es nicht weiter erzählen: Rochus war nicht einfach irgend jemand. Als modern denkender, sehr auf sich bedachter Mensch war er Sozialdemokrat. Das hatte er auch schon immer bewiesen. Einst war er ein sehr vermöglicher Mann gewesen, hatte in der Nähe unserer Stadt ein vielbesuchtes Sanatorium besessen und errang sich bereits damals wegen seiner neuzeitlichen Heilmethoden und hauptsächlich ob seiner kühnen, fortschrittlichen Gesinnung einen weitbekannten Namen. Die Ungunst des Krieges jedoch, die Revolution und die darauffolgende Inflation hatten seine Existenz fast völlig vernichtet. Er war gezwungen, seinen Besitz zu verkaufen, zog mit seiner Familie in die Stadt und eröffnete hier eine bescheidene Praxis. Trotz alledem aber – er verlor den Kopf nicht, klagte nicht über sein Schicksal, denn die neuen Verhältnisse, wie sie sich nun einmal entwickelt hatten, liefen mit seiner bisherigen Gesinnung konform. Freilich, Sozialismus und Demokratie über alles, aber man konnte sich ihretwegen nicht völlig ruinieren! Rochus war Familienvater, hatte einen guten Ruf und war sich seines Wertes bewußt – nun denn, die Sozialdemokratie gelangte damals zur Macht, man konnte sich ihr ohne Gefahr anschließen, bei ihr lag gewissermaßen die Zukunft, sie war nicht kraß und stellte an den einzelnen keine besonderen Anforderungen. Mit der ihm eigenen zähen Lebhaftigkeit und mit klug witterndem Instinkt gelang es dem Doktor alsbald durch Wort und Schrift die Aufmerksamkeit der maßgebenden Parteiführer auf sich zu lenken. Seither hielt er im Auftrage der Gewerkschaften und der Partei meist Vortragsreisen und veröffentlichte Bücher über »Massensport«, »Naturgemäße Ernährung«, »Proletarische

Hygiene« und dergleichen. Er war eingeschriebenes Mitglied der Partei, seine Praxis lief nur noch nebenher, die öffentliche Tätigkeit nährte ihn und die Seinen – wie er sich ausdrückte – »standesgemäß«. – Genug, der Doktor Rochus saß an jenem Nachmittag in seinem sonnigen Sprechzimmer über dem Manuskript »Der Arzt als Träger des sozialistischen Gedankens« und zerkaute ein um das andere Mal ein Stück Schokolade, lauschte ab und zu, ob nicht ein Patient ins Vorzimmer käme, nahm einen Schluck Wasser, wischte sich eilsam die Lippen ab und brach immer wieder ein Stück von der braunglänzenden Tafel ab. Es schmeckte ihm vorzüglich, ja, es sah fast aus, als sättige er sich jetzt erst richtig. Dabei machte er ein boshaft zufriedenes Gesicht. –

»Das tief Menschliche der sozialistischen Idee verkörpert sich gerade im modernen Arzt am sichtbarsten. Jenes frühe, christliche, brüderliche Einanderhelfen ist letzten Endes die Grundlage –«, las er und stockte plötzlich. Draußen war die Tür gegangen. Hurtig verbarg er die Schokolade in der Schublade und stieß diese zu. Er hob den Kopf und fuhr hastig mit dem Ärmel über seine Lippen. Es klopfte leise.

»Ja! Herein!« rief er halb ärgerlich, setzte ein sachliches Gesicht auf und schwang sich vom Stuhl in die Höhe.

»Papa? . . . Hast du nicht ein bißchen Schokolade da?« fragte seine Tochter in der Türe und blickte zärtlich bittend drein. Rochus wurde flüchtig rot und furchte finster die Stirn.

»Was? . . . Ich? . . . Schokolade? Wie kommst du darauf? Wieso?!« fuhr er das Mädchen grob an und tat verblüfft. Brummig fertigte er die bescheidene Bittstellerin ab: »Stört mich bitte nicht immer! Ich habe zu arbeiten! . . . Du weißt doch, daß ich nie Schokolade habe! Du brauchst auch keine, du bist sowieso zu dick!« Er setzte sich wieder und murrte in sich hinein. –

Kurz darauf – nachdem seine Sprechstunde ohne Patientenbesuch abgelaufen war – nahm er das fertige Manuskript und trug es eigenhändig zur Redaktion. Zugleich kassierte er dort das fällige

Honorar für die vorher erschienenen Artikel, zählte und rechnete genau, was mit dieser Summe alles anzufangen sei und kaufte sich insgeheim wieder etliche Tafeln Schokolade. –
»Arthur«, sagte seine Frau, als er nach Hause kam: »Es ist ein Patient dagewesen ... Kurz nachdem du weg warst ... Er sagte, er könne wegen seiner Geschäftszeit nicht anders kommen, ob du morgen da bist ... Er hat so weit her?«
»Hm – ja, morgen bin ich da! ... Hast du gefragt, wie er heißt? ... Kassenpatient, was? Ach, der soll zu einem andern gehen! Springt sowieso nichts dabei heraus!« hackte Rochus aus sich heraus und als seine gutherzige Ehehälfte sagte: »Aber hör mal, Arthur! ... Du sprichst doch immer von Sozialsein!«, wurde er bissig: »Ach, das verstehst du nicht! ... Ich opfere gerade genug! Und übrigens, ich kann über meine Zeit auch nicht frei verfügen! Da geht man eben zum Chef und läßt sich freigeben.«
»Aber Arthur, das weiß doch jeder Mensch! Die Chefs geben doch nicht gern frei, und dann hat so ein armer Mensch bloß noch Schaden davon! Womöglich gibt's Lohnabzug wegen der paar Stunden!« hörte seine Frau nicht auf.
»Unsinn! Dummes Zeug!« schimpfte jetzt der Doktor gerade heraus: »Ha, wär' ja noch schöner! Zu was haben wir denn dann Sozialgesetzgebung, Gewerkschaft und Arbeitsgericht! Laß mich zufrieden jetzt!«
Frau Doktor war eine einfältige Frau. Sie begriff ihren Mann meist nicht, aber wenn ein vermöglicher Privatpatient kam, handelte der Doktor ganz anders. Den behielt er eine Stunde und noch länger.
»Du machst aber Unterschiede!« hielt ihm seine Frau einmal vor. Das traf ihn.
»Was? ... Wie sollen wir denn sonst existieren? Von den paar Kassenpatienten vielleicht?« verteidigte er sich höhnisch, und selbstverständlich mußte sie ihm da recht geben. Sie sah ihn aber dennoch zweifelnd an.
»Sogar streng sozialistisch gedacht, ist meine Handlungsweise rich-

tig!« belehrte er sie: »Ich nehme so reichen Leuten das Geld ab, sorge dadurch für euch alle und kann mich so für meine soziale Tätigkeit frei machen! ... Na, nu? Hab ich recht oder nicht?!«
Frau Doktor war geschlagen. Sie sagte nichts mehr.

II.

Es handelte sich, wie gesagt, nur um ein Stückchen Schokolade. Aber das Geringste ist immer nur ein Teil des Größten. Mit dem Pfennig beginnt die Million und der ganze Welthandel. Aus einem kleinen Gedanken wächst die gewaltige Idee, wird zur Tat und verändert schließlich den Gang des Lebens. Im Privatesten spiegelt sich stets das Allgemeine, das Menschliche schlechthin. – Etliche Tage darauf hatte der Doktor Rochus wieder einmal einen seiner beliebten Vorträge zu halten. Die Familie atmete auf. Den ganzen Tag hatte sie die schwungvollen Tiraden und besten Redewendungen über sich ergehen lassen müssen, nun konnte sie sich wenigstens beim Abendbrot gemütlich satt essen, denn der Doktor mußte früher weg. Auch Emmas Verlobter, Jefim Moloff, ein bulgarischer Medizinstudent an der hiesigen Universität, war wieder da. Man unterhielt sich ungezwungen und lachte viel.
»'eute ist 'err Lehrer fooort – errrgo dirrrfen Kinder lustik sein!« ahmte Walter das gebrochene Deutsch Moloffs nach und fand Beifall von der ganzen Tischrunde.
»'at 'errr Doktoor schon wiederr dozirrrt?« fragte Jefim und verzog sein naives, gesund rotbackiges Gesicht.
»Und ob! Uns brummen jetzt noch die Ohren!« sagte Emma und Frau Doktor selber erzählte seufzend weiter: »Ach Gott, ach Gott, *der* Mann! *Der* Mann! ... Den ganzen Tag korrigiert er: ›Unverantwortlich sowas! ... Das ist kraß unsozial! ... Bedenk doch, wenn jeder so wirtschaftet wie wir!‹ ... Ach Gott, ach Gott! Er kasteit sich direkt selber! ... Schrecklich, sowas! Schrecklich!« Sie brach ab und schnaubte asthmatisch.

»Das ist ebben so: Er ist wissenschaftlicher Sozialist ... Er denkt immer an die Idee«, versuchte Moloff zu erklären und Emma, die das nicht begriff, lachte kurz auf und rief bitter: »Jaja, ewig mit seiner Idee! ... Und wir haben's auszubaden!«
»Die Wissenschaft, die Wissenschaft, die Wissenschaft drang siegreich vor – sie wird die Welt gewi-i-innen!« trällerte Walter liedmäßig und stand auf. Er ging ins Sprechzimmer und schnüffelte in den Schubläden des väterlichen Schreibtisches herum, denn er wußte, für bessere Patienten und Besuche hatte der Nichtraucher Rochus Zigarren. Dabei stieß er auch auf drei Tafeln Schokolade und nahm eine für Emma mit. Lustig paffend kam er ins Eßzimmer zurück und rief triumphierend: »Da, Emmchen! Da! ... Da, nimm doch! Aus Vaters Reservoir! ... Nimm doch! Er hat noch ganze zwei Tafeln! ... Nimm doch! Was hast du denn?«
Er stockte, Emma war sprachlos und schaute fast entgeistert auf die Schokolade.
»Da! So nimm doch! Was-was ist's denn?« wiederholte Walter und legte seiner Schwester die Tafel hin.
»Sowas Schäbiges! Drei Tafeln hat er! So-sowas Schofles!« brach nun Emma plötzlich halb weinend heraus: »Und mir sagt er neulich, er ißt überhaupt keine Schokolade! ... Uns gönnt er kaum das Sattessen, und er stopft sich heimlich – Pfui! Pfui!«
»Aber Emmchen! Emmchen? ... Er kann's doch nicht gewußt haben! ... Er hat's sicher für Besuche und weiß gar nichts davon!« verwarnte sie die Mutter, aber als Walter auch noch von einer halb aufgegessenen Tafel erzählte, fing Emma voller Empörung noch viel ärger zu schimpfen an. »Das-das ist nicht sehrr edell firr einen Sozialisten!« sagte auch Moloff. Ratlos blickte die dicke Doktorin drein.
»Halt! Ich hab was!« sagte Walter und pfiff kurz auf. Er entschälte die Schokolade vorsichtig und gab sie Emma, die zu essen anfing.
»Iß nur!« ermunterte sie Walter und holte ein Stück Holz aus der Küche, schnitt es zu einem Blättchen, wickelte es wieder fein

säuberlich in das Silberpapier, zog mit dem Fingernagel die Rillen und stülpte die unversehrte Papierhülse drüber.
»Strafe muß sein!« sagte er alsdann: »Wartet nur, das legen wir wieder zurück. Da kann er sich seine wissenschaftlichen Sozialistenzähne ausbeißen, wenn er will! Aber, daß ja keiner was verlauten läßt! Ja nicht! Sonst ist der ganze Witz weg!« Sagte es, alle versprachen Verschwiegenheit, und er brachte die Attrappe zurück. Die Exekution war vorüber. –
Spielt man aber seinem Nebenmenschen einen lustigen Streich, so möchte man auch gern die Wirkung erleben. Darum wartete die ganze Familie gespannt. Ein Tag verging, noch einer, noch einer. Nichts, gar nichts. Das Interesse der Wartenden erlahmte schon langsam. Vielleicht aß Doktor Rochus wirklich keine Schokolade? Am Ende hatte seine Frau recht gehabt mit ihren Einwendungen auf Emmas Empörung?
Warum aber war die angerissene Tafel – wie Walter entdeckte – am anderen Tag nicht mehr da? Also doch! Also noch ein bißchen warten! –
Als bekannter Sozialdemokrat und geschätzter, angesehener Geistiger bekam Rochus vielfach von durchreisenden Parteigrößen Besuch. Das schmeichelte nicht nur seiner Eitelkeit. Bei einer Tasse Tee ergaben sich die anregendsten Diskussionen. Der neugierige Mann erfuhr allerhand Nützliches. Man wurde immer bekannter und, weiß Gott, solch eine billige Gastlichkeit brachte vielleicht einmal irgendeinen Gewinn. Die Partei saß in der Regierung, viele Wege standen offen. –
Leider aber gab es noch immer Länder auf der Welt, in denen auch Sozialdemokraten verfolgt wurden und flüchten mußten. Das war ein trübes Kapitel. –
Bei Rochussens saß man, wie gewöhnlich, am spärlichen Mittagstisch.
»Eine Schande! ... Walter!! Friß doch nicht so!« fuhr der Doktor seinen hungrigen Sohn an und hub sogleich lehrerhaft an: »Gewis-

senlos so etwas! Hunderttausende von Erwerbslosen, von schuldlos Armen wissen nicht, wo sie ein Stück Brot herbringen sollen, und du – bei uns –«

Es läutete schrill im Korridor. Vor lauter Ärger über den unverantwortlichen Esser rannte der Doktor aus dem Zimmer zur Korridortüre.

»Gu-udden Dag!« sagte ein kleines, eingeschüchtertes, schäbig bekleidetes Männchen und schaute hilflos zerhetzt drein.

»Guten Tag, was wünschen Sie?« fragte der Doktor herrisch und wollte dem Bettler schon die Türe vor der Nase zuschlagen, aber der Mann trat etwas vor und machte viele Verbeugungen.

»Gu-hudden Dag! ... Genosse Doktor Rochus? J-ja? ... Verseihung-Verseihung!« plapperte er und streckte die mageren Arme aus dem schlissigen Havelock, gestikulierte und lispelte hastig: »Sozialist ... Von Polen geflüchtet! ... Verseihung, entschuldigen Seee, biddä, darrrf ich ...?«

»Kommen Sie herein!« rief Rochus ein wenig freundlicher und ließ ihn in den Korridor treten. Die Tür klappte zu. Neugierig reckten Walter und Emma den Kopf aus der Eßzimmertür und schlichen herbei. Mitleiderregend berichtete der Pole von seiner abenteuerlichen Flucht, von seinen Leiden und Entbehrungen – und er habe außerdem noch zwei kleine Kinder, er sei schon da und dort gewesen, man habe ihn hierher empfohlen, er bitte um eine kleine Unterstützung, damit er heute abend nach Wien weiterreisen könne.

»Nurrr sehn Maark, zehn Maark firr Fahrgeld, liebärr Genooose ... Bloß sehn Mark und ich gann fahrren su meine Bekannte auf Wien!« flehte er. Ausgemergelt, zerfetzt und jämmerlich stand er da, unruhig gingen seine entzündeten Augen hin und her. Der Doktor Rochus fragte und fragte und bekam ein zermürbtes Gesicht; weil aber der kleine Mann im Havelock immer dringender bat, wurde er momentweise völlig hilflos. Heftig schlug sein bewegtes Herz. Gewiß, er hatte großes Mitleid, er war ein menschli-

cher Sozialist, aber *geben* – nein! So einzeln geben, das fand er nicht richtig.
»Waren Sie denn schon beim Landesausschuß? Bei der Parteileitung?« fragte er klanglos. Der im Havelock nickte: »'abe schon vorgesprochen, jawoll, jawoll, Genooose ... Bloß sehn Maaark noch, sehn Mark! 'aben Genooosen gesagt, Doktorrr Rochus, er wirrrd gebben ... Biddä, lieberr Genooose, Erbarmen ... 'abe so zwei kleine Kinder!« In der Brust des Doktor Rochus kämpfte es, aber er ärgerte sich auch hinwiederum.
»Ich versteh nicht! Das ist doch Angelegenheit der Parteiinstanzen! ... Ich bin so arm wie Sie! Man zahlt doch Mitgliedsbeiträge gerade genug!« zeterte er und fertigte den Flüchtling mit vielen guten Ratschlägen und Empfehlungen an andere Leute ab. »Geld hab ich keins, aber warten Sie!« sagte er, ging rasch ins Sprechzimmer und kam mit einer Tafel Schokolade zurück: »Da! Da, nehmen Sie das für Ihre Kinder mit! Mehr hab ich nicht! Leider, leider ...!«
»Va-ater!« wollte Walter sagen und erbleichte. »Papaaa!« rief Emma ebenso und schluckte. »Macht, daß Ihr weiterkommt! Marsch! Fort!« schnitt ihnen da der Doktor barsch das Wort ab und öffnete dem Fremden die Tür. Wie vernichtet kamen Walter und Emma ins Eßzimmer zurück. Sie sagten kein Sterbenswort, sie preßten nur beschämt die Lippen aufeinander. Als endlich der Doktor zurückkam, saßen sie immer noch so benommen da und wagten ihn nicht anzusehen. Dies gab ihm sogleich wieder das Übergewicht.
»Da habt ihr's einmal wieder gesehen, was es heißt, für seine Überzeugung zu kämpfen!« sagte er fast feldwebelmäßig: »In Deutschland ist Gott sei Dank die Partei an der Macht. Da passieren solche Dinge nicht mehr! ... Aber mit euch kann man ja nicht reden! Ihr seid ja zu dumm dazu!« Er hielt einen Augenblick inne und meinte in bezug auf den Flüchtling: »Wie weit die Leute auch noch hinten sind! ... Er hat es gar nicht nötig, um Almosen zu kommen. Das erniedrigt ihn und mich! ... Ich hab ihn natürlich jetzt erst an die richtigen Stellen verwiesen.«

Sein unmutiges Gesicht gleimte langsam auf. Man sah es ihm an – die Partei hatte ihn wieder einmal gewissermaßen errettet. Diesem merkwürdigen Ding, diesem großen Apparat konnte man jede schwierige Verantwortung aufhalsen.
Es läutete abermals.
»Zum Donnerwetter nochmal, was ist denn das heut!« schnellte Rochus vom Stuhl empor. Das Mädchen meldete den Herrn von vorhin.
»Wa-was?!« stotterte der Doktor steif stehen bleibend: »Was will er denn noch!« Dann rannte er noch ärgerlicher aus dem Zimmer.
»Das ist er! Er bringt–«, hastete Walter Emma zu und beide schauten einander vielsagend an. Im Korridor stand der kleine Pole mit betrübtem Gesicht und hielt dem Doktor ein Stückchen Holz im aufgerissenen Silberpapier entgegen.
»E-ents-suldigen Sie, 'err-err Doktor, e-e-s ist 'olz! Is gar nicht Sokoladi, is 'olz!« stotterte er: »Is nicht Sokoladi ... Nurrr 'olz!« Und er lächelte erschöpft.
Rochus bekam ein furchtbares, fassungsloses Gesicht. Er fand das Wort nicht, er schwankte ein wenig und glotzte auf das hingehaltene Stück.
»Is-is 'olz! S'ade!« murmelte der Fremde.
»Da! Da! Mehr hab ich nicht!« sagte Rochus plötzlich und holte aus seiner Westentasche einen Taler: »Entschuldigen Sie! Das war ein Irrtum!« Er brachte es so unfreundlich heraus, daß der Kleine im Havelock sich wortlos umdrehte und davonging. Der Doktor hielt das Stückchen Holz in Händen und musterte es von allen Seiten. Dann rief er Walter und Emma.
»Was sind das für Dummheiten!« begann er wüst zu schimpfen und forschte und forschte wie ein überheblicher Kriminalist: »Wer hat das gemacht!? ... Ihr natürlich, ihr! Wer war das?«
»Aber Papa? Papa, ich wußte doch gar nicht, daß du –«, wollte Emma schüchtern einwerfen.
»Ach was! Was-was! Natürlich hab ich Schokolade für Besuche! ...

Wer hat das gemacht! Wer!?« überschrie sie der Doktor hitzig: »Wer war das?« Er ließ keine Scham aufkommen, er zerredete sie, er blieb Herr der Situation, aber weil Sohn und Tochter derart verblüffend ehrlich leugneten, glaubte er ihnen wirklich.
»T-hm! T-hm!« preßte er auf einmal aus sich heraus: »T-hm, da muß mir die Firma irrtümlich eine Attrappe verkauft haben!« Er achtete nicht mehr, wie die zwei dreinschauten. Rasch drehte er sich um und lief in sein Sprechzimmer, setzte sich hin und ärgerte sich. Immer wieder prüfte er das Holz im Silberpapier und schüttelte den Kopf.
Hinten im Eßzimmer schmeckte den andern das Essen jetzt besonders gut. Walter und Emma konnten nur mit aller Mühe ihre knisternde Schadenfreude unterdrücken.

III.

Lieber Leser und aufmerksame Leserin! »Lügen«, heißt es, »haben kurze Beine.« Das ist ein dummer, nie zutreffender Spruch. Hand aufs Herz: Auch wir erlebten schon manchmal dasselbe wie der Doktor Rochus. Mit einer kleinen, hurtigen Lüge retteten wir uns aus einer Peinlichkeit, durch einen winzigen Zufall kam die Wahrheit an den Tag, wir verteidigten uns mit aller Schläue gegen gerechte Vorwürfe, ja, wir siegten sogar scheinbar, aber, weiß der Teufel, es blieb ein fader Bodensatz in uns drinnen. Wir mußten uns insgeheim gestehen: Wohl, wohl, gesiegt hast du, dennoch aber – warum bist du nicht zufrieden? Genug, ich nehme an, wir verstehen uns!
Was fängt aber nun ein Mensch in einer solchen Situation an? Er wird immer ärgerlicher, er sucht unbedingt nach einer Rechtfertigung, er spürt einer errettenden Ursache nach und – seht ihr – der Doktor machte es genau so. Er vergaß die paar bestellten Patienten, er rumpelte sozusagen über all seine sozialen Prinzipien hinweg, nur für sich, nur für diesen kleinen, persönlichen Sieg interes-

sierte er sich noch. Er sprang plötzlich auf und begab sich in das Geschäft, wo er die Schokolade gekauft hatte.
»Fräulein!« rief er: »Hören Sie! Sie, Fräulein!« und hielt das eingewickelte Holzblättchen hin: »Fräulein, kommen Sie mal her! Da, da, was haben Sie mir denn da verkauft?« Und er erzählte mit der ganzen Überzeugungsgewalt, die er aufbringen konnte. Das Fräulein kam gar nicht zum Reden, schüttelte den Kopf, Rochus gab nicht nach.
»Sie werden doch nicht glauben, daß ich aus heiler Haut komme!« wurde der Doktor immer heftiger: »Rufen Sie mir den Herrn Chef, bitte! Bitte!« Das Fräulein ging ins Privatkontor. Die Leute im Laden schauten schon. Der beleibte Chef kam herbei. Rochus fing sofort wieder von vorne an.
»Ausgeschlossen! Sehn Sie, so sieht bei uns eine Attrappe aus ... So!« rief der Chef und zeigte ihm eine Attrappe aus Pappendekkel: »Holz, das gibt's nicht! ... Das sieht man doch ... Da hat sich jemand einen Ulk gemacht ... Sowas wird doch fabrikmäßig hergestellt ... Nein-nein, dafür kann ich mich nicht haftbar erklären!« Indessen, der Doktor Rochus war nicht umsonst ein hartnäckiglogischer Redner, und außerdem, dieser hämische dicke Geldeinnehmer da! Und überdies, hier stand direkt schon die Ehre auf dem Spiel! Soviel Peinlichkeit und jetzt noch womöglich abziehen zu müssen wie ein begossener Pudel, nein, nein!
»Aber hörn Sie! Was glauben Sie denn!« fuhr der Doktor zornrot an, und der ganze Betrieb im Laden stockte. Jeder und jede glotzten.
»Ist doch direkt lächerlich, wegen einer windigen Tafel Schokolade! ... Glauben Sie, ich lauf mir da die Schuhsohlen ab!« belferte Rochus noch ärger und drohte jetzt sogar mit Polizei. Er machte auch bereits eine Wendung, um den an der offenen Ladentüre promenierenden Schutzmann zu winken. Und siehe da, das wirkte.
»Da, in Gottesnamen! Da haben Sie Ersatz, aber verlassen Sie, bitte, meinen Laden! Auf solche Kundschaften verzichte ich!« rief der Chef endlich.

»Wie? Was?« wollte Rochus noch einmal anfangen und steckte hastig die Tafel Schokolade in die Rocktasche: »Ich möchte denn doch schon bitten! Hi-ier!« Und er reichte dem Mann eine Visitenkarte.

»Adjö, auch ich kann woanders einkaufen!« rief er und stolzierte aus dem Laden. Schon nach wenigen Schritten klärte sich sein faltiges Geiergesicht auf.

Die Sonne fiel über das Straßengetriebe. Alles schien munter, lebendig und mutig. In der Hast stieß einer den andern, jeder strebte weiter, die Dickfelligsten und Beharrlichsten siegten. –

Als der Doktor Rochus nach Hause kam, schenkte er sogar Emma die Tafel Schokolade. Die war so baff, als er erzählte, wie sich im Laden alles zugetragen hatte, daß sie ihn nur mehr groß ansah. Er aber – und das scheint immer so zu sein, wenn ein Mensch recht behält – sagte mit einem Anflug von Wärme: »Du wirst das schon noch einmal begreifen! ... Ein Sozialist ist einer, der selbst gegen die kleinste Ungerechtigkeit protestiert ... Und da, an diesem kleinen Beispiel hast du einmal wieder gesehen, wenn man sich mit seiner ganzen Person einsetzt, überzeugt man auch. Nur *so* kommen wir weiter mit der Menschheit!«

Und frohgemut ging er ins Sprechzimmer.

Der Ruhm trügt

I.

Das Leben eines Hilfslehrers auf dem Lande kann reizend sein, wenn der betreffende junge Mann von vermöglichen Leuten aus der Stadt stammt und die Natur liebt, wenn er es versteht, seine Vorgesetzten rasch für sich einzunehmen und wenn er auch sonst ein umgänglicher, hübscher Mensch und ein guter Tänzer ist. Dann verläuft alles wie ein Idyll aus vergangenen Zeiten. Der junge Mann ist alsbald eine geachtete Persönlichkeit und wird von den Töchtern der besseren Familien mit einschmeichelnder Anmut umworben; im Winter, auf den lustigen Bällen, kann er Köstliches erleben, und im Sommer gibt es lange, herrliche Ferien. Da fährt man zunächst einmal nach Hause und läßt sich neu ausstaffieren, drei Wochen oder noch länger verbringt man im Gebirge oder in Italien und den Rest der schönen Freizeit wiederum auf dem freundlichen Schuldorf. Da läßt sich's tagelang herumstreifen in den summenden, kühlen Wäldern, baden in heiteren Bächen oder in einem lieblichen See, die Liebe kommt in den wunderbaren Sternnächten auf ihre Rechnung, und die melancholische Sehnsucht des Zwanzigjährigen kann - wenn man Stunden und aber Stunden auf sanften, grünen Hängen liegt und ins Blaue schaut - ins Grenzenlose ausschwärmen. Es trifft meistens zu, ja, es ist so gut wie sicher: Jeder solche junge Mensch dichtet insgeheim, denn Traum und Wirklichkeit fließen derart glückhaft ineinander, daß sie allein schon ein Gedicht sind, ein hauchzarter Roman voll süßer Schwärmerei. -

Auch der Hilfslehrer Jakob Torberger in Sassenbach stammte aus der Stadt und dichtete auf seine Art, wenngleich bei ihm die Verhältnisse nicht gerade günstig lagen. Als Sohn eines armen Hausmaurers hatte er einst einen kärglichen Freiplatz auf dem Lehrerseminar bekommen und mit knapper Not alle erforderlichen Prüfungen bestanden. Um dieselbe Zeit starb sein alter Vater ganz plötzlich, Jakobs ältere Brüder waren im Krieg gefallen, und nun mußte die kränkelnde Mutter auf Kosten der Stadt im Altweiberspital aufgenommen werden. Jakob erschütterten all diese Ereignisse nicht sonderlich. Er hatte nie gar fest an seinen Eltern und Brüdern gehangen, und der Krieg mit seinen harten, erzwungenen Notwendigkeiten zerstörte diese Zusammengehörigkeit fast völlig. Als Kind der traurigen Generation, welche in jenen düsteren Jahren heranwuchs, war er von früh auf sich selber überlassen. Niemand konnte ihm helfen. Enge und Not machten ihn klar und hart. Er mußte schauen, wie er allein durchkam, und als er endlich das Seminar verließ, war er bereits ein ernster Mann. Allein stand er inmitten einer erbarmungslosen Welt. Es hieß sich behaupten oder man kam unter die Räder. Viele waren vernichtet oder fretteten sich erbärmlich weiter. Er hatte immerhin eine Existenz und seine Zukunft war gesichert. Im Grunde genommen hätte er also zufrieden sein können. Ganz das Gegenteil aber traf zu. Er war höchst unglücklich. Sein Beruf freute ihn nur wenig und dieses geruhige Leben auf dem Lande langweilte ihn fürchterlich. Er haßte es geradezu. Die Natur war ihm gleichgültig. Er schwamm gerne, das war alles. Am liebsten saß er in seinem Zimmer und las ernste Bücher, dachte angestrengt über etwas nach und schrieb diese Einfälle nieder, verbesserte den einen oder anderen Satz immer wieder und war nie zufrieden. Die sorglosen ländlichen Sitten und Vergnügungen, die unveränderten bäuerlichen Menschen und das Gehaben der Besseren waren ihm fremd und meistenteils zuwider. Er war ungesellig und wortkarg, hatte hölzerne Manieren und tanzte nicht. Die Frauen interessierten ihn kaum. Ihnen gegenüber war er hilflos und verbarg dies mitunter hinter einer unsicheren, fast abstoßenden Frechheit. Seine Vorgesetzten respektierte er, so gut es ihm gelang. Abgesehen von den wenig gewinnenden Eigenschaften, machte er auch keineswegs eine vertrauenerweckende Figur und gab nichts auf Kleidung. Gesund, groß und stark war er zwar, aber er hatte keine ansprechende Haltung und latschte meist faul

daher. Seine eckigen, auffallend breiten Schultern fielen nach vorne, an den langen, dürren Affenarmen hingen unförmig große Hände, leichte X-Beine und tölpische Plattfüße hatte er. Nicht besser sah sein grobschlächtiges, über und über mit Sommersprossen besetztes Gesicht aus. Es war merkwürdig kellerfarben und schon faltig. Unter dem dichten, fettig roten Haar begann die niedere, ordinäre Stirn. Ein dicklippiges, schiefes Maul hatte er, derb traten die Backenknochen hervor und dahinter steckten kleine graue, gierig lauernde, respektlose und ein wenig stechende Augen, dazwischen hügelte sich die zu kurze, breitgedrückte Sattelnase, und endlich ein brutal vorgeschobenes Kinn beschloß all diese Häßlichkeit.
Seinen Dienst verrichtete Jakob leidlich. Die Vorgesetzten hatten nichts an ihm auszusetzen. Er lebte äußerst zurückgezogen, trank nicht und machte nicht von sich reden. Die Kinder mochten diesen Lehrer nicht und fürchteten ihn ohne Grund. Er war nämlich nicht streng, immer aber finster, ungemütlich und zerstreut, und mitunter brüllte er einen Schüler ganz unvermittelt drohend an, daß dieser angstvoll am ganzen Körper erzitterte. Das klang meist, als wehre sich der seltsame Herr Lehrer nur gegen eine unerwünschte Belästigung. Gleich darauf hatte er wieder die gewöhnliche Miene, ging auf und ab zwischen den Bankreihen und stellte ziemlich klanglos Fragen, oder er saß vorne hinter dem Katheder und las.
Da sich Jakob nie unter die Leute mischte, wurde er wenig beachtet. Die meisten witterten einen muffigen Charakter in ihm oder hielten ihn für stolz. Jedermann hatte einen gewissen, fast feindlichen Respekt vor ihm. Er grüßte ohne Wärme, der andere erwiderte den Gruß ebenso, damit war es genug.
Solchermaßen also verbrachte der Hilfslehrer Torberger die Tage, Wochen und Monate und dichtete. Und wie er dichtete, das muß auch noch rasch beschrieben werden. Nämlich, er begann immer mit sogenannten Gedankensplittern, die er stets umarbeitete und erweiterte. Schließlich wurde eine kleine Erzählung daraus.

Erfindungsgabe aber hatte er gar keine. Er beschrieb stets nur das, was er gesehen und erlebt hatte. Ganz einfältige Dinge. Das Schlachten eines Ochsen zum Beispiel, dem er öfter zusah. Er schrieb ganz genau jede kleinste Kleinigkeit des Herganges einer solchen Schlächterei auf, alsdann hing er seine persönlichen Betrachtungen daran, wieso nun dies so sein müsse, ein Tier umzubringen und diese Leiche unbedenklich zu verzehren. Oder auch – der Hauptlehrer hatte ihn geärgert. Er ging davon aus, daß dieser sich wiederum über seine Frau, wegen des Pfarrers oder sonst wegen irgend etwas geärgert hatte, kurzum, es wurde eine ganze, oft recht verworrene Kette von Ärger, einer den anderen erzeugend und stets nach sich ziehend. Das war sonderbar, schier gespenstisch. Der winzig kleine Ärger hockte anfangs wie eine kribblige Fliege auf einem Menschenkopf, wurde größer, schwoll und blähte sich ins Gigantische, und zu guter Letzt war er die Weltkugel. Mensch und Kopf waren längst nicht mehr da, nur noch diese riesige, beängstigende Kugel. Und wenn man genau hinschaute, dann sah dieses unwirkliche Ding wie eine gewaltige Wabe von lauter aneinanderhängenden Fliegen aus, die ewig aufeinander stocherten und sich den Platz streitig machten. So etwas verwirrte und beschäftigte Torberger oft wochenlang. Er rechnete, daß auf ähnliche Weise wohl alle Bewegungen auf der Welt zustande kämen, und er zog die kühnsten Vergleiche. Er schwebte – wie man so sagt – gleichsam im unendlichen, luftleeren Raum über dem Leben, verfolgte mit forschenden Blicken alle diese Stromfäden bis auf ihren Ursprung zurück, die Menschen verdichteten sich zu einer trägen Masse, welche von diesen Energien zerteilt, verschoben und umgeschichtet wurde, immer wieder anders, unablässig sich verändernd ...

In solchen Augenblicken überwältigte den Hilfslehrer ein dumpfes Gefühl der Tat. Eine wilde Sehnsucht nach der Stadt durchtobte ihn. Hier in diesem weltverlassenen, täglich gleichen Viertel kam er sich nutzlos vor, wie ausgeschlossen, wie verbannt und gefangen.

Sein heißes Leben rumorte dagegen. Er wollte auf und davon, er schnellte schon auf – aber, ja so! – eine späte Fliege summte um die elektrische Birne, durch das offene Fenster drang Jasmin- und Holunderduft, die rissigen Tapetenwände tauchten auf, der Tisch, da war das Bett, dort die Tür – und morgen kommt der grämliche Hauptlehrer wieder über den Gang und grüßt ungut, die Kinder plappern und glotzen dumm – draußen stand der Mond, die Sterne übersäten den dunklen Himmel und weit und breit wie eine zerklüftete, geisterhaft überhellte Kraterlandschaft lag das träge, lähmende, unüberspringbare Nichts ...
»Herrgott! Herrgott!« knirschte Torberger ohnmächtig und schwankte ein wenig. »So muß das sein, wenn man ordentlich verheiratet ist!« brummte er bissig vor sich hin. Er sehnte sich nach der Stadt wie nach einer heimlichen Geliebten. Er bekam ein Gesicht wie ein erliegender, geiler Lüstling vor einer schamlosen Kokotte. Es war, als zerbröckle er langsam. Seine erhitzten Augen verloren den Glanz. Ganz matt war er. Der Schweiß stand auf seinem Körper. All seine Glieder waren wie ausgepumpt, völlig kraftlos und ohne jeden Willen. Er zog sich mechanisch aus und legte sich zu Bett.

II.

Es läßt sich leicht denken: Das wahre Glück für Jakob Torberger begann erst, wenn er nach all der sauren Dienstzeit seine zusammengeknauserten Ersparnisse einsteckte und in die Stadt fuhr, um dort seine Ferien zu verbringen. Da lebte er auf, da war er daheim, da war er ganz frei. Gewiß, wenn er sich zurückerinnerte, es kam nicht viel Schönes dabei heraus – seine dumpfige Jugend, sein humorloser Vater, der fast jeden Abend Partei- oder Gewerkschaftssitzungen mitmachte, seine heimlich bigotte Mutter, die ewig jammerte und den Buben winselnd erzog, die Brüder als Unteroffiziere, zänkische Nachbarn, dann viel Hunger, Anstehen um Brot, Kartoffeln, Butter oder Fleisch, die ausmarschierenden grauen Solda-

tenzüge, die eingeengte Seminarzeit, Prügel, Verwarnungen und andere mißliche Dinge, Häuser, Häuser und Menschen mit ausgemergelten Gesichtern und eine langsam verödende Stadt. Dann die Revolution mit ihrem wilden Geschrei, mit den täglichen Demonstrationszügen, die der Bub so unbändig gerne ansah und mitgemacht hätte, schließlich die blutigen Kämpfe und eine zermürbende Inflation, die vorüberglitt - für den Armen wie eine wüste, verwirrende Hetzjagd, für den Findigen wie eine Orgie. Eine heftige, unruhige, so gar nicht regelmäßige Jugend war das gewesen, aber *was* hatte man nicht alles doch erlebt? Ein ganzes Jahrhundert an Ereignissen glitt fast vorüber, die Zeit rannte, jagte und man wuchs mit ihr, man wurde seltsam lebendig und beweglich, man gewann jeden Tag an Erfahrung, das Kind schon spürte ungewiß, daß eine alte und eine neue Welt gegeneinanderplatzten, der Jüngling stand schon - ohne daß er's merkte - im Gewühl, im Allgemeinen, in den Ideen, die gewissermaßen wie Epidemien in der Luft geisterten. Ja! Ja!! Man war einer und doch keiner, man war nur ein Glied, man gehörte zu den Tausend und in jedem einzelnen brandete und wirkte das Leben einer Legion. -
Jakob wurde, wenn er den Bahnhof verließ, sofort aufgesogen, sofort mitgerissen von der Bewegung der Stadt. In den ersten Tagen hatte er überhaupt keinen Willen, nur eine hemmungslose Gier, alles, alles schnell und auf einmal zu erleben. Er dachte nicht daran, seine alte Mutter zu besuchen. Zuwider so etwas, scheinheilig vor einen absterbenden Körper hinzuhocken und irgend etwas daherzulügen. Er kam auch kaum richtig dazu, sich ein gemütliches Zimmer in einer billigen Pension auszusuchen. Er nahm das nächstbeste, stellte seinen Koffer hin, füllte hastig den Anmeldeschein aus, wusch sich, machte sich städtisch zurecht, aß irgendwo etwas, und von da ab sahen ihn Nachtportier und Zimmermädchen höchstenfalls, wenn er heimkam oder wegging. Er lief herum in den nächtlich belebten Straßen wie ein röhrender Hirsch und verschwand schließlich mit einer Dirne. Wie schön, wie sachlich, wie

unverlogen war das! »Na, wie ist's, gehst du mit, Schatz?« fragte sie, man verhandelte um den Preis und alle Tore der verborgenen, so lang zurückgedämmten Lust standen offen. Was, Liebe? Unsinn! Unwahr und tölpisch war alles. Zum Schluß kam doch immer nur *das* heraus: Ein nacktes Weib, das sich verstellte, das tat, als sei dies alles so besonders und so einzig.

Hier, auf den Straßen wickelte sich so etwas viel offener ab. Echter, fand Jakob. Er wollte nichts als Befriedigung seiner Lüste, und sie rechnete von vornherein damit. Also. –

Nachdem dieser zerstörerische Abschnitt seiner Ferien verstrichen war und das Geld zur Neige ging, kam Jakob Torberger eigentlich erst zu sich. Nun suchte er seinen Freund Karl Tromm auf, den Kunstmaler. Mit ihm kam er in jene Kreise, die ihn am meisten anzogen. Er machte Bekanntschaften mit Literaten und Künstlern, mit sonderbaren Existenzen und sonstigen Intellektuellen, mit Politikern und Schwärmern. Diese bunte, sich ständig befehdende und doch immer neu ergänzende Gesellschaft war für ihn gleichsam das wahre Hirn der Stadt, der Schmelztiegel ihrer geistigen Strömungen, ihre unfaßbare Seele und ihr nüchternes Herz. Was hier, kaum beachtet, witzig und belächelt, getragen, langatmig oder empört ausgesprochen, gedacht und gemacht wurde, das empfand Jakob Torberger als wirkliche Melodie, als sinnbetörenden Rhythmus des Häuserozeans, seiner Menschenmassen und seines Mechanismus.

Der junge Mensch mit seinem greisenhaft verlebten Gesicht tat sich schwer unter all diesen gewandten und gescheiten Leuten, hörte meist zu und schaute aufmerksam herum.

»Dichter!« gab er zur Antwort, als man ihn so nebenher nach seinem Beruf fragte. So zutiefst verhaßt war ihm das Hilfslehrersein, daß er ganz plump und dumm, ohne Zu- und Nachsatz einfach dieses altmodische Wort hinsagte. Die Herumsitzenden musterten ihn herablassend spöttisch und sahen dann einander vielsagend in die Augen. Am andern Tag wußte jeder, was es mit dem unbeholfenen Grünschnabel für eine Bewandtnis habe. Und jeder lächelte insgeheim oder auch ganz offen, aber Jakob gehörte schon in diese Kreise. Er kam jetzt bereits allein ins Café oder auf die Ateliers und nachts in die Künstlerlokale.

»Ah, da kommt der Dichter!« riefen ihm flüchtig Bekannte zu, oder eine sehr verpuderte Dame rief beinahe erschreckt: »O Gott, o Gott! Die Provinz bricht ein! ... Er wird sich doch, Gott behüte, nicht zu uns hersetzen!« Meistens aber kam es dann geradeso. Patzig und ohne zuerst um Erlaubnis gefragt zu haben, hockte sich Jakob an den Tisch. Alle verstummten jäh, glotzten einander benommen an, die meisten amüsierten sich aber auch, oder es fand wirklich jemand den Mut und schickte den taktlosen Eindringling weg. Und dieser wurde brandrot, erhob sich linkisch und sagte: »Grüß Gott! Entschuldigen Sie!« Er nahm nichts übel und dies verblüffte. Viele befiel sogar ein Mitleid.

»Nein, bleiben Sie ruhig da! Sie gefallen mir!« rief nach einigem Stocken eine junge, mondän aufgemachte Dame, und Jakob setzte sich wieder gefügig hin. Man fand das mit der Zeit reizend und interessant, und ganz langsam wurde Jakob Torberger auch sicherer. Er redete nie viel. Ihm fehlte wahrscheinlich stets der rechte Ausdruck, aber er wuchs und wuchs immer mehr und immer mehr in die Anschauungen, in die Gedanken und Finten dieser Kreise. Er nahm sacht und kaum ahnend die Meinungen und Urteile an und hielt sie allmählich für seine eigenen.

Leider aber, die Ferien waren viel zu kurz, die Gestalt mit den breiten Schultern und den ländlich originellen Manieren verschwand. Jakob Torberger stattete zu guter Letzt seiner Mutter doch noch einen kurzen Besuch ab, hörte sich zwei volle, quälende Stunden das plappernde Lamentieren der Alten an und wurde auf einmal finster und wütend. Er stand auf, beugte seinen Mund an das Ohr der Schwerhörigen und rief laut: »Tja! Mein Gott, wir werden alle alt und müssen sterben!« Grob klang es, sackgrob. Das hagere, zerknitterte Weib wandte ihm das Gesicht zu und schaute

erschreckt und ohnmächtig in Jakobs ausweichende Augen. Er streckte ihr die Hand hin und ging.
Bedrückt und doch bis ins Innerste aufgewühlt kam er in Sassenbach an. Die eintönige Arbeit ging wieder an. Er mußte sich alle Mühe geben, um seine Unruhe nicht zu zeigen. Vorwurfsvoll musterte ihn der Hauptlehrer mitunter. Wie ein schnuppernder, gefährlicher Wolf gewissermaßen. Aber er sagte nichts.
Der Herbst verhauchte langsam. Ab und zu streifte Jakob jetzt durch die leuchtend farbigen, allmählich sich lichtenden Wälder. Er watete durch das raschelnde Laub und sah immerzu auf den Boden. Hörte er zufällig eine Menschenstimme oder begegnete ihm jemand, so erschrak er kurz. Er machte ganz den Eindruck eines altmodischen Witzblattphilosophen, wenn er zwischen den Bäumen dahinwanderte.
Er las viel, ungemein viel und hatte sich die neuesten Zeitschriften abonniert. Nachts, wenn er wie abgeschieden von aller Umwelt in seinem engen Zimmer saß, lebten wieder alle guten Erinnerungen der so bitter schnell verflossenen Ferienzeit in ihm auf. Dann begann er zu schreiben, schrieb und schrieb wie besessen.

III.

»Hm, tja, hm, tja ... Jaja, natürlich können Sie fahren, natürlich, Herr Torberger! ... Hmhmhm, sososo ... Mein herzlichstes Beileid, Herr Kollege!« sagte der Herr Hauptlehrer eines Tages zu Jakob und musterte das Telegramm mit der Nachricht vom Ableben der alten Torbergerin. Eine ganz kurze Weile stockte er, schob alsdann seine scharfe Brille von der geröteten Stirn wieder in die Augen, reichte seinem Untergebenen das Telegramm und drückte ihm gewiegt formell die fleischige Hand: »Mein herzlichstes Beileid! ... Ich besorg schon alles, Herr Kollege.« – »Dankschön, Herr Hauptlehrer!« gab Jakob einfach zurück und ging.
Mit gutgespielter Schmerzgebeugtheit verließ er kurz darauf das

Schulhaus. Erst als er auf der breiten Distriktsstraße im Staatsforst stand, machte er einen kleinen freudigen Sprung und eilte viel belebter weiter. Nicht daß etwa seine Mutter *nicht* gestorben wäre, nein, das traf schon zu, aber Jakob empfand nicht die geringste Trauer. Im Innersten war er sogar froh und befreit darüber. Was ihn so freute und erregte, waren die zwei Tage, die er wieder in der Stadt verbringen konnte.

Nachdem die Beerdigung vorüber und die Formalitäten erledigt waren, tauchte er wieder in den Künstlerkreisen auf. Da und dort winkte man ihm und grüßte bereits gewohnter. Er setzte sich an einen vollbesetzten Tisch. Erregt disputierte man.

»Unsinn! Richtiger Quatsch!« belferte der Schriftsteller Max Lawaran: »Was ist damit getan? ... Die Stadt ist auf dem Hund, basta! ... Der Preis macht's auch nicht! Und übrigens – wir kriegen ihn alle nicht! Keine Angst! ... Irgend so ein dämliches, reaktionäres Schwein kriegt ihn und die Blamage ist noch eklatanter!« – »Wißt Ihr, wie mir diese Wiederbelebungsversuche unserer ›Kunschtstadt‹ vorkommen?« warf der eitle Maler Schattler erdacht ironisch dazwischen: »Wie eine alte Kokotte, die sich schnell vor dem endgültigen Ableben noch aufplustern will ... Ha, schon dieses nette Gremium der Preisrichter ... Wunderbar, sowas! Ganz bißchen rot, viel rosa Schminke, den katholischen Salm dazu mit Gold und Weihrauch. ... Herrlich! Genau so eine verdorbene Mischung wie unsere klapprige Republik! Wunderbar! ... Ich seh unsern fixen Bürgermeister schon schlottern mit seinem Wabbelbauch ... Er japst nach Luft, der Schweiß kommt ihm, er sucht verzweifelt nach Zitaten, liest Goethe und Schiller und stoppelt sich eine Rede zusammen ... Ein Bild für sich, wenn er dann wieder mal droben steht und sein Preislied auf Kunst und Dichtung den ahnungslosen Kindsköpfen vorbläst! ... Das muß reizend sein, direkt klassisch! ... Und dann am Schluß, wenn der kulante Oberkellner von einem Bürgermeister dem gekrönten Dichter die zartfühlende Wurstfingerhand hinstreckt und die Augen lyrisch

aufschlägt! ... Hahahaha, das schau ich mir an! Das muß man miterleben! Wunderbar!« Er lachte beißend.
Der Stadt war es übel ergangen. Seit der Revolution befand sie sich im Abstieg. Einst Zentrale der Kunst, Sammelpunkt der Intelligenzen, war sie nunmehr nur noch eine Art von provinzieller Durchgangsstation. Die Fremden sahen sich die alten, unveränderten Museen an und fuhren weiter.
»Vor dem Krieg war sie eine nette Dreißigerin, jetzt ist sie eine abgetakelte Fünfzigerin ... Muffig, zurückgeblieben, eng und bigott«, definierte der Journalist Penzelsberger: »Überall leben die Städte auf, unsere lebt langsam ab.« Er hatte nicht unrecht. Darum, so erfuhr Jakob Torberger, tobte seit einiger Zeit ein heftiger Disput in allen Kreisen, wie diesem Niedergang abzuhelfen sei. Und da hatte irgend jemand die Anregung eines Dichterpreises weitergegeben. Nach langem Hin und Her endlich gab es einen.
»Sauf, Mensch!« stieß der Karikaturist Lemberger seinen Freund Janvogel und bestellte abermals zwei Kognak: »Es ist so schön, in so einer Verwesung zu leben.«
»Kritisieren läßt sich leicht«, meinte ein behender, dicklicher Buchhändler ernst.
»Ja, aber schlechter läßt sich nichts mehr machen!« schnitt ihm Lemberger das Wort ab. Man riet herum, wer wohl den ersten Dichterpreis bekommen sollte. Lemberger drehte sich verächtlich herum und klopfte dem schweigenden Jakob auf die Schulter. Er überflog ihn hämisch und rief unverschämt: »Na, da ist ja unser lieber, guter Wald- und Wiesendichter Torberger! Unser Kind vom Land! ... Wir Schafsköpfe! Da überlegen wir lang! Wer wird den Preis kriegen? *Nur er!* Kein anderer ... Wer ist überhaupt hier ein wirklicher Dichter? Keiner! Nur *der!* Der sagt's selber! Na, also!« Er verzog seine breiten Lefzenlippen, und alle lachten.
»Ich-ich schreib nie was übers Land ... I-ich bin –«, stotterte Jakob blamiert und verfärbte sich. Eine erneute Lachsalve ergoß sich über ihn. Er schlug beschämt seine Augen nieder und verschloß sein

wutwehes Gesicht. Die Frauen am Tisch maßen ihn mitleidig. Er brachte kein Wort heraus und hätte am liebsten davonlaufen mögen. Gekrümmt und geschlagen saß er da.

»Dichten Sie noch immer, Herr Torberger?« fragte die Malerin Kellersteig mit ihrer schwärmerisch dünnen Stimme, die immer am Schluß ein wenig piepste. Einen Augenblick warteten alle gespannt. Jakob schlug seine Augen auf und schaute wie verloren in das pustlige Altweibergesicht. Dann nickte er hölzern. Jetzt bellte das Hohngelächter erst recht auf. »Der kriegt sicher den Preis! Der ist doof genug dazu!« sagte jemand, sich schüttelnd.

»Ihr Schufte!« rief das elegante, schlanke, duftende Fräulein von Hilzbach scharf und wandte sich fast mütterlich zart an den Hilfslehrer: »Herr Torberger, ich möchte Sie gern näher kennen lernen ... Hören Sie, können Sie nicht morgen nachmittag zum Tee zu mir kommen?« Fräulein von Hilzbach war reich und stadtbekannt als Protektorin junger Talente. Sie unterhielt einen vielbesuchten Salon und hatte die ergiebigsten Beziehungen. Das verschaffte ihr untertänige Bewunderer und großen Respekt. Die Meute schwieg etwas verblüfft.

»N-nein, F-fräulein, nein-nein, ich kann nicht«, preßte Jakob nur mit Mühe heraus und war rot um und um: »I-ich muß heut wieder heimfahren zum Dienst.« Er bezahlte rasch und ging. Ungeschickt verbeugte er sich noch einmal an der Türe, was wiederum alle auflachen ließ. Weg war er.

»Er könnt eher ein Boxer sein«, meinte die Freundin von Fräulein von Hilzbach, die ältliche Baronesse Stielvogt: »Wie alt mag er sein? ... Höchstens siebenundzwanzig ... Aber er ist sehr interessant ... So wild und ungebrochen!« Sie verfolgte die an den Fenstern vorbeieilende Gestalt Torbergers mit einem gewissen Behagen und lächelte ein wenig. Ihr mit großer Kunst zurechtgeschminktes Gesicht bekam einen leichten, natürlich fraulichen Glanz. Die abgebrühten Männer warfen sich versteckte, vielsagende Blicke zu.

Erst nach und nach lebte das Gespräch wieder auf. Man vermied es aus irgendeinem Grund, über Torberger zu disputieren. –
Es verliefen Wochen und Wochen. Das Land um das Schuldorf herum war weiß und weit und leblos. Jeder Tag fing gleichartig an und sank ebenso ereignislos in die Nacht. Einmal aber in jener Zeit bemerkten Kinder und der mißtrauische Hauptlehrer eine seltsame Wandlung an Jakob. Er lachte öfters. Seine Augen waren belebt, der junge Mensch legte mitunter eine derartig auffallende, nervöse Heiterkeit an den Tag und kümmerte sich so wenig um seine Schüler, ließ sie schwätzen, übersah ihre Dummheiten und hielt den Lehrplan nicht inne, daß diese Wandlung niemandem entging. Der Hauptlehrer murrte, stellte aber seinen Untergebenen nicht zur Rede, schrieb einen Bericht an die Oberschulbehörde, und eines Tages erschien ganz unerwartet ein inspizierender Herr. Sonderbar aber war, daß Jakob dessen Kritik mit größtem Gleichmut ertrug. Der Herr Hauptlehrer schwitzte vor Angst und zerging vor Unterwürfigkeit vor dem Oberschulrat. Er mußte reden, mußte seine Klagen über den jungen Kollegen vorbringen – und, wohlgemerkt, letzterer stand dabei. Das war peinlich. Aber – das Herz blieb dem Hauptlehrer stehen, seine bartumrahmten Lippen brachen auf, die Augen erstarrten ihm – »Naja, Herr Torberger, ich hab ja gehört von Ihrer Berühmtheit!« sagte auf einmal der Oberschulrat zu Jakob, und jetzt erfuhr auch der alte Veteran des Schuldorfes Sassenbach, sein sonderbarer Untergebener hatte einen Roman geschrieben, von dem man überall, nur nicht hierzulande sprach.
»Sie sind also ein Dichter?« wiederholte der Oberschulrat und fixierte Jakob halb gönnerhaft: »Ich gratuliere.« Er hatte eine Miene, die eben nicht gerade intelligent war, aber selbstbewußt und nüchtern. »Aber«, fuhr er fort, »die Klasse darf natürlich nicht drunter leiden.«
»Herr Oberschulrat? . . . Wissen Sie was!« stieß da Jakob plötzlich eigentümlich sicher heraus: »Ich möchte meinen Dienst überhaupt

liquidieren! Abtreten, verstehen Sie? ... Ich bin ein schlechter Lehrer, ich bin überhaupt keiner!« Kühn schaute er drein. Der Schulrat stockte und der Hauptlehrer versteinerte. Jakob sah ihn flüchtig an und sagte mit noch betonterer Überlegenheit: »Sie haben sicher ganz recht gehabt mit Ihrer Beschwerde, Herr Hauptlehrer ... Wenn Sie es mir ins Gesicht gesagt hätten, ich wär Ihnen dankbar dafür gewesen ...« Der Angesprochene wackelte ein bißchen. Augen bekam er wie ein erschrecktes Kalb.
Schließlich und endlich also siegte Jakob. Ganz konsterniert kam der Hauptlehrer nach dieser peinlichen Unterredung in seine Wohnung, erzählte und schloß mit den Worten: »Thmhm, hat der Mensch Worte, der Kerl dichtet! Schreibt Bücher!? ... Hmhm, wirft einfach seine Existenz hin und-und –«, er schnappte nach Luft und sagte noch muffiger: »Thmhm, diese jungen Leute heute! Sowas Leichtsinniges! So eine Pflichtvergessenheit, hmhm ...!«
Nach zirka acht Tagen bekam Jakob von der Oberschulbehörde den Entscheid, daß sein Austritt aus dem Schuldienst genehmigt sei, und sein Nachfolger traf ein. Es war ein ellenlanger, hagerer Mensch mit Stiftenkopf und einem leeren Angestelltengesicht. Er trug einen schier zwölf Zentimeter hohen steifen Kragen und erschien dadurch noch größer.
Beflissen grüßte er Jakob und sagte ebenso: »Ich hab schon gehört, Herr Kollege, Sie dichten ... Viel Erfolg, viel Erfolg!« Und wahrscheinlich, weil er sich verpflichtet fühlte, seine Bildung zu zeigen, setzte er dazu: »Jeder Weg ist dornenvoll ... Man weiß das ja von Schiller ... Jaja, bis man so das Vertrauen seiner Leserschaft gewonnen hat, das muß schwer sein ...«
»Ja, hart, sehr hart sowas!« erwiderte Jakob mit deutlichem Hohn. Kurz darauf verließ er das Schulhaus und Sassenbach. Er kam sich vor wie ein entlassener Sträfling. Fast traumhaft erschien ihm alles. Er fuhr mitten in seinen Triumph hinein. Unerwartetes hatte sich in den paar Monaten, seit Erscheinen seines Romans »Nach uns die Sintflut« ereignet. Sein Verleger empfing ihn mit offenen Ar-

men. »Bombenerfolg! Überhaupt noch nie dagewesen!« rief der joviale Mann mit dem klugen, listigen Gesicht und berichtete: »Denken Sie bloß! England, Frankreich, Rußland, Spanien, Italien, Ungarn und sogar China haben die Übersetzungsrechte gekauft ... Mit Schweden und Dänemark verhandeln wir eben ... Ich wollt Ihnen grad schreiben ... Grandios, gewaltig, einfach hinreißend!« Er brachte einen Stoß begeisterter Presseberichte daher. Er lief herum wie ein aufgescheuchtes Wiesel, er schnaubte. »Ganz gut, glänzend das, daß man noch fast gar nichts von Ihnen weiß ... Alles ist neugierig! Jetzt können wir erst recht drauflosarbeiten!« Jakob schluckte, ein ungeheures Glück durchströmte ihn, er konnte nichts sagen. Die Worte des vehementen Mannes rauschten an ihm vorüber wie eine fremde Musik. Er schaute auf den Stoß Zeitungen.
»Der Roman ist einfach ein Meisterwerk ... Ich hab's ja immer schon gesagt!« rief der Verleger, und Jakob erinnerte sich an die kühlen, sachlichen Briefe vom Verlag, an die erste Unterredung damals, als er zur Beerdigung seiner Mutter in der Stadt gewesen war. »Wie gesagt, junge Autoren sind immer ein Risiko ... Ich will mir das Manuskript mal ansehn«, hatte der gleiche Mann da gesagt.
»Wir brauchen einige Photographien! Charakteristische Aufnahmen, Herr Torberger!« schrie er jetzt fast hitzig: »Sie müssen in jedem Buchladen, in jedem illustrierten Blatt erscheinen ... Man muß Sie sehen, kennenlernen, beaugapfeln können!«
Jakob verbrachte den Abend mit seinem Verleger. In einem noblen Lokal speiste man. Es waren bekannte und unbekannte Gesichter da. Man trank auf die »Sintflut«, auf ihren Verfasser, auf – wie der Verleger sagte – die »halbe Million abgesetzter Exemplare«. Die Herren musterten den jungen Mann teilweise mit Neid, die Damen interessiert. Jakob hatte glasige Augen, hockte steif da, sein Hirn war vom Wein schon durchnebelt, er plagte sich, korrekt zu bleiben und er redete fast gar nichts. Das Geräusch der Gespräche, das heitere Lachen sprang ihn an wie eine wohltuende Welle und trug

ihn himmelhoch. Als er spät in der Nacht auf seinem kleinen Hotelzimmer ankam, sank er wie ausgeschöpft auf sein Bett und spürte, wie sich alles drehte. Er weinte auf einmal. Weinte und dann mußte er sich brechen. In der Frühe lag er um und um besudelt in der stinkenden Lache und verbrachte den ganzen Vormittag, um nur einigermaßen in die Ordnung zu kommen. –

IV.

Ja, Jakob Torbergers literarischer Erfolg war ungeheuerlich. Zufall, Glück, Talent, der rechte Zeitpunkt, Spürsinn auf der einen und Empfänglichkeit auf der anderen Seite hatten dieses Wunder wirklich gemacht. Ein junger, freilich fast erschreckend scharfsichtiger Mensch hatte ganz grausam die Geschichte seines Werdens aufgezeichnet und dabei, ohne daß er es selber ahnte, eine Chronik der letzten Kriegsjahre, der Revolution und der Inflation, eine gültige Schmerzensgeschichte seiner gehemmten Generation geliefert. Mag sein, daß dieses Thema besonders interessierte, jedenfalls aber hatte der rührige Verlag mit seiner findigen Reklame den größten Verdienst an dem Erfolg. Jakobs Bild tauchte jetzt überall auf, aufdringliche Journalisten kamen zu ihm und fragten ihn aus, ellenlange Aufsätze erschienen in den Zeitungen, ein heftiger Meinungskampf für und wider den Roman entbrannte, Skandalnachrichten und bissige Satiren jagten sich. Jakob ärgerte sich. »Aber wieso denn! Nicht antworten! Schreien lassen!« belehrte ihn der Verleger: »Im Hintergrund bleiben! … Je mehr Skandal, je mehr Verrisse, desto mehr wird man aufmerksam … Nur keine Ruhe! Zum Teufel mit diesen larmoyanten, langweiligen Lobeshymnen … Da, da sehn Sie, da!« Und er säbelte durch den Raum und brachte ein dickes Bündel von Dutzendbestellungen: »Alles fest, überhaupt keine Kommissionsbestellungen … Grandios, fabelhaft!« Das Buch wurde gekauft und gekauft, Jakob erhielt Vorschüsse, Summen, die er nie erträumt hatte, die Auflagenziffer

stieg ins Phantastische, im In- und Ausland galt der Name Torberger soviel wie ein Programm, in der Stadt sahen ihn, wenn er wo auftauchte, die Leute staunend und ehrfürchtig an und steckten alsdann die Köpfe zusammen, raunten sich Geschichten ins Ohr, Stöße von Briefen bekam der junge Dichter, Einladungen ließen ihn nicht zur Besinnung kommen, das Volk und die Salons feierten ihn, es war unglaublich, es war wie ein unausgesetzt vorbeiflirrender, rasender Traumstrom.
Fräulein von Hilzbach gab viele Gesellschaften, sie war selig, sie kam sich vor wie eine Entdeckerin dieses Genies. Hier und anderwärts umgierten, umlauerten, umschwammen den jungen Mann Augen und Herzen. Seine Unbeholfenheiten bestaunte man als Originalitäten. Er genierte sich, war eingeengt unter solch feinen Leuten, die aber hätten ihn gern noch tölpelhafter gesehen.
»Sein Kopf hat etwas von Dostojewski!« meinte die Baronesse Stielvogt einmal: »Wenn er einen anschaut ... Das ist oft dämonisch!« Jakob ergab sich diesem Glück völlig. Er sog es ein mit vollen Zügen. Er wurde mit der Zeit wirklich so, wie ihn die Bewunderer wünschten.
Im Hilzbachschen Salon diskutierte man eifrig über die bevorstehende Verleihung des Dichterpreises der Stadt. Hier saßen die fortschrittlichsten Geister. »Kein anderer! Torberger oder niemand!« rief der Buchhändler Batschler mit dem Brustton der Überzeugung: »Die Stadt kann da endlich einmal zeigen, daß sie es ernst meint mit der Erneuerung ... Es geht um ihr Prestige!«
Er hatte findigerweise hundert Bücher von Jakob signieren lassen und verkaufte sie für einen erklecklichen Aufpreis.
»Ach, die Herren werden sich doch nicht so offen lächerlich machen!« meinte Fräulein von Hilzbach siegesgewiß.
»Man muß sie einfach durch eine Pressekampagne dazu zwingen ... Weiß der Teufel, tausend Abhängigkeiten spielen da mit. ... Die Öffentlichkeit muß aufgerufen werden ... Eine derartige Blamage wäre der Todesstoß für unser Ansehen!« meinte der kribblige Jour-

nalist Janvogel erhitzt und sah Torberger an: »Lassen Sie das nur unsere Sorge sein.«
Der junge Dichter stand da und verzog seinen schiefen Mund ein wenig. Entzückend fanden es die Damen, als er plump sagte: »Ja, mein Gott, ich brauch ja eigentlich die paar tausend Mark gar nicht. . . . Mir geht es sehr gut.«
»Es handelt sich nicht um dieses . . . dieses Almosen . . . Es geht um das Ansehen unserer Stadt!« wollte ihn Batschler aufklären und redete und redete. Er erhitzte sich derart, daß Torberger ein wenig lächeln mußte.
So ging das Tage und Wochen. Torberger stand immer mehr im Brennpunkt des öffentlichen Interesses. Eigentlich wollte er sich erst einmal sammeln, wollte nachdenken über seine ferneren Pläne, wollte sein provisorisches Leben in die Ordnung bringen. Zu jäh hatte ihn das verwirrende Getriebe überfallen und in eine fremde Umgebung geworfen. Nett und anregend waren all die feinen, gescheiten Leute, ja, aber fast lästig. Er kam von unten und war ganz anders. Sucht und Gier brodelten in ihm. Geld hatte er in Hülle und Fülle. Was gab es da noch für eine Hemmung? Einem Nero gleich wollte er das Unten und Oben, das Schreckliche und Schöne, das Wilde und nachdenklich Verzichtende der Stadt auskosten.
Aber – das war unmöglich.
Einmal redete er eine Dirne an, ging mit ihr auf das Zimmer. Sie drehte das Licht an und starrte halb erstaunt und halb frech auf ihn.
»Tja, was ist denn das? . . . Herr Torberger!« rief sie lächelnd, aber sie kam nicht weiter. Wie gepeitscht rannte Jakob aus der Tür und über die Treppe hinunter. Sie lief ihm nach.
»St-ssssst! Um Gotteswillen, leise!« keuchte sie oben. Jakobs Schritte polterten unbedacht. »Gehn S' doch rauf, Herr Torberger . . . Ich bin doch diskret!« flüsterte sie hastig und drückte dummerweise das Treppenlicht an. Ein Herr kam von unten herauf, hob erstaunt sein Gesicht und rief ebenso: »T-hm, Herr Torberger? . . .

Jaaa, da-das ...« Indessen der Dichter floh mit einem wilden Satz an ihm vorüber und aus dem Haus. Wie ein verfolgter Dieb stürmte er über die Straße und verschwand in einem Auto.
Zwischen den geistreichen, schönen Frauen der Oberschicht und Jakob stand eine rätselhafte Wand. Man wußte nicht recht, hatte er nur Angst vor ihnen oder verachtete er sie insgeheim. Immer wieder tauchte er nachts feig und klein in den anrüchigen Vierteln auf und die Huren kannten ihn bald alle. Einmal bei einer solchen Streife stieß er plötzlich auf Lemberger. Der hämische Karikaturist vertrat ihm freundlich den Weg und grinste beziehungsreich. »Ah!« rief er den verdatterten Dichter an: »Ah, neue Studien, was? Kleine Abstecher ins Vulgäre mit einem pikanten Tripper am Schluß, was? ... Naja, es sind entzückende Mädls da, reizende Dinger ... Viel Vergnügen!« Er lüpfte den Hut und ging weiter. Am andern Tag wußten es alle Literaten und Künstler. »Drum sieht man ihn in der letzten Zeit so wenig ... Hm, ein eigentümlicher Patron«, meinte Lawaran und strich sein dichtes Haargewirr aus der blassen Stirn. Blasiert setzte er hinzu: »Richtiger Spießbürger, der Kerl! ... Hat nicht einmal die Courage, sich ein nettes, diskutables Verhältnis anzuschaffen, thm! ... Ein kläglicher Bürger!« Er war gewandt, stand abflauend am Rande der Vierzig und hatte außerdem einen verschwiegenen Haß auf den Emporkömmling Torberger. Träg lächelte er.
»Was?« fragte Penzelsberger und hob seinen ausgedienten Stiftenkopf: »Na, wie wär's, Lemberger? ... So eine kleine bissige Karikatur im ›Wochenspiegel‹, etwas Nettes ... Etwa: Das junge Genie bekämpft wirksam die Pubertätserscheinungen? ... Hm?« Da und dort lächelten welche. Sofort strichelte der Zeichner Entwürfe hin. Mit größtem Vergnügen verfolgte jeder die Striche. Eifrigst ersann man lustige Einfälle.
»Vielleicht auch so: Wie Torberger seine olympische Zurückgezogenheit verbringt ... Ihn nackt, ein pußliger Amor fliegt ihm nach ... Der Dichter auf den Wolken, verstehst du ... Voraus eine Straßen-

schickse!« rief der Maler Schattler. »Was knobelt ihr denn da aus?« fragte der eben herzukommende Janvogel und beugte sich in den Tisch. Schattler erzählte.

»Mensch, das ist doch barer Unsinn! Das geht nicht! Torberger ist doch unser Mann ... Unsinn, Quatsch, ihm in den Rücken zu fallen!« wurde der Journalist sofort heftig: »Witz hin, Witz her! Wollt ihr denn, daß irgend so ein Stiesel den Dichterpreis kriegt, statt Torberger? ... Das ist eine Blamage für uns alle ...« Es begann sofort ein heftiger Streit, die einen waren auf Janvogels Seite, die andern meinten, es sei doch ein wenig genant, wenn man einen so populären Dichter wegen eines harmlosen Witzes fallen lasse.

»Provinz, dämlichste Provinz ist das!« schrie Lemberger ärgerlich.

»*Ihr* seid Provinzler!« belferte Janvogel ihn an: »Richtige Kaffeeklatschtanten seid ihr! ... Was geht euch das Privatleben eines wirklichen Dichters an?«

»P-fw! Sieh mal, wie moralisch du sein kannst, wie gesinnungstüchtig!« sagte die »linke« Lyrikerin Metta Loggenstich: »Was ist denn dabei ... Wenn Torberger ein Kerl ist, pfeift er auf eine derartige Preiskrönung ... Wer bei uns was gilt, ist anderwärts unten durch!« Sie warf ihren Tituskopf nach hinten und schlug ihre pikanten Beine lässig und keck übereinander: »Im übrigen ... Ich hab jetzt endlich seinen Roman gelesen ... Gekonnt, ja, unglaublich gekonnt, aber absolut gesinnungslos ... Jedem wird recht gegeben ... Darum der Erfolg!« Sie blies den Rauch ihrer Zigarette weit weg.

»Kindsköpfisch ist sowas!« brüllte nun auch der Buchhändler Batschler: »Man mag für oder gegen Torberger sein ... Das eine ist sicher, wenn ihr jungen Leute nicht zusammenhaltet –« Er brach ab, denn nun tauchte Fräulein von Hilzbach und ihre Freundin, Baroneß Stielvogt, auf und alles schwieg. Die beiden Neuangekommenen machten enttäuschte Gesichter, als sie Torberger in der Tischrunde nicht entdeckten.

»Schon seit acht Tagen nicht mehr, sagen Sie?« wandte sich

Fräulein von Hilzbach an Lawaran: »Hm, sicher arbeitet er an etwas Neuem ... Auch bei uns war er nie ...« Alle schauten sich vielsagend an und schließlich wagte Lawaran leicht zu lächeln. »Er macht Studien, Gnädigste«, sagte er und jetzt knisterte überall ein unterdrücktes Gelächter. Nur Batschler und Janvogel hatten empörte Mienen.
»Na, was ist's denn?« fragte die Baronesse unmutig, und Lemberger berichtete mit abgebrühtem Ernst von Torbergers nächtlichen Gängen. Eine Zeitlang hatten die beiden vornehmen Damen bestürzte Blicke, schließlich aber – wie merkwürdig – schließlich sagte Baronesse Stielvogt: »Ach Gooootl, der Arme! ... Tjaja, er hat wirklich dieselbe Zerrissenheit wie Dostojewski ...« Sie schwieg, aber eine flüchtige Röte überhuschte ihr ältliches Gesicht. Kühn meinte Fräulein von Hilzbach: »Weiß Gott, seinem Roman nach muß er so sein ...!« Man sah es ihr an, sie kämpfte mit sich, ließ aber nichts auf ihren Schützling kommen. –
Am anderen Sonntag erschien tatsächlich eine bissige Karikatur Lembergers im »Wochenspiegel« und darüber stand der Text: »Torbergers Olymp«, darunter ein Zitat aus dem Roman des Dichters: »Wir im Schlamm kommen nicht los davon.«
Als Jakob das Blatt sah, fiel er fast um. Er wankte. Er getraute sich nicht mehr unter die Leute. Scham, fürchterliche Scham hielt ihn nieder. Er war wie vernichtet. Das Zimmermädchen klopfte, es habe schon dreimal angerufen – von Hilzbach und der Verleger –, er solle ans Telefon kommen. »Ich bin verreist!« schrie er das bestürzte Ding an: »Ich bin für niemand zu sprechen!« Die Tür schloß sich. Jakob rannte von Wand zu Wand wie ein unruhiger Gefangener in der Zelle. Stundenlang. Er dachte nichts, aß nichts, lief nur immer im abgedämpften Zimmer hin und her und rauchte eine Zigarette um die andere. So also sahen seine gierig ersehnte Freiheit, seine Unabhängigkeit, sein Ruhm aus. Er war ein öffentlicher, ewig kontrollierter Mensch. Die Stadt, ihre Gesellschaft, ihre ungeschriebenen Gesetze und Meinungen beherrschten ihn. Er war

ihnen völlig ausgeliefert. »Ha! Ha!« lachte er bitter und stammelte verächtlich: »Nero! Ha! Nero?! ... Don Quichotte, ja! Ja!! Ja!!!« Es dröhnte, daß er erschrocken inne hielt. Verloren schaute er in die leere Luft. »Verreist«, fiel ihm ein und vielleicht erinnerte er sich in diesem Augenblick in wehmütiger Ohnmacht an sein ehemaliges Schuldorf, an die stumpfen, uninteressierten Menschen dort, an sein unbeachtetes Hilfslehrersein. »Fliehen! Fort! Sich verstecken, vergraben!« jagte ihm durch den Kopf. Seine Muskeln strafften sich, sein Körper wölbte sich wie von einem rettenden Entschluß durchzuckt, er riß den Koffer vom Schrank herunter, aber schon spürte er wieder eine dumpfe, erschlaffende Vergeblichkeit. Da hörte er auf einmal ein heftiges Streiten im Korridor. Die Worte kamen immer näher an seine Türe. »Ach was, Unsinn! Melden Sie mich ruhig, oder – warten Sie!« Da stand sein Verleger mit wohlgefälligem Lächeln. Mit ausgebreiteten Armen lief er dem verstörten Dichter entgegen: »Natürlich! ... Na, ich hab mir's ja gedacht! ... Sie sind da! Warum auch nicht! ... Glänzend, wunderbar das mit der Karikatur Lembergers! Famos!«
»Wa-waas!?!« stockte ihn Jakob entgeistert an.
»Einfach fabelhaft, Mann! ... Torberger! ... Herrlich! Sie bringen eine neue Mode in unsere muffige Gesellschaft! Sie sind ein Mordskerl! ... Werden Sie sehen ... Man müßte Lemberger bezahlen! ... Werden Sie sehen, von jetzt ab wird's direkt obligatorisch, daß jeder Literat und Künstler von Rang zu Straßenmädchen geht!« sprudelte der unverblüffbare Mann. Torberger begriff nicht und schaute ganz dumm geradeaus. Aber der Verleger redete schon wieder weiter: »Was denn? Was denn? Verstehn Sie denn nicht? Sie haben das Richtige herausgefunden! Jetzt ist Ihre Originalität erst ganz! Sie – ach, was red ich! Kommen Sie! Kommen Sie! Kommen Sie doch!«
Rasch entschlossen nahm er den Dichter am Arm und zog ihn wie ein ungeduldiger Vater, der seinen verängsteten, furchtsamen Buben zum Zahnarzt bringt, über den Korridor. Staunend und kopf-

schüttelnd sah das Zimmermädchen den beiden nach. Die Tür flog scheppernd ins Schloß.
»Fräulein von Hilzbach erwartet uns«, erzählte der Verleger, als sie im Auto saßen. Seit langem war das Fräulein stille Teilhaberin am Verlag. Niemand wußte davon. Der Dichter zuckte in die Höhe. »Lassen Sie mich hinaus! Ich will keinen Menschen sehen!« wehrte er sich und fing störrisch zu poltern an: »Diese ganze Gesellschaft, ob für oder gegen mich, ist mir zum Kotzen!«
»Mir auch! Mir auch! Jedem!« hielt ihn der Verleger unerschrocken zurück: »Aber wir alle – Sie und ich und die anderen – wir *sind* doch nun einmal diese Gesellschaft!«
»Mir ist speiübel! Ausschwefeln, in die Luft sprengen sollte man diesen ganzen Schleim, diesen Kot, diesen Dreck!« knurrte Torberger verbissen, aber der springlebendige Verleger drückte ihn leicht in den Sitz zurück und redete weiter wie der gerissenste Rechtsanwalt: »Wollen Sie vielleicht Kommunist oder Anarchist werden? . . . Unsinn! Da sind Sie im Nu erledigt, aber so – so haben Sie den Sieg in der Hand! Jetzt erst recht! Kopf hoch, Mann! . . . Werden Sie sehen, werden Sie sehen! Die Gesellschaft ist ein ganz dämlicher Hundsfott! . . . Man spuckt ihr ins Gesicht und sie jubelt einem um so mehr zu . . . P-ha! Jetzt nur keine Gêne mehr! Hinein ins volle Menschenleben! Seien Sie ein Kerl, Torberger! Jetzt können Sie sich alles erlauben, werden Sie sehen!«
»Jetzt weiß ich wirklich nicht mehr, bin ich oder sind Sie irrsinnig!« murmelte der Dichter zum Schluß. Die fröhliche, kraftvolle Zuversicht des andern hatte ihn bezwungen. Er ergab sich. Er hatte sein Gleichgewicht wieder. Sie stiegen aus dem anhaltenden Wagen. – Wie recht hatte doch der Fuchs von einem Verleger gehabt. Bei Fräulein von Hilzbach war eine glänzende Gesellschaft versammelt, und als jetzt der Dichter mit seinem Begleiter auftauchte, bildete sich buchstäblich eine ehrfürchtige Gasse. Alle Anwesenden maßen den Dichter noch viel interessierter und neugieriger. Die charmante Gastgeberin sah noch einmal so jung und reizend

aus. Wie eine junge Königin ging sie dem Dichter entgegen. Der Triumph siegender Zärtlichkeit lag auf ihrem ebenmäßigen Gesicht. »Also doch noch! Doch«, sagte sie mit einem blitzhaften Seitenblick auf den Verleger zu Torberger und drückte ihm die Hand: »Das ist schön, daß Sie gekommen sind! ... Es wäre lächerlich, wenn Sie das kleinliche Gekläff ernst nehmen wollten!« Wie funkelnde Rubine strahlten ihre Augen. In die Schar der Gäste kam eine gelöstere Bewegung. Die Baronesse Stielvogt sagte schwärmerisch laut, daß es jeder hören konnte: »Jedes Genie wächst aus dem Schlamm!« Das war zwar höchst unpassend und bestürzte viele, Jakob ärgerte sich, aber sein gewandter Verleger rettete sofort die Situation mit seinen sprudelnden Witzeleien. Alle fingen zugleich zu reden an, und komischerweise befleißigte sich heute jeder eines ungewohnt derben, freien Tons. Es gab eine Menge wunderbarer Weine und herrliche Delikatessen. Alsbald plauderte alles angeregt durcheinander. Ausdrücke hörte man mitunter, die jeden, der diese Gesellschaft kannte, verwundern mußten. Mit der Zeit kam eine sehr drollige, wenngleich etwas forcierte Ungezwungenheit in Fluß. Fräulein von Hilzbach unterhielt sich eingehend mit dem Dichter. »Läppisch! Kindisch!« hörten die Danebenstehenden manchmal. »Das Werk, Ihr Werk sagt doch alles!« rief sie fast mütterlich und schaute Jakob an. Sie mußte zu anderen Gästen, und jetzt fing eben jemand mit dem Thema Dichterpreis an.

»Sagen Sie irgend etwas ganz Gemeines, Saftiges!« flüsterte der vorwitzige Verleger dem Dichter hastig ins Ohr, und dieser gab sich plötzlich einen Ruck und bellte plump und sackgrob in das geräuschvolle Geplauder: »Auf diese lumpige Mistgeburt ist geschissen!!« Ein jäher Grimm befiel ihn, wutrot war er, zitterte und fäustete schon seine Riesenhände. Er wartete auf den Skandal, er wollte ihn. Aber nein – nichts von alledem, was er meinte, ereignete sich. »Richtig!« rief jemand und alles lachte den Dichter wohlgefällig an. »So ursprünglich!« flötete die Baronesse. Die Männer nickten und freuten sich insgeheim. Immer legerer benahmen sie sich.

»Ge-s-s-schissen! ... Entzückend deutlich, ganz reizend! Entzükkend! Wundervoll!« tuschelten die Damen. Jakob wurde blaß.

»Sehn Sie – der Hundsfott!« raunte ihm sein Verleger zu, hob rasch das Glas und stieß mit ihm an. Geschlagen trank der Dichter, gurgelte, schluckte, griff nach den anderen Gläsern und trank jedes aus, er trank, trank und bekam glasige Augen. Sein verwüstetes Gesicht bekam einen gedunsenen Schimmer, er grölte und rülpste und wurde stoisch heiter. Er stand auf und wankte zwischen den feinen Leuten herum wie ein Bär, taktlos benahm er sich, er verlor alle Gewalt über sich und überbot sich in abstoßenden Ausdrücken, immer toller gebärdete er sich, mitunter fiel er massig, mit weit auseinander gespreizten Armen über eine Dame her. Diese lachte girrend und floh geschmeichelt. »Hahaha, unser Jakob! Na, ich hab's ja immer gesagt, unser Jakl!« plapperte ein Herr wohlwollend freundschaftlich. Man war bei jener Stimmung angelangt, in der man nichts mehr übel nimmt. Alles wurde dem tobenden Dichter verziehen. Er war entwaffnet. Mit aller Gewalt reckte er sich einmal auf und bohrte seine Augen in dieses Gewirr. Er schnappte gleichsam nach seiner Feindschaft, nach seinem Haß. Er wollte abrechnen mit diesem gallertartigen Wall, der ihn schmeichelnd umschloß und bis ins Innerste anwiderte.

»Der-der Hundsfott!! Der Hu-undsfott!« plärrte er giftig laut, aber es traf nicht. Die es hörten, waren begeistert. Der Verleger erklärte Fräulein von Hilzbach mit einnehmendster Kulanz, was der Dichter gemeint hatte. »Seine neue Idee das!« sagte er heiter und definierte gewiegt. »Wundervoll tiefsinnig«, meinte die Stielvogt, die daneben stand.

»Fabelhaft!« rief auch das Fräulein von Hilzbach und wandte sich ausgelassen an alle: »Kinder, trinkt doch! Sau-auft!« Das letzte Wort klang unecht bei ihr, aber – ach – so herrlich sieghaft.

*

Jakob Torberger bekam zwar den Dichterpreis nicht, aber das steigerte seine Popularität nur noch mehr. In der Stadt bildeten sich seinethalben zwei Parteien, die sich bei jeder Gelegenheit hitzig befehdeten. Torberger galt als der interessanteste Mensch des literarischen und städtischen Lebens. Man erzählte sich tausend Geschichten von ihm. Die Straßenmädchen wurden beneidet, weil sie ihn alle kannten. Er trank außerdem jeden unter den Tisch. Was er heute sagte, war morgen bekannt. Viele ahmten seinen Lebensstil nach. Er alterte zusehends, sein Gesicht fiel immer mehr ein und schien bitter, wenngleich er unter Leuten stets verwildert lustig war. Wer ihn genau beobachtete, dem kam es vor, als habe auch diesem Menschen irgendeine unbekannte Macht eine Rolle aufgezwungen, die er verschwiegen und mit einer gewissen vollendeten Natürlichkeit weiterspielte. Auch einige mittelmäßige Romane schrieb Torberger noch. Sie wurden anerkannt, gelobt und gekauft. Das Publikum war daran gewöhnt.
Nach etlichen Jahren heiratete der Dichter das Fräulein von Hilzbach. Das fand man wiederum sehr originell. Es machte sogar eine Zeitlang Schule unter den Literaten und Künstlern. Geradezu eine Heiratsseuche setzte ein.
Mit der Zeit aber wurde Torberger ein Mensch wie alle anderen. Sein Ruhm blieb. Er war gewissermaßen beständig geworden, man könnte auch sagen, ordentlich und bieder wie ein nettes bürgerliches Ansehen. Kurz, der Dichter und die Stadt, sie gehörten am Ende ganz zusammen. Die anfangs »heimliche Geliebte« war eine alte Kokotte geworden und hatte den stürmischen Lüstling besiegt.
Und – warum sollte es auch anders sein im Leben – der Kreislauf begann bei einer neuen Jugend wiederum. Sie fing an mit Kühnheit, mit Feuer und unverbrauchter Kraft und verwickelte sich schließlich auch wieder im Netz der unsterblichen Stadt. Ja, sie siegte, aber dieses Siegen war stets ein unbegriffenes Unterliegen...

Niemand kann allein sein

Es war eine wunderbar bewegte Augustnacht, und der hohe, sternbesäte Himmel schien von der lichtergrellen Stadt seltsam illuminiert. Weite Strecken gab es auf ihm, die muteten an wie breite, flimmernde Schleierbahnen, welche unwirklich sanft über seine riesige Wölbung hinflossen. Und es drang ein fernes Rauschen aus den tiefen Schächten der Straßen, fast so als bummelten noch Tausende von Menschen heiter und laut im Freien. Die Trambahnen fuhren zwar nicht mehr, ihr Läuten war längst verstummt, aber zwischendurch hupten Autos, ihr Surren wurde eine Zeitlang vernehmbar und verging wieder, weit weg pfiffen Zugsignale, das Fauchen und Rattern der ein- und auslaufenden Züge konnte man hören, doch zuletzt blieb immer dieses große, ferne Rauschen . . . Es mußte schon lange nach Mitternacht sein, trotzdem war es noch sehr warm, so warm, daß der »Professor« Schlehdorfer Tür und Fenster seines kleinen, unordentlichen Ateliers sperrangelweit offen hatte und hemdärmelig über seinen dichtbeschriebenen Papierbogen am Tische saß. Schlehdorfer war in Wirklichkeit ein seit zirka zehn Jahren pensionierter Magistratsbeamter, stand hoch in den Fünfzigern und wurde nur ob seiner Sonderbarkeit von den Leuten, die ihn kannten, »Professor« genannt. Er wohnte seit ewiger Zeit so versteckt und menschenfeindlich in diesem einsamen, einstöckigen Hinterhaus, das wie für ihn geschaffen war. Zu ebener Erde war eine Schreinerei und der Lagerraum einer Kohlenhandlung, im ersten Stock neben dem Atelier war noch ein ungefähr ebenso großer Raum, in welchem der Hausbesitzer alles Gerümpel stehen hatte. Die Türe drunten war nie verschlossen und im engen, tristen Hof lagerten die gestapelten Brettervorräte des Schreiners, standen etliche Leitern und die Handwägen des Kohlenhändlers. Niemand vermutete, daß in diesem elenden Werkstattgebäude jemand wohne, kein Bettler und kein Hausierer fand sich hierher, wenngleich die Ausgänge der rundherum stehenden Vorderhäuser

allesamt in die belebtesten Straßen mündeten. Hier also hatte Johann Nepomuk Schlehdorfer sein verschwiegenes Nest und war vollauf zufrieden damit. Er hatte zu leben, mehr verlangte er nicht. Er kochte selbst, ließ wöchentlich seine Putzfrau kommen, er ging selten weiter als bis zur Staatsbibliothek und ihm war es völlig gleichgültig, was sich »draußen« ereignete, ob das Wetter gut oder schlecht war – nichts war ihm zuwiderer als die Bewegung. Infolge dieser Lebensweise war er mit der Zeit unverhältnismäßig fett geworden und seine kleine Gestalt hatte etwas von einer Kugel, kurze Beine, kurze Arme und einen runden Bauch, auf dem der kleine, zerzauste Kopf possierlich saß. Auch sonst legte er keinen Wert auf seine Erscheinung. Verwahrlost sah er aus. Seine spärlichen grauen Haare standen struppig zwischen Schläfe und Hinterkopf, seine Augenbrauen, sein Schnurr- und Spitzbart umrahmten das gedrängte, boshafte Gesicht wie stachelige, wirre Hecken. Jahraus, jahrein trug er den gleichen, schlissigen Bratenrock, die zerwetzten engen Hosen, das ausgebleichte Gilet und den gelbgewordenen Gummiliegkragen, unter dem die immer gleiche, schmutzig-glänzende, breite Deckkrawatte steckte, die das Hemd unsichtbar machte.
Schlehdorfer lebte – um mit seinen Worten zu reden – »in ständigem Protest gegen die Zeit«, das hieß, er hatte keine Uhr, besaß keinen Kalender und hielt keine Zeitung, er erkannte weder ein Datum noch eine Zahl an, denn seiner Meinung nach waren das alles nur »schwindelhafte Übereinkünfte, die die Menschen in ihrer Hilflosigkeit getroffen hatten«. Er schlief oft den ganzen Tag und stand erst abends auf, er nahm seine Mahlzeiten nach seinem jeweiligen Hunger ein und haßte jede Einteilung. Es kam beispielsweise vor, daß er oft plötzlich in aller Frühe aufstand und etwas niederschrieb, sich geschwind wieder hinlegte und erst um Mitternacht wieder aufwachte, um zu frühstücken. Mitunter ließ er Tag und Nacht das elektrische Licht brennen, weil ihn der Wechsel von Dunkelheit und Helle ärgerte. –

Was aber tat nun eigentlich der Professor Johann Nepomuk Schlehdorfer? Er dachte.
Er dachte – schrieb auch vieles nieder, aber das Wichtigste war ihm, daß er dachte.
Gewiß, er las auch Bücher, viele Bücher, alle möglichen Bücher, aber er besaß kein einziges, er lieh sie alle aus der Staatsbibliothek. Mitunter nämlich wurde er plötzlich derart wütend auf diese Bücher, daß er sie allesamt kurzerhand in die Ecke warf und nicht mehr anrührte. Seine Wut, seine Abneigung gegen all das darin enthaltene Wissen zeigten sich alsdann besonders drollig. Er ließ den Haufen liegen und hütete sich geradezu, auch nur einen Blick darauf zu werfen, und er schnaufte buchstäblich erlöst auf, wenn endlich seine Putzfrau kam. Diese beauftragte er sodann, die Werke zurückzugeben, und das war hinwiederum possierlich. Er streckte, so, als ekle er sich, beide Hände aus und machte ein angewidertes Gesicht. »Da! Da! Das legen Sie in jedes!« befahl er der unerstaunten Alten, rannte an den Tisch und gab ihr eine Menge Zettel: »In jedes Buch einen solchen Zettel, bitte! In jedes!« Und auf diesen Zetteln stand: »Lauter Unsinn! Ein Verbrechen, so etwas gesunden Leuten vorzusetzen! Leider gerichtlich nicht belangbar! Ein Schwindel, der zum Himmel stinkt!« Die Frau folgte stumm, sie war derartige Schrullen gewohnt. Aber Schlehdorfer war noch lange nicht beruhigt, er trieb zur Eile. »Marsch! Marsch, nehmen Sie das schleimige Zeug! Marsch, tun Sie's mir aus den Augen, aber schnell, schnell! Ich brech mich sonst!« knurrte er und trug nun erst der Alten auf, was sie zum Entleihbeamten alles sagen sollte. Das Mildeste davon war: »Sagen Sie – aber merken Sie sich's genau – sagen Sie zu dem Gimpel, wie lange er seine Zuhälterei noch treiben will! Saagen-saaagen Sie, er gehört erschossen! Verstehn Sie? Nicht vergessen! . . . Zuhälterei, gemeine, niedrigste Zuhälterei!«
Die Alte nickte und sagte zu allem ja und jawohl und richtete natürlich nie etwas derartiges aus. Sobald sie draußen war, lief

Schlehdorfer aufgeregt hin und her und spuckte in einem fort. Er schnaubte und fluchte. Plötzlich lief er weg, denn das Reinemachen war ihm ein Greuel.

Ja, gewiß, der Professor las auch, aber, wie gesagt, er dachte. Diese Beschäftigung – so wenigstens schien es – war ihm nie zuwider.

In jener Sommernacht nun saß er an seinem besudelten Tisch und schrieb diesen merkwürdigen Wirrwarr nieder:

»Auseinanderhalten: Ding und Sinn. Wichtig, sehr wichtig. Alles nur eine neue Falle. Obacht.

Also ›Ding‹. Was verstehe ich, Johann Nepomuk Schlehdorfer, unter ›Ding‹? Einen Krug, ein Buch, eine Kommode.

Indessen – welche Banalität lasse ich mir zuschulden kommen!

Die Herren von der Denkhurerei, die pp. Philosophen lachen mitleidig. ›Ding‹, sagen sie, ›das ist ein Modus der Substanz.‹ Schlehdorferisch gesagt also eine Fiktion, eine Annahme, eine ganz nichtssagende Betitelung für etwas – ja, ja für was denn? Für einen Begriff, der etwas mir Sichtbares ausdrücken soll, für eine ›Erscheinung‹. Hm, also doch ein Stuhl, doch eine Kommode oder ein Buch? (Beantragen, daß jede Art von Wortverdrehung mit dem Tode bestraft wird!)

Nein, nein, ich bin eben Laie. Die Herren vom Fach der Dunkelmacherei wissen sich noch anders zu helfen. Sie kennen auch ein ›Ding an sich‹.

Und was ist nun das wieder? Ja, das ist ein unbestimmbares, nicht erkennbares Etwas, das gewissermaßen alle Erscheinungen umschließt. Es muß aber da mehrere ›Dinge an sich‹ geben, habe ich entdeckt, denn Herr Kant aus Königsberg meint so: ›Was die Dinge an sich sein mögen, weiß ich nicht und brauche es auch nicht zu wissen, weil mir doch niemals ein Ding anders als in der Erscheinung vorkommen kann.‹

Also wiederum: Das ›Ding an sich‹ ist ebenfalls eine Fiktion, eine erbärmliche Übereinkunft? Nur, was in Erscheinung tritt, also sichtbar ist, greifbar ist, das ist mithin ein ›Ding‹.

Bösartigste Spiegelfechterei, gemeingefährlich!
Die Herren haben aber schon wieder was bei der Hand. ›Erscheinung‹ – ja, sehn Sie, eigentlich ist das auch schon wieder bezweifelbar, denn alles ist nur, weil ich die ›Vorstellung davon habe‹. Mithin – überhaupt alles Fiktion. Es gibt faktisch nichts, wenn ich als Dummkopf es mir nicht ›vorstellen‹ kann. Es ist –«
Schlehdorfer schnaufte erregt und stieß seine Feder fest ins Papier, er war wütend, er knirschte, die Feder spritzte, es gab Kleckse. Er schnellte auf einmal auf und lief ärgerlich im Atelier auf und ab. Nach einer Weile blieb er mit finsterem Gesicht stehen und glotzte verstört drein. Endlich sagte er dreimal hintereinander: »Nichts, nichts, nichts!« und zerriß das beschriebene Blatt. Er zerknüllte es grimmig und warf es in eine dunkle Ecke. Er hockte eine Zeitlang stumm da, nahm einen neuen Bogen und fing abermals zu schreiben an: »Humbug also.« Er besann sich und setzte dazu: »Die Alten sagen: Der Mensch ist das Maß aller Dinge.« Er schüttelte störrisch den Kopf und brummte bissig in sich hinein. Schließlich zerriß er auch diesen Bogen wieder, warf ihn weg und fing erneut zu schreiben an:
»Wenn Cartesius sagt: ›Ich denke, also bin ich‹, so sagt er damit zugleich, daß es einen für sich bestehenden Sinn nicht gibt. Den ›Sinn‹ erzeugt nur das menschliche Denken. Ich denke – schlehdorferisch – und gebe damit allem eine Bedeutung. Folglich finde ich zum Grund und Zweck, warum ich denn überhaupt denke.«
Schlehdorfer war äußerst zufrieden und hatte jetzt eine Miene wie ein Lehrer, der sich über den Aufsatz eines sehr talentierten Schülers freut. Er verzog seine Mundwinkel.
»Kommt sogleich Herr Kant – warum auch nicht, wenn Herr Luther das eingeführt hat – und erfindet Pflicht und Ethik dazu«, schrieb er weiter. Er wurde wieder hitzig und schrieb schnell, schrieb zwei ganze Seiten voll solcher wirrer Sätze. Immer erregter wurde er dabei, er wippte manchmal auf seinem knarrenden Stuhl hin und her, er lachte und stieß ab und zu einen kurzen Schrei heraus. »Alles

Humbug. Es gibt nichts, was mich verpflichtet, mit den Meinungslosen, mit der Helotenbande Menschheit gleiche Sache zu machen. ›Alles ist eitel‹ – die Vergänglichkeit ist *a priori* das A und O jeder menschlichen Betrachtung. Der Mensch lebt nur kurz – kommt überhaupt nur zum Aufhören auf die Welt. Mithin hören da alle Erfindungen der Zuhälter des Denkgewerbes auf. Es gibt keinen Sinn, keine Ethik. Alle Begriffe, die diese Nichtstuerbande herausgetüftelt hat, haben keinen Anspruch darauf, daß man sich danach richtet, sind wertlos und schurkisch«, schrieb er immer schneller, immer erhitzter und schloß mit dem seltsamen Satz: »Meine Damen und Herren, ich scheide nach diesen Feststellungen aus Ihrer Gemeinschaft aus, ich will mit Ihnen nichts zu tun haben, denn für mich gibt es überhaupt keinen ›Sinn‹! Alle Ihre hinterlistigen Systeme können mich nicht mehr beirren. Ergo heißt es: Schlehdorfer gegen alle!«
Im Laufe des Schreibens hatte er einen immer boshafteren Ausdruck bekommen und lachte jetzt ungefähr so wie ein Mensch, der einen anderen mit gutem Witz beschwindelt hat. Er stieß die Feder ins Tintenfaß und schnaubte asthmatisch. »A-a-aahchch!« räusperte er sich behaglich und sah noch einmal auf das Geschriebene. Plötzlich schreckte ihn irgendein Geräusch auf, daß er jäh das Gesicht hob und fast furchtsam in das Halbdunkel des Ateliers lugte. Alles an ihm wurde starr. Vor ihm, ungefähr in der Mitte des Ateliers, stand eine weibliche Gestalt mit einem zerrauften, blutigen Gesicht und wischte sich mit dem Taschentuch immerzu die Augen aus. Etliche Sekunden lang blieb es totenstill zwischen den beiden. »Was wollen Sie?!« stieß Schlehdorfer endlich aus seiner Bestürzung erwachend heraus und wurde sofort bösartig: »Machen Sie, daß Sie weiterkommen!«
Das Weib lächelte unbeholfen. Er schrie noch einmal: »Hinaus! Hinaus, sag ich!« und richtete sich drohend auf. Da fing das Weib zu wimmern an: »I-ich bitt um Verzeihung! I-ich geh schon, aber er erschlägt mich ja! Bitte! Bittschön, bloß –«

»Was denn? ... Wer? ... Ich habe keine Zeit!« fuhr ihr Schlehdorfer ins Wort und schaute forschend und böse auf die Jammernde: »Da-das ist doch die höhere Frechheit, einfach so –«
»Um Gotteswillen, nicht, nicht schimpfen, nicht, Herr-Herr!« klagte das Weib noch trübseliger: »Ich bin ihm davon ... Er hat einfach eingehauen auf mich – das Tor war offen, ich bin rein und hab zugeschlagen – ich geh schon – Verzeihung!« Sie fing vollends zu weinen an und wischte sich das blutige Gesicht ab. Schlehdorfer ging rasch an die Tür und schloß sie.
»Tja, ja, wa-was geht denn das *mich* an!« fing er erneut zu poltern an und stellte sich vor die Eingedrungene, die zitternd und eingeschüchtert weiterweinte: »Das ist doch ... Thm! Einfach –« Er stockte und schüttelte den Kopf.
»Bloß ein wenig, Herr! ... Bi-bis er weg ist!« jammerte sie durch das Taschentuch und schaute mit ihren tränennassen Augen hilflos bittend auf den Professor: »Er-er bringt mich ja um, der-der Grobian!«
Schlehdorfer wollte eben wieder zu schimpfen anfangen, als auf einmal drunten im Hof Tritte hörbar wurden und ein lautes Fluchen anhub. Die Dirne zuckte zusammen und lispelte jammervoll: »Um Gotteswillen, das ist er!« Sie wurde weiß wie eine Wand und deutete hastig ans offene Fenster, wollte es zumachen, aber der Professor kam ihr zuvor. Schnaubend und beängstigt schloß er das Fenster und knipste rasch das elektrische Licht aus, mit angehaltenem Atem blieb er in der Dunkelheit stehen und fraß schweigend seinen Grimm in sich hinein.
»Das-das ist er!« hörte er die Dirne wieder flüstern und schwieg dazu. Er war keiner von den Heldischen, fast krank vor Wut wartete er nur, bis der Strolch da unten aufhörte und verschwand. Einmal war es ihm, als bewege sich das Weib, da aber das große Atelierfenster ohne Oberlicht war und von einem breiten, dunklen Vorhang verdeckt wurde, konnte er nichts weiter sehen. Er wartete. Unten im Hof schrie der Kerl, dann trampelte er hin und her, stieß

wüste Drohungen heraus, plötzlich mischten sich andere Stimmen ein, Fenster – wahrscheinlich im Vorderhaus – klapperten, Leute schimpften, immer rebellischer wurde es.
»Schutzmann!« schrie eine helle Weiberstimme.
»Polizei!« ein Mann.
Der Kerl schrie wilde Gemeinheiten in die Luft, mit einemmal hörte Schlehdorfer hastiges Getrampel und dumpfe Männerstimmen, es war, als verfolgten sich Männer im Hof, mitunter gellte ein Schrei auf und endlich, endlich, nach gut einer Stunde, war es wieder still. Die Polizei hatte den Zuhälter abgeführt.
Noch eine gute Weile wartete der ängstliche, verärgerte Professor, ging im Dunkel ans Fenster, schob den Vorhang etwas zurück und lugte in den Hof hinunter, horchte angestrengt, schaute – soweit dies ging – auf die Mauern der Vorderhäuser, prüfte gewissermaßen die Stille mit größter Gewissenhaftigkeit und ging endlich an den Knipser, machte Licht. Das Wort verschlug es ihm, fassungslos war er. Die Dirne lag ausgestreckt und schon halb schlafend auf seinem schmutzigen, zerknitterten, ungemachten Diwanbett und riß jetzt ihre verklebten Augen auf, blinzelte, so als schmerze sie das Licht, in den Raum und hob ein klein wenig ihren zerzausten Kopf.
»Himmerherrgott, Dreckfetzen!« knurrte Schlehdorfer: »Saumensch, windiges! Raus! Raus!« Es klang aber immer noch halblaut, er wagte nicht zu schreien.
Die Dirne richtete sich mit dem Oberkörper auf und schaute fast gleichgültig auf ihn. »Ist er jetzt weg? Ist er fort?« fragte sie und wischte sich wieder mit dem Taschentuch das Gesicht ab.
»Raus! Raus, sag ich!« stieß Schlehdorfer noch wütender heraus und wollte auf sie zu. Zornrot war sein ganzer Kopf, die Schläfenadern drohten ihm zu platzen, er schnaubte wie ein Roß.
»Nicht! Nicht! Bitte!« wehrte sie mit ihren Armen und auf einmal veränderte sich ihr zerfahrenes, nicht unschönes, aber etwas gedunsen-dickliches Gesicht, sie setzte sich ganz auf und lächelte schmeichelhaft: »Geh, Herr, Sie waren doch so gut zu mir? . . . Herr?

... Ich bin soooo müd gewesen, sooo müd ... Geh, Herr, ich möcht Ihnen auch was Gutes tun ... Als Dank, wissen Sie ...« Sie setzte einen einnehmend-koketten Blick auf, so ruhig und überlegen gebärdete sie sich, daß der wütende Professor sich nicht mehr zu helfen wußte und einfach dumm und stumm stehen blieb. Er schnaubte nur mehr. Er war wirklich hilflos.
»Herr?« sagte sie wiederum freundlich: »Herr? ...« Und dann fielen ihr die Augen fast zu, sie schwankte ein wenig, erschöpft vor Müdigkeit lallte sie: »Herr-Herr, gehn S' doch her ... So-so wa-wa-warm u-und schön ist's da bei-bei I-ihnen i-im Be-be-eeeett ...« Todmüde fiel sie zurück, immer noch stand ein Lächeln auf ihren Zügen, und schon schlief sie wieder.
Eigentümlich benommen glotzte Schlehdorfer noch immer auf sie. Er bewegte sich nicht von der Stelle. Weiß Gott, was ihm durch Adern und Hirn lief. Er haßte die Weiber, er hatte außer etlichen Huren in seinen jüngeren Jahren nie etwas mit diesem »Gevölke« zu tun gehabt, er verabscheute überhaupt jeden Menschen, er wollte allein, ganz für sich sein und da – da auf einmal dieses merkwürdige, unerwartete Ereignis, diese fast unglaubliche Geschichte!
Die Dirne schlief wirklich. Regelmäßig ging ihre volle Brust auf und ab, ihr runder, von einer leichten, roten Seidenbluse umspannter Arm bog sich friedlich über ihren eingeschnürten Bauch, wie ein leichter Hügel hob sich die eine Hüfte und aus dem enganliegenden, kurzen Rock ragten die glänzenden, gutgeformten, seidenbestrumpften Beine ...
Schlehdorfer bekam langsam glänzende Augen, seine Miene wurde wie lauernd, er drehte sich hastig um, ging auf den Zehenspitzen auf die Türe zu, öffnete und forschte in den Gang hinaus, lauschte eine Zeit lang, schloß die Tür wieder, horchte wiederum und besann sich. Still, stockstill war es, nur das Atmen der Schlafenden drang in regelmäßigen Abständen durch diese Stille. Der Professor stand am Lichtknipser und lugte auf die Dirne, schaute und schaute, hob

schon den Arm, ließ ihn aber wieder fallen und das Licht brannte weiter. Er tappte mit fast beschwingten Schritten auf das Bett zu, ein häßliches, boshaftes Lächeln verunzierte sein Gesicht, vielleicht war eine verschwiegene Rachsucht, vielleicht auch etwas wie ein unbestimmbarer Triumph in ihn gefahren – er gab der Schlafenden auf einmal einen leichten Stoß auf die pralle Hüfte, versetzte ihr noch einen, als sie sich nicht rührte und kniff sie auf einmal in den runden Oberschenkel. Die Dirne räkelte sich ein wenig.

»Hä-hä! Hä, Saumensch!« lachte er knisternd und kniff sie in den Hinterbacken, daß sie aufschreckte. Sie wälzte sich fast erstaunt herum, als sie den grinsenden Alten bemerkte, und schaute ihm in die kleinen, glänzenden Augen.

»Hä! Du? ... Hä, Fetzen!« plapperte er und wollte sie in den Arm kneifen: »Da, da bin ich Herr! ... Du-du hast ja gesagt, du tust mir einen klei-kleinen Dienst, ha-hä!?« Sie erwachte nun ganz und zog ihren Arm weg. Eigentlich – erschrocken blickte sie nicht drein. Sie hatte ein fast gleichgültiges, gutmütiges Gesicht und sagte in noch schläfrigem Ton: »Macht dir bloß das Spaß, Alter, hm? ...«

Und das – ganz nüchtern, ohne Vorwurf und ohne Teilnahme hingesagt – warf den Professor im Nu wieder in seine alte Bösartigkeit zurück. Seine Miene wurde kalt und störrisch, er fing plötzlich wieder sein krächzendes Schimpfen an.

»Raus! Hinaus jetzt, du Dreckmensch! Fort! Marsch!« plärrte er, und – seltsam war es – er wechselte in einem fort die Gesichtsfarbe, bald war er rot, dann wieder blaß. Gleichsam, als wollte er seine eigene Unsicherheit überschreien, so polterte er und riß schließlich das Weib derb aus dem Bett: »Marsch, hinaus mir dir, du gemeines Straßenweib, fort!«

Sie stand zaudernd da und blickte ängstlich auf ihn.

»Fort-fort-fort-fort! Marsch! Fort-fort-fort!« keifte er grimmig und fuchtelte wie besessen mit seinen kurzen Armen herum: »Fort! Hinaus, weg, weg!«

»Aber, aber Herr-Herr?... I-ich –«, wollte sie ihn beruhigen, aber er hörte sie nicht, er geriet in immer größere Wut und stieß sie schließlich förmlich zur Türe.
»Herr!?« flehte sie fragend und jammernd: »Ich tu ja.... Herr, ich – wenn, ich –«, und sie schaute ihn verloren und zugleich mitleidig an, daß er einen Moment innehielt. »Herr, wir sind ja alles bloß Menschen!... Herr, i-i-ich«, sagte sie wehmütig, und schnell setzte sie dazu: »So seien S' doch nicht so bös, Herr!«
Sie war schon an der Tür. Schlehdorfer riß sie rasch auf und kläffte wiederum mit seiner rostigen Stimme: »Fort! Marsch! Gehn Sie mir aus den Augen! Weg!«
Derb schob er sie hinaus. Er schlug die Türe krachend zu und blieb stehen. Ihre eiligen Schritte hörte er. Sie lief, lief. Der Tag war schon angebrochen. Der Professor hörte die erste Trambahn klingeln und surren. Er ging wütend an den Tisch und riß seine Niederschriften in tausend Fetzen. Er war ganz und gar verknurrt. Immer und immer wieder lief er im Atelier hin und her, wirr und benommen, wie aus allen Fugen. Irgendeine Unruhe rumorte in ihm. Er blieb des öfteren stehen, wollte sich fassen und schüttelte seinen Kopf. Er gab sich plötzlich einen derben Ruck, ging an den Tisch und schrieb groß über einen ganzen Bogen: »Alles Unsinn! Niemand kann allein sein!«
Dann schwang er sich auf sein schmutziges Bett und zog die Decke über seinen Kopf, wenngleich eine stinkende Schwüle im Raum herrschte. Er schlief nicht, aber er wollte nichts sehen und hören...

Die Angestellte

Es passieren manchmal wirklich Dinge in einem Menschenleben, die Peinliches und Unangenehmes in solcher Fülle aufweisen, daß man unwillkürlich zu der Annahme verleitet wird, es habe dabei eine höhere Boshaftigkeit mitgewirkt. Und das Schlimme dabei ist, daß die davon Betroffenen meist Menschen sind, die mit Leib und Seele und freilich auch gezwungenermaßen danach trachten, ihr Dasein möglichst ungefährdet und geordnet zu gestalten, wie zum Beispiel das Fräulein Viktoria Klingdörfer.

»Viki« – wie das Fräulein bei allen Bekannten hieß – war ungefähr fünfunddreißig Jahre alt und – hast du, lieber Leser, schon einmal Photographien von Varietékünstlerinnen aus den neunziger Jahren gesehen? Ich meine jene mehr als vollschlanken, starkbusigen, breithüftigen Damen mit den dicken Armen und mächtigen Schenkeln – genau so sah Viki in Figura aus. Wohlgemerkt, zu ihrem größten Leidwesen, denn bei unserer Weiblichkeit ist's doch immer schon so: Jede will aussehen, wie sie *nicht* aussieht, die Vollen wollen schlank und die Schlanken voll sein. Aber immerhin, was Viki auch dagegen tat, alles blieb fruchtlos. Nun, sie sah oft und oft in den Spiegel und fand, mit ihrer »Kolossalität« war's gar nicht so schlimm. »Quasi stattlich halt«, meinte sie in bezug darauf und gab sich damit zufrieden. –

Von Jugend auf lebte Viki mit ihrer etwas jüngeren Schwester Mathilde und ihrer alten Mutter in ärmlichen zwei Zimmern, von denen eines die Küche war. Raum war wenig, man konnte sich kaum umdrehen, aber größte Reinlichkeit herrschte. Die Mutter besorgte den Haushalt, Mathilde arbeitete in einer Weberei und Viki war seit ihrer Lehrzeit Stenotypistin bei der Firma Laaser & Co., Heizanlagen und dergleichen. Die beiden Schwestern verdienten gerade so viel, daß man zu leben hatte. Es gehörte dazu allerdings viel Kunst, das muß schon gesagt werden, denn Mathilde mußte öfters im Jahr aussetzen, vielfach wurde sie nur halbtag-

weise beschäftigt und verdiente blutwenig. Kurzum, es war ein ewiges, enges, mühseliges Drehen und Wenden. –
Jeder Mensch aber hat leider eine Seele, und das ist für den Armen meist bitter und für den Reichen stets angenehm; der eine nämlich kann damit nur schwärmen, für den anderen hingegen ist sie eine Art süßer Gebrauchsgegenstand, den man je nachdem hemmungslos wirken lassen oder einfach abstellen kann. Frauen nun sind in der Regel seelisch zart veranlagt und gar solche wie Viki, die ihr Leben lang nichts anderes kennen lernen als von Montag bis Sonnabend ihr Büro, sonntags in den sauer erarbeiteten, neuen Kleidern kleine Spaziergänge und Besuche, vielleicht auch einmal einen Film, der alle unwirkliche Pracht einer ersehnten Welt vor das gierige Auge zaubert, und schließlich die noch nicht gelesenen Fortsetzungen irgendeines gefühlvollen Zeitungsromans, in welchem viel von Liebe, von verstoßenen, wunderschönen Damen und heißblütigen Grafen vorkommt. Alles andere ist unerreichbar, infolgedessen läßt sich davon eben nur schwärmen. –
Gut also, Viktoria Klingdörfer schwärmte. Sie schwärmte wie alle ihre Kolleginnen und Kollegen. Es gab nur kleine Unterschiede in der Art. Sonst aber – *ein* Büro ist wie das andere, jedes ist eine abgeschlossene Welt für sich, nichts von außen dringt herein und nur was innerhalb dieser Wände geschieht, ist für die Menschen darinnen wichtig – sonst waren sie allesamt gleich. Die Herren gaben sich durchaus weltmännisch, waren glatt rasiert und einwandfrei frisiert, hatten modische, feingebügelte Hosen an, sauber gebürstete Sakkos, starzend weiße, steife Umlegekragen und wunderbar gebundene Krawatten; jeder trug ein Gesicht, als halte nur *er* allein den ganzen Betrieb in Gang und jeder träumte selbstverständlich von grandiosen Lebedamen und davon, einmal Chef zu werden, eine steinreiche Frau zu heiraten und auch einmal über soundsoviel Angestellte zu regieren. –
Die Fräuleins standen ihnen nicht nach. Sie interessierten sich in der Hauptsache für die neuesten Moden, für abenteuerliche Liebes-

affären, sie wußten alle Passionen und Lebensgeschichten der Filmstars und hofften insgeheim, auch irgend einmal einen solchen Aufstieg zu erleben, von einem unverhofften, toll verliebten Freier geheiratet und in größtem Luxus gehalten zu werden. Jede und jeder natürlich erhoffte so etwas *nur* für sich allein und vergaß darüber die augenblickliche klägliche Lage, denn bei Laaser & Co. ging es sehr streng her. Wochentags sollte es von acht bis fünf Uhr dauern, aber Viki kam meistens erst gegen sieben oder halb acht Uhr abends heraus, und sonnabends wurde es statt eins oft drei Uhr und noch später. Die alte Klingdörferin war zum Wäschewaschen und zum Bodenputzen zu schwach, darum mußte Mathilde dies besorgen und war darüber ab und zu ärgerlich.

»Warum machst du denn ewig Überstunden, wenn du nichts dafür kriegst?!« fuhr sie ihre Schwester Viki an: »Ich weiß doch – die Bremer und die Wallendorfer gehn immer früher! Bloß du und die andern bleiben! ... Und ich kann mich derweil daheim zu Tod schinden!« Viki aber warf sofort ein: »Ja, aber die Bremer und die Wallendorfer haben dafür letztlich auch keine Aufbesserung bekommen!« Das war wohl eine schlagende Begründung, trotzdem aber schaute Mathilde ihre Schwester ungut an. Müd und abgerakkert stand sie vor ihrem Putzeimer, eine uralte, zerschlissene Bluse hatte sie an und ihr zerfetzter Rock troff vor Nässe, die harten Knie schmerzten und der Schweiß stand auf ihrem knochigen Gesicht. Im Vergleich zu ihr war die eben ankommende Viki das reine Herrschaftsfräulein. »Die Bremer und die Wallendorfer haben ganz recht!« brummte Mathilde: »Die können wenigstens auch einmal was zu Haus machen!«

»Ja, aber gestraft sind sie doch!« verteidigte sich Viki: »Das sieht doch jeder Chef, *wer* eine Belohnung verdient und wer nicht! ... Die brauchen's eben nicht, aber was wär's denn, wenn ich keine Aufbesserung hätte?« Wiederum konnte Mathilde nichts dagegen sagen, und als eines Tages die Firma Laaser & Co. – man wußte nicht, wieso und wodurch das gekommen war – dann doch die Überstun-

den halbwegs bezahlte, triumphierte Viki geradezu über ihre Schwester. »Da! Da siehst du's jetzt!« rief sie: »Jeder Chef weiß, was sich gehört, aber er kann auch nicht immer wie er will! ... Er muß sich eben quasi auch nach der Decke strecken!«
Mathilde schwieg wiederum. Bei ihr in der Weberei ging das ganz anders. Sie begriff Vikis Gerede nicht. »Und jetzt machen die Bremer und die Wallendorfer auch Überstunden?« fragte sie ein wenig spöttisch und Viki hinwiederum meinte: »Ja schon, aber beliebt sind sie nicht bei den Chefs!« Weiß Gott, wo das herkommt – Arbeiter fühlen sich zusammengehörig und erkämpfen stets gemeinsam höhere Löhne und Verbesserungen, die Angestellten jedoch überlassen derartiges immer ihrem Chef. Er ist ihr eingestandenes und uneingestandenes Idol. Selbst die kleinste Vergünstigung, die einem solchen Büromenschen zuteil wird, bestärkt ihn darin, auf seine Kollegen und Kolleginnen hinabzusehen – er ist um einen Millimeter weiter, höher und näher diesem ersehnten Idol. Und verläßt sich natürlich, wie das bei Leuten schon ist, die alles Gemeinsame als etwas höchst Schäbiges ansehen, auf das Glück, auf das jähe Glück.
Viktoria Klingdörfer war oft und oft sehr unglücklich. Sie sah ein, mit ihren dreißig Jahren, mit ihrem ewigen Sparen und Sparenmüssen, da war wenig Aussicht auf ein solches Glück. Drum war ihr zweiter Satz auch stets: »Bei mir müßt eben quasi ein Wunder geschehen.« Und sie tat auch etwas für dieses Wunder. Im Englischen Garten zum Beispiel redete sie eines Sonntagabends ein Mann an, der ihr soweit nicht schlecht gefiel. Sie kamen ins Gespräch, als sie weitergingen, und ihr Begleiter sagte zum Schluß: »Fräulein, Sie würden mir nicht schlecht gefallen ... Wie wär's mit uns zwei? Ich bin zwar momentan arbeitslos, aber am nächsten Montag fang ich beim Maffei als Dreher an ... Ich möcht gern heiraten und in meine Ordnung kommen ... Was sind denn Sie, Fräulein, wenn ich fragen darf?« – »Ich bin im Büro«, sagte Viki sofort viel kälter und setzte dazu: »Nein-nein, wissen Sie, auf so etwas

reflektier ich nicht. Da bleib ich lieber allein ...« Der Mann wollte noch etwas sagen, aber sie ging sofort weiter, zuletzt lief sie sogar, wenngleich ihr Begleiter ihr nur stumm nachschaute.
Dieses Erlebnis aber brachte Viki darauf, wieder mehr an ihr Wunder zu glauben. Sie sagte sich: Also, ich wirke doch auf Männer. Vielleicht redet mich doch einmal ein vermöglicher Herr, ein gebildeter, gutsituierter Mensch an und - wer weiß, wer weiß?
Als sie abends ihr beängstigend schnürendes Korsett aufknöpfte und dabei flüchtig ihren auseinanderquellenden Leib im Spiegel betrachtete, erschrak sie ein wenig, aber sie sagte nichts. Ganz insgeheim aß sie weniger und sparte pfennigweise soviel Geld zusammen, daß sie ein Schlankheitsbad nehmen konnte. Aber - o Schreck, o Schreck - ihre Mutter und Schwester erfuhren doch davon, denn sie bekam derartige Herzbeklemmungen, daß man sie nach Hause bringen mußte. Sie erholte sich zwar, aber sie weinte, ihre Mutter jammerte über das hinausgeworfene Geld, und auch ihre sonst schweigsame Schwester murrte. Unfrieden gab es und es wuchs ein klein wenig Mißtrauen zwischen den Dreien auf. Viki selber war lange Zeit niedergedrückt über diesen Vorfall. Sie schämte sich sogar zeitweise, denn um den Betrag, den sie damals für das Bad bezahlen mußte, hätte man mehrere Zentner Winterkartoffeln kaufen können. Am meisten aber grämte sie sich darüber, weil sie in der Folgezeit fast jeden Sonntag allein im Englischen Garten spazieren ging, jedoch nie mehr von einem Mann angesprochen wurde.
Der Sommer verstrich langsam. Jeden Sonntag sah sie es deutlicher: Die Luft verlor mehr und mehr die strahlende Munterkeit, wurde starr und klar und klanglos. Die abgemähten Wiesen bekamen eine eintönige, bräunliche Farbe. Die Baumkronen wurden gelb oder rot, das Laub fiel nach und nach ab, die nackten Äste griffen traurig in die weite Leere, die Zeit verging unmerklich schnell und sie selber wurde immer hoffnungsloser. Das heißt, wenn sie es genau überlegte, einen Mann *wollte* sie gar nicht einmal

unbedingt; über das sogenannte verliebte Alter war sie längst hinaus, vielmehr, sie hatte so etwas gar nicht recht gekannt, denn damals war das Elend zu Hause noch viel erbärmlicher, da hieß es darben, hungern und wo unterkommen, schnell verdienen und um Gotteswillen nur ja keinen Liebhaber, denn er hemmte nur alles und schließlich ließ er so ein Mädchen noch schwanger stehen. Und außerdem, Viki kannte so ziemlich all die jämmerlichen Ehen in ihrem Viertel. »Nein, da lieber allein«, sagte sie sich.

Sie wollte eigentlich nur versorgt sein oder ein ganz großes Glück. Darum nahm sie heimlich ein Los und hoffte wiederum. Sie malte sich schon alles so prachtvoll und groß aus, sie schlief oft bis tief in die Nacht hinein nicht, hoffte und hoffte, aber sie gewann nichts. Einmal noch begab sich Viki – wie sie sich ausdrückte – »quasi auf die Pfade der Liebe«, dann aber strich sie gewissermaßen den Artikel Mann in ihrer Lebensrechnung. Eine Bekannte nahm sie mit auf ein Faschingsfest. Das war ein ungeheures Ereignis für Viki. Sie konnte zwar kaum tanzen, mühte sich aber so sehr, die richtigen Schritte zu machen und machte ein derartig heiteres Gesicht, daß sie bald einen Liebhaber fand. Diesem gefiel gerade ihre jüngferliche Schüchternheit und ihre Zurückhaltung beim Küssen. Er bestellte Wein und machte ihr auf alle mögliche Weise den Hof. Sie trank nur wenig und ging nicht aus ihrer Reserve. Er tanzte und tanzte immer wieder mit ihr und dampfte wie ein kochender Wassertopf; er schmiegte sich mitunter fest an sie und mußte stets erleben, daß sie zurückwich. Trotzdem, er blieb beharrlich, und endlich gab es die üblichen Weißwürste. Er rannte davon, Viki sah ihn in der bunten wirbelnden Menge verschwinden und trauerte schon halbwegs über den Verlust, aber er kam zurück mit einer vollen, dampfenden Platte, sie strahlte und er nahm eine heiße Wurst und steckte sie in ihren lachenden, offenen Mund. Sie biß bampfend und er zog an, um als besonderes Zeichen seiner Zuneigung die andere Hälfte zu verschlingen. Da aber passierte etwas Schreckliches: Vikis Gaumenplatte mit dem falschen Gebiß ging mit und fiel vor dem entsetzten Liebhaber hinab auf den staubigen Boden. Die Unglückliche schrie fürchterlich auf, beugte sich wimmernd nieder und lief wie rasend durch den lauten Saal, hinaus und heim. Die ganze Nacht weinte sie zerstoßen. Zwei Zähne waren aus dem Gebiß gebrochen und sie mußte die halbe Woche lang so verunziert ins Büro gehen. Es läßt sich denken, wie sie unter den hämischen Blicken ihrer Kolleginnen und Kollegen litt. Sie hätte am liebsten sterben mögen, und sicher stieg in solchen verzweifelten Augenblicken ihr ganzes Leben vor ihr auf. Die unentrinnbare Enge, das grauenhafte, vergebliche, quälende, zermürbende Streben und das ewige Mißgeschick! Und es schien, als gäbe es nie einen Ausweg aus diesem Wirrsal.

»Wie wird's denn schon sein!« jammerte sie oft und oft daheim in der niederen vollgepfropften Küche: »Zehn oder, wenn's hoch kommt, fünfzehn Jahre noch, dann wirft man mich zum alten Eisen! ... Quasi: Da liegst du jetzt! Verhungere oder stirb!« Sie weinte, ihre Mutter weinte, ihre Schwester weinte. Es war arg, sehr arg.

Indessen, reden wir nicht herum! Das ist jetzt schon längst vorüber. Viki ist nicht gestorben und lebt nunmehr – man kann ruhig sagen – sogar viel energischer dahin. An einen Mann denkt sie nicht mehr, auch nicht mehr an so ein plötzliches, unwirkliches Glück. Sie versucht nur noch ihr kleines Leben gewissermaßen mit all dem Erträumten auszustatten und dabei wird sie von einer geradezu springenden Angst angetrieben. Sie hat unablässig Angst, Gelegenheiten zu verpassen. –

Gelegenheiten? Welche? Gelegenheiten? Inwiefern und wieso?

Gemach, gemach!

Hab ich nicht gesagt, bei den Klingdörfers stehen Küche und Schlafkammer derart voll, daß man sich kaum umdrehen kann.

Seither nämlich wird Viki stets beunruhigt, wenn es irgendwo etwas scheinbar Billiges gibt. Sie hat sich aufs Einhandeln verlegt, sie läuft in die Warenhäuser wie in den Himmel und drängt sich schmachtend und gierig in die Inventur- und Totalausverkäufe. Es ergeht ihr dabei wie uns Kindern, wenn eine bunte Dult war – sie verschlingt all die Herrlichkeiten mit ihren Augen und möchte am liebsten alles kaufen. Freilich, *brauchen* würde sie vieles nicht. Überstunden macht sie, knausern tut sie, schwer wird es ihr mitunter, die zusammengerackerten Groschen hinzulegen, aber – wie gesagt – es ist eben etwas Bitteres, wenn die Seele keine Ruhe gibt. Bei Klingdörfers liegen viele, viele Schätze säuberlich eingepackt, verschnürt und vorsichtig umwickelt, die nur deshalb gekauft wurden, weil sie um zehn oder fünfzehn Prozent billiger waren. Über ihre Notwendigkeit ließe sich streiten. Vielfach auch über ihre Solidität. Einmal vielleicht, so hoffte Viki schüchtern, einmal kriegt man doch eine bessere, nette Wohnung, wo dann all diese Dinge prangen können, um von gelegentlichen Besuchern bewundert zu werden.

»Quasi, damit's eben aussieht, quasi, wir haben eben auch was!« pflegt Viki sich zu rechtfertigen.

Vor zwei Monaten kaufte sie einen Bouclé-Läufer beim Totalausverkauf Babenberg & Co. Als sie damit heimkam, versuchte sie vergeblich, ihn im Schlafzimmer auszubreiten. Er war leider zu breit und außerdem meinte ihre Mutter: »Ja, um Gotteswillen! Ist ja schade drum! Man müßt sich ja Sünden fürchten, sowas Schönes einfach zum Abtreten hinzulegen!« Viki sah dies auch ein. Sie rollte den Läufer zusammen und verstaute ihn in irgendeiner Ecke. So ging das fast immer.

»Hm, so einen Haufen Geld wieder hinausgeworfen«, brummte Mathilde: »Kannst du denn den Läufer nicht für was anderes umtauschen?«

Ein klein wenig bestürzt schaute Viki auf sie. »Nein«, meinte sie, »Umtausch gibt es nicht, ist extra gesagt worden . . . Die Firma will sich ja auflösen . . .«

Alle drei stöhnten enttäuscht.

»Na, vielleicht können wir ihn später einmal brauchen«, tröstete

Viki zu guter Letzt. Überstunden und wieder Überstunden machte sie.

Der Herbst stand vor der Tür. Holz und Kohlen, Kartoffeln und feste Schuhe wären nötig gewesen.

»Mein Gott! Und da liegen die Sachen und verderben!« jammerte die Mutter und deutete auf den Läufer und auf die eingewickelte Diwandecke. Auch diese hatte Viki einmal dahergebracht.

»Wo willst du denn die hinlegen, wenn ich fragen darf?« murrte ihre Mutter damals. Ja so, man hatte ja gar keinen Diwan! Viki reute das viele Geld auch. Sie dachte nach.

»Hm, hm, das ist aber dumm!« brümmelte sie.

Im Büro bot sie die Sachen an. Niemand kaufte. Bedrückt kam Viki heim.

»Wir müssen jetzt Kartoffeln kaufen ... Im Winter sind sie nicht mehr zu bezahlen!« rief die Mutter ärgerlich. Viki kam auf einmal auf einen Einfall.

»Weißt du was? ... Ich fahr am Sonntag nach Beberdorf zum Onkel Max. Der kann vielleicht die Decke und den Läufer brauchen ... Ich kann ruhig um zwölf Prozent mehr verlangen ... Soviel kosten jetzt die Sachen gut!« sagte sie und bekam schon wieder ein aufgeheitertes Gesicht. Gleich schrieb sie an Onkel Max. Der antwortete: »Ja, bring die Sachen nur einmal, am Ende werden wir einig.« Viki strahlte. Falls der Onkel beides nehmen würde, rechnete sie sich aus, da käme ein hübsches Sümmchen herein. Nicht nur Holz und Kohlen und Kartoffeln konnte man dafür kaufen – nein, eventuell sogar wieder so eine prachtvolle, vernickelte Kaffeemaschine, die ihr Geschäft grade jetzt zur Hälfte des regulären Preises anbot. Vikis Augen fingen ein klein wenig zu glänzen an. Vielleicht sah sie sich sekundenlang bereits im gemütlichen, reizenden Wohnzimmer der ersehnten, neuen Wohnung, am weißgedeckten Tisch, zwischen etlichen Gästen, die alle auf die herrliche Kaffeemaschine schauten. Und es sang in ihren Ohren, was der Abteilungsleiter in ihrem Geschäft zu jedem Kauflustigen in bezug auf dieses vorteil-

hafte Ding stets sagte: »Mit ganz geringfügigen Fehlern, aber geschenkt um den Preis!« Sie wurde ganz hitzig dabei. –
Am Sonntag schleppte und schleppte sie ihren Läufer und die Diwandecke den Bahnsteig entlang und schwang sich aufgeregt auf den Zug. Es war die höchste Zeit. Sie atmete auf, als sie im Abteil ihr Riesenpaket verstaute. Das Zeichen zur Abfahrt wurde gegeben. Langsam stoßend und fauchend setzte sich der lange Zug in Bewegung. Jemand sagte beiläufig: »Das ist doch der D-Zug München–Nürnberg–Frankfurt?« und bekam ein gleichgültiges »Ja« als Antwort. Dies aber fuhr wie ein elektrischer Schlag durch Viki.
»Wa-was? D-Zug?!« stieß sie entsetzt heraus und geriet völlig aus der Fassung. Mit einem linkischen Satz sprang sie zur Tür des Abteils, rannte hinaus und sprang hinab auf den harten Bahnsteig. Glatt fiel sie hin, alle ihre Glieder schmerzten, zerschunden und blutend hoben sie etliche Bahnbeamte auf, und gerade in diesem Augenblick fuhr der Personenzug, den sie benutzen wollte, auf dem gegenüberliegenden Gleis ab.
»Ist Ihnen was passiert? ... Kommen Sie!« redeten die zwei Beamten auf die arme Viki ein. Sie hörte nicht, sie weinte schüttelnd, sie schien verrückt geworden zu sein. Im D-Zug lagen ihr Läufer und die Diwandecke. Weg waren sie.
»U-um Gottes willen! ... Nein-nein! Gar-gar nichts!« gausterte sie heraus und warf ihre Arme: »Mei-mein Läufer, meine Sachen! ... Nei-nein, ich spür nichts, nein! I-i-ich ...« Sie brach ab und schrie schluchzend.
»Sie können ja noch von Glück sagen, daß Sie nicht mausetot sind!« wollte sie der Sanitäter auf der Unfallstation zur Besinnung bringen. Vergeblich. Sie plärrte nur in einem fort wirr durcheinander: »Das viele Geld! ... Die schönen Sachen! ... Um Gottes willen! ... Onkel Max!« und so weiter. –
Erst nach einer guten Weile kam sie wieder einigermaßen zu sich. Außer einigen ungefährlichen Beulen und Hautabschürfungen war sie ohne weiteren Schaden davongekommen. Sie mußte eine dies-

bezügliche Erklärung unterschreiben. Als sie später zerzupft und verbunden im Amtszimmer des Eisenbahninspektors ihren Verlust meldete und wieder so wirr und klagend durcheinanderredete, fuhr der Mann mit der wichtig gerunzelten Stirn sie auf einmal barsch an: »Na, dann müssen Sie eben richtig hinschauen, wo Sie einsteigen! Dafür kann kein Mensch was!«

»Ja-ja, mein Gott, entschuldigen Sie!« wimmerte sie verstört.

»Setzen Sie sich! Sie müssen warten!« befahl ihr der brummige Mensch. Stunden und Stunden versaß sie in dem staubigen Büro. Dann kam endlich die telegraphische Rückantwort, daß das betreffende Paket im Abteil 14, enthaltend einen Bouclé-Läufer und eine neue Diwandecke, nicht gefunden worden sei.

»Wollen Sie Anzeige erstatten?« fragte der Herr Inspektor wiederum beinahe feindlich.

»Nein, nein!« antwortete Viki nur. Sie ging aus diesem Büro wie aus dem ihren. Völlig verzweifelt und verwirrt wanderte sie durch die lärmenden, sonntäglichen Straßen und es war ihr, als durchschreite sie ganz vereinsamt eine ungeheuer böse, rundherum stachlige Welt...

– Morgen mach ich wieder Überstunden, dachte sie, und übermorgen – und nächste Woche – dann bring ich's schon wieder rein –

Der Mord aus Zufall

Gesetzt der Fall, ein reicher Mensch, einer, der wirklich zu keinem anderen Zweck auf der Welt ist, als das Geld, das ihm seine Eltern hinterlassen haben, zu verbrauchen, ein Mensch also, der nichts anderes zu tun und zu denken hat, als seine Langeweile auf die erträglichste Art zu vertreiben – angenommen, ein solcher Mensch käme auf einmal, sagen wir von einem Tag auf den anderen, von seinem Reichtum, stünde plötzlich als obdachloser Bettler auf der Straße.

Es ist schwer auszudenken, wie er sich verhalten würde. Wahrhaftig, ich glaube, er würde irrsinnig werden oder sich aufhängen. Eine Tragödie entstünde im Handumdrehen. Und noch dazu eine höchst lächerliche. Jedenfalls das eine ist sicher: Nie würde ein solcher Mensch wissen, was er augenblicklich, im nächsten Moment, in der folgenden Stunde oder überhaupt mit der Zeit anfangen sollte.

Man wird mir vielleicht entgegenhalten, daß es auch sogenannte Arbeitsmaschinen unter denjenigen Menschen gibt, die ihr Geld sauer verdienen müssen. Und man wird sagen, auch diese Menschen, wenn sie ganz plötzlich aus ihrer Arbeit gerissen werden, wissen nichts mit ihrer Zeit anzufangen. Es geht ihnen wie dem oben angeführten Reichen.

Das stimmt nicht im mindesten. Es kann sein, daß sie Tage und sogar Wochen wie verirrt dahinleben, ja – aber sie finden dann doch immer wieder einen Halt. Erstens wirkt in ihnen von vornherein der Antrieb zur Arbeit, sie hungern geradezu nach einer Beschäftigung, sie vertragen die ungenützte Zeit einfach nicht. Meistens ist es so, daß sie am Anfang ihrer Stellungslosigkeit nervös und beunruhigt nach einer neuen Stelle suchen, und finden sie keine, ist alles aussichtslos, nun – dann beginnen sie wie von selbst mit ihrer »Freiheit« zu wirtschaften. Sie beschäftigen sich auf eigene Faust, und es muß schon arg schief liegen, wenn ein solcher Mensch sich das Leben nimmt. Ich habe wenig Arbeitslose angetroffen, die auch nur einen solchen Gedanken haben. Im Gegenteil, während der ganzen Zeit, in welcher ich selber noch Arbeiter war, habe ich es immer und immer wieder erlebt, daß ein »Geschaßter«, ein Vagabund oder Bettler es ausgezeichnet versteht, sich jede Stunde unterhaltlich zu machen.

Von daher beispielsweise datiert meine Leidenschaft, Gerichtsverhandlungen zu besuchen, und ich treffe heute noch Kameraden von damals. Denn kein Arbeitsloser läßt sich einen solchen Zeitvertreib entgehen. Ja, es gibt viele, die schon fast als professionelle Gerichtssaalbesucher angesprochen werden können. Und diese wiederum sind imstande, mit einer geradezu frappierenden Kennerschaft und Sicherheit Urteile vorauszusagen. Nicht selten habe ich erlebt, daß sie durch Wetten ihr Tagegeld verdient haben. Sie gewinnen immer. Sie kennen jeden Vorsitzenden, jeden Staatsanwalt, jeden Verteidiger in- und auswendig, jede Eigenheit der Richtenden und der Angeklagten, ehe überhaupt ein Wort gesprochen wird. Sie sind die erprobtesten Menschenkenner, die scharfsichtigsten Psychologen, die mir je untergekommen sind. Ich gestehe es offen: Sie haben mich erst hellhörig für jede Redewendung gemacht, haben meinen Blick geschärft und mir Dinge und Wirklichkeiten erschlossen, die ich in keinem Buche mitgeteilt fand. Diese Schule war die gründlichste für mich. Ich habe in ihr gelernt, was ich heute brauche.

Erst neulich ereignete sich ein Urteil, das ich nie für möglich gehalten hätte. Ich saß in der vordersten Reihe der Zuhörerbänke und freute mich herzlich, meinen alten Freund, den langen Willy, anzutreffen. Er erzählte mir so zwischenhinein alle möglichen Dinge und als er den Angeklagten, einen gewissen Buchhalter Wintersteiner, ansah und die Verlesung der Anklageschrift gehört hatte, sagte er kurz und bündig: »Da kommt nicht viel heraus dabei ... Der kriegt höchstens fünf oder sechs Monat mit Bewährungsfrist ... Wahrscheinlich kann er nach der Verhandlung gleich heimgehen.«

»Ah! Unmöglich! Unsinn!« bestritt ich.

»Wetten!« rief Willy und hielt seine Hand her. Er lächelte siegesbewußt. »Meinetwegen! Fünf Mark! Aber diesmal mußt du auch zahlen, Bazi!« rief ich und erkundigte mich, ob er denn überhaupt Geld habe.

»Nein, das nicht, aber«, lächelte er: »Na ja, wir werden schon einig ... Geh ein, Oskare ... Ich verdien's ja doch.« Ich nickte und schlug ein.

Der Angeklagte konnte nicht mehr weit von den Sechzig sein. Er war mittelgroß und machte einen jämmerlich zerstoßenen Eindruck. Seine zerknitterte Gestalt war nach vorn gebeugt, und alle seine Bewegungen waren linkisch und steif. Spindeldürre Arme und Beine hatte er und einen kleinen Kugelbauch, der um so mehr auffiel, als er ganz unvermittelt unterhalb der eingefallenen Brust anfing und herausstand wie ein hartes, ballenähnliches Geschwür. Das vergilbte, gelblich weiße Haar auf dem glatzenlosen Kopf hätte ebensogut eine Perücke sein können, und nicht weniger maskenhaft sah sein blasses Gesicht mit dem raupigen Schnurrbart und den verstörten, willensleeren, wässerigen Augen aus.

Aufgefordert, anzugeben, was er für nötig halte, berichtete er mit einer dünnen, ängstlichen Stimme folgendes: »Ich bin hier am 24. Juli anno 73 geboren, hab die Volksschule und alsdann die Handelsschule besucht und bin dann gleich als Volontär zu Priel & Co. gekommen. Das ist jetzt her an die vierzig Jahre, meine Herrn, und – und nie ist mir was Unrechtes passiert, gar nie!« Das Letzte weinte er fast heraus.

»Aja! Das ist ein echter Kleinbürger. Ein richtiger Muffler«, flüsterte mir der lange Willy ins Ohr: »Der fängt gleich mit der katholischen Demütigkeit an, das wirkt bei unseren Richtern immer gut.« Er verzog sein Gesicht, aber der Mann vorne erzählte schon wieder weiter: »Mein Vater selig ist Schlosser gewesen. Wir sind sechs Geschwister gewesen, vier Buben und zwei Mädel. Jedes hat schnell einen Beruf lernen müssen und sind alle ordentlich durchs Leben gekommen, meine Herrn!« Er stockte und schaute

herum, als suche er etwas. Er schluckte und konnte erst wieder weiter, als er seinen Anwalt erblickte.
»I-ich bin unschuldig, meine Herren! Ich kann nichts dafür! Ich bin ruiniert!« jammerte er fassungslos und fuhr nach einigem Stottern fort: »Ich hab immer getan, was meine Pflicht war ... Wir sind religiös erzogen worden, meine Herrn, und auch meine Kinder hab ich so erzogen. Mein Vater selig hat ewig gesagt: ›Kinder, hinter allem steht unser Herrgott. Jedem ist das Seine aufgesetzt.‹ Als Kind hört man sowas nicht, aber jetzt ist es mir aufgegangen. Ja ja, recht hat er gehabt, mein Vater selig.«
»Wenn ihm das der Rechtsanwalt nicht eingesagt hat, heiß ich Hans«, lispelte mir mein Freund Willy schon wieder zu, aber ich hörte nicht.
»Jeden Tag haben wir vor der Schule in die Frühmesse gehen müssen und am Sonntag ist die Tante Kreszenz zu uns gekommen oder wir haben sie besucht ... Immer mit Vater und Mutter«, erzählte der Angeklagte abschweifend und wurde nicht unterbrochen. Es schien, als hätte er sich in irgendeine ganz bestimmte Erinnerung verbissen, und eigentümlicherweise wurde sein Ton ein wenig gefestigter: »Die Tante Kreszenz selig, die hat uns immer gesagt, wie es uns einmal gehen wird. Sie hat immer aus den ›Weissagungen für jedes Christenleben‹ vorgelesen an den Sonntagen ... Wie die Rede auf mich gekommen ist, hat sie meinem Vater selig was ins Ohr gesagt. Ich weiß es noch wie heut ... Und da sagt mein Vater: ›Das macht gar nichts, Kreszenz! Sag dem Hans nur alles, daß er sich danach richten kann‹, und nachher hat sie mich angeschaut und sagt: ›Beim Hans wird die Prüfung unseres Herrn und Heilands hart sein, aber die Buß hilft ihm drüber weg.‹ Und sie hat mich mit Weihwasser besprenkelt, die Tante, und alle haben wir zusammen gebetet!« Er schnappte gleichsam nach Luft und rief schmerzvoll wie eine zerquälte Menschenkreatur: »Meine Herrn, hoher Gerichtshof, ich weiß, ich hab mich vergangen, ja, ja! Ich kann nichts dafür, aber es hat so sein müssen, glaub ich! Ja, ich

hab den Herrn Marstaller erschossen und gleich nachher hab ich auf einmal daran gedacht... Hans, sag ich zu mir, Hans, das war die Prüfung! Das ist die Weissagung von der Tante Kreszenz selig...«

Der ganze Gerichtssaal lauschte mit höchster Spannung. Der Angeklagte sank in sich zusammen, atmete schwer und war noch bleicher.

»Erzählen Sie, was an dem betreffenden Abend, an dem Sie den Marstaller erschossen haben, alles passiert ist«, sagte der Vorsitzende trocken und blickte auf den Mann. Der Befragte faßte sich und schien genau zu überlegen. Das war nach all diesem zerknirschten Herausjammern ungewohnt und veranlaßte den Vorsitzenden zu einer kälteren Aufforderung.

»Nach dem Einbruch, meine Herrn«, fing jetzt der Angeklagte wieder zu reden an: »Nach dem Einbruch hat mein Chef zu mir gesagt: ›Herr Wintersteiner, die Abendkasse nehmen Sie von jetzt ab, wenn ich nicht da bin, mit heim.‹ Ich hab Angst vor dieser Verantwortung gehabt und hab es auch meinem Herrn Chef öfter gesagt, das. ›Ja‹, sagt er, ›Sie wissen doch... Ich kann nicht immer extra so spät nochmal reinfahren in die Stadt... Nehmen Sie den Revolver da, daß Sie gesichert sind ... Am andern Tag kann das Geld auf die Bank.‹ Mein Herr Chef wohnt draußen im Vorort, er geht meistens um zwölf Uhr mittags weg und kommt nicht mehr... Er hat ja in der Fabrik auch zu tun... Ich hab den Revolver genommen. Angst und bang ist mir vor dem Ding gewesen, meine Herrn! ... Ich hab aber von dem Tag an keine Ruhe mehr gehabt. Ich hab nicht mehr schlafen können, ich hab jedesmal geschaut, daß ich möglichst wenig Geld bei der Abendkasse zusammengekriegt hab ... Hab's einzahlen lassen auf der Post oder auf die Bank geschickt ... Oft wollt ich mit meinem Herrn Chef reden, aber ich hab mich geniert... Hasenfuß kann ich doch auch nicht sein, denk ich, aber was ich jedesmal ausgestanden hab, war schrecklich...«

»An dem Freitag sind Sie also erst spät heimgegangen?« fragte der Vorsitzende ungeduldig.

»Ja, wir haben Jahresbilanz gehabt, da ist's immer spät geworden, oft elf Uhr in der Nacht«, sagte der Angeklagte unsicher. Man merkte, er fürchtete sich vor einer solchen Aussage, die gerade kein sehr günstiges Licht auf die Firma Priel & Co. warf.

»An dem betreffenden Freitag ist's noch später gewesen, wie ich vom Büro weggegangen bin. Es war stockdunkel. Ich bin nie mit der Straßenbahn gefahren, seitdem ich das Geld immer bei mir hab tragen müssen ... Ich hab immer gedacht, es sieht's mir jemand an, daß ich soviel bei mir hab ... Was ist denn nicht schon alles passiert?« erzählte Wintersteiner und erklärte weiter: »Außerdem – ich komm sowieso wenig in die Luft, da ist so ein Gang immer was wert ...« – »Schweifen Sie nicht immer so ab!« verwarnte jetzt der Vorsitzende und sah auf seine Uhr. Wintersteiner zuckte leicht zusammen.

»Vom Geschäft zu Ihrer Wohnung haben Sie eine Stunde zu gehen?« fragte der ungeduldige Mensch im Talar vorne wiederum.

»Ja, gut«, nickte Wintersteiner und fuhr mit fast beflissener Eile weiter: »Ich bin früher immer durch den Englischen Garten gegangen, aber seitdem ich das Geld immer hab mitnehmen müssen, wär's ein Leichtsinn gewesen.« Er schaute auf den sich räuspernden Vorsitzenden und wurde noch fahriger.

»Nach der Feilitzschstraße kommen die dunklen Gassen ... Ich geh den Weg schon jahrelang ... Ich kenn mich aus, ja, aber einer, der erst ein paar Tage dort wohnt, kann sich leicht verlaufen«, sagte er abgerissener: »Ich hab schon vier Tage gemerkt, daß mir jemand nachgeht. Jedesmal bin ich heimgekommen wie ein Halbtoter, hab zu meinem Herrgott gebetet, hab mich geängstigt und jeden Tag ist's das gleiche gewesen ... Ich bin ganz aufgerieben gewesen vor Verdruß und Angst ... Der Herr Marstaller ist auch immer so seltsam komisch hinter mir hergeschlichen ... Mich hat es immer überrieselt, wenn ich ihn hinter mir gehört hab ... Ich bin oft gelaufen, gelaufen, soviel ich können hab, und er ist immer hinter mir her ... Wer kann denn das wissen, daß er erst vor vier Tagen in der Osterwaldstraße eingezogen ist! Ist doch eigentümlich, wenn einer jede Nacht so hinter einem nachgeht ... Ich hab gezittert, ich hab mich überhaupt nicht mehr ausgekannt, ich bin ganz durcheinander gewesen, hab gebetet auf dem ganzen Weg, meine Herren ... Ich hab aber doch meinem Chef nichts sagen mögen, auch meiner Frau nicht ... Es war doch eine so große Verantwortung, meine Herren ... Ewig hab ich denken müssen, wenn der Mensch dich niederschlägt und ausraubt, und du wachst doch wieder auf, dann glaubt man's womöglich nicht ... Ist doch alles schon passiert ... Ich denk, wenn er mich schon niedersticht, lieber Herrgott, laß mich tot sein, ganz tot. Alsdann hab ich wieder an meine Familie denken müssen –« er schnaubte wie gejagt – »aber an dem Freitag, da hab ich's nicht mehr ausgehalten ... Ich denk, jetzt ist's gleich, ich kann nicht mehr ... Der-der da hinten will dir was, jetzt geht er schon schneller, Herrgott – ich hab in meine Hosentasche gelangt und den Revolver entsichert, bin stehen geblieben und der hinter mir ist auch stehen geblieben ... Ich bin gelaufen und in die Hausnische und zieh den Revolver, horch ... Ja, da sind die Schritte schon wieder gekommen ... Es war fürchterlich ... Der Herr Marstaller ist ganz nah herangekommen, gradso als ob er mich suchen würde ... geht, bleibt stehen, geht wieder und bleibt auf einmal vor mir stehen im Dunkeln, sucht, tappt herbei ... Ich hätte schreien wollen, aber die Gurgel war mir zu ... Der Herr Marstaller hat sich gerührt und – ja, ich weiß nichts mehr, als daß ich auf einmal geschossen hab ... Die Angst, meine Herrn, die Verantwortung! Es – ich bin unschuldig! Ja, ich hab geschossen, ja! Ja, er hat aufgeschrien, ja, das weiß ich noch, und ich auch, wie es gekracht hat ... Ich bin über ihn weggesprungen, einfach davon in der Nacht und daheim hab ich's meiner Frau erzählt ... Den Revolver hab ich fallen lassen beim Davonlaufen ... Die Leute sind schon zusammengelaufen drunten in der Dunkelheit ... Tja, ja, dann, wie ich alles gesagt habe – auf einmal ist mir der Spruch von der Tante Kreszenz selig eingefallen, ich bin auf die Polizei gelaufen ...«

Der Mann brach ab und schluchzte heftig. Sein Verteidiger hielt ihn. Er konnte nicht mehr aufrecht stehen.
»Meine Kinder ... Meine Familie! Das Geld von meinem Chef!« wimmerte er noch.
Alle Zuhörer schauten wie gebannt in den Raum. Das Atmen hatte es jedem verschlagen.
»Stimmt, stimmt auf's Wort!« lispelte mir nach einer Weile der lange Willy zu.
Er schüttelte den Kopf und brummte halblaut: »Hm, seltsam ...«
Es stellte sich bei der Zeugenvernehmung glaubhaft heraus, daß der Erschossene den Angeklagten als Wegweiser benutzt hatte. Jedenfalls – Wintersteiner wurde zwar wegen fahrlässiger Tötung zu fünf Monaten Gefängnis verurteilt, erhielt aber Bewährungsfrist und konnte sofort heimgehen nach der Verhandlung. – Meine Wette war also verspielt.

Ohne Bleibe

Es war schneidend kalt.

Der Schutzmann an der Ecke sah einem angeheiterten Doppelpaar griesgrämig nach und knurrte mürrisch.

Durch den Gedanken, daß diese Leute nun in ihre warmen Stuben heimgingen und vor dem Zubettgehen vielleicht noch heißen Tee tranken und eine Kleinigkeit zu sich nahmen, hatte er sich davon abbringen lassen, weiter auf und ab zu gehen und seine durchfrorenen Beine durch zeitweiliges Stampfen einigermaßen warm zu erhalten. Jetzt stach die Kälte doppelt quälend in allen seinen Gliedern.

Er knirschte verdrossen, zog seinen Kopf noch tiefer in den aufgestülpten, starren Mantelkragen, bog mit sichtlicher Überwindung die steifgewordenen Knie und ging wieder weiter. –

Die Stimmen der Spätlinge verschwammen mehr und mehr. Es wurde wieder still. Wie ausgestorben dehnte sich das verlassene Geviert aus. Düster und drückend ragten die Hauswände empor. Der Schnee fiel dicht und sehr ruhig. –

Mißmutig schwenkte der Schutzmann in eine breitere Straße ein. Durch die gleichmäßiger verteilte Schneefläche schien es hier heller und weiter zu sein. Er blickte erleichtert in die weiße Eintönigkeit. Eine strichhaft hagere Gestalt kam auf ihn zu. Der Mann schien weder Kopf noch Arme zu haben. Nur die Beine warf er mechanisch nach vorne wie ein aufgezogenes Gespenst. Als er kaum noch fünf Schritte von ihm entfernt war, hustete der Schutzmann sehr vernehmlich und hob sein verärgertes Gesicht.

»Sie!« rief er dem Herankommenden gehässig laut entgegen und warf sich in straffere Haltung.

Die Gestalt blieb stocksteif stehen. Nur der Frost schüttelte sie.

»Haben Sie Papiere?« fragte der Schutzmann, noch einen Schritt machend, und musterte den Mann.

Der rührte sich nicht.

»Sie!!« brüllte der Schutzmann wie fluchend und leuchtete dem Fremden mit der Taschenlaterne entgegen. Alles an ihm war wieder in bester dienstlicher Ordnung.
Ein harkiger, abgerissener, verdorrter Baumstamm oder eine arg ramponierte Säule konnte es sein, was da im Lichtkreis stand. Raschen Blicks überflog sie der Polizist.
»Ihre Papiere! – Sind Sie denn taub!« schrie er abermals, wütend über das Aufgehaltenwerden bei solcher Kälte, und setzte schnell, wie witternd hinzu: »Oder haben Sie keine?«
Der Fremde zog endlich seine erstarrte Hand aus der tiefen Hosentasche und reichte ihm die schmutzigen, durchnäßten Ausweise.
»Karl Pruvik, Klempnergehilfe«, stand auf der überleuchteten Invalidenkarte. Herkunft, Geburts- und letzter Dienstort und Datum waren verzeichnet. Abgestempelte Marken klebten auf der ersten Hälfte.
Der Schutzmann steckte das Papier unter den blauen Militärpaß und schlug diesen auf.
»Infanterist Pruvik, Karl – 14. Regiment«, orientierte die erste Seite.
»Verwundet bei Luneville (Armschuß rechts), desgleichen bei Tarnopol (Knieschuß links), verwundet bei Verdun (Schulterschuß links)«, war im Anhang eingetragen, und soundsoviele Gefechte und Schlachten erwähnte das nächste Blatt.
Das Gesicht des Schutzmanns verlor mehr und mehr die stiere Härte, hob sich etwas höher aus dem Mantelkragen.
»Hm! – Auch Kriegsteilnehmer? ... Ohne Bleibe, was?« sagte er mit zufriedener Ruhe und streckte dem regungslos Dastehenden die Papiere hin. Dessen Gestalt schwankte ein klein wenig nach vorne.
»Hundekälte das! Warten Sie, es geht schon!« rief da der Schutzmann noch loyaler und steckte dem Mann die Papiere hilfsbereit in die Rocktasche: »Ist ja noch nicht so spät. Noch alles offen in der Stadt. Sie kommen sicher unter!«

»So«, sagte er eben, als in nächster Nähe die Uhr zehn schlug. Einen Augenblick horchte er auf, nickte und entfernte sich eilsamen Schritts. Schon von weitem erspähte er die Ablösung.
Karl Pruvik riß sich fest zusammen und schritt wieder weiter.
Der Schnee fiel und fiel.
Nach einer langen Weile wurde es endlich etwas lichter. Menschen stapften vorüber. Grelle Autolaternen glotzten über einen freien Platz. Über einem mächtigen Säulenportal leuchteten groß die Buchstaben »Schauspielhaus«.
Vielleicht vom Licht angezogen verschnellerte Karl Pruvik unwillkürlich seine Schritte, eilte geraden Wegs auf den Theaterausgang zu. Eben strömte die Besucherschar aus den großen, glitzernden Toren. Er befand sich im Nu mitten im dichtesten Gemeng und drängte sich vorwärts. Eine warme Duftwelle schlug ihm entgegen, starkgeschminkte Gesichter tauchten auf und seltsam kühne Reflexe warf das grelle Licht auf glänzende, rauschende Damentoiletten. Überschnell schwirrten geschäftige Stimmen ineinander, Seidenrauschen, Lächeln, Autohupen und das fadendünne Zirpen süßlicher Tonfälle vermischten sich zu einem betäubenden Geräusch. »Einfach glänzend!« rief wer. »Rührend, wie die Hohlmann spielt! – Nein, einfach entzückend!« zwitscherte eine überhelle Stimme. »Huw, dieses Schweinewetter! – Kommt schnell ins Auto!« ließ sich zwischendurch vernehmen. Und wieder: »Kritisch gewertet –: Eine Glanzleistung in Regie und Spiel!« Dann das laute, aufdringliche Gekicher der Backfische: »Dieses herrliche Rüschenkleid, Mama! – Hast du gesehen, – den Sonnenschirm! – und das Biedermeierkostüm im dritten Akt? Entzückend! – Du Lilly, weißt du was! So gehen wir heuer im Fasching! – Gell, Mammi! Gell!«
Es plätscherte fort und fort, oben, unten, überall. Abschiednehmen, Handküsse, Einladungen für das morgige Festessen, Lachen, Autovor- und -abfahren – alles wie ein flimmernder Hexentanz! –
Karl Pruvik war mittlerweile unbemerkt bis an das Eingangstor gelangt. Noch eine geschickte Finte und er hatte für heute nacht ein

Dach über dem Kopf. Sein Herz schlug heftig. Es war wieder Leben in seine froststarren Glieder gekommen. Behende glitt er an den aufeinandergedrängten Gestalten vorbei und fühlte auf einmal Raum und Wärme. Er lugte spähend nach dem betreßten Portier, duckte sich noch mehr zusammen, hielt den Atem an, arbeitete sich an der Wand entlang.

Im selben Augenblick aber stockte die Bewegung des Menschentrupps. Er zerteilte sich und jäh brachen die Reden ab. Durch eine glotzende Gaffergasse hastete der Portier mit steinernem, finster drohendem Gesicht auf ihn zu.

»Was suchen Sie denn da? – He! Sie! Sie!« schrie der Türhüter. Karl Pruvik zog wie ein gezüchtigter Hund die Schultern hoch und verbarg den Kopf völlig in seiner schlotternden Brust.

»Was Sie wollen, frag ich!« bellte der Portier hinter ihm und packte ihn heftig am Arm, riß ihn zurück. Ohne Wort und ohne Abwehr ließ sich der Eingedrungene von dem belfernden Türhüter und zwei inzwischen herbeigeeilten Logendienern ins Freie schieben. »Hm, sowas? – Sich ins Theater einzuschleichen!« sagte jemand von den Stehengebliebenen und schüttelte den Kopf. Der ins Stocken geratene Menschenhaufe bekam wieder Bewegung und drängte sich durch den Ausgang. Die Tore schlossen sich finster. Schwätzend trabten die letzten Paare vorüber.

Karl Pruvik stand zögernd und benommen im glitzernden Schneegeflock. Einen Augenblick hatte es den Anschein, als straffe sich sein Körper, als hole er zu einem Satz aus und wolle in die vorbeigleitenden duftenden, rauschenden, geschwätzigen Menschen springen, aber schließlich torkelte er doch über die verschneite Freitreppe hinunter und bog in die Seitengasse ein, die vom Theaterplatz abzweigte. Ein letztes Auto surrte weg. Die Stimmen verloren sich in der Ferne. Die erleichternde Helligkeit, die die Beleuchtung des Theaterplatzes nach allen Seiten hin verbreitet hatte, verlosch lautlos. Es war wieder ringsherum die fahle, unwirkliche Düsternis der Winternacht. –

Karl Pruvik hob den Kopf hilflos. Eine knappe Wurfweite vor ihm ragte etwas Schwarzes aus dem Schnee und bewegte sich wie schwebend von der Stelle. Willenlos und ohne Grund folgte er der Erscheinung.

Lange ging er so.

Es mußte schon tief nach Mitternacht sein. Trist gähnten die menschenleeren Straßen und Plätze.

Man stand am Rande des Stadtparkes. Die kerzengerade Gestalt verschwand zwischen den Bäumen. In der aufgeworfenen Bahn der Spur schritt Karl Pruvik weiter. Es war viel dunkler hier. Die schneebeladenen Baumäste lasteten schwer herab. Nur zeitweilig gab sich eine hellere, freiere Stelle, und undeutlich ließen sich eingemummte Bänke erkennen. Auf einer solchen hockte die zusammengekauerte Gestalt nun, der er die ganze Zeit gefolgt war. Stoisch ließ sich Karl Pruvik neben ihr nieder und legte wie aus einer plötzlichen Eingebung heraus seinen steifen Arm um nasse, scharfe Schultern. Lahm schmiegten sich die beiden Körper aneinander. »Kalt«, murmelte es kaum hörbar aus dem Kopf, der haltlos auf seine Brust herabglitt.

»Kalt«, brummte Pruvik ebenso leise und schloß seine Augen. Auch sein Kopf sank herüber auf das Genick des anderen.

Kein Schnee fiel mehr. Es war seltsam –: Jetzt, da man schonungslos der Kälte ausgeliefert war, wußte man nicht mehr, war's eine rasende Hitze oder eine gänzliche Eisigkeit, was in den Gliedern brütete. Der ganze Körper hatte das Gewicht verloren. Es schien, als schwebe er durch eine unsäglich friedliche Stille . . . Auf einmal drückte etwas Hartes an den Arm, umklammerte, zerrte. Es schrie wie durch Nebelschwaden, dann näher. Es rüttelte stärker. Das Geschrei schwoll. Der Kopf an der Brust bewegte sich stumm. Karl Pruvik öffnete die Augen. Das grelle Licht einer Taschenlaterne stach ihm ins Gesicht, blendete, schmerzte.

»He! – He! Was ist da!!« schrie ein Schutzmann, riß erregt am Arm. »Was ist denn das! Auf! Auf!!«

Alles tat wieder weh. Die zerfrorenen Knochen rührten sich, schmerzten, als seien sie alle einzeln abgeschlagen und bewegten sich wie in einem geplatzten Gipsverband klappernd von dannen.
Erst in der Stube der Polizeistation sah Karl Pruvik, daß noch einer neben ihm stand, genau so reglos und stumpf wie er. Auf den redeten die zwei Schutzleute ein, fragten, schrien ihn an.
Endlich nach einer Weile schritt man durch eine Tür und das Licht war aus den Augen. Die beiden lagen auf einer Pritsche, in warme Decken gewickelt. Die Glieder bewegten sich ohne Schmerz. Wärme kam langsam. Von Zeit zu Zeit berührten sich Arm oder Fuß.
Nach langer Zeit hörte Karl Pruvik wieder polternde Stimmen, und kalte Luft huschte über sein Gesicht. Die Pritsche knarrte und Schritte dumpften. Eine Tür fiel zu. Jetzt war es leer neben ihm. – Es fiel gläseriges Tageslicht durch die vergitterte Luke, als er die Augen öffnete.
Ein etwas ins Rundliche gehender Schutzmann mit gemütlichem, wohlig gerötetem Gesicht stand vor ihm und sagte in friedlichem Baß: »Sie können sich wieder fertig machen. Es liegt nichts vor gegen Sie!«
Karl Pruvik hob seinen übermüdeten Oberkörper auf der Pritsche.
»Haben Sie denn den andern gekannt?« fragte der Schutzmann.
Pruvik schüttelte dumpf den Kopf.
»Hat ein paarmal eingebrochen«, erzählte der Polizist beiläufig und redete weiter: »Stehn Sie dann auf und kommen Sie. Sie können wieder gehen.«
Karl Pruvik sah ihn verständnislos an.
»Eine harte Zeit jetzt – und hundekalt diesen Winter!« brummte der Schutzmann und bat Pruvik abermals aufzustehen.
Der erhob sich und ging mit ihm durch die Tür in die Polizeistube hinaus. Ein Wachtmeister saß am Tisch und hatte seine Papiere in der Hand, sah ohne Arg, beinahe mitleidig auf Pruvik.
»Sie können wieder gehen«, sagte er in dienstlichem Brustton und reichte ihm Invalidenkarte und Militärpaß.

Karl Pruvik machte keine Bewegung.
»Es liegt nichts vor gegen Sie! – Daß einer keine Bleibe hat, kann jedem einmal passieren«, sagte der Wachtmeister menschlich.
Pruvik nahm mechanisch seine Papiere.
»Grüß Gott«, sagte die beiden Polizisten und nickten dem Gehenden zu.
Einer öffnete freundlich die Tür.
Karl Pruvik ging.
Es schneite nicht mehr auf den Straßen. Das Bleich des Tages tat den Augen weh. Ein Wind hatte sich erhoben und pfiff schonungslos um die scharfen Hausriffe. Es war kalt. Es war wirklich grausam kalt ...

Tick-tick-tick-tick

I.

Einige Jahre vor dem Kriege hatte der Witwer Emil Sporer die Witwe Auguste Watschler geheiratet. Er war damals ein noch sehr rüstiger Fünfziger und sie stand in der Mitte der Vierzig, ging zwar schon ein wenig in die Breite, aber machte noch immer eine sehr stattliche Figur. Alles traf sich ausnehmend gut. *Sein* einziger Sohn Georg war bereits Redakteur einer großen Tageszeitung und hatte sich ebenfalls vor kurzem reich verheiratet, *ihre* drei Töchter waren Ehefrauen tüchtiger Männer und längst versorgt. Als eigentliche Erbinnen des Watschlerschen Mietshauses, das in bester Lage der Stadt stand, hatten sie beim Ableben ihres Vaters der Mutter zeitlebens das alleinige Nutznießungsrecht überlassen und änderten diese Regelung auch jetzt nicht. Sporer gewann also allerhand und konnte zufrieden sein. Er brachte einige tausend Mark mit in die Ehe und war Vertreter der ältesten, angesehensten Tuch- und Wollwarenfirmen am Platze. Sein Geschäft ging gut, jedes Jahr konnte man einen zweimonatigen Urlaub in einem billigen Bad verbringen, jede Woche zwei- oder dreimal ins Theater gehen und brauchte sich auch sonst nicht einzuschränken. –

Krieg, Revolution und Inflation überstanden die Eheleute ohne Trauerfall und ohne allzugroße Erschütterungen, schlecht und recht und gewissermaßen wie eine unüberdenkbare, gehetzt dahinjagende Zwischenzeit, die gerade deswegen, weil man sich jeden Tag umstellen mußte, lebendig und gelenkig erhielt. Gewiß, es gab Kümmernisse und Sorgen wie überall, es gab Krankheiten im engeren und weiteren Bekanntenkreis, es gab Mißgeschicke und Reibereien aller Art; Auguste konnte sich als passionierte Hausfrau und ausgezeichnete Köchin nicht recht umgewöhnen, war leicht beleidigt, brauste wegen jeder Kleinigkeit auf und fiel mitunter wegen ihrer Zänkereien mit dem Dienstmädchen, mit Krämern, Metzgern und Lieferanten arg auf die Nerven, aber Sporer ließ sie reden und

reden und fand als sozusagen schon einmal geprüfter Ehemann immer wieder die Finte, den Frieden zu erhalten. Die zwei Leute stritten sich zusammen, wurden unmerklich alt und älter und ruhig. Er ging seinen Geschäften nach und ließ sie im Hause herrschen. Vormittags besuchte er Kunden und Lieferanten, kam heim zum Essen, machte sein gewöhnliches Schläfchen, trank alsdann Kaffee und arbeitete hernach im nebenan liegenden Büro bis abends um acht Uhr. Die Arbeit war immer die gleiche, und er bewältigte sie ohne Mühe. Altmodisch wirtschaftete er mit Federhalter und einer alten Kopiermaschine – ohne Schreibmaschine und Hilfskraft – weiter, denn er fand: Je mehr Gerät und Aufwand, um so sichtbarer wird der Geschäftsgang und – trau, schau wem! – er ließ sich nicht ins Verdienen hineinschauen. Außerdem war es stets eine Art Erholung, so ganz für sich in diesem stillen Raum seine Stunden zu verbringen. –
Seit vier oder fünf Jahren lief dieses Leben Sporer und Auguste dahin, wie ein geruhsamer Bach durch sanfte Wiesen. *Sie* wurde trotz ihrer unablässigen hausfraulichen Vehemenz immer dicker und machte ihrem Namen alle Ehre – sie watschelte zuletzt daher wie eine gutgemästete Ente. *Ihm* schmeckte das Essen allemal, er bekam ein Bäuchlein, so beweglich wie ein Junger lief er mit seinen Musterkoffern herum, die Luft und die Rast schlugen gleichermaßen bei ihm an, er sah noch ausgezeichnet und brauchte nur beim Lichtschein eine Brille, seine Gedanken liefen folgerichtig, kein einziges graues Haar und kein Anflug von Glatze zeigten sich auf seinem Kopf, er war beinahe schon siebzig und lebte noch, lebte, lebte, als sei überhaupt nie eine Zeit vergangen. –
Im heurigen Frühjahr kam wieder einmal die jüngste Tochter Marie zu den Alten auf Besuch, und das war immer ein freudiges Ereignis. Schon eine Woche vorher fing Auguste zu stöbern an, richtete das vordere Zimmer für die Ankommende, regierte und regierte atemlos herum und erdachte alles mögliche.
»Und du, Vatichen, Vat'chen?« flötete sie am Ankunftstag zärtlich:

»Nicht wahr, Vat'chen, du tust mir den Gefallen! – Du holst Märchen allein ab.« Sie war schweißbedeckt und freude-erregt, auf ihren leicht geäderten Backen standen rote Flecken, und Sporer mußte sie ein wenig beruhigen. Auch er freute sich, denn gerade diese Tochter hatte er besonders gern. Sie war die jüngste und klügste, brachte durch ihre freundliche Lebhaftigkeit Abwechslung ins Haus, und man konnte mit ihr über alles reden. –

Sporer machte sich auf den Weg. Es war ein ziemlich heißer Nachsommertag. Im lärmenden Bahnhof wogte das verwirrende Getriebe. Der Zug lief pünktlich ein. Schon von weitem winkte Marie aus dem Coupéfenster, und hastig schritt ihr Sporer entgegen. Lachend drückten sich die zwei die Hände. Marie rief einem Kofferträger. »Ach was-was-was! Her, her damit! Her da! Wir fahren sowieso gleich mit dem Auto nach Hause! Komm, gib her!« wollte Sporer sich dagegen verwehren und griff schnell in die Höhe nach Maries Handkoffer, griff, reckte sich und spürte plötzlich – es fiel etwas wie eine plumpe, schwere, fleischige Kugel vom Hals hinab in seine Herzgegend, ein Ruck war es, um seinen Kopf legte es sich wie jäher, dichter Nebel, ein Schwindel fiel ihn an, ganz steif umklammerte er den Ledergriff, und die geringe Last schien zentnerschwer. Er ließ sie fast fallend auf den staubigen Boden sinken und war froh, daß Marie, die mit dem Träger verhandelte, nichts gemerkt hatte. Er raffte sich mit aller Kraft zusammen, spürte ein leises Zittern über seinen Körper laufen und erholte sich endlich wieder. Er sagte nichts mehr und ließ den Träger vorausgehen. Jetzt, als Marie ihm einen flüchtigen Kuß auf die Stirn gab, war er schon wieder ganz gefaßt und nahm den Handkoffer ohne Beschwernis vom Boden auf. »Blaß siehst du aus, Onkelchen! . . . Ist dir nicht gut?« fragte Marie während des Dahingehens und fügte lind vorwurfsvoll hinzu, es sei unrecht von ihm gewesen, sich die Mühe des Abholens gemacht zu haben, sie wär doch, weiß Gott, kein Kind mehr und leicht allein nach Haus gekommen. Sporer aber wehrte sich in einem fort, schüttelte immer wieder den Kopf und plagte sich zu einer Heiterkeit, so daß sie nicht mehr davon redete. Im Auto war er schon wieder der alte, redete und redete und lachte mitunter lustig. –

Seit dieser Zeit konsultierte Emil Sporer insgeheim allerhand Ärzte. Keiner konnte ein richtiges Kranksein bei ihm herausfinden, fast alle äußerten sich ungefähr so wic der Hausarzt Doktor Lederer, den er am Tage nach Maries Ankunft aufsuchte.

»Na, na, da wolln wir mal nachschaun!« sagte der professoral aussehende, vollbärtige, glatzköpfige, bebrillte Doktor und untersuchte den käsweißen, sehr wenig behaarten, vielfach von kleinen, blauen Äderchen gezeichneten Körper. Er horchte umständlich die Herz- und obere Rückengegend ab, prüfte den Puls, beklopfte die Lungenwände, stellte Knie- und Augenreaktionen fest und richtete sich endlich vertrauensvoll auf.

»Nein!« sagte er und schüttelte selbstsicher den Kopf: »Nein-nein, mein lieber Herr Sporer! Da ist gar nichts zu befürchten ... Bei so einer Bullenhitze mal einen kleinen Schwindel, das kann jedem passieren ... Ich bin vollauf zufrieden mit Ihnen ... Das Herz ist noch ganz gut intakt, an Lunge und Niere nichts ... *Ihre* Gesundheit jedem gewünscht, lieber Herr Sporer!« Und er sah dabei ein wenig lächelnd auf den nachdenklichen Patienten: »Natürlich, Sie müssen bedenken, Sie sind beinahe siebzig! Da ist's immer gut, wenn man sich ein wenig in acht nimmt ... Kaffee würd ich Ihnen nicht mehr raten, lieber leichten Tee und zum Wein immer Sprudel ... Zwei, drei Zigarren am Tag? ... Nein-nein, das schadet Ihnen gar nichts ... Die Speisen nicht zu stark gewürzt, aber essen – viel frisches Gemüse ist gut – essen dürfen Sie alles, was Ihr Magen verträgt ...« Sporer schaute abwesend gradaus und knöpfte seine Weste ein. Der Arzt ging an den Schreibtisch und brachte das Rezept für die Apotheke: »Hier, bitte! Ein ganz leichtes Schlafmittel ... Das wird Ihnen gut tun.« Er faltete das Rezept zusammen und warf wieder einen Blick auf Sporer: »Tja, und – Sekt! ... Trinken Sie ab und zu ein oder zwei Glas guten Sekt. Das belebt.«

Sporer schlüpfte in seinen graugemusterten Gehrock und murmelte wie für sich: »Soso, Sekt? . . . Hm, jaja, Sekt!« und dann sagte er unmerklich aufatmend: »Na, dann bin ich ja wieder ganz beruhigt . . . Nur noch eins, lieber Herr Doktor – meine Frau braucht von dieser Konsultation nichts zu erfahren . . . Sie wissen ja – u-u-und wenns wirklich nichts ist – ?« Er brach ab und sah dem Arzt flughaft forschend in die Augen.

»Aber selbstverständlich, selbstverständlich!« willigte dieser sofort ein. –

Sporer holte die Medizin in der Apotheke und kam wie immer pünktlich nach Hause. Er unterhielt sich ein Weilchen mit Marie, man aß wie immer, er legte sich wie gewöhnlich ein Stündchen hin und man trank den duftenden Kaffee wie immer. Doch halt!

»Ich weiß nicht, Muttchen«, sagte er so ganz beiläufig während des Plauderns, »in der letzten Zeit füllt mich der Kaffee immer so . . . Davon, glaub ich, kommt mein schlechter Appetit beim Abendbrot.« Tee, meinte er, Tee wäre vielleicht besser. »Tee soll ja zehren«, fügte er flugs hinzu. Keine Falte seines Gesichtes verriet Unruhe oder Unsicherheit. Seine Frau rief sofort das Dienstmädchen, sie und Marie wollten Tee bestellen, aber Sporer sträubte sich heftig, ja, er wurde, als die Frauen nicht nachgaben, sogar ärgerlich, leerte seine Tasse mit einem Schluck und ging rasch ins Büro hinüber.

»Verfluchte, dumme Weiber! Kaum sagt man was, schon fangen sie zu zwirbeln an! . . . Dummes Zeug!« knurrte er mürrisch und zog die Türe hinter sich zu. Er war sehr erhitzt und fühlte Schweiß auf seinem Gesicht und Körper. Er schnaubte etliche Male hart und sein Herz schlug hörbar. Schnell ging er an den Schreibtisch und setzte sich. Der Raum war angenehm kühl. Die Milchglasscheiben des Fensters verbreiteten ein beruhigendes, gleichmäßiges Licht. Sporer wischte mit dem Taschentuch sein nasses Gesicht ab, räusperte sich, goß ein Glas Wasser ein und nahm einen Schluck.

Nebenan hörte er die beiden Frauen reden, durch die Decke, vom

oberen Stockwerk, drang stumpf das Rattern einer Nähmaschine, das Dienstmädchen in der Küche sang summend, eine Tür quietschte und klappte zu und jemand ging über den Hof ins Hinterhaus ...
Sporer setzte sich zurecht und zog ein Blatt Briefpapier aus dem Fach. Da fiel ihm das Medizinschächtelchen ein. Er hielt inne und lauschte. Auf einmal fühlte er wieder das starke Schlagen unter der Brust. Schwer und langsam schlug es. Schlug und schlug und zitterte im Hals und in den Schläfen nach. Kraftlos legte er beide Arme auf das Schreibtischpult und schüttelte den alten Kopf. »Hm-hm-hm!« seufzte er leise und atmete fast behutsam. Mit der Zeit legte sich eine hilflose Traurigkeit auf seine Züge. Verlassen, verloren und ohnmächtig starrte er und wurde totenblaß. Jeder Wille und Entschluß schien erstorben. Er saß reglos. Langsam vertröpfelte die Zeit.
»Hm! ... Hm-hm-hm«, machte er wiederum, raffte sich zusammen und fing zu arbeiten an. Er stellte die Kollektionen für die morgige Tour zusammen, überprüfte die Bestellzettel und Rechnungen, telefonierte an Kunden und Lieferanten und schrieb Briefe, und das beruhigte ihn.
Es ging abendzu, dämmerig wurde es und schließlich dunkel. Er knipste das Licht an.
»– und nehme ich an, daß Ihnen bei der Vergleichung der Kontoauszüge ein Irrtum unterlaufen ist«, schrieb er schwungvoll auf das glatte Papier, las den Brief von Anfang an noch einmal durch und dachte nach. Wie von ungefähr drang jetzt das leise, eilende, metallische Ticken der Taschenuhr in sein Ohr. Er wollte weiterschreiben, aber dieses Ticken wurde immer deutlicher, es kroch gleichsam wie ein flinker Käfer aus der Westentasche hinauf, und zuletzt war es, als ticke es im Hirn, im ganzen Kopf. Verwirrt zog Sporer die Uhr und schaute benommen auf das Zifferblatt. Er hielt das glatte Ding in den zitternden Händen, er sah keinen Zeiger, die Zahlen verschwammen – »tick-tick-tick-tick«, tat es nur immer. Gleichmä-

ßig rasch, sausend und unbarmherzig schlug so ein winziges »Tick« eine Sekunde weg, dann war es eine Minute, eine Stunde, ein Tag, eine Woche, ein Monat, ein Jahr – und Jahre! –
Es klopfte leise. Sporer fuhr erschrocken zusammen.
»J-ja?« würgte er hastig aus sich heraus und antwortete gefaßter: »Ja, bitte?« Er drehte sich halb um. Seine Frau streckte ihren Kopf durch den Türspalt.
»Emil? ... Es ist gleich acht! ... Kommst du bald?«
»Ja, Muttchen! ... In zwei Minuten!« antwortete er mit gut gespielter Ruhe und beugte sich wieder wie vielbeschäftigt auf den Schreibtisch nieder. Die Türe schloß sich. Er wagte nicht mehr auszusetzen und schrieb den Brief an Amsler & Co. zu Ende.
Kurz darauf saß man um den appetitlich gedeckten Tisch und verzehrte friedlich plaudernd das Abendbrot. –

II.

Nein, Emil Sporer war wirklich nicht krank. Nicht im mindesten. Dummes Geschwätz das mit all diesen Diagnosen der verschiedenen Ärzte von wegen »geringfügiger Alterserscheinungen« und »leichter Herzschwäche«. Ein ähnlicher Vorfall wie bei Maries Ankunft wiederholte sich nicht mehr. Sporer glaubte diesen Doktoren nicht mehr, aus ihren gegebenen Verhaltungsmaßregeln suchte er sich das Einleuchtendste heraus und hielt sich daran. Auf Medizinen verzichtete er. Lustig war es, wenn er morgens manchmal mit Marie turnte. Spielend gelangen ihm die Kniebeugen. Er lachte, Marie lachte und Auguste lachte.
Die ersten Herbstregen rieselten schon hernieder, als die Tochter endlich abfuhr. Diesmal standen die zwei alten Leute auf dem Bahnsteig und redeten ins offene Coupéfenster hinauf. Auguste hatte nasse Augen und gab manchmal Wimmerlaute von sich, Sporer war aufgefrischt wie ein Bursche.
»Na, komm nur bald wieder, wenn dein Mann sowas Tiefsinniges

ausknobeln muß!« rief er in bezug auf Maries Mann, der sie wegen Fertigstellung einer wissenschaftlichen Arbeit weggeschickt hatte: »Ungeniert! Ungeniert! ... Du siehst ja, bei uns ist's immer gemütlich ...« Marie nickte lächelnd, Auguste wimmerte: »Jaja, wir freun uns doch immer so«, und er nahm, da der Zug jetzt langsam anfuhr, seinen Hut ab und schrie lauter: »Und laßt's euch gut gehn. Grüße! Schreib bald!«

»Huh! ... Ja! ... Sieh mal an, Onkelchen, wie grau du schon geworden bist! Das hab ich noch gar nicht gesehn!« lachte Marie burschikos und winkte fort und fort. Einen Augenblick lahmte Sporers Arm und später, als man nichts mehr vom Zug sah, griff er unwillkürlich auf sein Haupt und fragte Auguste: »Ist's wirklich wahr? ... Bin ich denn schon so grau?« Fast verwundert, mehr aber noch bestürzt klang es.

»Ach Gott, Vatichen, wir werden doch nicht jünger!« meinte Auguste nebenhin ...

Nein, Sporer war nicht krank. Er wurde nur von Tag zu Tag älter. Es ging von Stunde zu Stunde näher dem Aufhören zu, dem unentrinnbaren Ende. *Das* nahm ihm die Ruhe.

Er lebte pedantisch eingeteilt, er beschäftigte sich stets mit irgendwelchen Dingen, er interessierte sich für alles, was in der Welt vorging, er arbeitete, arbeitete und arbeitete. Er schaute nie mehr in einen Spiegel, er machte gymnastische Übungen, er fing das Radiobasteln an, und nachts im Schlaf stöhnte er mitunter hart auf, keuchte und wimmerte, daß ihn Auguste weckte.

»A-ach, ja! Jajaja! ... Hm, immer komm ich so dumm auf den Rücken zu liegen!« sagte er zerquält und drehte sich um: »Entschuldige, Muttchen! ... Es ist nichts, gar nichts! Bloß immer so verrückte Träume!« Er schnaubte schwer und starrte ohnmächtig ins Dunkel. Lange, lange! Es war totenstill rundum, nur die Standuhr drüben an der Wand schlug und schlug. Er konnte dieses Schlagen nicht ertragen, drückte verzweifelt seine Zeigefinger auf die Ohren, fest, ganz fest und da – da rumorte wieder sein Herz. Er

preßte die Lippen aufeinander und verschluckte den Schrei, der auf der Gurgel saß. In seinem Hirn rannten die Gedanken wie gefangene Mäuse von einer Kopfwand zur anderen, prallten ab, retirierten und fingen wieder von vorne an mit diesem furchtbaren Sausen. Die stockig stille Schwärze drückte auf ihn, drückte, drückte wie – wie – wie die nasse, schwere Erde einstmals auf seinen Sarg.
Er konnte nicht mehr. Er ließ sich aus. Seine Arme fielen auf die flaumigweiche Decke, es schien, als entgleite ihm der Körper und endlich, endlich schlief er völlig ermattet ein ...
Es gab einen klugen Mann, der sagte stets: »Rede sehr viel, das ist gut. Je mehr du sprichst, desto weniger sagst du.« Und dann war einer, der trieb diese Spitzfindigkeit noch weiter. Er riet immer: »Denke viel und denke stets an alles mögliche, denke fort und fort, denke einen ganzen Haufen, dann wirst du nie auf das *Eine* kommen, und so ist's am besten.«
Aber leider – das sind alles gute Ratschläge und man sollte sich wirklich nach ihnen richten – leider, leider aber, es geht nicht. Dieses *Eine* läßt sich nicht zudecken mit haufenweisem Denken, auch nicht verscheuchen durch noch so vieles Reden und Tun. Es bleibt! Es wird mit jedem Atemzug, bei jedem Uhrenschlag gewisser; beim Umblättern oder Abreißen eines Kalenderdatums fliegt es in dein unvorbereitetes Hirn; der Tag steigt herauf und die Nacht fällt hernieder, es kriecht immer näher heran, unaufhaltsam, du kannst es nicht fassen, es wird von Mal zu Mal schrecklicher und grauenvoller!
Sporers gingen ins Kino. Ein heiterer, eleganter Film rollte ab. Der Hauptdarsteller war vor kurzem ganz plötzlich gestorben. Er spielte einen lebenslustigen Prinzen, der sich unerkannt und fernab von seiner steifen, höfischen Umgebung in der Großstadt amüsiert.
»Reizend! ... Ach Gott, ach Gott! Sowas Niedliches!« flötete Auguste einmal belustigt und zufrieden und meinte weiter: »So ein hübscher, blühender Mensch! ... Hm, schade um ihn.« Sporer gab keine Antwort. Reglos und schweigend saß er inmitten der erhei-

terten Leute und verfolgte immer nur diesen *einen* Menschen da droben auf der Leinwand, dieses lachende, küssende, liebende, herumflitzende, quirlende, springlebendige Etwas, das jetzt vielleicht schon langsam in moderige Verwesung überging, ja, sicher – vor zirka vierzehn Tagen hatte doch der Bericht von der pomphaften Beerdigung des Schauspielers in der Zeitung gestanden –, ja, ganz sicher – seitdem regnete es –, die Erde auf dem Sarg wird immer mehr hinabsacken, durch die Bretter dringt die Feuchtigkeit, Leim und Nägel lockern sich, der gewölbte Deckel bricht ein und fällt auf den schwabbligen, faulenden Leichnam nieder, drückt, drückt, und die Würmer kriechen über das matschige, zerfallende Gesicht, über die Hände, durch die Knopflöcher und zersprungenen Nähte auf den kalten Leib. –
Die Musik spielte anfeuernd, aus der hellerleuchteten Orchestergruft vorne ragte die hagere Gestalt des herumfuchtelnden Kapellmeisters und warf gespenstische Schatten. Eine scheppernde Lachsalve setzte ein, Sporer seufzte, japste nach Luft, seine Brust schmerzte wie unter einem eisernen, viel zu engen Panzer. Er drückte mit Gewalt die Augen zu.
»Na, also einfach blendend! ... Entzückend!« rief eine Backfischstimme hinter ihm, und auch Auguste lachte noch einmal hell auf. »Sieh doch, Vatchen, sowas Goldiges! Sowas Geliebtes!« rief sie erquickt. Sporer bekam auf einmal eine dumpfe, kaum mehr bezähmbare Wut auf all dieses gansige Geschnatter und Lachen. Und das war gut für ihn. Er drückte sich grimmig auf die Stuhllehne und spürte wieder Leben. Sein Rücken war wieder da, seine Glieder, sein Hirn und seine Gedanken.
»Tja, ja, Muttchen«, plapperte er: »Ja, sehr schön«, und räkelte sich hölzern in die Höhe. Dichtgedrängt strömte alles den Ausgängen zu.
»– und hat so schnell sterben müssen!« sagte jemand.
»Sterben!« blieb vor Sporer in der Luft. »Sterben« stand überall, wohin er sah und dachte ...

III.

Richtig und wahrhaftig: Nicht der Tod an sich war das Schreckliche, nur das Weiterleben bis dorthin war so fürchterlich. Nur *das* vernichtete nach und nach völlig: Du treibst immer mehr dem Aufhören zu. Du fängst zu kränkeln an, eines Tages muß du dich hinlegen, der Arzt kommt, deine Frau, deine Verwandten und Kinder kommen ans Bett, jeder Blick sagt das Gleiche und dann: Du liegst noch da, atmest, riechst die Medikamente, siehst und hörst noch alles genau, denkst noch klar und merkst, jetzt wird dieses alles schwächer, schwächer – du möchtest dich aufrichten, willst was sagen, aber – aber auf einmal ist es still. Du liegst noch genau so da, hast Augen, Ohren, eine Nase, Hände, einen Mund – nur, das ist jetzt alles weg. Ist – nicht – mehr – da –.
Es war ein stiller Sonntagsnachmittag im Januar. Zeitunglesend saß Sporer im bequemen Großvaterstuhl am hohen Kachelofen. Auguste stopfte seine Socken. Das Dienstmädchen klopfte, öffnete die Türe halb und sagte: »Ich geh jetzt, gnädige Frau ... Auf Wiedersehn.«
»Ist gut, Lina ... Vergessen Sie das Wiederkommen nicht ... Auf Wiedersehn!« gab ihm Frau Sporer zurück, und »Wiedersehn« murmelte auch Emil. Klapp tat die Wohnzimmertür, klapp die im Korridor, ruhig war es wieder.
Sporer nahm einen großen, gelben Prospekt aus der Zeitung und überflog ihn. Auf einem dahingaloppierenden Gaul hockte der Knochenmann Tod mit fliegendem Mantel und hielt einen zappelnden, jämmerlich dreinschauenden Mann unterm Arm. Darunter stand in fetten, bald roten, bald schwarzen Lettern: »Ihr Ende ist nahe! Er packt Sie! Er reißt Sie fort! Viel zu früh! Sehen Sie nicht die Warnungszeichen an Ihrem Lebensweg? Hat Sie das Schicksal der Vielen aus Ihrer Freundschaft, die viel zu früh sterben mußten, nichts gelehrt ...?«
Sporer erinnerte sich flüchtig. Vorige Woche hatte man einen seiner

Berufskollegen begraben. Als die Trauergesellschaft aus dem Friedhof ging, sagte jemand: »Ja mein Gott, er war auch schon über siebzig ... Jetzt müssen die Alten langsam fort ...« Sporer ging schnell weiter damals. –
Der Kanarienvogel zirpte am Fenster. »Zu den unbeachteten, kleinen Beschwerden gesellen sich –«, las Sporer.
»Es wird angerufen, Vatchen«, sagte Auguste jetzt und Sporer hörte ein anhaltendes schrilles Läuten im Büro nebenan.
»Soll ich gehn?« fragte Auguste wiederum, aber Sporer erhob sich schon und ging hastig aus dem Wohnzimmer: »Nein-nein, laß nur, laß, Muttchen ...«
»Ja, hier Sporer? .. Bitte?« fragte er in den Sprechtrichter und grüßte seinen Sohn. Ob er oder Mamachen nicht Lust hätten, heute abend mit ins Theater zu kommen, er habe zufällig zwei Pressekarten, fragte dieser. Sporer besann sich kurz.
»Nein, ich nicht, aber wart mal, ich will Muttchen fragen ... Bleib bitte am Apparat, ich frage sie«, sagte er alsdann und kam mit der Antwort zurück: »Ja, gut, ja, Muttchen geht mit ... Gut, ja-ja ... Du holst sie um Viertel acht mit dem Auto ab ... Gut, Wiedersehn ... Wie? .. Oh, wie immer, dankschön! ... Und bei dir? Alles wohlauf, ja ... Grüß Hanna, ja ... Und die Kinder ... Jaja, gut ... Also Wiedersehn, um Viertel acht dann ... Wiedersehn!« Er legte den Hörer auf den Halter. Vor ihm, auf dem Schreibtischpult lag der schreiend gelbe Prospekt.
»Er packt Sie! Er reißt Sie fort! Viel zu früh!« las er. Er wischte das Papier wie angeekelt weg, zerknüllte es und warf es in den Papierkorb. Er straffte seinen Körper und kam ins Wohnzimmer zurück.
»Ach, a-ach, ich hab ja ganz vergessen ... Tja, wie ißt du denn abends? ... Ach, es geht ja gar nicht«, sagte Auguste und rumpelte auf: »Ich hab doch extra für heut zwei Schnitzelchen besorgt ... Ach, ach!« Sporer mußte sie beruhigen. Er könnte doch heut ausnahmsweise mal Wurst essen, die Schnitzel würden im Eisschrank doch nicht schlecht. Er zerredete fast eine Viertelstunde,

bis sie nachgab. Abgemacht also – er wisse sich schon zu helfen. Er ging an das Radio und schaltete ein. Eine scheppernde Oberlehrerstimme erging sich in holperigen Sätzen über das Thema »Die Lebensalter«. Laut und dröhnend trompetete es in die stille Stube: »Während beispielsweise im Mittelalter, wo überall sehr verbreitete Epidemien grassierten, das durchschnittliche Alter der Menschen kaum 50 Jahre betrug, sagt eine erst kürzlich veröffentlichte Statistik, daß dieses heute meist 70 Jahre beträgt!«
Sporer griff hastig nach dem Knipser und stellte ab. Im Nu erstarrte er.
»Ist ja einfach schrecklich, wie's heute kratzt ... Und der Quasselkopf brüllte ... Na, ich danke!« sagte Auguste und erhob sich. In der aufgeschreckten Zimmerluft summte noch immer das metallische Dröhnen. Sporer stand schweigend und glotzte auf die silbrigglänzenden, erloschenen Röhrenlampen. Er war nicht imstande, sich umzudrehen.
»Das Di-ing kann einen rasend machen«, brummte er abwesend und hörte, wie Auguste an der Tür sagte: »Das kommt bloß davon, weil du immer so dran herumbastelst ... Anfangs war der beste Empfang.« Dann ging sie in die Küche hinaus, um nachzusehen, was an Wurst und kalten Speisen da sei.
Sporer rührte sich immer noch nicht, schaute immer noch in ein Loch und atmete kaum. Seine Züge waren schlaff und todtraurig. Er machte, so von hinten gesehen, einen zerbrochenen Eindruck. Sein grauer Kopf sackte ein wenig nach vorne, die Arme hingen kraftlos herab, und ab und zu erzitterte er ein wenig. Er ächzte endlich und drehte sich um, hob den Fuß, machte einen Schritt und noch einen und blieb wieder stehen. Seine Lippen gingen einige Male auf und zu, aber kein Laut kam aus ihm. Er suchte nur hoffnungslos mit seinen Augen in der spärlich erleuchteten Luft herum.
»Vaaaatchen? Vaatichen, komm doch mal!« rief Auguste aus der Küche. Er gab nicht an. »Vaatchen! Bitte, komm doch! Bitte!«

wiederholte sich. Sein Mund schloß sich, er tappte auf die Türe zu. In der Küche, als ihm Auguste alles zeigte, sagte er nur immer: »Jajajaja, ja Muttchen! Hab nur keine Sorge ... Mach dich nur fertig! ... Ich richte mir schon alles!«
Später, als Georg kam, war schon höchste Zeit. Man wechselte nur einige flüchtige Worte. Alles wirbelte an Sporer gewissermaßen vorüber: Seine aufgedonnerte Frau mit den aufgeregten, hektisch roten Flecken auf den Backen, der glattrasierte, nach frischer Luft riechende Sohn, ein Türzuklappen und das Surren des davonsausenden Autos ...
Er ging in die Küche zurück und fiel auf den hölzernen Schemel. Das weiße Gaslicht knisterte ab und zu, es roch nach Soda und erkalteten Speisen; die mit hellgrüner Ölfarbe gestrichenen, glatten Wände glänzten nüchtern, der sauber abgescheuerte, weißkachelige Herd stand da und darauf der zweiflammige Gaskocher.
Emil Sporer spürte nur, wie die Kälte langsam vom gepflasterten Fußboden an seinen Beinen emporkroch, immer weiter, über den Bauch, hinauf zur Brust, zum Hals und zum Kopf. Allmählich wurde er ganz steif und starr. An der Wand über dem Herd tickte die große, runde, weiße Telleruhr und hinten in der Ecke tropfte in einem fort der Wasserhahn. Auf einmal knackste es leicht und das Ticken verstummte. Ganz unvermittelt, jäh war es still, leblos still. Sporer reckte seinen grauen Kopf und spürte ebenfalls ein Knacken im Genick, und jetzt war es, als sänge etwas in seinen Ohren. Verloren schaute er auf das Zifferblatt, schaute, glotzte und stockte. Die Luft blieb ihm weg. Er schnaubte, aber es war nur, als brächen seine Rippen. Die Luft war weg, weg! Weg!!
»A-a-ach-ch!« ächzte er ungeheuer verlassen, seine Zähne fingen zu klappern an, und schließlich weinte er zerstoßen. Die kalten, dicken Tränen rannen über seine Backen und zergingen auf dem Stoff der Weste.»Nei-nei-nein, da-da-das geht nicht, nei-nei-nein, lie-lieber –«, wimmerte er und schluckte. Das Grüne da, dieses glitschige Grüne verschwamm immer mehr und leuchtete wie schimmelig.

Und war, als rücke es immer näher. Das Tropfen da hinten wurde zu einem leicht klatschenden Tappen, gerade so als käme ein unsichtbares, grauenhaftes Ungeheuer auf ihn zu, etwas wie Geröll herabrieselnden Kieses –
Eine jagende, stechende Hitze peitschte durch seine Adern. Er zuckte, schlotterte. Angst, Angst, unbeschreibliche Angst preßte ihm die Gurgel ab. »A-a-achchch!« wollte er schreien und griff nach dem Gashahn, rieß dran, daß der Kocher krachend auf den Boden fiel und sich vom Schlauch löste. Sporer rutschte vom Schemel hinab auf den kalten Boden und sackte zusammen. Es fauchte immerzu leise, und er spürte einen faden, süßlichen Geschmack auf dem Gaumen, er schloß seine Augen und langsam wurde ihm leichter, immer freier. Zuletzt glaubte er zu schweben ...
Als Auguste später nach Hause kam und schreiend durch die vergasten Räume rannte, war Sporer schon tot. Sie schrie wie am Messer, riß die Fenster auf und brüllte die Botschaft heulend in die Nacht, dann sank sie ohnmächtig um. Die Leute schreckten aus dem Schlaf und liefen zusammen, ein Arzt kam und untersuchte – nun, wie das eben so zugeht.
Jeder Mensch aus Sporers nächster Bekanntschaft sagte: »Unfaßlich das! ... Hmhmhm! Und lebten doch in den besten Verhältnissen, kamen doch gut miteinander aus? Einfach rätselhaft, unfaßlich! ... Hmhm, die arme Witwe! Warum hat *der* sich bloß das Leben genommen, warum bloß? ... Wir müssen doch alle sterben.«
Sehr richtig, alle. Aber Sporer ließ sich nirgends hineinschauen. Sogar *da* nicht. –

Der habgierige Pechvogel

I.

»Nein-nein-nein! Das gibt's nicht! Nein-nein-nein! Ich krieg pro Kopf 20 Pfennig! Nein-nein! Der Stich einen Pfennig und vierundvierzig habt Ihr! Her, her damit!« wetterte der lange, spindeldürre Schirmmacher Auginger halbwegs ärgerlich und warf seine Karten auf den Tisch: »Her, her da! Ich hab sechsundsiebzig, da!« Seine mageren Hände zitterten, ein Zucken lief über sein zerfurchtes, ausgedörrtes Gesicht, und seine gierigen Augen blickten beinahe ängstlich auf die beiden Partner. Das waren der kleine, etwas beleibte Zigarrenhändler Johann Mildreich und seine noch kleinere, nudeldicke Frau Elies. Sie schauten verborgen belustigt auf den aufgeregten Auginger und ließen ihn noch ein wenig zappeln. Der fing zu fauchen an und redete zuletzt direkt wehleidig. Endlich schoben sie ihm die vierzig Pfennig hin und Mildreich lachte gerade heraus: »Da, da du windiger Notschnapper! Wir haben's ja und mildtätig sind wir auch!« Auginger strich schnell das Geld ein und steckte es in seine Westentasche. »Nur mich immer hinauftreiben!« knurrte er beruhigter.
So ging das seit Jahren jeden Donnerstag abend. Unterhaltlich war es, den geizigen Auginger so zu ärgern, und je ruhiger die Mildreichs dabei blieben, desto hilfloser wurde er. Gut, und dann redeten sie noch ein wenig über dies und das und der Schluß war immer der, daß der Schirmmacher über sein miserables Geschäft klagte. Dieses ewig gleiche Daherjammern aber wirkte auch schon nicht mehr.
»Geh! Geh! Da hast du eine Havanna, daß du schlafen kannst!« schnitt endlich der Mildreich das Gespräch ab und setzte dazu: »Ich seh's ja schon voraus – wenn das so weitergeht, müssen wir dich noch in Kost und Logis nehmen.« Auginger schaute ihn dabei mit seiner Leichenbittermiene an und meinte muffig: »Ja-ja, ihr habt leicht lachen! Was ihr am Tag verdient, geht bei mir die ganze Woche nicht ein ... Wer hat, der hat!«

»Na, ich werd's unserm Herrgott ausrichten, daß er acht Wochen nichts wie regnen läßt!« spöttelte die Mildreichin und half dem Jammernden in den Mantel. Und dieser hinwiederum murrte vergrämt: »Ja-jajaja! Zum Elend noch das Gespött! So mag ich's!« Er wünschte den Zweien eine gute Nacht und ging zur Tür hinaus.
Mürrisch trottete er drunten über die dunkle Straße und seufzte mitunter. Nicht daß er etwa verspielt hätte, nein, dazu war er viel zu vorsichtig. Er gewann aber nur höchst selten und, vor allem, sein Geschäft ging wirklich nicht gut. Es war ein Gefrett damit. Er konnte tun, was er wollte – rechnen, sparen, knausern und kleinweise betrügen, indem er, je nach der Kundschaft, schnell einen höheren Preis ansetzte –, es ging immer gerade so knapp rundum. Freilich andere, Tausende, hatten es noch viel schlechter wie er. Sie wußten wochen- und monatelang überhaupt nicht, wo sie sich jede Nacht hinlegen und wie sie sich jeden Tag den Magen füllen sollten, aber ein Griesgram wie Auginger sieht nie über seinen kleinen Kreis hinaus. Er war ein bereits angegrauter Vierziger, war Junggeselle, wohnte in einer ganz kleinen Kammer hinter seinem Laden und kochte meist selber irgend etwas zusammen. Er sah sich, sah seine Enge, erlebte nie ein Aufwärts, und das verbitterte ihn.
Und andere? Er mochte gar nicht daran denken! Zum Beispiel bloß dieser Mildreich, sein ehemaliger Schulkamerad!
»Himmelherrgott! Er ist sein Lebtag nichts gewesen wie ein lumpiger Schreiber! Hat sich etliche tausend Mark erheiratet und ein Bombengeschäft!« lamentierte der Schirmmacher vor sich hin. Es wurmte ihn, er wurde traurig. Als er kurz darauf den Rolladen hinaufzog, die Türe aufschloß, alles wieder sorgfältig absperrte und sich vorsichtig durch den dunklen Laden tastete, stolperte er an der ersten Stufe der kleinen Treppe, die zu seinem Zimmer führte und fiel derart unglücklich auf die Holzkante, daß er sich das ganze Unterkinn aufschlug. Er schrie kurz auf und schnellte wütend in die Höhe. Fluchend knipste er das Licht auf und schaute in den Spiegel.

»Herrgott-Herrgott!« knirschte er: »Auch das noch! Himmelhergottsakrament-sakrament!« Er wusch sich das Blut weg, band ein großes, weißes Sacktuch um den Kopf und legte sich eilig zu Bett. Er konnte nicht schlafen vor Ärger. Bitterkeit und ohnmächtige Wut brodelten in seinem Hirn und Herzen.
»Der reinste Sarg!« stieß er einmal aus sich heraus und meinte damit sicher die enge, stumpfschwarze Dunkelheit der Kammer. Er schnaubte wie ein Roß, und man braucht nicht lange herumzuraten, was er alles dachte. »Morgen«, wird ihm eingefallen sein, »morgen kann ich mich gar nicht sehen lassen mit meinem verbundenen Kopf. Wenn jemand in den Laden kommt, wird er dumm glotzen und womöglich wieder gehn! Jeder Mensch wird mich auslachen. Ach, ach! Womöglich schwillt die Geschichte noch. Es eitert vielleicht, ich muß zum Arzt gehen, Kosten macht's! . . . Ach, ach, jaja! Es fängt schon zu ziehen an! Ach, hol doch alles der Teufel!«
Er griff nach seinem verbundenen Kinn, tastete die Wunde ab. Sie schmerzte und – richtig – sie schwoll auch schon. Er biß die Zähne aufeinander. Sie schienen gelockert. Sie taten alle weh. Er wälzte sich vergrämt herum. Eine noch hoffnungslosere Traurigkeit bemächtigte sich seiner und verscheuchte alles Müdsein. Er drückte gewaltsam die Augen zu. Nicht um alles in der Welt kam der Schlaf. Und wie es schon ist in solchen Nächten – vom eben Passierten liefen seine Gedanken ins Vorhergegangene, rannen unaufhaltsam fort, vom Engen ins Weite, vom Nächsten ins Fernste. Sie mengten sich ineinander, ließen das eine verschwimmen und das andere stellten sie grell und klar heraus. Sie nagten, rumorten und gaben keine Ruhe . . .
»Pech, ja, nichts als Pech!« sagte sich Auginger: »Pech schon von Kind auf!«
Da fing es schon an. Als jüngster Bub eines notigen Dorfschullehrers kam er zur Welt. Gespart mußte werden, ducken mußte man sich, ordentlich sein mußte man. Für *ihn* langte es zu nichts mehr.

Er war der Jüngste, Schwächste und Letzte. Er bekam ewig die Kleider seiner älteren Brüder. Die waren alle geweckter und gesünder wie er, genau so wie seine Schwestern. Acht Kinder! Da langte nichts hinten und vorn. Alles an ihm hätte zu einem Lehrer gepaßt. Er war brav und fleißig, nur eben – zuerst kamen die älteren. Krank war er auch oft. Ein Onkel war Schirmmacher, zu dem kam er in die Lehre und oft mußte er es von dem hören: »Du mußt noch von Gnade sagen, daß ich dich genommen habe!« Er mußte Stiefel putzen, mußte einholen, jede Woche die zwei Vogelbauer reinigen, Gänge machen, durfte kaum einmal allein eine Stunde weggehen, mußte an den langen Winterabenden aus der »Gartenlaube« vorlesen, dann beten, mußte jeden Sonntag zur Kirche gehen, und nachmittags hatte er die Tante entweder zu einem Kaffeekränzchen oder bei ihren Spaziergängen zu begleiten. Ostern und Pfingsten, Allerheiligen und Weihnachten durfte er nach Hause kommen. »So, Bastl, was hast du dir denn erspart?« fragte sein Vater und nahm ihm das Geld ab: »Für später ... Beim Onkel Reder brauchst du ja nichts.« Er sah nie wieder etwas davon.
Schließlich empfahl ihn der Onkel Lehrmeister an einen Schirmfabrikanten. Dort lernte, arbeitete und sparte er wie wild. Er hatte keinen Wandertrieb und fand keine Zeit, sich zu verlieben. Dazu war er auch zu linkisch, zu schüchtern und hilflos. Ihm kam es nur darauf an, möglichst schnell zu Geld und zur Selbständigkeit zu kommen. Froh war er, daß man ihn jedesmal bei der Musterung zum Militärdienst zurückstellte. Weiter schuftete er, ein hübsches Sümmchen stand in seinem Sparbuch, da – bum! – brach der Krieg aus und jetzt auf einmal war er diensttauglich. Nach einer ganz kurzen Ausbildung kam er direkt in die Hölle von Verdun. Wieder war es wie Glück, als er einen Schuß in den Oberschenkel bekam, aber im Lazarett wurde er ruhrkrank und schwebte monatelang zwischen Leben und Tod, konnte nur noch Garnisondienst leisten und erlebte einen Unteroffizier, der ihn halbtot kujonierte. Sein erspartes Geld hatte er teils aufgebraucht, teils in Kriegsan-

leihe angelegt. Er meldete sich abermals freiwillig ins Feld, hatte wiederum Glück dabei, kam wirklich hinaus, aber als er draußen war, brach die Revolution aus und die Front zusammen. Es ging zurück, Tag und Nacht zurück, immer zurück. Zwei seiner Brüder waren gefallen, zwei in Amerika, eine Schwester ebenfalls, die jüngste war gestorben und eine war mit einem Oberamtsrichter gut verheiratet. Der Vater war auch dieweil unter die Erde gekommen und die Mutter hatte sich in ein Spital eingekauft. Sebastian Auginger kam direkt ins Nichts zurück, sein Geld war ein Fetzen Papier, Arbeit gab es keine. Nachdem er lange und hündisch bettelte, liehen ihm die Oberamtsrichters ganze zweitausend Mark zum Ankauf des Ladens. Das langte gerade zum allernötigsten Anfang. – Der Schlaflose griff sich in die Haare, hinter seiner Hirnschale kribbelte es fort und fort. Er schwang sich aus dem Bett und knipste das Licht an. Er schwitzte und jetzt fror es ihn. Er schaute in den angeblindeten Spiegel, der schräg in der Ecke hing und in den Raum herabschattete. Sein eingebundenes, käsbleiches, bartstoppeliges Gesicht war unförmig geschwollen und sah lächerlich häßlich aus. Ein Schreck überlief ihn. Er schüttelte den Kopf. – Sein Geschäft ging schlecht, ja, hm – und in der Tischschublade lagen die zahlreichen Mahnbriefe, doch endlich die ausgemachte Aufwertung zu bezahlen.
Und jeder dieser unverschämten Wische war unterschrieben: »Hoffend, daß Du Dich endlich Deiner Pflicht und Schuldigkeit erinnerst, grüßen wir Dich herzlichst und wünschen Dir gutes Geschäft, Schwager Helmreich nebst Centa.«
Auginger stampfte mit beiden Füßen und knirschte wiederum. Es tat viel weher jetzt, dieses Zähneaufeinanderbeißen. Schreien hätte er mögen. Er wandte sich rasch herum und stieß dabei den Stuhl um, über den er seine Kleider gelegt hatte. Sie fielen auf den Boden und die neunzig Pfennige Spielgewinn rollten klingelnd aus der Westentasche. Er bückte sich hastig und griff mit beiden Händen danach. Er brachte alles wieder in Ordnung, hob den wackeligen

Stuhl auf, hing die Kleider wieder drüber – hm, ja, und – so ist das schon – zuvor waren seine Gedanken noch weiß Gott wie weit gewesen, jetzt auf einmal fielen ihm wieder die Mildreichs ein.
»De-der Gimpel wird auch lachen, wenn er mich sieht! ... De-der schadenfrohe Fettsack!« brummte der Schirmhändler und ärgerte sich wieder ganz gewöhnlich.
Die Regel stimmte: Der dümmste Kerl hat das größte Glück. Dieser Mildreich! In der Schule konnte er kaum richtig schreiben, im Dorf war er der roheste, hinterlistigste Kerl, überall drängte er sich vor. Sein Vater war nichts als ein lumpiger Straßenwärter, aber der Bub durfte den Handelskurs besuchen und fand die besten Buchhalterstellungen, im Feld war er Offiziersbursche, schon kurz vor dem Krieg hatte er sich verheiratet und das Zigarrengeschäft *en gros und en detail* auf Numero 19 angekauft. Das blühte und gedieh. *Die* Leute lebten! Aßen gut, wohnten gut, gingen sonntags ins Caféhaus und oft ins Kino.
Von seinem Laden, wenn er schräg hinüberschaute, konnte Auginger sehen, wie es beim Mildreich den ganzen Tag aus und ein ging. Aus und ein, ein und aus. Noch dazu fuhr Mildreich – ach, schon dieser boshafte Name! – zu Kundschaften aufs Land. Ein Bankkonto hatte er. –
Auginger schrak plötzlich zusammen, weil sich die Bettdecke leicht über die Kante herabwälzte.
Eigentümlich, er duckte sich sogar ein wenig und schaute beinahe furchtsam rundherum. Dann war es, als lausche er gespannt und denke hartnäckig immer den gleichen Gedanken durch.
Er tappte wie schleichend auf den Knipser zu, machte dunkel und legte sich wieder nieder ...

II.

Verdrießlichkeiten finden sich leicht. Jeden Abend, kurz vor Ladenschluß, holte der Auginger beim Mildreich seine zwei Zigarren zu zehn Pfennig, und auch das ärgerte ihn jedesmal. Stets schimpfte

er gleicherweise auf den Mildreich ein: »Du bist ein ganz Raffinierter! Zuerst hast du mir schön langsam immer eine Zigarre geschenkt, bis ich mir dieses Laster angewöhnt habe, und jetzt? Jetzt hast du wiederum eine Kundschaft mehr! Jaja, lach nur, lach nur, boshafter Tropf! ... So muß man's machen, wenn man zu was kommen will!« Wenngleich er es spaßhaft meinte, insgeheim glaubte er daran. Der Mildreich saß um diese Zeit meistens hinter dem Ladenpult und zählte seine geleerte Kasse. Er hielt lachend inne und meinte spöttisch: »Na, sie scheint dir aber ganz gut zu schmekken, oder?« Und: »Freilich, freilich, das *ist* ja eben das Schlimme!« mußte der Auginger zugeben. Der Mildreich erhob sich, drehte sich um und nahm die Zigarrenschachtel herunter. Derweil stand der Schirmmacher stockig da und musterte gierig den Haufen Geld auf dem Pult. Wenn sich Mildreich umdrehte, grinste er unsicher und spöttelte: »Jaja, da sieht man's wieder, wo's Geld daheim ist! ... Na, na, wieviel Hunderter marschieren denn morgen wieder auf die Bank? Ha-hä?« Der Mildreich war das gewöhnt und kümmerte sich nicht viel drum. Gewohnterweise sagte er entweder: »Hm, heut ist's kaum der Rede wert!« oder: »Naja, heut bin ich zufrieden.« –
Heute – es war der vierte Freitag im Monat – kam alles genau so wie es der Auginger vorausgesehen hatte. Einer hat den Schaden, die anderen lachen darüber. Es stimmte vollauf. Der Mildreich fuhr an dem Tag wie gewöhnlich mit seinem Musterkoffer aufs Land und kam am Schirmladen vorüber. Er ging schnell hinein. Er erschrak wirklich und blieb unter der Tür stehen. Staunend musterte er den eingebundenen Kopf seines Freundes.
»Ja-tja, was ist denn jetzt dir passiert?« fragte er: »Du schaust ja sauber aus? Hast du etwa gleich gar gerauft oder –?«
Auginger verfinsterte sein Gesicht und fuhr ihm knauzig ins Wort: »Ah! Mach die Tür zu!« Dann erzählte er ihm sein Mißgeschick und zeigte ihm das geschwollene Kinn. Gar arg gefährlich war die Verletzung nicht. Mildreich wurde sogleich wieder heiter und schimpfte freundschaftlich: »Jaja, vor lauter Geiz hast du kein Licht gemacht

und dir lieber den Schädel halb eingerannt! So geht's!« Mochte Auginger auch noch so ein trübseliges Gesicht schneiden, der Mildreich konnte sich nicht halten, er lachte gerade heraus: »Hm, nett siehst aus! Nett! Wie eine verschobene Dampfnudel!« Es war zu komisch und jetzt noch mehr, weil der Schirmmacher sein Gesicht verziehen wollte.

»Nett, nett ... Zum Totlachen!« wiederholte Mildreich noch einmal.

»Spöttischer Schuft, spöttischer!« knurrte Auginger bissig, aber es half nichts, die Lustigkeit des anderen steckte ihn an. Er plagte sich zu einem Lachen, aber sein ganzes Gesicht zog und zog. Er brümmelte schimpfend.

»Geh halt heut abend zur Elies hinüber und laß dich richtig verbinden«, sagte Mildreich endlich und hörte noch, wie ihm Auginger nachrief: »Jaja, freilich! Ich laß mich von der auch noch bespötteln!« Er hatte es eilig. Sein Zug ging in einer Viertelstunde. Weg war er. Bös und verärgert sah ihm der Schirmmacher nach. »Übermut und Bosheit!« knurrte er grämlich.

Draußen auf der Straße lag der trüb verregnete Apriltag. Die schmutzigen Hauswände ragten hoch auf. Die Leute stapften eilsam dahin. Die Elektrische sauste vorüber und das in den Schienen angesammelte Wasser spritzte nach beiden Seiten.

Auginger stand griesgrämig hinter seinem Ladenpult und wußte nichts Rechtes anzufangen. Er griff von Zeit zu Zeit vorsichtig unter seine Binde, er tappte ganz leicht mit dem Finger auf die Schwellung des Kinnes, dann schaute er wieder dösig auf die zerschlissene Tapetenwand und sinnierte. Er ging endlich in seine Kammer, setzte sich an den klebrigen, wachstuchüberzogenen Tisch, nahm aus dessen Schublade Tinte, Feder und Papier heraus und wollte an seine Schwagersleute einen Brief schreiben, sie sollten sich mit der ausgemachten Rate noch ein wenig gedulden, augenblicklich sei ihm eine Zahlung unmöglich. Aber - komisch - er hockte in einem fort da und stocherte mit der trockenen Feder ins Wachstuch. Jedesmal, wenn die Ladenglocke läutete, schrak er zusammen, lief hinaus, grüßte und bediente gleichgültig. Es schien ihn irgend etwas immerzu zu beschäftigen. So vergingen die Stunden, so verging der ganze Tag, und er hatte immer noch keine Zeile an die Oberamtsrichter Helmreichs geschrieben.

Er wollte sich hinsetzen und endlich damit fertig werden. Plötzlich aber, als er so unter seinem staubigen, gelben Licht hockte, packte ihn irgendein fester Entschluß. Vielleicht fiel ihm auch nur ein, daß es längst Zeit zum Ladenschließen sei. Jedenfalls – er sprang auf und ging zur Mildreichin. Die hatte auch ihren Laden bereits geschlossen. Die Rolladen waren herabgezogen. Auginger stockte einen Augenblick und ging in ihre Wohnung im zweiten Stock hinauf.

»Tja-ja, um Gotteswillen!« brach auch die Mildreichin aus sich heraus und erschrak. Schnell drängte sich Auginger durch die Tür und erzählte. Jetzt mußte sie auch lachen und verband den tapsigen Schirmmacher hilfsbereit. Der war heute seltsam redselig und lobte sie öfters. Das gefiel ihr. Mitunter versuchte er zu lachen und zeigte dabei seine angefaulten Zähne. Das sah im Verband und im verschwollenen Gesicht drollig aus. Die Mildreichin lachte immer wieder.

»Siehst du, Auginger«, sagte sie lustig: »Heut bist du einmal richtig! ... Es wär viel gescheiter, du würd'st nicht immer so jammern ... Ein Geschäftsmann muß lustig sein ... Da geht alles viel besser!« Er nickte und stimmte ihr bei. Dabei glotzte er wie ein abgestochenes Kalb, daß sie ihm, um die Starrheit aus seinen Augen zu verscheuchen, aufgeheitert mit der Hand übers Gesicht fuhr. Er ruckte seinen Kopf etliche Male hin und her und sagte hastig: »Jaja, du hast recht! Ganz recht! Man muß der Not keinen Schwung lassen!« Er war zerfahren, aber dennoch beinahe heiter. Sie unterhielten sich ein wenig.

»Hm, ja, hm ... Soso, bis zum Mittwoch oder Donnerstag bleibt er aus, der Hans?« fragte er einmal, lugte flüchtig auf die Mildreichin

und redete schon wieder weiter: »Na, da wird er ja wieder so einen Batzen Geld heimbringen, was?«
»Tja, es geht schon ... Kein Mensch hat Geld! Keiner kann zahlen!« sagte sie so nebenher. Er hörte kaum hin.
»Soso, u-und da bist du jetzt die ganze Zeit allein? Mutterseelenallein in der Wohnung?« fragte er und glotzte schon wieder, nahm sich aber schnell zusammen und forschte weiter: »Ja, u-und hast du gar nie eine Angst, hä? ... Er versuchte abermals zu grinsen. Er schluckte.
»Ha-pha! Ich, Angst? ... Mich altes Weib nimmt keiner mit!« lachte die Zigarrenhändlerin und meinte: »In einem Haus, wo nebenan, unten und oben Leute wohnen, da passiert so leicht nicht was ...«
»Ja-jajaja«, murmelte Auginger abwesend. Sie stand auf und ging zum Vertiko, um den Kognak.
»Und außerdem«, sagte sie: »Bei uns erwischt keiner was ... Wir haben unsere Bank. Wenn der Hans von der Tour kommt oder wenn wirklich einmal mehr eingeht, dann zahlen wir Rechnungen ... Oder es kommt am andern Tag weg ...« Als sie sich umwandte, stand der Schirmmacher steif aufgerichtet und schaute auf sie.
»Was ist's denn? Willst du schon gehn?« fragte sie arglos. Er wankte ein ganz klein wenig und sagte halblaut: »J-jaja, mir ist gar nicht gut.«
»Noja, dann setz dich nur hin und trink noch einen Kognak, das ist immer gut!« meinte sie und schenkte ein. Er stürzte eilig die paar Gläser hinunter und blieb nicht mehr.
Erst als er die erste Treppe hinuntergegangen war, schritt er bedächtiger abwärts.
»Gute Besserung! Und komm nur wieder, wenn's wo fehlt!« hatte die Mildreichin ihm nachgerufen. Jetzt knackte drunten der elektrische Türöffner. Auginger sprang die letzten Stufen hinunter, lief den kurzen, gepflasterten Gang durch und ließ die Tür hinter sich zufallen. Er holte Atem, schlug seinen Mantelkragen hinauf und ging rasch weiter.

Nasser, dicker Aprilschnee fiel und zerging auf dem Asphalt. Gelb und groß hingen die Gaslaternen in der dunklen Luft. Da und dort gingen Passanten, etliche Autos surrten vorüber und weit weg klingelte die erhellte Straßenbahn ...
Als Auginger in seinem Zimmer stand, schaute er auf die Taschenuhr. Die zeigte genau zehn Uhr. »Hm, knappe fünf Minuten«, murmelte er. Er ging nicht ins Bett. Er stieg in das Kellergewölbe hinunter in seine Werkstatt und fing zu arbeiten an. Unruhig und fahrig hantierte er. Nach einer Weile legte er den Stichel weg, nahm das scharfe, feststehende Messer, das auf dem Tisch lag und schnitt damit die Spitze von seiner Zigarre. Er fing zu rauchen an, machte einen Zug, noch einen, wurde ganz ruhig. Und während er so vor sich hingrübelte, wurden langsam seine Augen funkelnd. Er griff unwillkürlich nach dem Messer, zog es aus der ledernen Scheide und prüfte Spitze und Schneide. Er umspannte den Griff fester, dann ließ er wieder nach. Er steckte das Messer in die Scheide und schob es langsam in seine hintere Hosentasche. –
Der Mildreichin ihr Verbinden tat sehr gut. Auginger spürte es genau. Die Schwellung ließ nach, keine Eiterung gab es und Arztkosten gab es auch keine. Er kam schon am übernächsten Tag wieder zur Zigarrenhändlerin. Schon an der Tür entschuldigte er sich vielmals wegen seiner Aufdringlichkeit, aber, meinte er, Weiberhände seien bei so etwas geschickter. Als sie aber in die Wohnstube traten, saß eine Nachbarin auf dem roten Kanapee und das machte den Auginger sofort scheu und mürrisch. Er wollte nicht stören und auf der Stelle umkehren, die Mildreichin aber nahm ihm ohne viel Umstände den Verband herunter und erneuerte Watte und Pflaster. Einsilbig ließ sich's der Auginger gefallen, verabschiedete sich aber sofort wieder. Als er vor seinem Laden stand und schon den Rolladengriff in der Hand hatte, ließ er auf einmal wieder los, machte kehrt, ging etliche Male um das nächtliche Häusergeviert und trottete abermals auf die Haustür von den Mildreichs. Knapp davor aber begegneten ihm zwei patrouillierende Schutzleute und,

weiß der Himmel weshalb, er erschrak darüber derart, daß er kaum einen richtigen Schritt machen konnte. Er ging an ihnen vorüber und nach Hause. Am anderen Tag kam er um die Mittagsstunde in den Mildreichschen Laden und sagte zur Zigarrenhändlerin: »Du, Elies, dürfte ich vielleicht heut abend n-noch-noch –« Er stotterte eigentümlich und das Wort brach ihm ab, als ihm diese ganz lustig sagte: »Jaja, komm nur, der Hans kommt auch heut mit dem Vieruhrzug heim ... Wir können ja gleich einen Tarock machen.« Auginger brachte kaum ein knappes: »J-jajaja, ja!« heraus. An diesem Abend war er ganz und gar zerstreut und verlor in einem fort. »I-ich mag nicht mehr! Nein-nein, ich mag nicht mehr! Ich hab ewig Pech!« stieß er auf einmal heraus und warf die Karten hin. Allen Humor hatte es ihm verschlagen. –

III.

Die Oberamtsrichter Helmreichs schickten dem Auginger einen Brief. Er las ihn im Laden und geriet in die größte Wut. Ob er denn gar keinen Anstand und keine Mannesehre mehr im Leib habe und wenn er wollte, könnte er schon und sie hätten ihr Geld auch nicht auf der Straße gefunden – derlei Vorwürfe hatte der Herr Oberamtsrichter mit seiner steilen überheblichen Schrift auf die zwei Bogen gesäbelt. Der Schirmmacher fuhr sich in die Haare: »Pfui Teufel!« Das Pech verließ ihn nicht. Jeden Tag regnete es. Ja, Kunden kamen. Aber was wollten sie schon? Reparaturen, ewig Reparaturen. Er mochte noch so dagegen reden und seine neuen Schirme anbieten, nicht um alles in der Welt waren die Leute umzustimmen. »Jajajaja«, sagte er schließlich, »jaja, Ende der nächsten Woche also, jaja, bestimmt, ganz bestimmt!« und als die Kundschaft endlich draußen war, fluchte er. Immer und immer wieder irrte sein Blick durch seine staubige Ladentürscheibe, zum Mildreich hinüber. Da ging es aus und ein, ein und aus. Da gab es keine Reparaturen, da hieß es kurz und bündig: Hier die Ware, da das Geld!

Es war Samstag geworden und ging schon abendzu. Ein Herr kam herein und verlangte einen guten Schirm. Bereitwilligst breitete Auginger seine Qualitäten auf das Ladenpult.
»Hu-whuw!« machte der Herr auf einmal: »Huw, da sind ja Motten drinnen... Nein-nein, danke, danke schön!« Und ehe Auginger sich noch fassen konnte, war er draußen.
»Jesus Christus!« sagte der Schirmmacher ganz verzweifelt und prüfte aufgeregt die Schirme. Das Weinen stand ihm beinahe auf der Gurgel. Eine wilde Wut überwältigte ihn. Er schmiß die Schirme ins Regal, er – ja, da schau! Der Herr ging über die nasse Straße und verschwand im Mildreichschen Laden. Auginger stockte. Es überlief ihn wie Eiswasser. Er schaute und schaute. Der Herr kam aus dem Zigarrenladen und trug ein kleines Paket. Auginger schnaubte abgehackt, in diesem Augenblick aber verschwamm sein Blick im Fensterglas seiner eigenen Ladentür und eine ältliche Dame tauchte auf. Sie verlangte eine schwarze Quaste.
»J-jajawohl, jawohl, meine Dame!« stotterte der Schirmmacher und bediente mechanisch. Seine Hände zitterten, als er die seidigen Quasten auf das Pult breitete.
»Scheußlich! Schon wieder ein verregneter Sonntag morgen«, sagte die Dame mit ihrer dünnen Stimme, und wie ein Automat antwortete der Schirmmacher kulant: »Ja, heuer meint es der Petrus gut mit uns Schirmmachern.« Als die Kundschaft draußen war, kroch die kalte Dunkelheit ganz in den engen, moderigen Laden. Auginger machte noch kein Licht. Er stand unschlüssig da. Draußen in seiner Kammer rasselte die Wanduhr ihre sieben metallischen Schläge herunter. Das erschreckte den Schirmmacher. Er trippelte etliche Male hin und her, nahm die Quasten und legte sie in die Schublade. Er schmiß ein klapperndes Regendach, das jemand zum Reparieren gebracht hatte, in die Ecke und als er nun wieder am Pult stand und ganz zufällig das Kuvert des Briefes seiner Schwagersleute streifte, zerknüllte er es wütend.
Er wurde nach und nach wieder ganz gefaßt, atmete ein-, zweimal

und bekam rote Flecken auf seinen Backen. Er lugte immer noch zum Mildreich hinüber. Da drüben, hinter dem Fenster der Türe tauchte jetzt die Gestalt des Zigarrenhändlers auf, blieb kurz stehen und verschwand wieder im hellen Laden. Auginger riß seine Augen weit auf und ging an seine Tür, öffnete sie, schloß ab und kam zum Mildreich.
Der Zigarrenhändler hatte die Tür schon verriegelt, saß aber wie gewöhnlich im erleuchteten Laden, hinterm Pult, und zählte sein eingenommenes Geld. Als er den Schirmmacher erspähte, öffnete er ohne weiteres und versperrte die Tür wieder hinter ihm. Er setzte sich und sagte gleichgültig: »Dir pressiert's ja nicht so ... Ich bin gleich fertig.« Auginger blieb zögernd stehen und starrte auf das Geld. Immer schwamm die spiegelglatte Glatze Mildreichs in seinen Blick, dann wieder die beweglichen, kurzen, ein wenig behaarten Hände. Der Schirmmacher spürte, wie er blaß wurde, wie sein Atem unhörbar stockte. Ein brennendes Fliegen lief über all seine Glieder.
»Geh, sei so gut und reib die zwei Lampen in der Auslage aus«, sagte Mildreich jetzt ohne aufzublicken, und Auginger zuckte zusammen, drehte sich rasch herum und verdunkelte die Auslagen. »So, dankschön!« hörte er und das brümmelnde Weiterzählen. Er schnaubte unterdrückt und krächzte gewaltsam spaßhaft aus sich heraus: »Meine Zigarren gib mir endlich, windiger Geldsack!« Es trieb aber, während er das so herausbelferte, jede Silbe einen Stachel Wut in sein gestocktes Blut, und auf einmal kochte ein unerklärlicher Grimm in ihm. Er mußte fest an sich halten, um nicht laut aufzuschreien, und er bekam plötzlich eine sonderbar heftige Furcht vor sich selber. Der Mildreich ließ sich nicht im mindesten aus der Arbeit bringen und sagte gleichgültig: »Du weißt ja, wo sie sind! Nimm dir s' halt selber! Siehst doch, daß ich keine Zeit hab!« Auginger schlotterte, wollte weiterreden, wollte grinsen und fühlte ganz deutlich, wie seine Falten starr und böse wurden. Er schwankte ein wenig und fand endlich das Gleichgewicht einigermaßen, trat

hinter das Pult und brummte gesammelter: »Hmhm, eine nette Bedienung das! Nett, nett!« Er stand jetzt direkt hinter Mildreichs Rücken und glotzte über dessen Schultern hinab auf die lange Geldreihe. Er hörte, wie sein Herz laut zu schlagen anfing, wagte nicht zu atmen, griff lahm nach seinem Messer, und jäh jagte ihm alles Blut ins Hirn. Er schwang den Arm, das kalte Stilett in der Hand.

»Neunhundertachtzig-einundachtzig-zwei –«, zählte der nichts ahnende Mildreich unter ihm. Auginger umklammerte das Messer noch fester, sein Arm knackte leicht und wollte stoßen.

Da rüttelte jemand wild an der Ladentür, rüttelte aufdringlicher und schrie. Ein Gesicht tauchte auf, ein dunkler Oberkörper wurde sichtbar.

»Mo-ord! Mord!« plärrte der Mensch draußen und Mildreich schnellte verärgert empor, wollte schimpfend auf den frechen Kerl los. »U-uach!« hörte er aber in diesem Augenblick den Schirmmacher schier tierhaft aufbrüllen, und das Stilett fiel dem armen Kerl aus der machtlosen Hand, fiel herab, glitt über Mildreichs Schulter und blieb, ein wenig hin- und herschaukelnd, mitten im Geld liegen.

»Aufff! Aufmachen! Aufff!« schrie der Mann vor der Tür. »J-ja-ja, Joseph! Jooooseph!« stotterte Mildreich und wollte sich neben Auginger aufrichten. Der aber jagte mit einem wilden Satz zur Tür, drehte den Schlüssel, riß auf und stürmte mit einem gellen Schrei in die Nacht. Im Nu war er unsichtbar.

Der Fremde stürzte herein und plapperte wirres Zeug von Mord und Überfall und Polizei. »We-wenn ich um eine Sekunde später komm, sind Sie hin!« keuchte er und wollte den verblüfften Zigarrenhändler mitziehen. Der stand und stand, starrte und starrte und schüttelte immerfort den Kopf: »Hm, jetzt sowas! Sowas!« Und langsam kam er mehr und mehr zu sich. »Er ist mein bester Freund gewesen, hm«, murmelte er: »Ich kann's einfach nicht fassen! Ich faß es nicht!« Er war derart stocklahm und unwirklich ruhig, daß sogar der aufgeregte Fremde kein Wort mehr herausbrachte.

»Nein-nein-nein!... Er wird doch nicht... Nein-nein-nein, das ist ja ganz ausgeschlossen! Ausgeschlossen!« sagte Mildreich plötzlich wiederum wie aus einer inneren Abwehr heraus und es war, als befalle ihn jetzt erst das richtige Grauen. Unsicher lugte er auf den Fremden, schaute nach seinem Geld, sperrte seinen Laden ab und trat mit dem Herrn auf die Straße: »Hm-hmhm, da darf man ja schon bald seinem Nächsten nicht mehr trauen! Kommen Sie!«

*

Aber der geschätzte Leser wartet jetzt umsonst auf das, was er sich in seinem Hirn zurechtdenkt. Indessen - diese Geschichte hat etwas von ihrem Helden. Nämlich Pech. »Und das Pech, das pflegt zu besudeln«, meint irgendwo einmal ein boshafter Dichter. Der Mildreich wurde, als er eine Zeitlang so neben dem aufgeregten Fremden herging, auf einmal wieder unschlüssig und schüttelte hartnäckig seinen dicken Kopf. In einem fort sagte er: »Ah! Ah, das ist ja ganz unmöglich! Ah, das ist ja Unsinn! Das ist ja ganz und gar ausgeschlossen!« Und, ob's nun einer glaubt oder nicht, so war es: Er besann sich auf einmal eines anderen und zeigte nichts an. Er ging heim, erzählte alles seiner Elies und war mürrisch und bedrückt. »Direkt ein Rätsel!« sagte er zum Schluß, und beide dachten lange hin und her.

Am andern Tag war nach langer Zeit schönes Wetter. Die laue Frühlingsluft schwamm wohltuend durch alle bewegten Straßen. Klar hing der frischgewaschene Himmel über der Stadt. Alles rundum schaute belebter drein. Die Fenster der Häuser glitzerten munter in der hellen Sonne. Die Mädchen gingen zum ersten Mal wieder in dünnen, lustig-bunten Kleidern und machten äußerst kecke Gesichter, wenn sie einen begehrenden Männerblick erhaschten ...

In einer dumpfigen Garküche stritten zwei politische Gegner, und der eine davon schlug von Zeit zu Zeit immer wieder auf die ausgebreitete Zeitung, die vor ihm auf dem Tische lag.

»Quatsch! Dummes Zeug! Lauter Unsinn, was Sie da daherreden!« trompetete er aus sich heraus: »Da! Da lesen Sie die Selbstmordchronik! Das ist der beste Barometer für unsere glorreichen sozialen Verhältnisse!« Und dann las er mechanisch die zwölf oder fünfzehn Freitode herunter. An erster Stelle hieß es, daß sich ein Schirmgeschäftsinhaber in der B... Straße gestern nacht in seiner Kellerwerkstätte erhängt habe. »Wahrscheinlicher Grund: zerrüttete wirtschaftliche Verhältnisse«, schloß die gleichgültige Meldung ... Nimm du, lieber Leser, eine Waage. Lege auf die eine Schale das Pech und auf die andere die Schuld und sag mir, was nun hinzieht.

Nicht glauben macht unselig

Auf die Frage: »Weswegen verfällt ein Mensch in Schwermut?« könnten sicher die meisten Leute eine einigermaßen einleuchtende Antwort geben, und wenn es hieße: »Was ist eigentlich Schwermut?« so würden sie auch nicht weiter verlegen sein. Dichter beispielsweise würden sogleich auf schöne Strophen und traurige Geschichten kommen, Musiker fänden eine ganze Skala wehmütiger Töne in ihrem Gefühl, Maler sähen vor ihrem geistigen Auge traumschwere Bilder der Verlassenheit, gescheite Leute würden viel zu reden wissen, und Psychiater gar, die wären imstande, ganz exakte Erklärungen abzugeben. Dabei würde sich herausstellen, daß Schwermut eigentlich eher etwas Schönes als etwas Schreckliches ist. Mir selber ist einmal ein Mensch untergekommen – ein ungefähr vierzigjähriger Buchdrucker namens Georg Hartmann, den ich, weiß Gott warum, für wirklich schwermütig gehalten habe – der war schrecklich. Seine stehende Redensart bei jeder Gelegenheit war: »Man darf nichts glauben.« Er war weder griesgrämig noch menschenscheu, ging sogar gern in Gesellschaft und trank oft über den Durst. Er hatte seit langer Zeit eine Lebensstellung bei einer Zeitungsdruckerei, war mit einer fügsamen, tüchtigen Frau verheiratet und beklagte es nicht. Kind war keins da, Not und Sorgen auch nicht, denn die Leute hatten sich im Lauf der Jahre ein hübsches Sümmchen erspart. Aber: »Man darf nichts glauben«, sagte Hartmann und meinte damit nicht etwa etwas Religiöses, nein, nein, er war gewohnheitsmäßiger Katholik und ging sogar alle heiligen Zeiten einmal in die Kirche. Freilich – beichten und kommunizieren, überhaupt das ganze Drum und Dran, das war ihm zu umständlich und wohl auch zu kindisch. Er war ein friedfertiger, etwas phlegmatischer Mensch, ließ gewissermaßen den Herrgott bestehen, hatte nichts gegen andere Meinungen und Überzeugungen und fand alles in der Ordnung. Er betrog seine Frau oft und die war so vernünftig, das nicht weiter übel zu nehmen, das heißt, sie spürte ihm nicht nach, sie ließ ihn laufen, wie er lief und tat, weil er klugerweise seine Weibergeschichten mit gewiegter Heimlichkeit betrieb, als sehe und wisse sie nichts von alledem. Sie war um etliche Jahre älter als ihr Mann und brauchte in keiner Weise zu darben. Gesund und nüchtern dachte sie über die Dinge der Welt und des Lebens, und sicher wird ihre Rechnung ungefähr so gewesen sein: »Ich bin versorgt. Er ist ein verträglicher Mensch mit wenig Untugenden und macht nichts Unvernünftiges. Was ich nicht weiß, macht mich nicht heiß und tut mir nicht weh, basta!« – Hartmann und ich lernten uns in einem Tarockklub kennen, dem außer mir nur Buchdrucker angehörten. Man traf sich in der Woche zweimal in einer gemütlichen Wirtschaft immer so gegen acht, halb neun Uhr abends. Hartmann spielte ausgezeichnet und war nie – ob er nun verlor (was allerdings sehr selten vorkam) oder gewann – irgendwie erregt. Vor und nach der Spielerei unterhielt man sich meist. Die Ereignisse der Politik wurden besprochen, Witze flogen hin und her, Neuigkeiten gab es und die Meinungen prallten mitunter sehr hart aufeinander. Auch dabei zeigte es sich, daß Hartmann, wenn man so sagen will, ein völlig privater Mensch war. Ihn interessierten die Witze und Neuigkeiten halbwegs, er hörte gut hin, lachte gern und gab dieses und jenes lustige Stücklein zum besten. Sobald man aber auf die Politik oder überhaupt auf irgendetwas Grundsätzliches im Leben und Denken zu sprechen kam, wurde er einsilbig und gleichgültig. Versuchte jemand, ihn in die Diskussion hineinzuziehen, fragte ihn einer geradewegs, was denn nun *er* für eine Meinung habe – vergeblich. Georg Hartmann schaute fast ein wenig mürrisch, ja, ganz genau bezeichnet, beinahe abwesend drein und kam dann, nach etlichen Brummlauten, mit seinem »Man darf nichts glauben« daher. Hartnäckig und störrisch blieb er dabei, nicht um alles in der Welt war er aus seiner Verschlossenheit herauszubringen. Ich habe ihn bei solchen Gelegenheiten oft und oft unvermerkt beobachtet. Er blieb sich immer gleich. Ich ärgerte mich manchmal über ihn. Es war mir unbegreiflich, wie ein Mensch, der nach allem, was man von ihm sah und hörte, keineswegs dumm war, so engstirnig sein konnte. Ganz gewiß: sehr gesellige, verträgliche Menschen, grundheitere Naturen sind mitunter die größten Menschenverächter. Sie lieben und hassen nicht, und eigentlich kommt es ihnen nur auf das Geräusch, auf die bunte Bewegung ihrer Mitlebenden an, sonst aber sind sie gänzlich einsam, völlig allein. Warum zum Beispiel streiten sie nie? Warum sind sie zu jedermann nett und deswegen überall beliebt? Weil sie nichts, gar nichts von den Menschen wollen oder erwarten, weil sie ganz einfach nirgends dabei sind, weil sie –

Aber du lieber Himmel, man stelle sich den Georg Hartmann vor und denke: Einsam, allein oder schwermütig. Ein gesunder, lustiger und sogar hübscher Kerl mit geweckten Augen, schon ein wenig beleibt, aber stets springlebendig, wenn es sein sollte. Nichts Auffälliges, aber auch nichts Nachlässiges an seiner Erscheinung und Kleidung, keine einzige weltschmerzliche Falte in seinem ausgeglichenen Gesicht und absolut keine Schrullenhaftigkeit in seinem Gebaren. Ein Mensch wie tausend andere.

Völlig dumm – so eine Einbildung!

Nun gut. Es werden sich noch alle an den großen Buchdruckerstreik von vor fünf Jahren erinnern. Er beunruhigte dazumal die ganze Stadt. Beinahe vier Wochen gab es keine regelmäßigen Zeitungen mehr. Heftig tobte der Kampf. Es gab sogar einen Sympathiestreik der Metallarbeiter, und die Lage spitzte sich von Tag zu Tag zu. Zusammenstöße mit Streikbrechern kamen vor, blutig verliefen sie. Die Unternehmer drohten und gaben nicht nach, die Arbeiter waren nicht weniger hartnäckig. Jeden Abend waren die großen Säle der Stadt überfüllt von Menschen. Die sozialistischen Parteien und die Gewerkschaften aller Berufe unterstützten die zwei Streikleitungen. Je länger die Sache dauerte, desto revolutionärer wurden die Massen. Fast jede Nacht zogen Demonstranten durch die Straßen, immer rücksichtsloser ging die Polizei vor, die Erregung wuchs und wuchs. Immer und immer wieder, wenn die

Unterhändler aus den Tarifverhandlungen ankamen und Bericht erstatteten, wurden sie voller Spannung angehört, immer und immer wieder, wenn sie die Vorschläge der Unternehmer mitteilten, brach ein drohender Lärm aus und machte ihr Weiterreden fast unmöglich. Offen forderten die Radikalen Gewaltmaßnahmen und fanden Anklang, ganz gleichgültig, ob sie nun verhaftet wurden; trotzig standen neue Männer auf und rissen alle Sympathien an sich. Schließlich und endlich griff – wie sich die wenigen der Unentwegten ausdrückten, die auch da noch nicht in die Betriebe gingen und die Arbeit aufnahmen – die staatliche »Schlichtungsguillotine« ein. Die Metallarbeiter hatten überhaupt nichts gewonnen und mußten sich die rücksichtslosen Massenentlassungen gefallen lassen, die Buchdrucker hatten kaum drei Pfennig Stundenlohnerhöhung erfochten. Diejenigen, welche sich damit nicht einverstanden erklärten, wurden nicht mehr eingestellt.
Bei jenen Versammlungen traf ich Hartmann stets. Er saß zwischen seinen Kollegen wie jeder andere, nur – er blieb teilnahmslos. Weder die Gemäßigten noch die Radikalen rissen ihn mit. Er schrie wohl mitunter mit den anderen Genossen am Tisch das gewohnte »Sehr richtig!« oder »Hört, hört!«, aber, wie gesagt, er war nicht dabei. Keiner merkte das zwar, ich aber nahm ihn stets sehr genau aufs Korn und verfolgte ihn in jenen sturmbewegten Tagen wie ein Jäger das versteckte Wild. Einmal nun – es war, wenn ich mich recht erinnere, kurz vor der Entscheidung, und es sah grade an dem Tage so aus, als trügen die Arbeiter noch den Sieg davon – einmal also saß ich während des ganzen Versammlungsabends neben ihm und begleitete ihn später nach Hause. Ich war sehr aufgekratzt und schimpfte über die Unternehmer, ich kritisierte das Verhalten der Gemäßigten, hieß sie »Kuhhändler« und »Verräter« und redete und redete. Auf einmal merkte ich, Hartmann hörte kaum zu. Das ärgerte mich mehr als es mich im Augenblick erstaunte.
»Herrgott, du bist – scheint's – auch so einer von den Lauwarmen!« fuhr ich ihn an: »Bei dir weiß man überhaupt nie, wie man dran

ist! Mensch, du mußt doch selber zugeben, die Unternehmer sind Schweine, ganz gemeine, niedrige Ausbeuter!«
Hartmann schaute mich nicht an, er tappte weiter wie immer und brummte sein widerwärtiges: »Man darf nichts glauben!« heraus. Ich wurde noch wütender, blieb stehen auf der Straße und schimpfte wie ein Rohrspatz: »Mensch, Hartmann! ... Siehst du denn nicht ein, daß, wenn alle so gleichgültig wie du sind, nie ein Fortschritt erreicht wird? Solche wie du sind gefährlicher wie der schlimmste Gegner – sie sabotieren insgeheim. Man muß sie bei einer Revolution an die Wand stellen! Kerl! Kerl, Hartmann!« Ich riß ihn freundschaftlich am Arm, ich lächelte, schüttelte den Kopf und wurde wieder zornig.
Und was tat Hartmann?
»Komm! Geh weiter!« sagte er unangefochten. Es war schrecklich, man konnte ihm nicht einmal widerstehen. Ich wurde plötzlich versöhnlicher und sagte herzlich: »Du mußt das nicht übel nehmen, aber Mensch, wenn du genau nachdenkst – und ein Idiot bist du nicht, du versteckst dich bloß! – wenn du genau nachdenkst, mußt du mir doch recht geben.« Er schaute mich an und zuckte ein wenig mit den Schultern.
»Hm, mein Gott! Recht geben? ... Was heißt das?« murmelte er und schloß abermals mit seinem: »Man darf nichts glauben.« Alles kam gleichgültig aus ihm, er war unerregt und fast wie müde.
»Gehn wir noch in ein Café«, sagte ich behutsam: »Komm, quatschen wir uns ein wenig aus.«
»Ja, meinetwegen«, gab er zurück, »ist ja erst elf ...« Es war eine bedrückende Herbstnebelnacht. Alle Lichter waren gelb und schienen zu triefen, alles Nahe und Ferne war vermummt, die Bewegung und der Lärm der Straßen geisterten gedämpft wie hinter dichten Spinnwebwänden. Jetzt, weil ich nicht mehr vom Streik und von Politik redete, lebte Hartmann etwas auf.
»Meine Alte könnt jetzt jede Nacht einen Liebhaber haben – immer bin ich weg«, sagte er unvermittelt, und das ärgerte mich

schon wieder. Seine Frau war ihm grundtreu und – Anziehendes hatte sie grade nicht mehr an sich. Sie kam sicher gar nie auf einen derartigen Gedanken, sie war eine ins Breite gehende Hausfrau, kochte sehr gut und war eigentlich immer beschäftigt.
»Mensch, du bist ein komischer Kerl ... Glaubst du wirklich? ... Seltsam«, meinte ich und stellte ihn wiederum hitzig zur Rede: »Und wenn schon! ... Sag mir mal, was tust eigentlich du? *Du* erlaubst dir alles, aber *sie* – ach was! Dummes Zeug!«
»Man darf nichts glauben!« murmelte er schon wieder. Spießbürger, dachte ich verbissen, widerwärtiger Spießbürger!
Wir landeten endlich in einem ziemlich besetzten Kaffeehaus, in welchem viele Dirnen verkehrten. Es fiel mir auf, daß Hartmann keine einzige anschaute. Es waren sehr hübsche und sogar verhältnismäßig junge Mädchen darunter, alle mit viel Geschmack und einige besonders elegant gekleidet.
»So nette Kokotten hab ich schon lang nicht mehr gesehen!« sagte ich zu meinem Freund: »Schau nur! Die Schwarze dort ... Ein bildhübsches Ding.« Hartmann schaute wohl hin, sagte auch »Jaja«, aber er meinte, sowas könnte ihn nicht reizen.
»So ein junges, ganz dummes, volles Ding, verstehst du! ... Sowas mit erst aufgegangenen Apfelbrüsten, wo noch gar nichts von der Welt kennt, siehst du, das kann mich ganz närrisch machen«, erzählte er gemütlich. Wir unterhielten uns über ganz gleichgültige Dinge, kein Wort vom Streik und von der kommenden Entscheidung fiel. Wir saßen an einem Ecktisch und hatten keine störenden Nachbarn. Hartmann erzählte ab und zu einen derben, zotigen Witz. Durch die Türe vorne kam ein ausgemergelter, schwindsüchtiger Junge und verkaufte die »Notzeitung der vereinigten Zeitungsverleger«. Er machte gute Geschäfte und kam schließlich auch zu uns. Ich lehnte ab und auch Hartmann tat nicht dergleichen. Plötzlich – der Junge war ungefähr zwei Tische weiter, winkte ihm mein Freund und kaufte trotz meiner Vorhaltungen eine Zeitung. Er entwaffnete mich geradezu durch sein leichtes Lächeln,

und als ich immer wieder zu schimpfen anfing, sagte er so nebenher: »So ein Zeitungsbub war ich auch schon einmal ... Mein Lieber, das war so ein Geschäft!« Ich war immer noch ergrimmt über seine »unsoziale Handlungsweise« und hörte nicht auf ihn.
»Ah«, sagte ich bissig, »drum willst du dich wohl als Wohltäter aufspielen! ... Du möchtest wohl dem Bürschlein was zukommen lassen, hä! Pfui Teufel!« Hartmann ließ sich nicht treffen. Er ging gar nicht darauf ein.
»Er wird nicht viel haben von so einer Zeitung, und für die Unternehmer ist das auch ein Defizitgeschäft«, meinte er in bezug auf den Jungen: »Aber weißt du, also wie ich da Zeitungsbub war ... Das heißt, die Sache war eigentlich so: Mein Vater arbeitete als Mörtelträger auf dem Bau und meine Mutter trug mit mir die ›Sonntagszeitung‹ aus, weil das bißl Verdienst nie hin- und herlangte ... Das war – du kannst dich vielleicht noch erinnern – das war so ein Schmierblättchen ... Ist nach etlichen Jahren wieder eingegangen ...«
»Ja, ich weiß noch«, antwortete ich nicht sehr interessiert. Er beugte sich etwas mehr in den Tisch und wurde eigentümlicherweise belebter.
»Meine Mutter hat Krampfadern gehabt ... So dick!« fuhr er fort und zeigte, um dies deutlich zu machen, als Beispiel seine zwei Finger: »Und du kannst dir denken, daß das Geschlepp mit den Zeitungen und das haufenweise Stiegensteigen reines Gift für sie war ... O mein Mensch, von dem Elend, wie wir damals gewohnt haben, machst du dir keinen Begriff! ... In der Morassistraße, auf 11 im zweiten Rückgebäude ganz droben im Speicher haben wir ein Zimmer gehabt, jeden Tag hat's Kartoffeln gegeben, Kartoffeln und Brot und hie und da, wenn der Vater arbeitslos gewesen ist oder alles versoffen hat, hat's überhaupt nichts gegeben ... Meinen Vater hab ich nie mögen ... Er war ein saugrober Kerl und oft, wenn er mit einem Rausch heimgekommen ist, hat er uns wegen nichts und wieder nichts geschlagen ... Ich will dir was sagen, meine

Mutter hat außerdem ein lediges Kind gehabt, das ist in einem Kloster aufgezogen worden, ich hab's nie kennen gelernt, aber das hat's sicher viel schöner gehabt wie ich ...« Jetzt wurde ich schon aufmerksam, so hatte Hartmann noch nie erzählt.

»Wir haben ein einziges Bett gehabt und ich bin, bis ich in die Lehre gekommen bin, überhaupt nie da drinnen gelegen, ich hab auf dem Boden gelegen und – mein Mensch, wenn's geregnet hat! ... Wir haben zwei Regenschirme aufgespannt, und in der Früh sind wir direkt geschwommen ...«, schilderte er.

»Ja – und der Hausherr? Hat denn der nichts richten lassen?« warf ich ein. Hartmann lachte leicht auf: »Hm, der Hausherr ... Hast du vielleicht schon einmal erlebt, daß wer was zu sagen hat, wenn er nicht zahlen kann!? ... Wir haben ja froh sein müssen, daß wir nicht rausgeflogen sind!« Ich unterbrach ihn schon wieder. Jetzt war der Augenblick günstig, jetzt konnte ich ihn endlich bei der Gesinnung fassen!

»Also, du kommst doch aus der schlimmsten Not! Du bist Prolet von Kind auf! ... Ich kann nicht begreifen, daß du nichts Klassenbewußtes an dir hast!?« hub ich an, kam aber nicht weiter. Hartmann wehrte sofort ab. Er wurde sogar ein wenig ärgerlich und knurrte: »Ah, dummes Zeug, dummes! ... Man darf nichts glauben! ... Ich weiß nicht – ich kann das nicht!« Ich wollte erneut zu reden anfangen. »Nachher«, sagte er kurz und erzählte weiter: »Meine Mutter hat mich wirklich gern gehabt ... Ich möcht nicht wissen, wie oft sie meinethalben gehungert hat ... Ich hab sehr an ihr gehangen ... Jetzt sind's alle zwei unter der Erden, sie und mein Vater ... Ich hab einmal die Abonnementsgelder kassieren müssen ... Meine Mutter hat alle Quittungen unterschrieben und mich losgeschickt ... Sie hat nicht gehen können und mein Vater ist dazumal so im Vorschuß gestanden, daß er überhaupt nichts heimbrachte. Der Hausherr hat einen Brief geschickt gehabt, wenn wir diesmal nicht wenigstens zwei Monate bezahlen, fliegen wir ... Gut, ich gehe los – es war, ich weiß es noch wie heut, an einem

Freitagnachmittag, gleich nachdem ich von der Schule heimgekommen bin – im März oder April wird's gewesen sein, ziemlich kalt war's noch und den ganzen Tag regnete es, der Monatserste fiel dazumal auf einen Montag. Ich war eigentlich froh, daß ich aus unserm stinkigen, schwimmenden Loch gekommen bin, und weil ich barfuß und wirklich armselig beieinander war, hab ich von den mitleidigen Abonnenten sogar Trinkgeld und allerhand geschenkt bekommen, Brot, eine warme Suppe und sogar alte Kleider ... Hocherfreut bin ich heimgekommen. ›Mutter‹, sag ich, ›da schau, vier Mark hab ich zusammengebracht, da sagen wir dem Vater nichts! ... Und da, was ich Brot hab, da, versteck's!‹ Es war schon neun Uhr abends, mein Vater soff sicher schon irgendwo ... ›Du bist ein guter Kerl, Georg‹, hat meine Mutter gesagt und ich weiß nicht, ich bin auf einmal traurig geworden, weil sie mich in einem fort gestreichelt hat und still weinte. Sie hat mir an dem Abend eine Semmelsuppe gemacht. Später ist der Vater gekommen, hat aber kaum mehr stehen können und ist einfach ins Bett gefallen ... Geschnarcht hat er wie ein Roß. Am andern Tag in der Früh ist er schimpfend zur Arbeit und wir waren froh, daß alles so glatt ging ... Schönes Wetter war auch wieder. Meine Mutter war seltsam aufgekratzt, ist aufgestanden, hat lustig gesagt: ›So, Georg, weil du so brav warst ... Heut kaufen wir uns einen Malzkaffee, und mittags gibt's einen Semmelschmarrn‹, und ist weggegangen. Ich hab unterdessen die Stube hinausgeputzt, und wie sie wieder zurückgekommen ist, war sie noch lustiger, hat Milch, Margarine, Zucker und Malzkaffee gehabt. Wir waren direkt glücklich ... Hernach beim Kaffeetrinken ist sie immer noch so zärtlich gewesen, meine Mutter. Ewig hat sie mich gestreichelt, ganz seltsam ist mir das vorgekommen, und immer hat sie wieder gesagt: ›Du bist ein guter Kerl, Georg! Wenn nur grad dein Vater ein bißl was von dir hätt ...‹ Und der Semmelschmarrn mittags war sehr gut, ich hab mir viel Zucker nehmen dürfen ... Ich hab mir in einem fort gewünscht: Herrgott, wenn ich doch alle Tage kassieren dürfte oder wenn ich

sonst was verdienen könnte, das wär schön! Da ging's uns ganz gut. Ein Kind, wenn so gelobt wird, kriegt einen Eifer ... Der Nachmittag verging, und spät in der Nacht ist der Vater gekommen und war furchtbar grimmig ... Wahrscheinlich war sein Wochenlohn schon versoffen, denn er war heute nicht ›blau‹ ... Er kam zur Tür herein und fing zu schimpfen an, weil er sich in der Dunkelheit am Tisch stieß ... Ich wachte auf und blieb ängstlich still. Er schmiß einen Stuhl in die Ecke und knurrte wütend, Gott sei Dank, getroffen hat er mich nicht ... Ich rührte mich auch jetzt noch nicht ... Er stieß den Tisch nach vorne und fiel über meine Mutter her. ›Nur alles in den Weg stellen!‹ polterte er und ich hörte seine Fausthiebe. Meine Mutter stöhnte und fing schließlich zu jammern an. ›Scheinheiliger Fetzen!‹ brüllte er und warf sie kurzerhand aus dem Bett. Sie wehrte sich nicht weiter und legte sich auf den Boden zu mir ... Sie getraute sich nicht einmal zu weinen, aber ich spürte ihren Atem und langte auf einmal nach ihr ... Ihre nassen Wangen spürte ich, ganz warm war diese Nässe ... In der Frühe sah ich erst, es war Blut ... Sie faßte meine Hand und drückte sie stumm ... Wir schoben uns enger aneinander ... Der Vater knurrte noch etliche Male auf und fing allmählich zu schnarchen an ... Ich schmiegte mich immer enger an meine Mutter und fühlte, wie sie mich in einem fort leise streichelte, bis ich einschlief. In aller Frühe am Sonntag mußten wir fort zum Zeitungsaustragen und waren froh. In der Expedition ging es heftig zu. Die vielen Weiber wollten jetzt schon alle abrechnen, aber es hieß: ›Morgen vormittag kommen.‹ Ich merkte, meine Mutter war schon auf dem ganzen Herweg unruhig und drängte sich gar nicht zum Abrechnen. Wir bekamen unsere Pakete und liefen den ganzen Vormittag treppauf und treppab. Todmüde kamen wir ungefähr um zwölf Uhr mittags heim. Der Vater hockte hemdärmelig und ungewaschen am Tisch und schlabberte den Kaffee hinunter, den ihm die Mutter in der Früh vor dem Weggehen auf dem Herd bereitgestellt hatte.
›Was ist's, gibt's heut gar nichts zu fressen?‹ hat er brummig ge-

fragt: ›Du hast doch kassiert?‹ Meine Mutter ist blaß geworden, hat sich aber gleich wieder zusammengenommen und gesagt: ›Der Erste ist erst morgen.‹ Ich stand dumm da. Mein Vater hat sich rumgedreht und sie von unten bis oben zweifelhaft gemustert. ›Soso‹, sagt er spitzig: ›Soso, heut hat dich keiner zahlt? Das willst du *mir* vormachen? ... Gib Geld her, sag ich! Marsch! Fetzen, windiger! Her damit!‹ Dabei hat er eine dementsprechende Handbewegung gemacht und weitergeschimpft: ›Die ganze Woch schuftet unsereins, und am Sonntag gibt's nicht einmal was zu fressen! Sauber, sauber! ... Her, sag ich! Rück raus mit dem Geld oder ...!‹ Und schon ist er aufgesprungen. Ich bin in die Ecke gelaufen und hab' meine Arme über den Kopf gehalten.
›In Gottsnamen, da! Daß eine Ruh ist! Da! Geh hin, wohin du willst!‹ hab ich meine Mutter gehört und Geld hat geklingelt. Gleich ist's still geworden. ›Gell, Dreckmensch! Gell, ich hab's ja gewußt, daß du Geld hast!‹ hör ich den Vater. Er tappt herum und droht: ›Noch einmal lüg mich an! Noch ein einziges Mal, dann kannst deine Knochen zusammensuchen!‹ Ich hab mich nicht gerührt, die Tür hat gequietscht. ›So, und jetzt könnt's mich im Arsch lecken!‹ schreit mein Vater und weg ist er gewesen. ›Gott sei Dank!‹ stöhnt meine Mutter und schnauft auf. Ich hab meine Arme herabfallen lassen und auf sie geschaut. Sie ist am Tisch gehockt und hat ewig in ein Loch geschaut. Wie ich zu ihr hingeh, läßt sie auf einmal ihren Kopf auf die schmierige Tischplatte fallen und fängt fürchterlich zu weinen, an, weint und heult wie ein Vieh ... Und da – da hab' ich auch geweint ...«
Ich schüttelte fort und fort den Kopf und musterte Hartmann ab und zu.
»Hast du eigentlich sonst gar niemanden gehabt, der dich mögen hat?« fragte ich so zwischendurch.
»Nein ... Ich bin ja ewig zerfetzt und dreckig dahergekommen und war der Bettelbub«, erwiderte er und erzählte weiter: »An dem Sonntagnachmittag dazumal hat meine Mutter fast gar nichts mit

mir geredet und angeschaut hat sie mich auch nicht ... Ich weiß nicht, ich bin seltsam unruhig gewesen und hab mir's nicht erklären können. Ich bin in den Hof hinunter und alsdann ein wenig durch die Straßen gebummelt ... Wie ich heimkomm, sitzt meine Mutter wieder so am Tisch mit der vollen Kaffeetasse vor sich und schaut in ein Loch. ›Da‹, sagt sie und schiebt mir den Kaffee hin, ›da ... Ich hab keinen Appetit.‹ Mitunter hat sie gestöhnt und –«
»Sie hat das Geld zum Schuldenzahlen genommen«, fiel ich Hartmann ins Wort, um diesem quälenden Erzählen ein Ende zu machen: »Und jetzt hat die ganze Geschichte mit den Abonnementsquittungen nicht mehr gestimmt?«
»Jaja, das auch«, sagte er.
»*Auch?* ... Was denn noch?« fragte ich fast bestürzt.
»Ja, stell dir vor, also am Mittwoch haben wir schulfrei gehabt und da nimmt mich auf einmal meine Mutter und geht mit mir zur ›Sonntagszeitung‹ ... Auf dem ganzen Hinweg ist sie traurig, aber schon mehr zornig gewesen und hat kein Wort zu mir gesagt ... ›Fräulein Huffinger‹, sagt sie am Expeditionsschalter weinerlich, ›ich möcht gern mit dem Chef reden ... Ist er da?‹ Das Fräulein hat sie ein wenig schief angeschaut, alsdann mich und sagt: ›Ja, da ist er schon!‹ Weiter ist sie nicht gekommen, denn meine Mutter hat sofort zu jammern angefangen und bittet: ›Ich kann das nicht auf mir sitzen lassen ... Ich – ich – bittschön, ich – melden Sie mich, Fräu-‹. In dem Augenblick ist ein breiter Mensch mit einer Hornbrille hinter dem Schalter aufgetaucht und ›Herr Eisenhart, bittschön!‹ hör ich meine Mutter. Der Mann beugt sich in die Schalteröffnung und sagt ziemlich abweisend: ›Ja, was wollen Sie denn?‹ ›Ich möcht bloß Rücksprach nehmen wegen dem Monatsgeld, Herr Eisenhart‹, wimmert meine Mutter, und da hat der Herr gesagt: ›Na, kommen Sie draußen herein ... Gleich in mein Zimmer.‹ Wir sind an der Schalterwand entlang gegangen, und meine Mutter hat an eine Türe geklopft. ›Herein!‹ höre ich und wir sind in ein großes, überheiztes Zimmer gekommen mit Polstersesseln und

Kaiser- und Königsbildern an den Wänden. ›Na, also was ist's, Frau Hartmann?‹ fragt der breite Chef und runzelt vielbeschäftigt seine Stirn. Er hat an seinem Schreibtisch herumgenestelt und uns kaum angeschaut ... Und siehst du, da ist was passiert, das wenn mir einer erzählen würde, ich tät's nicht glauben ... Meine Mutter hat zu weinen und zu jammern angefangen, hat ewig bitthaft: ›Herr Eisenhart!‹ gesagt und mich zuerst vor-, alsdann wieder zurückgerissen; sie war rein wie nicht recht im Hirn. ›Da, da ist er jetzt, der Lausbub!‹ heult sie: ›Ich hab ihm extra noch streng aufgetragen, paß mir auf das Geld auf, aber – also, ich kann nichts dafür, ich schau ja, Herr Eisenhart, ich hab doch immer meine Pflicht und Schuldigkeit getan, Herr Eisenhart!‹ Und wie ich so ganz dumm und stur dastehe, schreit sie auf einmal: ›Du Lausbub, du elendiger, wo hast du denn das Geld? ... Herrgott! Herrgott! Du elendiger Hundskrüppl ... Hab ich's nicht –‹ Ich hab' nichts weiter gehört, sie hat in einem fort auf mich eingehauen und geschrien und geheult und mich beschuldigt. Ich war so baff, daß ich nicht ein Sterbenswort herausbringen hab können ... Sie hat immer wilder und immer zerknirschter gefleht.

›Ja‹, sagt Herr Eisenhart: ›Wissen Sie, Frau Hartmann, so kleine Kinder läßt man aber auch nicht kassieren! ... Wenn Sie schon krank waren, so sollten Sie's eben gemeldet haben!‹

›Hja, hja, ich hab Angst gehabt, ich verlier die Arbeit, Herr Eisenhart ... Er hat mir ja schon öfters kassiert und hat's immer ordentlich heimgebracht, bloß dieses *eine* Mal! Ich schau schon, Herr Eisenhart! Ich bring alles wieder in Ordnung!‹ hat meine Mutter geweint ... Sowas Verstörtes hab ich in meinem Leben nicht mehr gesehen! ... Ich hab auch geheult und – komisch – die ganze Zeit hab ich denken müssen: Hm, zuerst ist sie so nett gewesen ... Ich bin so herumgelaufen und hab mich so gefreut, daß ich soviel Trinkgeld heimgebracht hab und jetzt, jetzt! ...

›Warum hast du denn nicht aufgepaßt, dummer Junge!?‹ hat der Herr Chef mich angeredet, ich hab hingeschaut, es hat mir was auf

der Gurgel gesessen, aber schon hat mir meine Mutter wieder eine hineingehaut und: ›Elendiger Lausbub!‹ geheult, solang, bis der Herr Chef weich geworden ist, solang ... ›Na, also, Frau Hartmann, ich probier's nochmal mit Ihnen, aber - Kinder schicken, das darf natürlich nicht mehr vorkommen!‹ sagt Herr Eisenhart und direkt hündisch dankend ist meine Mutter mit mir abgezogen -«
»Kassieren, meine Herren ... Es ist ein Uhr!« sagte der Kellner, am Tisch auftauchend: »Einen Kaffee - vierzig ohne!« Hartmann zahlte, ich zahlte.
»Hja, so geht's!« sagte mein Freund und stand auf, schlüpfte in seinen Mantel und nahm seinen Hut. Schweigend zog auch ich mich an. Wir verließen das Lokal. Es war ziemlich still auf der Straße, die Nacht war stumpfschwarz und feucht, ab und zu stolzierte eine Dirne vorbei und schielte nach uns.
»Ein ekelhaftes Wetter!« murmelte Hartmann und schlug seinen Mantelkragen hoch. Er war heiter, trippelte ein wenig hin und her und streckte mir die Hand hin: »Servus!« Ich wollte irgend etwas sagen.
»Drum eben - wie ich immer sag, Freund! ... Man darf nichts glauben, nichts glauben!« sagte er ohne die geringste Geschmerztheit, sagte 's und ging.
Tja - was ist nun eigentlich Schwermut?
Ich tappte durch die triste Nacht, und es klang ewig und ewig in meinem Hirn dieses »nichts glauben, nichts glauben!«

Beinahe ein Film

Tja«, sagen die honetten Leute, wenn sie über jemanden reden, der durch Zufall und Glück hochgekommen ist: »Ja, ein richtiger Mensch bahnt sich eben seinen Weg doch immer selber!« Und dann kannst du die schönsten Sprüche über Charakterfestigkeit und dergleichen hören. »Ja«, sagen dieselben siebengescheiten Erfolgsanbeter hinwiederum von allen jenen, die im steten Mißgeschick leben und schließlich verbittern: »Jaja, ein Lump bleibt eben ein Lump, da ist nichts zu machen!« Und der Brustton ihrer eingetrichterten Überzeugung klingt dabei stets verächtlich. –
Derweilen aber sind wir doch alle nur Nummern in einer Legion, derweilen geschieht mit uns nur irgend etwas und derweilen werden wir alle gleichsam von einem Unsichtbaren gekurbelt und erscheinen schließlich auf dem Bild des bewegten Lebens: Der eine schält sich schärfer aus dem Licht, der andere taucht nur als undeutlicher, flüchtiger Schatten auf. –
Auch Barbara Losch kam aus der Legion und das hat sich mit ihr ereignet: Sie stammte aus Aachen, aus dem trostlosesten Elend. Der Vater soff und prügelte. Drei Frauen starben ihm weg. Alle an der Schwindsucht. Ihrer neun lausige Kinder waren da, auch sie hatten's alle an der Lunge und mußten von früh auf schauen, wie sie durchkamen. Die einen kamen unter die Räder, die anderen unter die Erde. Barbara drehte im Krieg Granaten, dann war sie in einer Marmeladenfabrik, plötzlich lief sie weg und wanderte zu Fuß nach München. Das war im Sommer anno 1917 und sie selber wird damals an die achtzehn Jahre alt gewesen sein. In ein winziges Sacktuch hatte sie ihre Siebensachen eingebunden, Hunger und Durst quälten sie, ihre Schuhe waren zerfetzt und durchgelaufen, die Sohlen brannten – so saß sie an einem lauen Abend draußen vor der Münchner Stadtgrenze, am staubigen Straßenrand, und schaute zu den Kruppwerken hinüber. »Da geh ich morgen hin arbeiten«, dachte sie und machte sich über sonst nichts ein Kopfzerbrechen.

Eine alte Frau kam an ihr vorüber und grüßte. Barbara lachte und grüßte ebenfalls sehr freundlich. Sie unterhielten sich, die Alte fand an dem Mädchen Gefallen, nahm es mit und gab ihr fürs erste ein Zimmer. Alles lief unerwartet glücklich dahin. Barbara arbeitete bald da, dann wieder dort und hatte eigentlich immer das, was sie brauchte. Wegen ihres heiter-freundlichen Wesens hatte sie jeder Mensch gern, außerdem war sie wahrhaft schön. Wie eine hochgewachsene, schlanke holländische Madonna sah sie aus, alles an ihr war ebenmäßig und doch nicht langweilig. Auf ihrem jungen Hals saß der lange, schmale Kopf mit dem leicht ovalen Gesicht, kluge Augen hatte sie und herrliche Hände. Zu all dem kam noch, daß sie sehr talentiert war. Mit größtem, beinahe unerklärlichem Geschick zeichnete und malte sie, las viele und gute Bücher, hatte ein eigenes Urteil und war trotz ihrer Jugend lebensgescheit.
Vielleicht kam's daher, weil Menschen, die von Jugend auf unablässig im Gefrett der Not stehen, offene, witternde Augen, hellhörige Ohren und ein tausendlistiges Hirn haben, daß Barbara bald aus ihrer Enge brach. Sie geriet in die Schwabinger Künstlerkreise, fiel überall auf, ihre Lustigkeit steckte an – mit einem Wort, sie machte Furore. Ein Mann verführte sie und viele Männer kamen. Gute und schlechte Zeiten wechselten, auf und ab ging es, aber das Glück verließ sie nie. Drum brachte sie auch nichts aus der Laune und dann, sie hatte außer der Fähigkeit, einfach alles Widerwärtige und Unbequeme an sich abgleiten zu lassen, noch zwei siegreiche Eigenschaften: einen sicheren Instinkt und den natürlichen Geschmack einer echten Dame. Jeder Fetzen, den sie an ihren Körper hing, kleidete sie.
An Barbaras Liebhabern war *eines* immer gleich: Alle – mit Ausnahme des einen, der sie verführt hatte – waren sie richtige Weichlinge. Diesen einen liebte sie vielleicht wirklich, er war ihr in irgendeiner Weise überlegen, nützte sie aus, schlug sie sogar und behandelte sie stets herablassend. Er ließ sie laufen, wie sie lief, aber wenn er auftauchte und sie brauchte, kuschte sie. Trotzdem

wuchs sie auch über ihn hinaus. Vielleicht bekam sie durch ihn erst Kraft, Menschenverachtung und Rückgrat oder auch so etwas wie eine große Wurschtigkeit. Jedenfalls, all die nachfolgenden Männer waren ihr unterlegen. Jeder vernarrtc sich sofort dermaßen in sie, daß ihm sogar das bißchen Mannstum, das er noch hatte, zerrann. Und Barbara? Barbara erkannte dies vom ersten Augenblick an haarscharf, log sich dennoch vor, jeden zu lieben, liebte vielleicht den einen oder anderen halbwegs, aber es schien ihr wenig Schmerzen zu machen, ob einer ging oder blieb. Sie hatte den gesündesten und drolligsten Frauenegoismus der Welt. Von keinem ihrer Liebhaber ging sie im Streit, jeden hielt sie sich gewissermaßen warm und aus allen zog sie einen netten Nutzen. Und, weiß Gott, man konnte ihr nicht bös sein, im Gegenteil, all diese Männer waren, selbst wenn sie sich offensichtlich von ihr betrogen sahen, um sie besorgt. Einer beispielsweise lieh ihr wertvolle Bücher. Sie hatte kein Geld und verkaufte sie unbedenklich. Einer schickte ihr, weil sein Vater, ein reicher Hopfenhändler, ihm kein Geld gab, eines Tages ein halbes Dutzend Spazierstöcke mit silbernen Griffen und schrieb lamentierend: »Ich kann Dir leider weiter nichts Materielles bieten, liebe Bärbl.« Sie kam zu mir und lachte gerade heraus, sie schüttelte sich wie berstend, nahm ein Beil und hackte die Griffe von den Stöcken herunter, zerschlug sie, nahm die Füllung heraus, lief zur Edelmetallankaufsstelle und machte das Silber zu Geld. Ein femininer Arzt war hinter ihr her, sie klagte wegen ihrer Lunge. Er bewirkte ihr den Bezug von Krankenkassengeld und einen Aufenthalt in Garmisch. Er unterstützte sie außerdem noch mit Geld. Sie lebte vergnügt in dieser »Winterfrische« und lernte einen kleinen, hilflosen italienischen Juden kennen, der sich sofort wieder in sie verliebte. Barbara ließ ihren Arzt laufen und zog mit dem neuen Freund nach München. Der Italiener war, nebenbei gesagt, der Sohn eines der reichsten Knopffabrikanten Italiens.
Ich sehe sie noch, die ewig heitere Barbara, wie sie mit ihrem kleinen, wollkopfigen Mannsbild in mein Atelier kommt und schal-

lend herauslacht: »Na, Bübchen (das war mein Spitzname), wie gefällt dir mein neuer Kerl? Ist er nicht zum Totlachen!?!« Sie führte ihn mir sozusagen vor wie ein neues, eben erst gangfähiges Kalb. Der Mensch fand das entzückend und wurde genau so lustig wie wir zwei. –
Um diese Zeit bekam ich vielfach Besuche aus Berlin. Literaten, Redakteure, Maler und Parteimenschen kamen. Da war einer darunter, der vernarrte sich wiederum auf den ersten Blick in Barbara. Er logierte eine ganze Woche bei mir. Er redete den ganzen Tag von seiner neuen Liebe, nachts sprang er aus dem Bett und rannte hin und her wie von einer Tarantel gestochen, weckte mich auf, beriet sich mit mir, überlegte romantische Entführungspläne, schickte jeden Tag teure Blumensträuße an Barbara, lief und scharwenzelte um sie herum, kam wieder zu mir und überlegte weiter und, wie der Teufel sein sollte, der Zufall kam ihm zu Hilfe. Der Italiener wurde telegraphisch nach Hause gerufen, fuhr ab – und schon am gleichen Abend verschwand Barbara mit dem Berliner.
Es blieb nun eine Zeitlang ruhig. Der feminine Arzt traf mich, schnitt ein bittersüßes Gesicht und fragte nach Barbara. »Wenn sie nur nicht unter die Räder kommt!« sagte er bedrückt. Der Hopfenhändlerssohn erkundigte sich schamhaft und ganz von außen herum nach ihr und hatte dabei glasige Augen. Ich mußte verborgen lachen und konnte keine Auskunft geben. »Sie ist ein feiner Mensch, ein ganz feiner Mensch!« hauchte der Hopfenhändlerssohn gefühlvoll.
Barbara war weg. Ich hörte nichts mehr.
Da auf einmal kam ein flehentlicher Brief aus Mailand, vom Italiener. Er war so verworren, daß ich die vollgekritzelten Bogen einfach wegwarf. Es ärgerte mich auch ein wenig, so unfreiwillig in eine Sache verwickelt worden zu sein, die mich wohl erheiterte, aber weiter nichts anging. Ich gab dem Italiener keine Antwort. Aber glaube einer nur ja nicht an die Abschreckung verliebter Menschen durch schweigende Gleichgültigkeit!

Der Italiener schrieb wieder. Dieser Brief war noch zerfahrener, und von jetzt ab ging eine wahre Hetzjagd an. Der Mann schrieb und schrieb in einem fort. Man hörte geradezu das Weinen aus seinen Zeilen und – merkwürdig – immer näher, immer näher rückten die Poststationen. Die ersten Briefe waren aus Mailand, zwei Eilkarten kamen aus Bozen, dann war der Innsbrucker Poststempel auf den Kuverts. Mir wurde langsam schwummelig. Ganz und gar aber fuhr der Schreck in mich, als eines Abends ein Telegramm aus Salzburg eintraf: »Ankomme 22 Uhr. Wo ist Barbara?«

Was nun tun? Ich hatte die Sache halbwegs satt und dachte in bezug auf den liebestollen Südländer: »Komm du nur! Meinetwegen rennst du die ganze Nacht herum! Ich kümmere mich um nichts, und zum Haus kommst du nicht rein.« In mein zweites Hinterhaus war keine Glockenleitung. Indessen, nachts, kurz nach elf Uhr stand der Wollkopf vor mir. Ich wollte lospoltern, aber, um Gotteswillen, wie sah der arme Kerl denn bloß aus? Ohne Hut, ohne Stock, ohne Mantel, ohne Koffer, verstaubt und verbraucht, gerade so, als sei er von seiner Arbeit in Mailand aufgestanden und einfach bis nach München gegangen, *so* sah er aus. Seine kleinen, unruhigen Augen waren verweint und verstört, er ließ mich gar nicht zu Wort kommen, er fing sofort – bewegten Gemütes und noch bewegteren Körpers – wie ein Wasserfall zu wimmern, zu stöhnen und zu heulen an: »Wo ist Barbra? Wo ist Barbra? Wo ist mei-hei-eine Barbra!?« Es war unmöglich, auch nur ein vernünftiges Wort mit ihm zu reden. Er war völlig konfus. Er bestürzte mich, er schrie, er faltete die Hände und fiel ins Knie.

»Sie ist fort! Der Ziegenbock hat sie entführt! Aber sie liebt ihn gar nicht! Sie 'at selbst gesagt, der Ziegenbock stinkt und ich rieche lekker! Aber wo ist Barbra? Wo ist sie? Ich 'ab sie soooo lieb, ich Armer! Wo ist Barbra!« Das alles wiederholte er unausgesetzt. Mit Ziegenbock meinte er den Berliner, der sehr häßlich war, trotzdem aber, wie mir viele sagten, bei Frauen außerordentliches Glück hatte.

Der kleine, braungebrannte, verzagte und zerfahrene Wollkopf

schien nah an der Geisteskrankheit. Ich war ratlos, wurde ärgerlich und schrie mordialisch: »Mensch, jetzt legst du dich hin und schläfst erst einmal! Was geht denn mich der ganze Mist an! Morgen schaun wir weiter! Da hast du Decken, leg dich hin! Leg dich hin, sag ich!« Der Italiener folgte eingeschüchtert, aber kaum lag er, kaum lag ich, kaum war es dunkel, da richtete er sich auf und fing noch viel schmerzlicher zu winseln an: »Aber wo ist Barbra! Wo ist sie? Ach, ich Armer! Wo ist Barbra? Mei-hei-heine Barbra!« Er keuchte, er japste nach Luft und so ging das die ganze, geschlagene Nacht. Ich wurde schier rasend. »Mensch, ich schlag dich tot, wenn du dein Maul nicht hältst! Schlaf jetzt! Schlaf! Still! Still!« schrie ich wie von Sinnen und sprang auf ihn zu. Vergeblich.
»Aber, Erbarmen! Ich Armer! Aber wo ist Barbra! Ich werde nehmen zwei Banditen! Ich 'abe viel Geld. Ich werde zwei Banditen nehmen und Barbra rauben! ... Ni-ni-nicht böse sein, Lieber, nie-nieecht! Ich werde nach Berlin fahren mit zwei starke Banditen und dem Ziegenbock Barbra rauben!« stöhnte und wimmerte er aus sich heraus: »Ich werde fahren nach Berlin mit starke Banditen!«
Ich redete ihm gut zu, versprach ihm in jeder Weise behilflich zu sein, ich tröstete ihn. Genau so vergeblich! Er wollte auf, zur Post gehen, telegraphieren, wollte telefonisch bei der Berliner Polizei die Adresse Barbaras erfragen und kam auf die unsinnigsten Ideen. An diese Nacht denke ich heute noch mit Schaudern. In der Frühe war ich beinahe eine Leiche.
So, und nun fängt ein Film an. Ich habe ihn leider nur halb miterlebt, aber ein einwandfreier Zeuge hat mir genau alle Szenen der Reihe nach erzählt. Als der verzweifelte Italiener sich in der Frühe flüchtig wusch und fort wollte, klopfte es. Ich öffnete. Hereintrat ein ellenlanger Deutscher namens Holann. Er kam von der deutschen Kolonie aus Mailand, kannte den Italiener und war insgeheim von dessen Eltern sozusagen als Überwacher nachgeschickt worden.
»Aber 'Ollan! 'Ollan! Das ist gut! O, ich Armer! Wo ist Barbra!« schoß der Italiener auf ihn zu: »Kommen Sie! Kommen Sie! Graf

und Sie sind swei starke Männer und wir werden rauben Barbra! Ich werde alles bezahlen! Kommen Sie!«
Wir sagten zu allem vorläufig ja und besprachen, wen wir in Berlin nach Barbaras Adresse antelegraphieren sollten. Ich hatte viele Bekannte dort.
»Ich fahre nicht mit! Nein - ich bin tot!« sagte ich schließlich ruhig: »Aber hier habt ihr etliche Adressen, da könnt ihr euch Hilfe holen in Berlin.« Der Italiener fuhr, nachdem wir allerhand telegraphiert hatten, endlich mit Holann nach Berlin ab. Auch die Adresse Barbaras hatten wir herausbekommen, aber die zwei fanden, als sie dort hinkamen, das Nest leer. Sie fuhren per Auto zu einem mir bekannten Arzt. An der Tür versperrte ihnen das Mädchen den Eingang und sagte: »Herr Doktor sind augenblicklich im Bad!« Aber der kleine Wollkopf lief ihr unter den Armen durch und - schwupp! - riß er die Türe des Badezimmers auf und schrie sein unentwegtes: »Wo ist Barbra! Wo ist Barbra!« Der Arzt hatte eine Geliebte im Bad, beide waren nackt und konnten vor Bestürzung überhaupt nichts dagegen tun und sagen.
»Aber Sie sind ein starker Mann! Kommen Sie! Wo ist Barbra! Wir wollen sie dem Ziegenbock rauben!« fuchtelte der liebesirre Südländer. Die zwei Nackten erhoben sich bedeppt. Es blieb ihnen nichts übrig, der Italiener deckte sie buchstäblich mit seinen herausgeschleuderten Worten zu, sie nahmen den Überfall humoristisch und man kam endlich überein, den »Raub« der Barbara gemeinsam auszuführen. Der Arzt erfragte nach einigem Telefonieren, daß sie mit ihrem Berliner auf der Insel Hiddensee sei. Die Räuber begannen ihr Werk sofort. Sie fuhren - der Italiener, der Arzt mit seiner Geliebten und Holann - auf der Stelle ans Meer, mieteten ein großes Segelboot und fuhren der Insel entgegen. Der Plan war der, so lange die Ufer abzufahren, bis Barbara wo gesichtet sei, ihr zu winken, zu landen und sie einfach gewaltsam zu entführen.
Sie umschifften etliche Male vergeblich die Insel, suchten jedes

Ufer ab, sie segelten und segelten herum. Keine Barbara tauchte auf.

»Es hilft nichts, wir müssen an Land gehen!« schlug Holann vor. Sie steuerten uferzu, machten das kleine Ruderboot los und landeten. Schon während sie so herumsegelten, surrte über ihnen in der lauen Sommerluft ein Flugzeug. Sie achteten nicht weiter darauf. Das Rattern wurde immer lauter über ihnen. Sie stiegen an Land, streiften hin und her und – ja, ja, da war Barbara. Der Italiener rannte auf sie zu. Sie stieß ihn weg und schrie. Der Berliner zog sie fort.

»Geh! Geh!« plärrte Barbara den verzweifelt schreienden Italiener an und zu ihrem Berliner sagte sie zu allem entschlossen: »Gib mir deinen Revolver! Ich schieß den Kerl tot!« Der Wollkopf wich zurück, denn sie machte wirklich alle Anstalten, ihre Tat auszuführen. Der Italiener brach ins Knie, schmiß die Arme und heulte wie von Sinnen. Plötzlich knatterte das Flugzeug in den Sand. Der Staub schwirrte wolkig nach allen Seiten. Erschreckt sahen alle hin, stockten und ehe sie sich besinnen konnten, rannten zwei starke Männer aus der Staubwolke auf den Wollkopf zu, packten ihn und – eins, zwei, drei – rissen sie ihn mit fort, warfen ihn ins Flugzeug, das Rattern fing wieder an, der Apparat sauste eine Strecke lang und schwang sich elegant in die Luft.

Starr glotzten die Zurückgebliebenen in die Höhe. »Ah!« rief Holann plötzlich, und es stimmte: Die Eltern des Italiener hatten dessen Bruder, der Pilot war, mit einem handfesten Begleiter durch die Luft geschickt. Jetzt flog der Liebestolle mit ihnen wieder südwärts, hinab nach Mailand. –

Und Barbara?

Ja, das ist eine fast noch nettere Geschichte. Sie, die den armen, verzweifelten, kleinen Südländer beinahe erschossen hätte, brannte kurz nach ihrer Rückkehr nach Berlin ihrem jetzigen Geliebten durch. Sie kam, weiß der Himmel wie, nach Mailand – ohne Paß, ohne Geld – und fand ihren Wollkopf. Sie umarmte ihn, er verlor fast den Verstand vor Glück, und sie liebten sich wieder wie ehedem. Sie fing wieder zu malen an, eine Zeitlang verlief alles wolkenlos und ohne Schatten, auf einmal lief sie auch dem kleinen Mann wieder davon. Das ereignete sich zwei- oder dreimal. Er aber war beharrlich und holte sie immer wieder. Sie leben heute noch zusammen.

Und der Berliner – auch das ist wahr, wirklich wahr – fährt seitdem jedes Jahr auf zwei Monate nach dem Süden und sucht vergeblich nach Barbara. Ich wundere mich nicht, wenn eines Tages die ganze Geschichte wieder von vorne anfängt, genau so möglich-unmöglich wie in einem schlechten Film! Wir sind alle nur klägliche Wichte im Dunkel. Der Strom treibt uns, und zum Schluß bilden wir uns ein, wir selber hätten die Bahn gezogen ...

Oskar Maria Graf

Das bayrische Dekameron

www.list.taschenbuch.de
ISBN 978-3-548-60345-2

Spitzbübisch und boshaft, urwüchsig und frivol sind Oskar Maria Grafs 31 Geschichten von schamlosen Weibern und gehörnten Ehemännern, von derben Mägden und ausgefuchsten Knechten. Mit wortgewaltiger Komik erzählt der Volksschriftsteller von Erotik und Bauernschläue zwischen Isar und Inn.

Das fröhlichste und erfrischendste Buch des großen bayrischen Dichters

List Taschenbuch

L110

Kader Abdolah

Das Haus an der Moschee

Roman. www.list-taschenbuch.de
ISBN 978-3-548-60856-3

Ein altes Haus in Senedjan. Seit 800 Jahren lebt hier die Familie des Teppichhändlers Agha Djan. Unter seiner Obhut leben die Menschen hier in einträchtiger Harmonie – bis die von Teheran und den Aufständen gegen das korrupte Regime des Schahs ausgehende Unruhe auch sie erreicht. In seinem neuen Roman breitet Kader Abdolah das zutiefst menschliche Schicksal einer iranischen Großfamilie wie ein bunt schillerndes Geschichtengewebe vor uns aus.

»Ein schockierendes, ein berührendes Buch«
Deutschlandradio Kultur

»Kader Abdolah hat das Drama des Iran in Worte gefasst.« *Geert Mak*

»Iranische Geschichte und persönliche Erlebnisse verwoben zu einer großen Familiensaga.«
Süddeutsche Zeitung

List Taschenbuch

L351

Marlen Haushofer
Die Wand

Roman. www.list-taschenbuch.de
ISBN 978-3-548-60571-5

Eine Frau wacht eines Morgens in einer Jagdhütte in den Bergen auf und findet sich eingeschlossen von einer unsichtbaren Wand, hinter der kein Leben mehr existiert ...

Eines der Bücher, »für deren Existenz man ein Leben lang dankbar ist«. *Eva Demski*

»Wenn mich jemand nach den zehn wichtigsten Büchern in meinem Leben fragen würde, dann gehörte dieses auf jeden Fall dazu.« *Elke Heidenreich* in *Lesen!*

List Taschenbuch

L191